Hitonari Tsuji

Warten auf die Sonne

Hitonari Tsuji

Warten auf die Sonne

Roman

Aus dem Japanischen
von Ursula Gräfe

Piper
München Zürich

Die japanische Originalausgabe erschien unter dem Titel
»Taiyō Machi« bei Bungei Shunjū, Tokio.

ISBN 3-492-04865-x/-1

Published by arrangement with Éditions Belfond, Paris,
and Le Bureau des Copyrights Français, Tokyo

Gesetzt aus der Adobe Garamond
Satz: Uwe Steffen, München
Druck und Bindung: GGP Media GmbH, Pößneck
Printed in Germany

www.piper.de

Lose my memory 1

Noch immer nicht, oder?« fragte ich.

Tomoko Maruyama warf einen betrübten Blick zum Himmel.

»Weiß nicht. Sie kommt sicher raus, aber ob es diesmal die richtige ist?«

Am Horizont schien sich etwas zu bewegen, doch sofort war mir klar, daß es der endlos über das Buschwerk und die Gräser streichende Südwind war, der diesen Eindruck hervorrief. Ich stellte den Pinsel in den Farbtopf und rieb mir die brennenden Augen. Am Himmel zeigte sich immer mehr Blau. Ich konzentrierte mich auf die Brise, bis sich mit ihrer feuchten Kühle eine lebendige Frische auf meine Wangen übertrug.

»Selbst wenn die Sonne jetzt rauskommt, muß es ja nicht die gleiche wie damals sein.«

»Vielleicht wird es nie wieder die gleiche sein«, unkte ich.

Tomoko Maruyama runzelte die Stirn. »Hör auf damit«, stöhnte sie. »Ich will gar nicht darüber nachdenken.«

Ich lachte, aber sie preßte die Lippen zusammen, wie um die Heiterkeit zu unterdrücken, die in ihr aufstieg.

Plötzlich blinzelte die Sonne hinter den Wolken hervor, aber niemand achtete darauf. Alle starrten mit schläfrigem Blick ins Leere.

»Dabei bist du mit dem Patinieren längst fertig, oder?«

fragte Tomoko mit einem Blick auf die Gräben und die Überreste der Panzer vor uns.

»Aber er ist einfach nicht zufrieden.«

»Wann wird er das je sein?«

»Niemals. Erst ganz am Schluß.«

Tomoko lachte. »Die sind doch alle so«, flüsterte sie.

Die Zeit schien stillzustehen. Die Menschen, die im Kreis saßen, das Schlachtfeld und der endlose Horizont wirkten wie eine Szene auf einem alten Ölgemälde.

»Wer kümmert sich jetzt um Jiro?« wechselte Tomoko unvermittelt das Thema. Sie sah mich nicht an, sondern blickte mit zusammengekniffenen Augen in die Landschaft, als ließe sie ihre Gedanken zu Jiro in die Ferne schweifen.

»Manchmal meine Mutter.«

»Aha«, sagte Tomoko.

Als der Wind wieder über die Büsche strich, ergoß sich helles Licht über die Ebene. Immer rascher setzte es sich fort, streifte die Spitzen der Gräser, eilte darüber hinweg und eroberte nach und nach den Horizont, überzog in einer Art Dominoeffekt die Landschaft.

Die Sonne beschien jetzt gleichmäßig die Lastwagenwracks und zerstörten Panzer, an denen ich seit Tagen arbeitete.

»Sie ist da!«

Wir hatten ewig auf diesen Umschwung gewartet und blickten nun alle gleichzeitig zum Himmel. Noch war ich skeptisch, obwohl eine angenehme Wärme in meinen Augen prickelte und mich leicht schwindelig machte.

Ich hatte einen fünf Jahre älteren Bruder. Er lag im Koma. Seit er Anfang des Jahres in einem Park in Shinjuku-Ost niedergeschossen worden war, hatte er das Bewußtsein nicht wiedererlangt. Er bekam nicht einmal mehr den Jahrtausendwechsel mit. Nun war Jiro an lebenserhaltende Geräte angeschlossen und vegetierte in seinem Bett im Krankenhaus dahin.

Alle Unarten – Frauen aufreißen, zocken und sich immer wieder aus der Affäre ziehen und so fort – hatte ich durch ihn kennengelernt. Ständig flog er von der Schule, nie ging er einer geregelten Arbeit nach. Bei Jiro brannten beim kleinsten Anlaß die Sicherungen durch, was vielleicht daran lag, daß wir ohne Vater aufgewachsen sind. »Jiro, die explosive Glühbirne«, nannten ihn seine Kumpels. Schon in der Mittelschule geriet er in schlechte Gesellschaft, und in der Oberschule verkehrte er nur noch in Yakuza-Kreisen. Nachdem man ihn immer wieder erwischt und in Erziehungs- oder Jugendhaftanstalten eingewiesen hatte, avancierte er zum Bandenführer in Shinjuku. Wenn er in Rage geriet, vergaß er sich selbst. Er schreckte vor keiner Gefahr zurück, nicht einmal vor Schlägereien mit Yakuza.

»He, Shiro, ich hab' einen klasse Job an Land gezogen«, hatte er, nicht lange bevor man ihn ins Koma beförderte, zu mir gesagt.

»Worum geht's denn?«

»Ein Jahrhundertding.«

Mein Bruder war vorbestraft, aber er sah gut aus – überhaupt nicht wie ein Gauner –, was er weidlich ausnutzte, um seinen wechselnden Freundinnen das Geld aus der Tasche zu ziehen.

»Was hast du vor?«

»Streng geheim.«

»Ich bitte dich nur um eins: Halt Mama und mich da raus.«

»Du nervst«, sagte mein Bruder und schnalzte mit der Zunge.

»Was hast du vor? Sag's mir.«

Er lachte höhnisch, aber ich wußte, daß er es kaum erwarten konnte, alles auszuplaudern. In solchen Augenblicken kratzte er sich immer an der Nasenspitze und senkte den Kopf. Dabei kam seine wohlgeformte Nase vorteilhaft zur Geltung. Er wirkte wie ein anständiger Junge, und das war es wohl, was eine so unwiderstehliche Anziehungskraft auf Frauen ausübte.

»Mehr kann ich dir nicht sagen, und wenn du mir die Lippe spaltest.«

Er grinste und schien sich großartig zu amüsieren.

»Was soll das? Warum hast du es dann überhaupt erwähnt?«

»Du lebst in der Welt der Biedermänner. Es ist besser, wenn du nichts weißt. Danach kaufe ich mir einen Wagen. Einen Benz oder einen Jaguar und überhaupt alles, was ich will.«

Ts! Ich schnalzte mißbilligend mit der Zunge. Inzwischen bereue ich, daß ich damals nicht versucht habe, ihn aufzuhalten, denn wegen dieses »Jahrhundertdings« lag er jetzt im Koma – da war ich mir sicher.

Mitten auf der nur von der Weite des Horizonts umgebenen Ebene saßen ungefähr hundert Leute. Die Grüppchen, die sie dabei bildeten, erinnerten an einen Schulhof in der Pause. Etwa einen Kilometer entfernt an einem Hang warteten mit beinahe übermenschlicher Geduld noch einmal etwa tausend Männer auf ihren Einsatz. Sie trugen Militäruniformen und hatten Gewehre, Kaliber 38.

Kuroda war der einzige, der stand. Der lange, schlaksige Mann wirkte wie ein alter Baum, der zwischen Büschen emporragt. Seine Haltung war charakteristisch: gerade aufgerichteter Rücken bei leicht herausgestrecktem Hinterteil. Den rechten Ellbogen hielt er an die Brust gedrückt, während er, die rechte Seite seines Kinns zur Schulter neigend, durch einen sogenannten Contrast Viewer spähte. Dieses Gerät, das aus einer runden, dunklen Linse von etwa vier Zentimeter Durchmesser besteht, ermöglicht es, auch bei dünner Wolkendecke die Position der Sonne zu bestimmen.

Bereits seit zwei Wochen tat Kuroda nichts anderes, als die Sonne zu beobachten. Während die anderen dösten oder sich unanständige Witze erzählten, ja sogar in der Mittagspause, ließ Kuroda seine Blicke unermüdlich über den Himmel schweifen.

»Was meinst du?« fragte ich Tomoko.

»Nicht schlecht, aber wer weiß?«

»Das muß der Chef entscheiden.«

Der alte Regisseur saß mit dem Rücken zu uns auf seinem Stuhl. Seine Mitarbeiter umringten ihn. Seit zwei Wochen hob Hajime Inoue kaum den Blick vom Drehbuch und arbeitete um. Da er so etwas wie eine Legende war, wagte es niemand, ihn zur Eile zu drängen, und man beschränkte sich darauf, geduldig auf die Sonne zu warten.

»Ein Jahr ist schon um«, sagte Tomoko, den Blick in die Ferne gerichtet.

Ihr Profil lag im Schatten, so blieben ihre Gefühle mir verborgen. Dennoch wußte ich genau, woran sie dachte: die hellen und die düsteren Erlebnisse mit Jiro, die sie und mich verbanden.

»Sein Zustand ist unverändert, oder?«

Heller Sonnenschein streifte auf einmal Tomokos Gesicht. »He, Regie!« rief Kuroda. Hajime Inoue zog die Nase hoch und hob langsam den Kopf. Bedächtig und ohne von seinem Stuhl aufzustehen, musterte er eine Weile den Himmel.

»Gleich. Oder was meinst du?« entgegnete er.

Kuroda sah durch seinen Contrast Viewer und nahm seine übliche reglose Baumhaltung wieder ein. Im nächsten Augenblick ging ein Ruck durch das Team. Der alte Regisseur und Kameramann Tsutaya waren aufgesprungen. Tsutaya griff nach dem Contrast Viewer und nahm in der gleichen Haltung wie Kuroda die Sonne ins Visier.

»Bis zur nächsten Wolke haben wir etwa fünfzehn Minuten, schätze ich«, rief Kuroda.

Inoue preßte die Lippen zusammen. »Fünfzehn Minuten also«, murmelte er dann. Nacheinander erhoben sich nun auch die Techniker und Assistenten. Keiner von ihnen ließ die Miene des Regisseurs aus den Augen.

»Ich gehe lieber mal rüber«, sagte Tomoko und schloß sich ihnen an. Die Sonne drängte sich über dem Rand der Wolken hervor.

Vor einiger Zeit hatte mein Bruder eine illegale Waffe besessen. Wo sie jetzt war, wußte ich nicht. Es war eine russische Pistole, eine Tokarew. Er hatte sie in einer leeren Keksdose, eingewickelt in ein Handtuch, unter dem Bett versteckt. Nach dem Anschlag auf ihn war sie verschwunden.

Anfangs glaubte ich, Jiro hätte sich selbst mit der Tokarew angeschossen. Nicht um Selbstmord zu begehen, sondern im Drogenrausch. Die Polizei fand jedoch später heraus, daß die Kugel, die durch den Kopf meines Bruders gegangen und in einen Baum an der Straße eingeschlagen war, aus einer 38er Smith & Wesson stammte.

Warum auf meinen Bruder geschossen wurde, ist unklar. Ebenso, wer auf ihn geschossen hatte und wo die verschwundene Tokarew war. Ich bekam nur ein paar seltsame Anrufe auf mein Handy, den ersten mitten in der Nacht, als mein Bruder schon ungefähr einen Monat im Koma lag.

»Spreche ich mit Shiro Tachihara?« fragte der Anrufer in drohendem Tonfall. Aus dem Schlaf gerissen und überrumpelt, wie ich war, bejahte ich spontan.

»Ich bin ein Freund von Jiro und heiße Fujisawa.«

»Herr Fujisawa?«

»Ich rufe an, weil ich Jiro etwas anvertraut habe, das ich zurückhaben möchte. Aber er ist ja jetzt … nun ja. In seinem Zustand kann er es mir nicht wiedergeben, was sehr unangenehm für uns ist. Jiro hat dir doch sicher immer alles erzählt. Klarer Fall, dafür seid ihr ja Brüder, ein Herz und eine

Seele sozusagen. Hat er dir vielleicht etwas gegeben oder dich um einen Gefallen gebeten? Sag mir alles, was du noch weißt, egal, was. Denk nach!«

Er drückte sich zwar einigermaßen höflich aus, aber in seinem Ton schwang eine unterschwellige Drohung mit. »Das ist sehr unangenehm für *uns*«, hatte er gesagt. Wer war »uns«?

»Um was für einen Gegenstand handelt es sich?« Mir fiel sofort die Tokarew ein. Bestimmt war der Mann einer von den Yakuza, für die Jiro in Shinjuku gearbeitet hatte, und jetzt hinter der russischen Waffe her.

»Eine große Schachtel oder eine Tasche.«

»Eine Tasche?« wiederholte ich etwas erleichtert. Dann mußte es um etwas Größeres gehen als eine Pistole. Offenbar war ich auf dem Holzweg.

»Genauer gesagt, eigentlich ein Ranzen. So ein schwarzer Ranzen, wie ihn Grundschüler tragen, du weißt schon.«

Der Mann schlug plötzlich einen vertraulichen Ton an, aber dieser überraschende Wandel verstärkte meine Angst nur noch.

»Weißt du etwas von einem Ranzen?«

»Nein, einen Ranzen habe ich bei ihm nie gesehen.«

»Versuch dich zu erinnern, alles kann wichtig sein. Du hast Jiros Zimmer aufgeräumt und saubergemacht, habe ich von Freunden gehört.«

»Oh!« entfuhr es mir, dann schluckte ich hinunter, was mir auf der Zunge lag. Vor kurzem, etwa zwei Wochen bevor auf meinen Bruder geschossen wurde, war jemand in unsere Wohnung eingebrochen. Seltsamerweise hatte er nur das Zimmer meines Bruders durchwühlt und keins von den anderen. Waren der Anrufer und der Einbrecher womöglich ein und dieselbe Person?

»Nein, wenn ein Ranzen dagewesen wäre, hätte ich ihn bestimmt nicht übersehen. Es war keiner da. Was war denn drin?«

Der Mann schwieg. Offenbar dachte er angestrengt nach. Durch den Hörer drang nur noch sein leises Atmen. Es klang rauh wie das Schnaufen eines Tieres. Nach einer kurzen lauernden Pause flüsterte der Mann, als wolle er etwas ausprobieren: »Lose my memory.«

»Wie bitte? Könnten Sie das noch mal sagen?« fragte ich.

»Wenn du etwas verheimlichst, kriegst du's mit mir zu tun.«

»Entschuldigung, könnten Sie das wiederholen?«

Der Mann lauschte einen Moment, schnalzte dann mit der Zunge und legte auf. Danach rief er noch mehrmals an. Außerdem hatte ich das Gefühl, beschattet zu werden. Aus Angst, in etwas hineinzugeraten, änderte ich schleunigst meine Handynummer.

Das Schwindelgefühl verging, und die Worte »Lose my memory« verschwanden aus meinem Kopf. Vor mir lag wieder die endlos weite Ebene von Tokachi. Alle starrten noch immer zur Sonne auf wie zu einem Phantom.

Der ungewöhnlich hochgewachsene Regisseur Hajime Inoue wandte sein Gesicht dem Wind zu und kniff nachdenklich die Augen zusammen. Tomoko, die für Script und Continuity zuständig war, stand neben ihm. Offenbar besorgt um den Anschluß an die vorherige Einstellung, betrachtete sie die Ebene und die ziehenden Wolken.

Inoue seufzte leise, nachdem auch er die Bewegung der Wolken verfolgt hatte.

»Die Wolken sind anders«, sagte er. »Die Sonne auch. Das wird nichts.«

Seine Worte wurden von einer Gruppe zur nächsten weitergetragen, die Anspannung löste sich, und überall kehrte Ruhe ein. Der Regisseur setzte sich wieder auf seinen Platz, und abgesehen von Kuroda ließen sich alle nacheinander auf dem Boden nieder, als wäre nichts geschehen. Obwohl wir bereits seit zwei Wochen warteten, äußerte niemand Unmut. Als ich noch neu in der Branche war, hatten mich die Ausdauer und die Geduld der Filmleute immer überrascht, inzwischen sehe ich sie als etwas Alltägliches an. Manchmal finde ich sogar, daß die Tage, an denen alles stillsteht, den eigentlichen Film ausmachen. An den Tagen, an denen nichts passierte, ergaben sich die Mitglieder von Inoues Team einfach in ihr himmlisches Schicksal – mit Ausnahme des Produzenten natürlich, der sich wegen jeder Stunde verrückt machen mußte. Das himmlische Schicksal hatte natürlich die Gestalt von Hajime Inoue.

Mein Bruder schlief vierundzwanzig Stunden am Tag.

Für gewöhnlich waren seine Lider geschlossen, aber manchmal, wenn man sie ihm eine Weile mit Gewalt aufhielt, blieben sie offen. Dann starrte er, als hätte er das Bewußtsein zurückerlangt, ohne auch nur einmal zu blinzeln, an die Decke. Er hatte etwas von einem in Gedanken versunkenen Philosophen und schien durch die Decke in den endlosen Raum zu starren, um das Rätsel des Lebens zu ergründen.

In solchen Momenten sprach ich mit ihm.

»Jiro, wo bist du gerade? Und was machst du dort?«

Mein Bruder starrte weiter unbeteiligt zur Decke. Ich näherte mich seinem Gesicht. Seine Augäpfel beschrieben eine schöne weiche Rundung. Ich ging so nah an ihn heran, daß ich seinen Atem spürte, und betrachtete die braune Iris in seinem Augapfel. Die unzähligen Linien in diesem nur millimetergroßen Kreis führten auf ein Zentrum zu, das von einer so schrecklich tiefen lackschwarzen Dunkelheit war, als täte sich dort der Eingang zu seinem Inneren auf.

Einmal kam es mir so vor, als wollte mein Bruder Jiro mir etwas zuflüstern. Vielleicht konnte ich, wenn ich angestrengt lauschte, eine Stimme in seinem Kopf vernehmen. Doch in

Wirklichkeit war es nur der Wind, der durch die Fensterritzen pfiff.

Er sei ständig im Koma, sagte der Arzt. Die Wahrscheinlichkeit, daß er in unsere Welt zurückkehre, betrage nicht mal ein Prozent. Das sei das einzige, was er mit Sicherheit sagen könne. Dafür wiederholte er es bei jedem meiner Besuche.

»Ihrem Bruder stehen nur zwei Wege offen: Entweder er geht ganz auf die andere Seite, oder er bleibt weiter stecken, ohne vor oder zurück zu können.«

Ich glaube an keine bestimmte Religion. Nicht, daß ich nicht an Gott glaube, aber bei den vielen Göttern auf der Welt weiß ich nicht, an welchen ich glauben soll. Wenn ich meinen Bruder so im Koma liegen sah, dachte ich manchmal, daß mir ein Glaube womöglich geholfen hätte. Vielleicht hätte ich dann intuitiv erfaßt, warum Jiro zwischen Vergangenheit und Zukunft schwebte. So allerdings konnte ich mir weder die Seele meines ungläubigen Bruders vorstellen noch, daß sein Zustand einen spirituellen Sinn hatte.

Am Nachmittag schaute Hajime Inoue in meiner Werkstatt vorbei. Hin und wieder schien er eine Art Zufluchtsort zu brauchen. In seiner Jugend hatte er Maler werden wollen, und mir beim Patinieren der Requisiten zuzusehen schien ihn abzulenken und zu beruhigen.

Schon als Meister Matakichi Kida noch da war, hatte unser Regisseur es sich angewöhnt, ab und zu in die Malerwerkstatt zu kommen. Er bewies mir ein Vertrauen, für das ich mich revanchieren wollte, indem ich ihn tröstete, wenn er erschöpft oder düsterer Stimmung war.

»Die Sonne stand wieder mal falsch.« Der alte Mann lächelte.

»Ach, das wird schon«, antwortete ich und lächelte. »Es gibt ja noch jede Menge anderes zu tun.« Da ich bei meiner

Mutter aufgewachsen war, waren Inoue und Meister Kida Vaterfiguren für mich.

»Wie geht's denn Kida?«

»Er beschwert sich die ganze Zeit, daß er keinen Alkohol mehr trinken darf. Und jammert, daß er schnellstens zurückkommen will, aber dazu ist er bestimmt noch nicht kräftig genug.«

»So so«, murmelte Inoue bedauernd.

»Ich glaube, er macht sich Sorgen. Er ruft mich jeden Tag auf dem Handy an, um mir zu sagen, daß ich keine Kompromisse machen soll, nur um die Erwartungen des Regisseurs zu erfüllen.«

»Kida und ich sind alte Männer. Wir können es nicht lassen. Shiro, hab Geduld, und rede ihm gut zu.«

»Wird gemacht.«

Plötzlich schien Inoue etwas zu sehen, was, konnte ich nicht sagen, und sein Blick verschwamm. In letzter Zeit war mir das schon mehrmals an ihm aufgefallen.

»Ich möchte Sie etwas fragen. Wie sieht eigentlich die Sonne aus, auf die Sie warten?«

»Die Sonne?« Der alte Regisseur wiegte den Kopf, als kämpfte er gegen einen Schwindelanfall an.

»Ja, auf welche Art von Sonne warten wir?« Gespannt sah ich ihm ins Gesicht.

»Auf die Sonne, die an einem Sommertag vor sechzig Jahren schien.«

Der Wind strich zwischen uns hindurch. Das Licht zog sich nach und nach von der Ebene zurück, und auch die Gestalt des Regisseurs versank langsam im Schatten.

»Die Sonne war unglaublich rot an jenem Tag.«

Der alte Mann versuchte offenbar, sich an etwas zu erinnern. Aber das Gesuchte ließ sich wohl nicht so leicht im Speicher seines Gedächtnisses ausfindig machen. Nachdenklich runzelte er die Brauen. »Ah!« entfuhr es ihm dann, und er trat wie vor Schreck einen Schritt zurück. Ich fürchtete, sein Kreislauf bräche zusammen, und streckte spontan die Hand aus, um ihn zu stützen.

»Herr Inoue!«

Aber er antwortete nicht. Seine Lider zuckten, und er sprach wie zu sich selbst. »Es ist wieder diese Sonne, diese Sonne, die alles vernichtet.«

Hajime Inoues Blick wanderte von der Seite des Panzers, der ich gerade einen rostfarbenen Anstrich verpaßte, zur Landschaft dahinter, wo die Requisite eine Schlachtfeldszene aufgebaut hatte. Auf einige hundert Meter unwegsames, Gestrüpp überwuchertes Gelände verteilt, lagen Teile zerschossener Militärfahrzeuge und ähnliches. Requisiteur Kitao versuchte gerade mittels einer Rauchmaschine, Qualm von den Panzerwracks aufsteigen zu lassen. Dünne weiße Wölkchen schwebten wie Rauchzeichen in den Himmel.

Schon seit einiger Zeit war mir aufgefallen, daß Hajime Inoue sich ungewöhnlich verhielt. Ich weiß nicht, wie viele Leute im Team es noch bemerkt hatten. Zumindest Tomoko, die eng mit ihm zusammenarbeitete, mußte auch etwas mitbekommen haben. Auch wenn die Produktion wahrscheinlich noch nichts gemerkt hatte.

»Ich finde, die Einstellung mit dem Himmel vorhin wäre gar kein so schlechter Anschluß gewesen«, warf ich mit einem Blick auf Inoues versteinertes Profil ein. Der Regisseur schien wieder zu sich zu kommen und schüttelte den Kopf.

»Es geht mir nicht darum, einfach eine Einstellung nach der anderen abzudrehen.«

Das Problem ist, daß sich die Natur in dem kurzen Zeitraum zwischen zwei Einstellungen erbarmungslos verändert. Die Wolken ziehen weiter, die Sonne verschwindet, es fängt an zu regnen oder klart gerade dann auf, wenn es regnen soll, kurz gesagt, diverse Phänomene behindern die Dreharbeiten. Vorherige und spätere Sequenzen schlüssig miteinander zu verbinden ist eine der bedeutsamsten Aufgaben im Film, für die die Filmemacher so manches »Warten auf das Wetter« in Kauf nehmen. So etwas kann sich ewig hinziehen. Bei Billigproduktionen mit einer vorgeschriebenen Drehzeit wird dann einfach die Blende der Kamera geöffnet, oder man verwendet Filter, das heißt, es werden künstliche Hilfsmittel eingesetzt, um eine Situation zu simulieren. Inoue jedoch wandte solche gewaltsamen Techniken nie an. Kein Regisseur achtete so streng, ja pedantisch auf die Übereinstimmung von Licht und Wetter zwischen den einzelnen Einstellungen wie er. Inoue haßte Filme, in denen die Wetterverhältnisse vernachlässigt worden waren. Merke der Zuschauer, daß ein Film Fiktion sei, so hätten die Techniker versagt, wetterte er immer. Den Kameraleuten und Beleuchtern predigte er unablässig, daß man beim Film nichts so nötig brauche wie die Ausdauer, auf geeignetes Wetter zu warten. Allein Chefkameramann Kurodas Beobachtung der Sonne erforderte fast übermenschliche Beharrlichkeit und Gewissenhaftigkeit.

»Mein Herz hängt an dieser Übereinstimmung«, sagte Inoue, während er sich aufrichtete. »Ich möchte, daß die Szene sich mit meinen Erinnerungen deckt, verstehst du? Es geht mir dabei nicht nur um schönes Wetter. Ich warte darauf, daß die Sonne exakt genauso scheint, wie ich es selbst gesehen habe, und der Himmel genauso aussieht wie damals vor sechzig Jahren in China. Das ist ungeheuer wichtig für mich.«

Deshalb hielten sich nun schon seit zwei Wochen tausend Komparsen bereit. Nur weil die Sonne nicht auf gewünschte Weise schien, wurden jeden Tag Millionen, ja Hunderte von Millionen Yen verpulvert. Für einen kleinen Kulissenmaler wie mich waren das sowieso unvorstellbare Geldsummen, aber die goldenen Jahre des Spielfilms waren vorbei, und daher war auch die Filmfirma nicht gerade begeistert von übermäßigen Verzögerungen.

Offenbar waren ausreichende Geldmittel vorhanden, um einige Tage auf das Wetter zu warten, schließlich kündigte die Werbung das Werk als »teuerste Produktion in der Geschichte des Films« an, aber zwei Wochen, und wer weiß, wie lange noch, auf ganz bestimmte Wetterbedingungen zu warten bedeutete einen erheblichen Rückschlag für das ganze Projekt. Eigentlich hätte jetzt schon ziemlich zügig gedreht werden müssen. Fünf Jahre waren seit dem letzten Film des alten Regisseurs vergangen, und hinter seinem Rükken wurde gemunkelt, daß die Warterei auf die Sonne womöglich seine Karriere beenden und dieser Film sein letzter sein würde.

Ich hätte ihn gern gefragt, ob die Sonne überhaupt noch einmal genauso scheinen könne, wie er es vor so langer Zeit gesehen hatte, aber ich traute mich nicht, ihn damit zu behelligen. Inoue blickte hinauf in den fernen Himmel, dessen frisches Blau allmählich wieder von Wolken verdunkelt wurde.

Eifrig schwang ich den Pinsel, um den von der Baubühne erstellten Konstruktionen einen historischen Anstrich zu geben. Das »Patinieren«, wie es in der Filmbranche heißt, besteht darin, Kulissen und Requisiten ein altes und einer bestimmten Epoche entsprechendes Aussehen zu verleihen. Durch das Auftragen verschiedener Schichten wird künstlich der Eindruck erzeugt, etwas wäre staubig, fleckig und abgeblättert. Damit wird Geschichte zum Leben erweckt. Die Illusion von Vergangenheit, die Handwerker wie ich schaffen, trägt zur Authentizität eines Films bei. Denn was anderes ist Geschichte als geschichtete Zeit? Im Gegensatz zu einem normalen Maler, der einem alten Haus einen neuen Anstrich gibt, besteht die Aufgabe des Patinierens darin, gerade errichteten nagelneuen Wänden einen abgenutzten Anschein zu geben.

Patinierte Requisiten werden normalerweise im voraus angefertigt, das heißt, unsere Arbeit findet in den meisten Fällen nicht am Drehort statt. Bei Inoues Filmen hingegen mußten wir während der ganzen Drehzeit dabeisein. Er konnte urplötzlich einen Schauplatz ändern und Umbauten anordnen. Allein für die zweite Einstellung von Szene achtzehn, die auf der Ebene von Tokachi gedreht wurde, hatten wir schon zweimal den Standort gewechselt, weil die Farbe der Sonne, der Einfallswinkel des Lichts oder die Anordnung der Wolken ihm nicht gefiel. Außerdem hatte er ständig neue Ideen für die Kulissen. Es hätte zuviel Zeit gekostet, wenn ich jedesmal aus Tokio hätte einfliegen müssen. Die Maler in Inoues Team folgten dem Regisseur bis Drehschluß.

Daß meine Werkstatt zu einer Art Zufluchtsort für Hajime Inoue geworden war, hatte mehrere Gründe. Zum einen hatte ich ihm früher einmal, als ich an einem seiner Samuraifilme mitarbeitete, ein paar Tricks aus meinem Metier gezeigt. Damals hatten wir auch ewig auf bestimmte Wetterbedingungen gewartet, und ich hatte die Zeit genutzt, um ihm ausführlich zu erklären, wie man Flecken und Risse erzeugt. Das hätte sich vielleicht nicht einmal der Meister getraut, aber meine Jugend machte mich verwegen.

»Der Junge hat Mut«, sagte Kida, der damals noch gesund war, verblüfft, als ich dem Regisseur den Pinsel in die Hand drückte.

Fast alles, was ich über das Patinieren weiß, habe ich von Matakichi Kida gelernt. Für das Patinieren oder die Requisite gibt es keine besonderen Regeln oder Handbücher. Für gewöhnlich entwickelt jeder seine eigenen Methoden. So übernahm ich eine Menge von Meister Kida und erfand auch ein paar eigene Verfahren.

Hajime Inoue zeigte großes Interesse an meinen Techniken – vielleicht weil er früher einmal Maler werden wollte.

Mit weit aufgerissenen Augen, die Wangen vor Aufregung gerötet wie ein junger Mann, schwang er den Pinsel. Wenn er den Befehl zum Drehen gab, machte er dagegen eine richtig grimmige Dämonenfratze.

»Du, deine Arbeit macht richtig Spaß«, sagte er zu mir. »Eigentlich bist du zu beneiden, weil du alles nach Herzenslust schmutzig machen kannst.«

Von da an kam er, sooft er ein bißchen Zeit hatte, zu mir in die Werkstatt.

»Kida war früher genau wie du. Du bist wirklich ein würdiger Nachfolger«, lobte er mich. »Deine Arbeiten wirken authentisch. Jeder würde sie für echt halten. Niemand würde auf die Idee kommen, daß diese Risse oder abgeblätterten Stellen aufgemalt sind. Sogar Schlamm und Staub kriegst du hin. Das sieht alles so natürlich aus, weil du keine Kompromisse eingehst. Kompromißlos arbeiten, bis die Sachen nicht mehr wie Kulissen aussehen – das ist wichtig. Kompromisse verursachen die eigentlichen Risse im Film. Sie machen die Filme kaputt.«

Am Anfang glaubte ich, er besuche die Malerwerkstatt aus reinem Interesse an meiner Arbeit. Neuerdings war mir jedoch bewußt geworden, daß diese Besuche für ihn auch eine Flucht vor dem ungeheuren Druck waren, unter dem er als großer Regisseur stand. Täglich mußte er Hunderte von Entscheidungen treffen. Ich lernte mit der Zeit, seine jeweilige seelische Verfassung aus seinem Gesicht abzulesen. Einmal, als er wütend war, hielt ich ihm fragend einen Pinsel hin.

»Möchten Sie mal?«

»Darf ich?«

»Kein Problem. Die Stellen, die noch nicht patiniert sind, kann man immer wieder übermalen.«

Der Regisseur nahm den Pinsel und stürzte sich in die Arbeit. Inoues Anspannung zu lindern, sei es auch nur ein bißchen, war für mich ein Akt der Liebe zu einem Vater. Vor Freude, sich mit etwas anderem zu beschäftigen, malte Inoue mit dem Eifer und der Naivität eines Kindes. Die Umstehenden mußten oft lächeln, wenn sie ihm zusahen.

»Hier kann ich mich etwas entspannen und erholen. Weißt du, Kleiner, Geschichte zu erarbeiten ist nämlich eine schwere Aufgabe«, sagte er zu mir.

Ich war zu eingeschüchtert, um zu antworten.

»Selbst die wirkliche Welt erscheint oft wie eine Fiktion, aber es gibt Menschen, die Fiktionen wie wirklich erscheinen lassen.«

Die Worte brannten sich in mein Gedächtnis ein.

Hajime Inoue war weit über achtzig. Verglichen mit den Werbefotos, auf denen er um die Vierzig war, also in der Blüte seiner Jahre, wirkte er alt und verbraucht. Seine Haut, sein ganzer Körper waren welk und erschlafft. Seit ich Kidas Gehilfe geworden war und Hajime Inoue zum ersten Mal gesehen hatte, waren etwa zehn Jahre vergangen. Es war traurig, wie stark er, besonders nach dem Scheitern seines letzten Films, gealtert war. Nur sein scharfer Blick war ihm geblieben, und selbst der wirkte immer häufiger unsicher und verschwommen.

Ein Teil von Inoues Kollegen arbeitete schon seit einem halben Jahrhundert mit ihm zusammen. Die anderen hatten sich zur Ruhe gesetzt und den Job an die jüngere Generation weitergegeben wie mein Meister.

Der Kameramann Kyoichi Tsutaya war etwa Mitte Dreißig, während Tokuji Ishiken, der Oberbeleuchter, schon seit dem Krieg zu Inoues Team gehörte. Kameramann und Beleuchter spielen im Film eine entscheidende Rolle; sie bestimmen Licht und Schatten. Zwischen den beiden kam es jedoch häufig zu Streitereien über Kleinigkeiten, da sie verschiedenen Generationen angehörten. Faktisch war auch das ein Grund für die Verzögerung der Dreharbeiten.

Allerdings fanden diese Zusammenstöße immer nur hinter Inoues Rücken statt. Niemand, auch nicht der mächtigste Produzent, zeigte Inoue etwas anderes als ein Lächeln, was für diesen jedoch nicht unbedingt von Vorteil war.

»Er war immer nur ganz oben«, sagte Matakichi Kida einmal zu mir. »Deshalb hat nie jemand ein ernstes Wort mit ihm geredet. Die Leute haben zuviel Respekt vor ihm. Er hatte Erfolg, aber sein Erfolg hat ihn isoliert. Wer würde es wagen, einem Gott die Meinung zu sagen? Deshalb hat ihn der Film, den er so sehr liebt, zum einsamsten Menschen der Welt gemacht.« Lange klangen mir diese Worte immer wieder im Ohr.

Von allen im Team stand Kida dem alten Regisseur am nächsten. Durch seine bis zur Pedanterie reichende Genauigkeit war es Inoue immer wieder gelungen, in seinen Filmen Zeit und Raum zu überschreiten. Man kann ohne Übertreibung sagen, daß die gemeinsame Arbeit von Bühnenbildner und Filmarchitekt Tanei, Bühnenmeister Tsubono, Chefrequisiteur Akama und meinem Meister Matakichi Kida die Geschichte des japanischen Nachkriegskinos geprägt hat. Ihre Entwürfe und Aufbauten ermöglichten es Inoue, in seinen Filmen Hunderte von Jahren zurückzugehen, bebilderte Reisen bis in älteste Zeiten zu unternehmen, Figuren zum Leben zu erwecken, sterben zu lassen oder die Zuschauer in eine ferne Zukunft zu entführen.

Natürlich war es für Hajime Inoue ein enormer Erfolg, einer der ganz großen Regisseure des japanischen Kinos zu werden, auf der anderen Seite konnte er danach nicht mehr einfach drehen, was er wollte. Dennoch hätte er, wenn es nur nach den Erwartungen des Publikums gegangen wäre, auch noch als weltberühmter Regisseur wieder zu dem reinen Impuls seiner Anfangszeit durchdringen können. Aber er brachte in dem Bestreben, seine vorherigen Arbeiten zu übertreffen, ein großes Werk nach dem anderen heraus, bis er vor einer Mauer stand, nämlich der des »kommerziellen Erfolgs«. Er verzettelte sich zwischen den widersprüchlichen Anforderungen von Kunst und Kommerz, mit dem Ergebnis, daß ihm weder das eine noch das andere richtig gelang. Nach seinem letzten Werk, das sowohl bei der Kritik als auch beim Publikum durchfiel, mußte er den bitteren Trank eines Mißerfolgs schlucken. Ein Rückzug in- und ausländischer Investoren war die Folge.

Fünf Jahre lang braute sich hinter seinem Rücken das Trugbild eines nächsten großen Werkes zusammen. Erwartungen, die das Publikum angeblich hegte, verselbständigten sich und ließen ihn wieder auf die Bühne steigen. Aber der Mann, der nun Regie führte, war nicht mehr der, der er in seiner Jugend gewesen war. Hajime Inoue war nur noch ein Schatten seiner selbst oder – wenn man so will – das Gespenst des japanischen Films von einst.

Filmgesellschaften und Regisseure, die kommerzielle Ziele verfolgten, existierten für ihn nicht. Niemandem war es gestattet, so etwas Schnödes vor dem Gott des Kinos zu erwähnen, und niemand wagte es.

Aber auch dieses Werk war nicht mehr als eine aus den Erwartungen des Publikums geborene Illusion, die sich nach Art eines Schneeballs eigenmächtig vergrößert hatte.

Das alles war natürlich nur möglich, weil es in der Filmbranche an Nachwuchs mangelte. Leider war in den vergangenen Jahren kein jüngerer Regisseur auf der Bildfläche erschienen, der es mit den Fähigkeiten eines Hajime Inoue hätte aufnehmen können. So gewann das Gerücht, daß Hajime Inoue noch einmal einen letzten großen Film drehen würde, immer mehr an Boden: mit dem Ergebnis, daß man sich auf ein Großprojekt mit ungeheurem Budget einließ.

»Du mußt Hajime jetzt helfen, Shiro«, sagte Kida zu mir. »Ich bin nicht mehr da, und statt meiner wirst nun du ihm die unangenehmen Dinge sagen. Inoue braucht ab und zu ein ehrliches Wort von einem jungen Menschen. Du bist ein guter Junge und mein einziger Schüler. Und der einzige, auf den ich in meinem Leben zählen konnte. Du kannst Inoue helfen, die Zeit zu bewegen, wie ich es versucht habe. Er hat dich entdeckt, und jetzt bist du Teil seines Teams.«

Ich war nicht überzeugt, daß ich dieses Vermächtnis, das Meister Kida mir auf dem Krankenbett hinterlassen hatte, in die Tat umsetzen könnte. In den vergangenen zehn Jahren hatte Inoue meine Arbeit zwar bis zu einem gewissen Grad anerkannt und auch häufig das Wort an mich gerichtet, dennoch fiel es mir schwer, ihm offen zu sagen, was ich dachte. In erster Linie war ich bestrebt, ihm jeden Wunsch von den Augen abzulesen, damit er glücklich war. Zu mehr war ich kaum imstande.

Ich fuhr ohne meine Kollegen von der Ausstattung in unserem Wagen ins Hotel zurück. Die schnurgerade einzige Straße, die über die Ebene führte, erschien mir wie ein Nervenstrang, der durch das Reich des Gedächtnisses verläuft, und während ich das Lenkrad umklammert hielt, überkam mich die Illusion, durch die Abgründe meiner Erinnerung zu rasen.

Ich wurde nicht müde, die sinkende Sonne zu beobachten. Der große rote Ball ließ die endlose Linie des Horizonts auflodern, während der obere Teil des Himmels bereits mit dem Raum verschmolz und eine blauschwarze Tönung annahm, auf der schon die Sterne funkelten. Nach Sonnenuntergang senkte sich tiefschwarze Nacht über Hokkaido. Anders als in der Großstadt fiel die des Lichts beraubte Welt in tiefe Melancholie. Ich wollte in Obihiro sein, ehe es ganz dunkel war. Mir war, als bräche die Welt hinter mir ab oder als wäre mir eine tödliche Armee auf den Fersen. Im Rückspiegel sah ich, wie hinter mir der schwarze Raum immer mehr von der Landschaft Besitz ergriff.

Seit mein Bruder Jiro aus meinem Alltag verschwunden

war, mußte ich viel an ihn denken und empfand sehr stark die Grenzen dessen, was in der Welt war.

So widerstrebte es mir, das Internet zu benutzen, weil es mir das Gefühl vermittelte, zu leicht Zugang zur Welt zu erhalten. Die Illusion, jeden Winkel der Welt, der Gesellschaft, der Zeit zu kennen, ohne in Wirklichkeit damit in Berührung zu kommen, ödete mich an, und ich konnte die allgemeine Begeisterung darüber nicht teilen. Natürlich war ich mir der Nützlichkeit bewußt, über alle Informationen innerhalb eines Augenblicks zu verfügen, nur ging so die Tugend der Ruhe verloren.

Mein Zugang zur Welt bestand darin, meinen Bruder im Koma zu beobachten und seinen Gefühlen nachzuspüren. Wenn ich seinen Körper anschaute, der weder tot noch lebendig war, und versuchte, Kontakt zu seinem Geist aufzunehmen, hatte ich das Gefühl, die Wirklichkeit zu berühren.

»Selbst die wirkliche Welt erscheint oft wie eine Fiktion, aber es gibt Menschen, die Fiktionen wirklich erscheinen lassen«, hörte ich die Stimme des Regisseurs. Mein Bruder im Koma war doch wirklich? Oder war er eine Fiktion? Und war die Welt, in der sein Körper sich befand, womöglich auch eine Fiktion?

In jener Nacht hatte ich einen Alptraum. Ich träumte, daß ein Yakuza in dem Park in Shinjuku meinem Bruder eine Kugel in den Kopf jagte. Ich selbst gehörte zu einem Filmteam und beobachtete die Szene aus einiger Entfernung, während ich mit der Patinierung der öffentlichen Toiletten, der Bänke und Elektromasten im Hintergrund beschäftigt war. Der Regisseur schrie meinen sterbenden Bruder wütend an: »Wieso brichst du nicht etwas natürlicher zusammen?« Obwohl aus dem Kopf meines Bruders das Blut nur so schoß, fuhren die Filmleute ungerührt mit den Arbeiten fort.

Die Regieassistenten hoben meinen blutüberströmten

Bruder auf, um die Szene noch einmal zu drehen. Der Mann, der meinen Bruder niedergeschossen hatte, wurde zurückgerufen, und man drückte ihm eine Smith & Wesson in die Hand. Der Mann zielte aus einiger Entfernung. Nun würde Jiro wirklich getötet werden. Ungeachtet der unmittelbaren Gefahr für meinen Bruder beschäftigte mich vordringlich der ungewöhnlich unnatürliche Zustand der Umgebung. Der Papierkorb neben der Parkbank und das Fahrrad, das neben dem Eingang zur öffentlichen Toilette lehnte – ihre Patinierung kam mir sehr künstlich und gewollt vor. Der Regisseur rief: »Kamera läuft!« Mein Bruder taumelte ins Bild, und der Mann zielte mit der Pistole auf seinen Kopf. Sie blitzte auf, denn sie war nagelneu. Mir wurde klar, daß sie nicht patiniert war, und ich erschrak. Sie war nicht fertig. Die Welt war noch nicht fertig.

»Herr Regisseur!« rief ich. »Warten Sie, die Sachen sind noch nicht fertig!«

Der Regisseur und der Kameramann drehten sich zu mir um. Ihre Gesichter waren verschwunden. An ihrer Stelle waren glatte, leere Flächen. Trotz meines Entsetzens rief ich noch einmal: »Die Requisiten sind noch nicht patiniert!«

Ich wachte von meiner eigenen Stimme auf. Vor dem Fenster meines Hotelzimmers in Hokkaido war es dunkel und innen so kalt, als wäre die angestaute nachmittägliche Wärme eine Täuschung gewesen. Dennoch war mein T-Shirt völlig durchgeschwitzt. Als ich zu mir kam, merkte ich, daß das Handy in meiner Tasche klingelte.

Die Zeiger meiner Uhr standen auf drei. Fröstelnd und nichts Gutes ahnend, holte ich das Handy aus der Tasche. Statt einer Nummer erschien auf dem Display die Anzeige »unbekannt«.

Ich ging ran. »Hallo?«

»Hier Fujisawa«, tönte mir die rauhe Stimme mit dem tierischen Schnaufen entgegen. Ich erstarrte einen Augenblick. Meine Ahnung hatte mich nicht getäuscht. Ich holte Luft und wischte mir den Schweiß von der Stirn.

»Jetzt habe ich dich erwischt. Du siehst, es hat keinen Zweck abzuhauen.«

»Ich bin nicht abgehauen.«

»Lügner! Nachdem ich dich das letzte Mal angerufen habe, hast du deine Handynummer geändert.«

Ich rang mir ein »Entschuldigung« ab, für das es eigentlich keinen Grund gab, aber immerhin war der Mann ein Bekannter von Jiro.

»Ich konnte nicht anders.«

»Und nach Hause konntest du auch nicht, was? Ich war x-mal dort, habe aber nur deine Mutter angetroffen, die keine Ahnung hat. Sehr ärgerlich. Sie wußte von nichts. Ich mußte ihr alles ein paarmal erklären, bis sie endlich deine neue Nummer rausgerückt hat. Wo bist du?«

»In Hokkaido, beruflich.«

»Hokkaido? Was machst du denn da?«

»Arbeiten. Wir drehen einen Film.«

Einen Moment lang sagte der Mann nichts, dann schnalzte er mit der Zunge.

»Na gut. Ich kriege sofort raus, wenn das nicht stimmt. Wie lange bleibst du?« fragte er dann rasch.

»Eine ganze Weile.«

»Und wie lange ist das?«

»Die Dreharbeiten dauern ungefähr noch ein halbes Jahr, glaube ich.«

»Was?«

»In dieser Zeit fliege ich ein paarmal nach Tokio zurück. Aber ich habe sehr viel zu tun. Im Moment weiß ich nicht, wann ich kommen kann. Wegen der Sonne.«

»Wie – Sonne? Laß das Geschwätz. Wo ist der Ranzen?«

»Entschuldigung, aber ich habe ihn nie gesehen. Und das ist die Wahrheit.«

»Ich entschuldige gar nichts«, sagte der Mann in drohendem Tonfall. »Wo in Hokkaido bist du?«

Da ich darauf nicht antworten wollte, wechselte ich das Thema.

»Was ist in dem Ranzen?«

Ich wußte ja, daß mein Bruder krumme Dinger gedreht und in Yakuza-Kreisen verkehrt hatte. Er hatte sogar damit geprahlt, für Leute zu arbeiten, die noch gefährlicher als die Yakuza seien. Worum es dabei genau ging, hatte er mir aber nie gesagt. Nur das Wort »Jahrhundertding« war mir noch im Ohr.

»Du willst wissen, was drin ist?«

Ich hatte das Gefühl, daß der Mann auf der anderen Seite der Leitung in Abwehrstellung ging.

»Wenn Sie es mir sagen, erinnere ich mich vielleicht an etwas. Was bedeutet ›Lose my memory?‹«

»Das weißt du ganz genau. Verarsch mich nicht.«

»Nichts liegt mir ferner. Ich wiederhole nur, was Sie bei Ihrem ersten Anruf gesagt haben.«

Der Mann schwieg. Dann räusperte er sich.

»Denk nach, kleiner Shiro, und sollte dir nichts einfallen, geht es dir beim nächsten Mal dreckig.«

Damit legte er auf, und das Amtszeichen ertönte. Das Wort »dreckig« erzeugte eigenmächtig ganz gewisse Bilder in mir. Bei der Vorstellung, wie mein Kopf in Stücke zerbarst, zitterte ich wie Espenlaub. »Beim nächsten Mal, kleiner Shiro.« Die Worte ließen mich nicht los. Dann war es also Fujisawa gewesen, der auf meinen Bruder geschossen hatte? Unfähig, mich zu rühren, blieb ich eine Weile im Schneidersitz auf dem Bett sitzen.

Einschlafen konnte ich nicht mehr, und nachdem ich etwa eine halbe Stunde lang über den Inhalt des Gesprächs nachgegrübelt hatte, wurde es mir im Zimmer zu stickig. Ich ging auf den Korridor hinaus und nahm den Aufzug ins Foyer, wo ein einsamer Portier hinter der Rezeption stand.

»Gehen Sie noch aus?« fragte er mich.

Ich könne nicht schlafen, erwiderte ich.

»Haben Sie schon die Sterne gesehen?« fragte der junge Mann und deutete auf den Garten. Das Hotel hatte einen schönen parkähnlichen Garten, und ich ging, wie der Mann mir empfohlen hatte, unter den Birken spazieren und schaute zwischen den Ästen zu dem herrlichen Sternenhimmel empor. Obwohl ein recht kühler Wind wehte, konnte ich mich lange nicht vom Panorama des nächtlichen Himmels losreißen. Sprachlos starrte ich auf die überwältigende Pracht der Sterne so dicht über mir. Die Bilder meines Alptraums gingen mir noch immer durch den Kopf, aber verwunderlicher als die Wirklichkeit waren sie auch nicht: Ich stand mitten auf Hokkaido in Obihiro im Garten eines Hotels.

Da ich nur ein T-Shirt trug, begann ich nach einer Weile zu frösteln. Es war offensichtlich kalt. Meine Poren schienen gar nicht Teil meines Körpers zu sein. Wie Sensoren spürten die einzelnen Zellen meiner Haut die Kälte und gaben diese Information an mein Gehirn weiter.

Meine Augen hatten sich an die Dunkelheit gewöhnt und nahmen eine Gestalt wahr, die sich auf mich zu bewegte. Ich wartete ruhig, bis sie näher kam. Ich spürte, daß mir eine entscheidende Begegnung bevorstand. Die Gestalt schritt zuerst zügig durch die Dunkelheit. Als sie mich bemerkte, blieb sie stehen. Sie schien überrascht, hier um diese Stunde jemanden anzutreffen. Das Mondlicht hob ihr Gesicht aus der Dunkelheit hervor. Dann schien auch sie mich zu erkennen.

»Ach, du bist's, Shiro. Was machst du denn hier mitten in der Nacht?« sprach sie mich erleichtert an und lächelte.

Tomoko und ich setzten uns auf eines der Sofas im Foyer. Der junge Mann an der Rezeption sah aus, als schliefe er, zumindest war sein Gesicht so ausdruckslos wie das einer Marionette. Wegen der reduzierten Nachtbeleuchtung herrschte ein dämmeriges Licht, in dem Entfernungen schlecht einzuschätzen waren. Fast hatte ich den Eindruck, mich noch immer in einem Traum zu befinden. Als ich Tomoko fragte, warum sie mitten in der Nacht spazierengehe, antwortete sie lange nicht.

»Ich konnte nicht schlafen«, murmelte sie endlich.

»Leidest du unter Schlafstörungen?«

Sie wirkte nicht so lebhaft wie am Tag, sondern geistesabwesend und unsicher.

»Nein, nicht direkt. Ich kann nur schon so lange nicht mehr schlafen.«

»Wie lange?«

»Seit vielen Tagen.« Ihre Antwort klang benommen wie im Schlaf und nicht wie an eine spezielle Person gerichtet.

»Vor einem Monat habe ich ungefähr für zwei Stunden das Bewußtsein verloren, seither bin ich die ganze Zeit wach.«

Bei diesem Film arbeitete ich zum ersten Mal mit Tomoko zusammen. Aber ich kannte sie von früher. Sie war eine Freundin meiner Schwester Ichiko, die bei einem Filmverleih arbeitete, außerdem war Tomoko eine Weile mit Jiro zusammengewesen. Meine Schwester hatte sie wohl miteinander bekannt gemacht. Tomoko war auch dreißig wie ich, aber ihr kindliches Gesicht ließ sie jünger erscheinen. Bei der Arbeit lief sie stets mit ernster Miene herum, aber wenn abends alle Anspannung daraus verschwunden war, wirkte es so weich, daß man unwillkürlich an einen milden vollen Mond denken mußte. Tagsüber leuchtete ein starkes, beinahe heiliges Feuer in ihren glänzenden Augen. Dieser Unterschied zwischen Tag und Nacht war sehr auffällig. Nicht wenige Männer im Team waren in sie verliebt, aber weil der Regisseur sie nicht von seiner Seite ließ, schaffte es keiner, ihr wirklich näherzukommen. Es war überall in der Branche bekannt, daß Hajime Inoue die Continuity ganz der jungen Tomoko anvertraute. »Weil sie so hübsch ist«, wurde getratscht, aber den wahren Grund für die besondere Aufmerksamkeit, die Inoue Tomoko entgegenbrachte, kannte niemand.

»Du kannst überhaupt nicht schlafen?«

»Nein, in meinem Kopf arbeitet es ununterbrochen.«

»Aber geht das denn? Ganz ohne Schlaf?«

»Wie das biologisch ist, weiß ich nicht. Ich war beim Arzt, aber das Schlafmittel, das er mir verschrieben hat, hat nichts genützt. Ich müßte vielleicht eine viel höhere Dosis nehmen als die vorgeschriebene, aber dann könnte ich am nächsten Tag nicht richtig arbeiten. Im Augenblick verzichte ich eben darauf zu schlafen. Aber, ehrlich gesagt, ist das ziemlich hart«, erklärte Tomoko mit ernstem Gesicht.

»Und du schläfst auch am Tag nicht ein?«

»Seltsamerweise fühle ich mich ziemlich normal. Ein bißchen benommen vielleicht, aber das gibt sich am Nachmittag.«

Tomoko Maruyama war ausgesprochen tüchtig. Sie hatte ein unfehlbares Gedächtnis für die Anordnung der Personen und Requisiten vergangener Szenen. Sie erinnerte sich so detailliert an alles, daß man sich fragte, ob sie nicht einen Videorekorder in ihrem Kopf eingebaut hatte. Ihre außergewöhnliche Fähigkeit, sich automatisch mit größter Genauigkeit an jede Szene zu erinnern – auch wenn der Dreh sich über einen langen Zeitraum hinzog wie jetzt – und sie augenblicklich wieder abspulen zu können, schien fast übermenschlich.

Wenn der Regisseur sie vor einer Einstellung fragte, welcher Schauspieler wie und wo gestanden und in welchem

Tonfall er was gesprochen habe, war Tomoko imstande, ohne auf ihre Aufzeichnungen zu schauen, exakt die Haltung des linken oder rechten Arms eines Schauspielers, die Neigung seines Kopfes, wie weit seine Füße auseinander gestanden hatten, die Zeilen, die die anderen Schauspieler gesprochen hatten, ihre Atmung, ihre Seufzer, ihr Räuspern, einfach alles exakt zu rekapitulieren. Hajime Inoue war sich ihrer Fähigkeiten eindeutig bewußt und setzte größtes Vertrauen in sie. Dennoch schien das nicht der eigentliche Grund zu sein, aus dem er sie nicht von seiner Seite ließ. Mitunter starrte er der jungen Frau reglos und wehmütig ins Gesicht, als blicke er in die Vergangenheit.

Ob Tomokos Schlaflosigkeit etwas mit ihrem perfekten Gedächtnis zu tun hatte, konnte ich nicht beurteilen, vielleicht hing sie aber auch tatsächlich mit ihrer Arbeit zusammen. Da ein Mensch nicht über längere Zeit ohne Schlaf leben kann, mußte ihr Körper wohl getrennt von ihrem Bewußtsein schlafen, auch wenn sie behauptete, sie schliefe nicht. Es war schon verwunderlich, daß es sich vierundzwanzig Stunden im Wachzustand befand und ununterbrochen weiterarbeitete.

»Gehst du immer um diese Zeit spazieren?«

Sie bejahte. Die Nacht sei so eintönig, am schlimmsten die Zeit gegen drei Uhr morgens. Tomoko hatte bei den Männern den Ruf, etwas spröde zu sein. Aber wenn sie sich mit mir unterhielt, war sie anders, vielleicht, weil sie Hajime Inoue öfter begleitete, wenn er mir bei der Arbeit zuschaute. Der Hauptgrund für unsere Vertrautheit war jedoch sicher mein Bruder.

»Meist schaue ich mir die Sterne an. Und spreche mit ihnen«, sagte sie lächelnd. »Die Sterne erinnern mich an Jiro und wie er früher war.«

Ich sah sie an. Sie schaute nach oben. Sie ist schön, dachte ich, auch wenn sie keine klassische Schönheit war, die einen Maler reizen würde. Lieblich war vielleicht ein treffenderer Ausdruck. Von ihrer ganzen Gestalt ging eine Klarheit aus, die an frische, leicht schneidende Morgenluft erinnerte. Sie hatte geheimnisvolle Augen. Kühl und voll Kummer. Ich versuchte, die Sterne, die am Nachthimmel funkelten, mit ihren Augen zu sehen.

Ich wußte nicht, warum Tomoko und mein Bruder sich getrennt hatten. Wir drei hatten ein einziges Mal gemeinsam gegessen, aber mir war aufgefallen, daß Tomoko meinem Bruder so viel mehr bedeutete als andere Mädchen, daß ich als jüngerer Bruder fast eifersüchtig wurde. Mein Bruder, der Frauen sonst immer wie Gegenstände behandelte, benahm sich wie ein Kavalier und tat Dinge, die ich nie für möglich gehalten hätte. Er, der sich grundsätzlich von Frauen einladen ließ, bezahlte die Rechnung und hielt Tomoko die Tür auf.

Aber wieso sich die gut erzogene, anständige Tomoko auf einen Tunichtgut wie meinem Bruder einließ, war mir ein Rätsel. Mit ihr fühle er sich wie etwas Besseres, ein höherer Angestellter in einem großen Unternehmen oder so, als läge eine großartige Zukunft vor ihm, hatte Ichiko einmal nachdenklich gesagt. Als meine Schwester die beiden miteinander bekannt machte, habe sie nicht im Traum daran gedacht, daß etwas Ernstes daraus würde.

Das größte Rätsel war indessen, warum die beiden sich trotz ihrer leidenschaftlichen Zuneigung so plötzlich trennten, gewissermaßen, als wäre eine Probezeit abgelaufen. Irgendwann war Tomoko verschwunden, und mein Bruder lief wieder mit irgendeinem Flittchen durch die Gegend. Ich hätte Tomoko gern nach dem Grund für ihre Trennung gefragt, traute mich aber nicht.

Tomoko und ich beschlossen, im Foyer auf den Morgen zu warten. Schweigend und reglos, wie mit offenen Augen schlafend, saßen wir auf dem Sofa und ließen die Zeit an uns vorüberstreichen.

»Ich würde gern wissen, wie wichtig der Schlaf für einen Menschen ist«, sagte Tomoko bekümmert. Ihre Unfähigkeit zu schlafen machte ihr angst. »Könnte diese Schlaflosigkeit meine Zukunft beeinträchtigen, zum Beispiel meine Lebenserwartung verkürzen? Wenn ich anfange darüber nachzudenken, wie lange ich ohne Schlaf leben kann, kann ich erst recht nicht einschlafen«, murmelte sie mit einem bitteren Lächeln.

Dann schwiegen wir, bis der neue Morgen anbrach und die Sonne am östlichen Himmel aufging.

Das Team und der Regisseur machten sich um acht Uhr auf den Weg, aber die ersten Transporter mit Ausrüstung fuhren bereits um sechs Uhr ab. Nachdem ich gefrühstückt hatte, verließ ich gegen Viertel vor sieben mit den Ausstattern das Hotel. Bis zum Drehort auf der Ebene waren es siebzig Kilometer, für die man etwa eine Stunde brauchte.

Der Regisseur traf meist gegen neun Uhr ein und begann sein Warten auf die Sonne. Gegen vier, wenn sie sich gen Westen senkte, kehrte er ins Hotel zurück. Das Team packte die ganze Ausrüstung wieder auf die Lastwagen und fuhr ebenfalls ab. Am aufwendigsten war der Transport der tausend Komparsen. Außer wenn es regnete, pendelten zig große Busse morgens und abends zwischen Drehort und Obihiro hin und her. Der letzte fuhr nach acht Uhr abends zurück. Seit über zwei Wochen war jedoch aller Aufwand vergeblich.

Niemand wußte, wie der Himmel, den der Regisseur brauchte, eigentlich aussehen sollte. Und niemandem war es gestattet, sich von seinem Platz zu rühren, bis der Regisseur sein Okay gab.

Tomoko hatte ausnahmsweise ihren Posten bei der Regie verlassen und plauderte gut gelaunt mit einigen Schauspielern vor deren Zelt. Da dies ein seltener Anblick war, ließ ich den Pinsel sinken und beobachtete sie von der Seite.

Wie immer stand sie mit geradem Rücken in perfekter Haltung da. Sie ließ sich nie gehen. Auch in entspannten Momenten wirkte sie stets energisch und beherzt wie eine Krankenschwester im Feldlazarett. Aber als einer der Schauspieler einen Scherz machte und alle in lautes Gelächter ausbrachen, trat nicht mehr als ein Lächeln auf Tomokos Lippen.

In der Mittagspause verzehrte ich meinen Proviant auf dem Wrack einer Panzerabwehrkanone. Tomoko setzte sich schweigend neben mich. Da sie sonst immer mit der Regie aß, starrten alle uns an. Ich warf einen raschen Blick zu Inoue hinüber, der nach vorn gebeugt auf seinem Stuhl eingenickt war. Seine weißen Haarsträhnen beschrieben sanfte Bögen in der Luft.

»Danke, daß du die ganze Nacht bei mir geblieben bist. Ich war seit langer Zeit mal nicht einsam.« Tomoko sah mir in die Augen. »Jetzt hast du gar nicht geschlafen, oder?« fragte sie.

»Ich hatte vorher etwas geschlafen, das geht schon in Ordnung«, sagte ich und lächelte.

»Ich habe mich so geborgen gefühlt. Es war wie mit Jiro«, murmelte Tomoko, während sie den Deckel ihrer Proviantschachtel öffnete.

Das Wetter hatte sich leicht gebessert. Die blauen Abschnitte vergrößerten sich und breiteten sich allmählich am ganzen Himmel aus. Mit etwas Glück konnten wir heute vielleicht drehen.

»Wenn du willst, können wir uns jede Nacht treffen«, schlug ich vor.

»Aber wenn du mir nachts Gesellschaft leistest, kannst du doch am Tag nicht arbeiten.«

»Ach wo, ich finde schon Zeit für ein Nickerchen.«

»Man wird dich für einen Faulpelz halten.«

»Ein Dekorateur kann machen, was er will, es sieht immer nach Arbeit aus.«

»Danke«, sagte Tomoko. Vielleicht bildete ich es mir nur ein, aber sie sah ein bißchen heiterer aus als sonst. Ich spürte, daß sie sich freute.

Sie nahm mit ihren Stäbchen eine Krokette auf und führte sie zum Mund. Ein Windstoß kam, und im nächsten Augenblick fiel ein Lichtstrahl zwischen uns, der den Boden in zwei Teile spaltete und auch sie und mich trennte. Tomoko saß im Schatten und ich im Licht. Wir blickten gleichzeitig zum Himmel.

»Die Sonne!« ertönte Kurodas Stimme. Der alte Regisseur erwachte aus seinem Schlummer und sah nach oben. Langsam erhob er sich aus seinem Stuhl. Er ließ die Arme hängen und machte ein erstauntes Gesicht, als wäre ihm etwas Unerwartetes begegnet. Tomoko stellte ihren Proviant ab und eilte zu ihm. Gleich wurde auch ihr Körper vom Licht verschluckt.

Geschäftige Unruhe brach aus. Die Augen des Regisseurs glänzten, und das ganze Team stürzte sich in die Vorbereitungen zum Drehen.

»Tomoko, wie waren die Wolken bei der letzten Einstellung?« Der Regisseur sprach, den Blick gen Himmel gerichtet, ungewöhnlich laut. Tsutaya, der Kameramann, und Ishiken, der Beleuchter, trafen gleichzeitig bei ihm ein.

»Der Cumulonimbus ist etwas kleiner, aber ähnlich wie bei der letzten Einstellung. Wenn man es genau nimmt, sind auch die Schatten, die die Armeelaster werfen, geringfügig länger, aber mit dem Schwanken der Gräser im Wind kommt es hin«, sagte Tomoko.

Der Regisseur nickte. Der zweite Assistent war ebenfalls an seine Seite geeilt. »Was sollen wir machen?« drängte er.

»Wie lange wird die Sonne bleiben?« Inoues Stimme war voll Energie.

»Etwa vierzig Minuten«, meinte Kuroda nach einem Blick durch den Contrast Viewer.

»Fertigmachen zum Drehen«, wies Inoue den zweiten Regieassistenten an, der sich seinerseits erregt zum dritten Assistenten umwandte, der im Schauspielerzelt beschäftigt war. »Fertigmachen!« gab er die Anweisung schreiend an ihn weiter. Man merkte dem Team die Anspannung an, die sich in den letzten beiden Wochen angestaut hatte.

»Kamera! Bitte Platz machen!« rief ein Kameraassistent und drängte sich mit einer glänzenden lackschwarzen Fünfunddreißig-Millimeter-Kamera vorbei auf die kleine Erhöhung, auf der der Regisseur und Tsutaya standen. Anscheinend wurde die Position, an der ursprünglich gedreht werden sollte, wegen der Schatten der Lastwagen geändert. Ein paar Arbeiter verlegten die Schienen für die Kamera. Tsutaya erklärte ihnen gestenreich mit beiden Armen, wie lang die Schienenstrecke sein und in welche Richtung sie führen mußte. Weil es nichts anderes zu tun gab, solange die Kamera noch nicht eingerichtet war, wurden die Kameraleute sehr unruhig. Der Wind wehte einige Deckel von Proviantschachteln davon, und ein paar Hilfskräfte jagten ihnen nach. Anscheinend wollte man mit einem Achtzehn-Millimeter-Weitwinkelobjektiv eine Kranaufnahme von der Ebene machen. Ohne den Regisseur aus den Augen zu lassen, wies Tanei eilig seine Assistenten an, die Militärfahrzeuge, die etwas zu weit entfernt standen, in Stellung zu bringen.

»Ist gerade jemand frei?« rief eine Stimme. Es wurden Leute gebraucht, die zur Zeit nichts zu tun hatten.

Einige Produktionsassistenten und die Manager der Schauspieler halfen dabei, die Fahrzeuge zu bewegen. Sobald die Vorbereitungen zum Drehen einmal begonnen hatten, zog das gesamte Team an einem Strang. Natürlich schloß auch ich mich den anderen an.

Die tausend Komparsen bezogen im Westen der Ebene Stellung. Sie hatten dies schon mehrmals sorgfältig geprobt und wußten, daß die Zeit begrenzt war. Inoue gab seine Anweisungen über Megaphon, und seine Stimme schallte freudig erregt wie selten über die Ebene.

Während ich mich mit der Schulter gegen einen der Laster stemmte, betete ich insgeheim um den Himmel, den er in China gesehen hatte, auch wenn ich selbst keinen Unterschied zu dem üblichen blauen Himmel erkennen konnte.

»Das ist die Einstellung, die ich im Sinn hatte«, sagte der Regisseur mit lebhafter Stimme. Ich hätte gern ein bißchen besser verstanden, warum ihm so viel daran lag.

Als letzte Spuren des Sommers zogen vereinzelte Cumulonimbuswolken am Himmel wie Lebewesen oder riesige Kunstwerke. Die Sonne strahlte zwischen ihnen hervor. Am Blau des Himmels war nichts auszusetzen, dagegen schienen die Wolken auf einmal etwas schneller zu ziehen. Zumindest veränderten sie sehr rasch ihre Form. Die Arbeiter mühten sich mit den Schienen ab, und alle arbeiteten fieberhaft.

Inoues Team bewegte sich ebenso diszipliniert wie Soldaten auf einem Schlachtfeld. Seine Stimme mochte alt und brüchig sein, aber wenn er wütend wurde, konnte er noch ganz gut schreien. Wenn es um seine Sonne ging, verstand er keinen Spaß. »Ihr Idioten! Was macht ihr so lange? Hier wird nicht getrödelt!«

Seine Soldaten erledigten alles im Eilschritt. Nach einer kurzen Kameraprobe rief der zweite Regieassistent: »Fertig zum Drehen!« Die Botschaft wurde über Funk an die anderen Abteilungen weitergeleitet.

»Beeilt euch!« trieb Inoue an.

Auf die Nachricht, daß die Komparsen soweit waren, brachte der dritte Assistent die Klappe.

»Drehfertig!« rief der zweite Assistent noch einmal. Anspannung breitete sich über die ganze Ebene aus.

»Kamera läuft!« Der zweite Regieassistent gab Tsutaya ein Zeichen. Die Kamera wurde eingeschaltet, der Film lief.

»Ton!«

»Ja!« rief der Tontechniker knapp.

»Szene achtzehn, die zweite«, rief der dritte Regieassistent und schlug die Klappe.

»Achtung!« rief der Regisseur durchs Megaphon. Die Spannung erreichte ihren Höhepunkt. Per Funk bekamen der vierte und der fünfte Assistent, die bei den Schauspielern und Komparsen warteten, ihr Signal.

»Action!« ertönte Inoues Stimme über Lautsprecher. Als alle tausend Komparsen gleichzeitig losmarschierten, schien die ganze Ebene in Bewegung zu geraten. Es war eine großartige Szenerie. Der Japanisch-Chinesische Krieg war ausgebrochen, und Japan überzog ganz China mit einer kriegerischen Offensive. Hajime Inoue hatte die dramatische Geschichte einer Liebe und die Heimkehr von Menschen, die den Wahnsinn des Krieges überlebt hatten, zum Thema seines letzten Films gemacht. Zugleich wollte er das gewaltigste Ereignis des zwanzigsten Jahrhunderts dokumentieren. Szene achtzehn wurde für die erste Hälfte der Geschichte gebraucht und handelte von Japans Eintritt in den unabsehbaren, aussichtslosen Krieg. Inoue wollte aus seiner eigenen Erfahrung den tödlichen Marsch der japanischen Soldaten veranschaulichen, die immer weiter ins Innere Chinas vorrückten, ohne etwas von dem elenden Schicksal zu ahnen, das sie erwartete.

Der Wind trieb die Wolken vor sich her und veränderte ihre Form. Die Soldaten auf der linken Seite schienen etwas zu langsam voranzukommen. In der vorherigen Einstellung hatten sich alle tausend in einer geraden Linie über die Ebene bewegt. Der Regisseur verzog grimmig das Gesicht. »Das ist doch alles Mist! Wieso könnt ihr das nicht genauso machen wie bei der Probe, ihr Volltrottel«, schrie er mit zusammengezogenen Brauen.

In dem Moment verzog sich die Sonne wieder hinter den

Wolken. Ärgerlich warf Hajime Inoue das Megaphon zu Boden.

In jener Nacht träumte ich von Jiro. Er hatte sein Bett im Krankenhaus verlassen, um mich zu besuchen. Die Schläuche steckten noch in seinem Körper. Ich konnte nicht erkennen, wo wir waren, weil es dunkel war. Jedenfalls stand er vor mir. Zuerst beachtete er mich nicht weiter. »Jiro, was machst du hier?« rief ich ihm zu. Da erst nickte er und sah mich an; von seinem Schädel fehlte die obere Hälfte. Wahrscheinlich weil sie weggeschossen worden war. An der Stelle klaffte ein großes Loch, und ich konnte nicht anders, als dorthin zu starren. Leichter Dampf stieg noch daraus auf, als wäre die Wunde ganz frisch. Dort, wo sich sein Gehirn befinden sollte, war nichts. Dennoch schaute mich mein Bruder an. »Ist alles fertig?« fragte er. Sein Ton war knapp und ein bißchen unwirsch.

»Ja, alles fertig«, antwortete ich. Mein Bruder lachte freudlos und begann mir eine lange Geschichte zu erzählen. Obwohl man es eigentlich nicht »erzählen« nennen konnte, denn sie erreichte mich nicht durch Worte, sondern er übermittelte mir – ich weiß nicht, wie – die Bilder ganz einfach durch seine Augen.

Jiros Welt 1

Shiro, kleiner Bruder, jetzt schlage ich mich mit der Welt herum. Seit ich in diesem Zustand bin, habe ich zum ersten Mal einen Überblick. Sie ist viel kleiner, als ich dachte. Das klingt vielleicht komisch von einem wie mir, dem der Kopf weggepustet wurde, aber die Welt ist wirklich nicht größer als der Inhalt meines Kopfes.

Und in dessen Welt bewege ich mich nun. Nirgends sonst kann ich existieren, jenseits davon erstreckt sich nur pechschwarzer Raum – das Totenreich.

Du kennst doch diesen kleinen Park in Shinjuku-Ost? Er ist ziemlich düster und schäbig und sieht mehr aus wie ein Parkplatz. Egal, jedenfalls habe ich an dem Tag wie immer auf einen Kunden gewartet. Meist vermeide ich es, an einer Stelle zu bleiben, daher setzte ich mich auch diesmal erst in den Schatten, dann lungerte ich ein bißchen bei den öffentlichen Klos herum oder legte mich auf eine Bank. Also ich wartete, daß dieser Typ irgendwoher auftaucht.

Die Sonne stand schon tief, und ich wollte gerade gehen, weil ich dachte, daß doch keiner mehr käme. Da rannte ein Mann, der sich die Nase hielt, auf mich zu. Es war nicht normal, wie der Kerl rannte, ich witterte Gefahr und wollte mich verziehen, aber er packte mich von hinten am T-Shirt und zerrte mich zurück. »Laß mich«, rief ich und riß mich los. Da sah ich erst, wen ich vor mir hatte: diesen idiotischen Weißen, dem ich schon öfter Koks verkauft habe.

»Los, sag schon, mit was hast du das Zeug gestreckt?« schrie er mich auf japanisch an. Der Typ ist immerhin einen Kopf größer als ich.

»Wovon redest du?« Ich stellte mich dumm.

»Meine Nase ist total am Arsch.«

»Dann wirst du wohl zuviel erwischt haben.«

Dem Mann schien die Nase wirklich weh zu tun, so wie er die Hand darauf preßte. Ich wollte gar nicht hingucken. Aber ich wußte genau, was los war, und riet ihm möglichst unbeteiligt, so als ginge mich die Sache nichts an, lieber ein Krankenhaus aufzusuchen.

»Ach, halt die Klappe. Was hast du reingemischt?«

»Gar nichts.«

»Natürlich hast du es gestreckt!«

»Nein, habe ich nicht.«

Ich hatte ihm mit Glasstaub gestrecktes Kokain verkauft. Du hast mich ja gewarnt. »Jiro«, hast du gesagt, »wenn du in diesem Geschäft bleibst, erwischen sie dich irgendwann.« Das Zeug kam aus Taiwan und hatte nicht die beste Qualität. Also kam ich auf die Idee, es mit Glasstaub zu mischen. Einmal hast du mir geholfen, weißt du noch? Wir saßen auf der Feuerleiter hinter irgendeinem Gebäude in der Stadt und haben Glas mit einem Hammer zerkleinert. Wenn ich dir gesagt hätte, warum wir das taten, hättest du bestimmt versucht, mich davon abzuhalten. Also habe ich dich angelogen. Tut mir leid.

Wenn man sich den gestreckten Stoff dann durch einen Strohhalm oder durch zusammengerolltes Papier reinzog, zischten die Glaspartikel direkt ins Hirn und spielten dort verrückt. Natürlich reizten sie auch das Innere der Nase. Jedenfalls war die Wirkung durchschlagend. So entstand das Gerücht, der Stoff wäre von bester Qualität, und das Geschäft florierte erst mal. Nur ist in meinem ehemaligen Bezirk, in Shibuya, das gleiche Problem aufgetreten, und ich bin noch gerade so mit dem Leben davongekommen.

»Meine Nase tut weh, innen drin brennt sie wie verrückt. Es ist, als würde mir einer mit Nadeln ins Hirn stechen. Das passiert immer mit deinem Stoff«, jammerte der Typ.

»Vielleicht verträgst du ihn nicht. Soll ich dir was anderes besorgen? Angeldust, Skunk oder Ketamin?«

»Halt die Schnauze. Denkst du, ich kauf' noch mal was von dir?«

»Ich bin nicht verantwortlich für die körperliche Verfassung meiner Kunden. Geh zum Arzt!«

Zuerst hatte ich Flaschenscherben mit dem Hammer zerkleinert, aber die Teilchen waren nicht fein genug. Außerdem flogen mir ständig Splitter um die Ohren. Also experimentierte ich ein bißchen und entschied mich am Ende dafür, einen Bohrer zu verwenden, den ich aus einer Fabrikhalle in der Nähe geklaut hatte. Damit wurde alles wunderbar fein, so daß ich auch ohne deine Hilfe leicht feinsten Glasstaub hinkriegte.

»Komisch, daß du den Stoff nicht im Block verkaufst.«

»Damit erspare ich meinen Kunden die Arbeit. So was nennt man Kundendienst.«

»Schnauze. Los, was war drin?«

»Nichts.«

»Dann nimmst du jetzt selber mal eine Nase voll!«

Der Weiße griff mir in die Tasche, in der ich das Koks mit dem Glasstaub hatte. Einen Augenblick verzog ich das Gesicht.

»Los, rein damit. Das gleiche Zeug, das du mir verkauft hast.«

Ich trat einen Schritt zurück.

»Mach schon.«

Der Mann kam zwei, drei Schritte näher. So nah, daß ich den Eindruck hatte, in seinen Nasenlöchern die Glassplitter sehen zu können, die dort im Schleim steckten und wie Kristalle funkelten.

Für solche Notfälle hatte ich immer ein Survivalmesser im Rucksack. Und in dieser Situation blieb mir ja nichts anderes übrig, als es zu benutzen. Der Typ war sowieso hinüber, mit den ganzen Splittern in seinem Hirn.

Zum Glück war im Park keine Menschenseele. »Jetzt oder nie«, dachte ich und streckte die Hand nach meinem Rucksack aus. Aber der Mann war schneller und zog eine Pistole aus seiner Papiertüte. Ein lauter Knall zerriß mir das Trommelfell. Ich sah den Himmel, er war so blau, daß es der reinste Hohn war. Dann sah ich den Boden schräg wegkippen. Und direkt vor mir, viel zu deutlich, den davonrennenden Mann.

Ich überlebte knapp, verlor aber die Besinnung. Jetzt warte ich schon ein paar Monate in meinem Bett im Krankenhaus auf den Tod. Ihr glaubt, ich wäre im Koma, aber in Wirklichkeit bin ich die ganze Zeit bei Bewußtsein. Sogar ziemlich klar. Ich kann mich an vieles erinnern, nur bruchstückhaft allerdings und mit Unterbrechungen. Alles wirkt seltsam aufgebläht und ist auf gewisse Zeiten beschränkt; so ist das wohl nach einem Schuß ins Gehirn. Aber im Grunde funktioniert mein Gedächtnis noch.

Ich kann mich nur nicht rühren. Weder kann ich die Augen bewegen noch den Mund oder Arme und Beine. Und wenn man zu keiner Reaktion imstande ist, besteht die Gefahr, für hirntot gehalten zu werden. Ich kenne mich darin nicht aus, ich bin ja kein Arzt und weiß nicht, warum ich kein Glied regen kann. Aber was dieser Quacksalber von einem Arzt sagt, kann nicht sein. Der hat überhaupt keine Ahnung. Würde er sein Handwerk verstehen, hätte er längst erkannt, daß mein Verstand noch funktioniert und ich noch denken kann. Dann würde er mich entsprechend behandeln. Aber dieser Schwachkopf glaubt, nur weil ich kein Gehirn mehr habe, könnte ich nicht mehr denken. Ich habe genau gehört, was der Kerl gesagt hat. Er hat vor aller Welt behauptet, die Chance, daß ich mich erhole, beträgt nicht mal ein Prozent. Scheiße! Ich könnte kotzen. Der Arsch hat sich sogar vor meiner Nase an Tomoko rangemacht, als sie zu Besuch war. Natürlich hat sie den Kurpfuscher ignoriert; es wäre mir unerträglich, wenn so ein Typ sie anfassen würde. Aber wenn man sich nicht bewegen kann, ist man so gut wie gestorben. Dabei nehme ich die Welt ganz klar wahr, auch wenn ich mich nicht bemerkbar machen kann. Es ist, als lebte ich in einer Metallkiste, in der ein kleiner Lautsprecher eingebaut ist, über den Neuigkeiten von draußen übertragen werden. Grausam, was?

Deine Stimme höre ich am häufigsten. Du bist der einzige, der mich immer wieder besucht. Nein, stimmt nicht. Tomoko ist ja auch gekommen, ungefähr einmal im Monat, heimlich. Du und Tomoko, ihr habt mich nicht vergessen und meine reglose Hülle besucht. Mutter war wohl meistens krank, und Ichiko war auch noch nicht hier; aber sicher kann sie nichts dafür. Sie ist ja dauernd im Ausland und kauft Filme ein.

Aber du läßt dich, sooft du kannst, bei mir blicken, immer wenn du frei hast. »He, Jiro, wie geht's dir? Heiß heute, was?« Oder: »Hallo, Bruderherz, heute ist ein herrlicher Tag, draußen wimmelt es von Leuten, die den Umzug für morgen vorbereiten.«

Deine Stimme vermittelt mir so etwas wie einen Tagesablauf. Dein »Guten Morgen« und »Ich komme wieder« waren für mich wie eine automatische Zeitansage. Von dem, was du sonst noch gesagt hast, ergab fast nichts einen Sinn. Aber die Bedeutung von Worten interessiert mich nicht, sie ist mir egal. Hauptsache, ich kann sie hören.

Durch deine Stimme wußte ich, daß ich doch noch am

Leben war, und bekam etwas von der Welt mit. Ansonsten lebe ich in den Erinnerungen, die mir geblieben sind.

Das Tal der Erinnerungen, das ich am häufigsten durchstreife, führt durch die Zeit, als ich zehn Jahre alt war. Mein Universum beschränkt sich auf die hundertfünfzig Quadratmeter des Viertels in Shinjuku-Süd, wo wir vor der Scheidung der Eltern wohnten. Vater war noch gesund, und Großvater lebte auch noch. Natürlich sehe ich auch manchmal Mitsuko und Ichiko. Was wohl aus meiner kleinen Schwester Mitsuko geworden ist? Sie hat mich auch noch nicht im Krankenhaus besucht. Aber so sind die Menschen. Jeder lebt sein eigenes Leben. Ich nehme es ihr nicht übel. Jeder lebt für sich allein, jeder stirbt für sich allein. Und ich habe ja dich, Shiro. Du spielst eine wichtige Rolle in der Welt meiner Erinnerungen. Als ich zehn war, warst du fünf und hast an mir geklebt wie eine Klette.

Damals wohnten wir im zweiten Stock eines Eckhauses. Bis wir vor ungefähr zehn Jahren in die größere Wohnung im dritten Stock von diesem anderen Gebäude gezogen sind. Unsere alte Wohnung war klein, hatte keinen Kühlschrank und roch muffig. In der Gegend gab es nur alte Häuser. Die Feuerleitern ragten über der Straße in den Himmel und sahen aus wie irgendwelche abstrakten Schriftzeichen. Unsere Straße war nicht breit, höchstens sieben Meter. Wir hatten Freunde dort; das Leben verlief ruhig und gemächlich wie in einem alten Schwarzweißfilm. Und vor allem hatte ich noch viele Hoffnungen und Wünsche.

Jetzt sitze ich den ganzen Tag auf den Stufen unseres Hauses. Meine Welt reicht nicht weiter als bis zum nächsten Block und bis zur nächsten Kreuzung. Genauer gesagt, bis zu dem Haus gegenüber, wo Hiroshi wohnte, bis zu Natsukos Haus und von dort bis zu dem Gelände mit dem verfallenen Haus und der Odakyu-Bahnlinie, die man von dort sehen kann. Mehr existiert nicht. Die Straße endet in einer

Schlucht und verliert sich im Dunkeln. Auf den Grund der Schlucht dringt kein Licht; einmal riskierte ich einen Blick, aber es war, als schaute ich in einen tiefen, bodenlosen Brunnen. Die Straße war wie abgetrennt, nichts als Dunkelheit breitete sich dahinter aus, und die Straße wirkte wie abgebrochen. Bis an die Klippe wagte ich mich nicht vor. Das war mir zu unheimlich. Mit dem Auge Gottes gesehen, ist die Stadt meiner Erinnerung ein leerer Raum, meine Welt wie ein aus Ablagerungen entstandener Berg, abgeteilt von allem durch eine Schlucht wie der Grand Canyon.

Deshalb sind auch unsere Möglichkeiten zu spielen begrenzt. Basketball und Baseball kommen nicht in Frage, weil die Bälle sofort über den Rand fallen würden. Skateboards wären auch zu gefährlich. Wir können uns also nie weit entfernen und begnügen uns damit, in der Sonne vor dem Haus herumzulungern.

So war es auch damals. Unsere Welt war friedlich, nie passierte etwas Aufsehenerregendes. Nichts tat sich, und niemand kam vorbei. Ich saß meist den ganzen Tag auf der Treppe und beobachtete die Gasse. In meinem Leben gab es noch kein Koks, keinen Angeldust, nicht einmal Joints. Mit zehn ahnte ich noch nicht, das so was überhaupt existierte. Haß und Gewalt waren keine Fragen, die mich bewegten.

»Jiro, mein großer Bruder, weißt du noch, als wir klein waren? Ich hing an dir wie eine Klette und wollte überallhin mit. Bestimmt habe ich dich genervt, und ich bin dir dankbar. Denn du warst der einzige, der mit mir gespielt und sich um mich gekümmert hat, der bei mir war. Aber als du anfingst, mit Kokain zu dealen, und dich mit üblen Typen eingelassen hast und gar nicht mehr nach Hause gekommen bist oder morgens diese Frauen mit den komischen Frisuren mitgebracht hast, war ich immer allein. Oft bin ich lange wach geblieben und habe auf dich gewartet, gehofft, daß du heil zurückkommst und vielleicht mit mir spielst wie früher. Ich habe dir das nie gesagt, nur zu allem genickt. Jetzt vegetierst du hier vor dich hin und kannst nichts sagen. Es ist meine Pflicht, zu dir zu halten und mit dir zu reden, aber ich tue es gern. Es ist, als wärst du zu mir zurückgekommen. Ich übermittle dir, was draußen vor sich geht. Ich bin für dich der Zugang zur Welt geworden. Auch wenn du nichts verstehst, erzähle ich dir, was du sicher gern wissen würdest. Ob die Giants gewonnen oder verloren haben. Was sich in Shinjuku verändert hat. Was deine früheren Freundinnen machen. Ich wünsche mir, daß du dich wohl fühlst und ewig weiterlebst.«

Jedenfalls sitze ich von morgens bis abends auf der Treppe in unserem Viertel und betrachte die Fetzen meiner Erinnerungen. Du kommst raus und setzt dich neben mich. Es ist eine geruhsame Zeit. Zwei Lausebengel wie wir haben nichts anderes zu tun, als in aller Ruhe die andere Straßenseite zu beobachten. Gab es damals wirklich nichts Aufregenderes zu tun? Kinder sind wie wartende Tiere. Sie lauern ständig darauf, daß sich etwas tut. Irgend etwas Tolles, Interessantes.

Zeit spielte keine Rolle. Wir hatten so viel davon, daß wir keine Angst zu haben brauchten, sie könnte uns einmal ausgehen.

Vater sehe ich auch. Unseren gutaussehenden, starken, gütigen Vater, der sich dennoch nicht gut mit Mutter verstand. Ich weiß noch, wie ich einmal Ichiko, die ja zwei Jahre älter ist als ich, danach fragte und sie sagte, er liebe eine andere Frau. Aber ich glaubte ihr nicht. Gerüchte sind meist nur das Produkt der Einbildungskraft dummer Menschen, das Ergebnis niedriger Verdächtigungen. Das wußte ich, lange bevor ich hier in diesem Bett landete. Die Wirklichkeit geht über die Phantasie hinaus. Alle hatten etwas dazu zu sagen, aber im großen und ganzen waren es nur banale Hirngespinste. Es muß einen anderen Grund dafür gegeben haben, daß Vater uns verlassen hat, möchte ich meinen. Nein, da bin ich ganz sicher. Ich weiß es.

Vater wendet mir das Gesicht zu, aber er steht im Gegenlicht, so daß ich nur seine Umrisse erkennen kann.

»Wohin gehst du?« frage ich ihn.

»Zu einem Freund«, sagt Vater. Er streicht mir über den Kopf und nimmt dich fest in die Arme.

»Dürfen wir mit?«

Vater sieht bedrückt aus. »Heute haben wir etwas Wichtiges zu besprechen. Nächstes Mal.«

Er geht rasch fort. Ich stehe auf und laufe ihm nach. Auch du kommst hinterhergelaufen. Aber Vater verschwindet an der Kreuzung. Seine Gestalt verliert sich in einem verschwommenen, undefinierbaren Raum. In einer mir unbekannten Welt. In der Welt der Erwachsenen, wäre nicht zuviel gesagt. In einer Welt, in die du und ich keinen Einblick haben. In der es Koks und Angeldust gibt.

Sobald sie um die Ecke der Straße gehen, sind Mutter, Großvater und die anderen Erwachsenen aus der Nachbarschaft verschwunden. Auch ich wollte um diese Ecke gehen, aber der Weg bricht dort erbarmungslos ab. Dahinter ist nichts als abgrundtiefe Schwärze. Aber Vater und Mutter fielen nicht in den Abgrund, sie verschwammen mit dem Himmel und lösten sich einfach auf, als wären sie plötzlich in eine andere Dimension eingetreten.

Du und ich, wir standen ratlos dort, wo die Straße auf die Kreuzung traf und abbrach. Im nachhinein kommt es mir vor, als hätten wir am Rand der Welt gestanden, ohne zu wissen, was jenseits davon war. Nur diese zahllosen sich windenden Schichten, die sich bis zum Horizont erstreckten. Als ständen wir oben auf den Verwerfungen des Grand Canyon und blickten in alle vier Himmelsrichtungen.

»Was ist da vorn?« fragtest du.

»Wie soll ich das wissen?« erwiderte ich. Du legtest deine Hand in meine. Unwillkürlich umschloß ich sie.

»Du, Jiro, wollen wir mal hingehen? Und gucken? Würdest du es nicht auch gern wissen?«

Ich wußte nicht, was ich dir antworten sollte, wiegte nach kurzem Nachdenken den Kopf.

»Ich weiß nicht. Ist mir egal.«

Dann kehrte ich zu meiner Steinstufe zurück, um wieder die Feuerleiter hinaufzuschauen, die sich an der Fassade des Hauses entlang in den Himmel reckte. Du saßt wie gewöhnlich neben mir und hattest die Arme um die Knie geschlungen. Unsere Distanz zur äußeren Welt hatte sich weder verringert noch erweitert, und wir gähnten träge.

Das war damals meine ganze Welt. Und in ihr findet auch mein gegenwärtiges Leben statt. Ich bin ein Kind und lebe in einer friedlichen, ruhigen Welt, ohne Koks, Angeldust und Tokarews. Ich wußte, daß diese Welt ewig ist. Jetzt lebe ich wieder darin, Shiro, und ich genieße das Glück, das Gott mir geschenkt hat.

Zwischen Tag und Nacht

Während wir auf die vollkommene Sonne unseres Regisseurs warteten, breitete sich ein Tiefdruckgebiet über Hokkaido aus. Wir konnten das Hotel nicht mehr verlassen, und es blieb uns nichts anderes übrig, als brav abzuwarten, daß der Regen sich verzog. Laut Wetterbericht sollte er jedoch zumindest noch ein paar Tage andauern, und selbst die Geduldigsten machten allmählich lange Gesichter.

Die Produktion zog sich in den Konferenzraum zurück, um zu beraten, wie die Verzögerung wieder aufzuholen sei. Doch ohne den »Kaiser« war es nicht leicht, Mittel und Wege aus der Krise zu finden.

Die dichten Regenwolken, die tief über der Ebene von Tokachi hingen, tauchten das Hotel in ein düsteres Licht. Der Himmel, der bei Tag beinahe so schwarz war wie in der Nacht, schien wie ein unheilvolles Omen für Hajime Inoues Comeback und versetzte auch mich in schwermütige Stimmung.

Es regnete unablässig und in Strömen, wie sonst nur in der Regenzeit auf Honshu. Im Café des Hotels wurde ich Zeuge einer Diskussion zwischen einigen Mitgliedern des Teams und Tokito, dem Produktionsleiter. Der Regisseur saß mit zusammengepreßten Lippen in der Mitte und starrte auf den Tisch. Die Männer drängten auf eine Entscheidung. Inoue hatte die Arme vor der Brust verschränkt und hielt den Kopf leicht gesenkt. Sein Mund blieb fest geschlossen.

Hartnäckig versuchten die Männer, ihn zu überzeugen, aber ihre Gesten waren so plump, daß ich mich an Marionetten erinnert fühlte.

Die Produktion erwog, die Dreharbeiten auf Hokkaido abzubrechen und in Tokio fortzusetzen. Wenn sich die Situation nicht bald änderte, würde die Stimmung des Teams und der Schauspieler in den Keller sinken. Diese tage- oder sogar wochenlange Verzögerung würde den ganzen Film in Gefahr bringen.

Die meisten Mitarbeiter der Dekorationsabteilung waren schon nach Tokio zurückgekehrt. Faßte man den Beschluß, im Studio weiterzudrehen, würde auch ich nach Tokio zurückbeordert. Alle warteten auf die Entscheidung des Regisseurs. Es sah aus, als würde der Regen ewig andauern. Die Mitarbeiter versagten sich ihre Seufzer und beobachteten die Miene Hajime Inoues. Der Regen wurde stärker und prasselte gegen die Scheiben des Foyers. Die Marionetten saßen in der Geschichte des zwanzigsten Jahrhunderts fest.

Nach dem Abendessen schlief ich beim Lesen auf dem Bett ein, wurde aber durch einen erneuten Anruf von Fujisawa geweckt. Als ich auf die Uhr schaute, war es kurz nach zwölf.

»Du klingst schlecht gelaunt«, sagte Fujisawa.

»Ich habe geschlafen.«

»Entschuldige, daß ich dich geweckt habe.«

Als ich schwieg, kam er gleich zur Sache und fragte, ob mir etwas eingefallen sei.

»Nein.«

Der Mann fluchte. »Wie soll dir auch etwas einfallen, wenn du dir keine Mühe gibst? Manchmal muß man die Tür zum Gedächtnis eben mit Gewalt aufstoßen.«

»Aber ich weiß wirklich nichts.«

»Aha, na gut. Mir fällt sicher etwas ein, um dir auf die Sprünge zu helfen.«

Fujisawa lachte. Ich hatte das Gefühl, seine Lunge rasseln zu hören.

»Vielleicht stößt ja noch jemandem aus deiner Familie das gleiche zu wie Jiro.«

»Was?«

Meine Müdigkeit war sofort verflogen.

»Vielleicht deiner Mama. Oder deiner großen Schwester Ichiko, die im Filmvertrieb arbeitet. Falls du dich binnen einer Woche nicht erinnerst, ist eine von beiden dran.«

Meine Schläfen hämmerten. Mein erster Gedanke war, die Polizei zu alarmieren. Aber was konnte ich der Polizei sagen? Daß ein Mann namens Fujisawa, den ich noch nie gesehen hatte, mich wegen eines Ranzens, dessen Inhalt ich nicht kannte, bedrohte? Und was wären die Folgen, wenn die Polizei mich nicht ernst nahm? Nein, da verbot sich jede leichtfertige Aktion. Durch eine Anzeige brachte ich meine Mutter und meine Schwester womöglich in noch größere Gefahr.

»Die Polizei kann dir auch nicht helfen«, sagte Fujisawa, als könnte er Gedanken lesen. »Aber ich, ich würde mich auf alle Fälle revanchieren. Manche Leute vergessen schnell, aber ich gehöre nicht dazu. Ich nehme Rache. Deine Mutter ist nicht mehr die Jüngste. Denk doch mal nach. Sie kann die Stadt nicht verlassen. Sie ist eine leichte Beute für mich. Das hilft mir zwar nicht weiter, aber wenn ich nichts unternehme, bin ich mit mir selbst unzufrieden.«

Dann wiederholte er noch einmal mit leiser und eindringlicher Stimme: »Wir kriegen dich in jedem Fall. Es reicht, wenn du dich brav erinnerst, wo der Ranzen geblieben ist. Das ist doch eine simple, klare Sache. Sein Inhalt hat nichts mit deinem Leben zu tun, es gibt da keinerlei Verbindung. Andere brauchen ihn. Es ist im Gegenteil sehr von Vorteil für dich, nichts darüber zu wissen. Was ist daran so kompliziert? Du darfst nicht nachforschen, was in dem Ranzen ist, ich will nicht, daß du dich dafür interessierst. Es genügt, wenn du dich an den Ranzen erinnerst. Wie so ein Ranzen aussieht, kann sich ja wohl jeder Japaner vorstellen. Eine viereckige schwarze Tasche mit gelblichen oder ledernen Schulterriemen. Du weißt schon, eben ein Ranzen, wie die Grundschüler ihn auf dem Rücken tragen. Du brauchst dich nur zu erinnern, wo du ihn gesehen hast oder wo Jiro ihn versteckt hat, und du bist das ganze leidige Problem los. Einfach so. Aber ich warne dich noch einmal: Wenn du versuchst rauszukriegen, was drin ist, kannst du dich auf was gefaßt machen. Natürlich ist es der Inhalt, nach dem wir suchen. Vorläufig genügt jedoch die Verpackung. Die einzige Information, die mich und dich verbindet, ist dieser Ranzen. Also, zur Sicherheit wiederhole ich es ein letztes Mal: Der Inhalt geht dich absolut nichts an. Das Symbol, an das du dich erinnern mußt, ist die äußere Verpackung. Das genügt. Jetzt sind keine Fragen mehr offen. Erinnere dich einfach, wo der Ranzen ist, und ihr könnt zu eurem friedlichen, geruhsamen Leben zurückkehren. Möchtest du das denn nicht?«

»Aber ich weiß es doch wirklich nicht. Wie oft soll ich es noch sagen? Ich habe keinen Ranzen in unserer Wohnung gesehen. Mein Bruder hat mir auch nichts davon erzählt. Er hat nur von einem großen Ding gesprochen, das er drehen wolle, hat mich aber nicht eingeweiht.«

»Ich verstehe deine Logik nicht. Oder vielleicht doch, aber es interessiert mich nicht. Du sollst dich nur erinnern. Wie du das machst, ist deine Sache. Wenn dir selbst nichts einfällt, mußt du es eben bei Jiros Freunden versuchen oder bei seinen Weibern. Wo ein Wille ist, da ist auch ein Weg. Geh und finde ihn. Ich will gar nicht wissen, wohin du gehst. Mach es einfach. Los. Fang sofort damit an. Denk dran, es geht um Menschenleben.«

»Aber …«

Er unterbrach abrupt die Verbindung. Ich schauderte bei dem Gedanken, daß ein Mann wie Fujisawa meine Mutter und meine Schwester ebenso umstandslos töten konnte, wie er eben unser Telefonat beendet hatte. Bestimmt war er ein Typ, der, ohne mit der Wimper zu zucken, einen Mord beging. Doch wenn es Fujisawa gewesen war, der auf meinen Bruder geschossen hatte, war es dann nicht an mir, Jiro zu rächen? Auch wenn im Moment ich der Verfolgte war? Ich wischte mir den kalten Schweiß von der Stirn und rief meine Schwester auf ihrem Handy an. Ohne daß ein Rufzeichen ertönte, schaltete sich die Mailbox ein. Eine Automatenstimme sagte, sie sei momentan nicht erreichbar.

Ich warf mein Handy aufs Bett. Während ich noch geistesabwesend herumstand, läutete das Zimmertelefon. Der Raum war so ruhig, daß das schrille Klingeln mich unwillkürlich zusammenfahren ließ. Ich nahm den Hörer ab, doch weil mein Herz so hämmerte, versagte mir die Stimme.

»Oh, entschuldige. Du hast wohl schon geschlafen?« Gott sei Dank war es Tomoko. Nach einem Seufzer der Erleichterung war ich wieder in der Lage zu sprechen.

»Nein, nein, ich bin wach.«

»Klar, weil ich dich geweckt habe.«

»Kannst du nicht schlafen?« fragte ich.

»Hm«, machte sie entschuldigend.

»Wenn du dich langweilst, können wir ein bißchen spazierengehen«, schlug ich vor. Ich mußte mein aufgewühltes Gemüt beruhigen. Ein Spaziergang würde mir guttun.

Ohne viel zu reden, durchstreiften wir das nächtliche Obihiro. Wir gingen weder dicht nebeneinander noch weit auseinander. Immer wieder verringerten oder vergrößerten wir den Abstand zwischen uns. Offenbar hatten wir das Bedürfnis, einander nahe zu sein, während wir gleichzeitig darauf bedacht waren, eine gewisse Distanz aufrechtzuerhalten.

Möglicherweise lag es an dieser seltsamen Anspannung, daß kein Gespräch in Gang kam. Oder aber wir hatten einfach kein Bedürfnis zu reden.

Nachdem wir etwa fünfzehn Minuten eher ziellos in Richtung Bahnhof gegangen waren, trafen wir auf die grellen Neonlichter der Zweiten Westlichen Straße. Die Stadt hatte etwa siebenhunderttausend Einwohner, doch bei Nacht war keine Menschenseele unterwegs, so daß die Neonlichter die Straßen vergebens erhellten. Hin und wieder fuhr ein Lastwagen vorbei, dessen Motor großspurig aufheulte.

Es war zwar noch August, aber schon nach dem Obon-Fest. Durch den Regen waren die Nächte auf Hokkaido um so kälter. Dazu kam ein kräftiger Wind, so daß wir völlig durchgefroren waren. Tomoko trank zwar keinen Alkohol, dennoch gingen wir in eine kleine Kellerbar, um uns aufzuwärmen.

Wir waren die einzigen Gäste und setzten uns an die Theke. Ich bestellte ein Glas Rotwein und sie eine heiße Zitrone. Eine schwarze Sängerin sang mit heiserer Stimme leise Gospels, die mein erstarrtes Herz etwas erwärmten. Dennoch ließen sich Fujisawas Worte nicht aus meinen Gedanken vertreiben. »Dann sind die beiden dran«, hörte ich ihn immer wieder sagen.

»Was hast du? Du siehst so bedrückt aus.«

»Tut mir leid«, entschuldigte ich mich und lächelte. »Es ist nichts.«

»Das kommt mir aber gar nicht so vor.«

Ich trank von dem Wein, den der Barkeeper mir hingestellt hatte. Am nächsten Morgen würde ich als erstes Ichiko anrufen, um mich mit ihr zu beraten. Seit mein Vater fort war, war meine ältere Schwester, deren Name »erstes Kind« bedeutet, wirklich die Nummer eins in unserer Familie. Sie war diejenige, auf die man sich verlassen konnte.

»Wirklich, es ist nichts.«

»Hm«, brummte Tomoko. »Dann ist ja alles in bester Ordnung.« Sie nahm einen Schluck von ihrer heißen Zitrone und schaute sich in der Bar um. »Man spürt, daß dieses Lokal eine Geschichte hat«, sagte sie.

Die Wände waren bräunlich verfärbt vom Nikotin. Davor standen geschickt verteilt alte Möbel, die der Besitzer sicherlich über einen längeren Zeitraum zusammengetragen hatte. Auf einem Blatt Papier hinter dem Barkeeper stand, daß die Bar bis fünf Uhr morgens geöffnet sei. Das Papier steckte in einer Plastikhülle, dennoch war die Schrift völlig verblichen; und auch die abgestoßenen Ecken der Hülle erzählten von den langen Jahren in der Bar. Das Papier und die mitgenommene Plastikhülle gefielen mir, und ich überlegte, wie man durch Patinieren einen ähnlichen natürlich wirkenden Effekt erzielen könnte. Fujisawas Drohungen gingen mir zwar noch immer durch den Kopf, aber nun lenkte mich das Nachdenken über die Reihenfolge, in der ich die Farben mischen würde, ein wenig ab. Auch die Wand, an die das Papier geheftet war, erschien mir wunderbar gealtert, und ich musterte sie hingerissen.

»Was ist?« fragte Tomoko und sah mich an.

»Nichts, entschuldige. Berufskrankheit. Kaum komme ich in ein altes Lokal, schon starre ich die Pfeiler und die Wände an.«

»Aha.« Tomoko lächelte.

»Ich glaube, es dauert dreißig Jahre, bis eine Wand so aussieht wie diese, mit dem Fett und allem. Dieser Laden wurde wahrscheinlich eröffnet, als wir geboren wurden.«

»Woran siehst du das?« Tomoko warf einen Blick auf den Barkeeper, einen bärtigen Mann um die Sechzig. Er mußte unsere Unterhaltung mitangehört haben, verzog aber keine Miene, während er weiter schweigend und bedächtig die Gläser polierte.

»Wie könnte man denn eine nagelneue Wand künstlich

in eine abgenutzte alte wie diese verwandeln?« fragte Tomoko interessiert weiter.

»Hm.« Ich betrachtete die Wand noch einmal ganz genau. Allmählich nahm der Prozeß ihrer Verschmutzung in meinem Kopf Gestalt an, und ich erkannte an ihr die Schichten der Zeit.

»Also, um eine Wand mit Fettablagerungen zu simulieren, muß man zuerst eine spezielle Mischung aus Wasserfarben und flüssigem Wachs auftragen, die ihr die Farbe von Fett gibt.«

»Aha.« Tomokos Augen glänzten.

»Wenn man nacheinander die Wasserfarben Rot, Gelb, Schwarz und Weiß mit dem Wachs verrührt, erhält man die Farbe von Fett.«

»Die Farbe von Fett? Das ist ja interessant! Das nennt man dann patinieren, nicht wahr?«

Ich nickte.

»Das flüssige Wachs wird verwendet, weil es einen speziellen fettigen Glanz und damit eine authentische Wirkung erzeugt.«

Ich zeigte auf das Regal mit den Flaschen und sagte leise, damit es der Barkeeper nicht hören konnte: »Auch Staub, so wie den auf dem Regal da, kann man aufmalen.«

Tomoko kam näher und flüsterte: »Wie denn?«

»Mit einem speziellen Farbstoff, den es nur in Kioto gibt. Den löst man in Wasser und trägt ihn in den Ecken des Regals und an den anderen Stellen auf. Wenn er trocken ist, wirkt er wie ganz normaler heller Staub.«

»Diese Farbe muß nur antrocknen? Das ist ja witzig.«

»Stimmt. Reinigungsfirmen gibt es überall auf der Welt, aber wir sind die einzigen, die die spaßige Arbeit ausführen, alles schmutzig zu machen.«

Plötzlich kam ich mir wie ein Angeber vor und errötete unwillkürlich.

»Wohin du auch gehst, du machst alles schmutzig, stimmt's?«

»Genau. Ich sorge für Kaugummis auf dem Bahnsteig, den Schutt auf einer Baustelle, die Flecken an der Decke eines Love Hotel …«

»Du gehst in Love Hotels?« Plötzlich war das Lächeln aus Tomokos Gesicht verschwunden.

»Das gehört zu meinem Beruf.«

»Natürlich.« Das Lächeln kehrte wieder auf Tomokos Lippen zurück.

»Schmutzige Orte üben eine beruhigende Wirkung auf mich aus. Das klingt vielleicht ein bißchen schräg, aber irgendwie gefallen sie mir. Ich fühle mich wohl im Schmutz.«

»So?« murmelte Tomoko. »Du fühlst dich dort wohl?«

»Ich gehe häufig in Love Hotels. Meist werde ich ein bißchen komisch angeguckt, weil ich allein bin, aber die vielen Spuren menschlicher Anwesenheit dort begeistern mich. Ich lege mich aufs Bett und betrachte die Flecken an der Decke. Für mich sieht so eine Decke aus wie eine mittelalterliche Seekarte. Oder wie die Maserung dieser alten Zedern, die unter Naturschutz stehen; jedenfalls regt sie meine Phantasie an.«

Tomoko lächelte. Verlegen über meine eigene Begeisterung, kratzte ich mich am Kopf.

»Interessant. Jetzt habe ich etwas gelernt.« Tomoko nippte an ihrer Zitrone. »Ich empfinde etwas Ähnliches, wenn ich Jiro anschaue«, sagte sie.

Diesmal war ich es, der sie erstaunt ansah. Sie hielt das Glas an die Lippen und schien die Wärme einzuatmen.

»Wir müssen nicht darüber reden, wenn es dir unangenehm ist.« Ich wandte mich ihrem Profil zu. »Es ist auch nicht so wichtig, aber ich würde dich gern etwas fragen. Es geht um dich und Jiro.«

Ihr Gesicht nahm einen angespannten Ausdruck an. Zugleich leuchteten ihre schwarzen Pupillen auf, als ahne sie meine Frage.

»Warum habt ihr euch getrennt?«

Sie wandte den Blick ab und betrachtete die Wand, an der die Flaschen aufgereiht waren. Ein Lächeln verdrängte die Anspannung aus ihrem Gesicht.

»Er wollte es so.«

»Das kann doch nicht sein! Ich kenne meinen Bruder. Er hat dich mehr geliebt als irgend jemanden sonst. Vor mir konnte er das nicht verbergen. Du warst etwas ganz Besonderes für ihn.«

»Ja, etwas Besonderes. Das war er für mich auch.«

»Aber warum dann die Trennung?« beharrte ich.

Tomoko blickte in die Tiefe ihrer Erinnerungen.

»Es stimmt, er hat mich sehr geliebt.«

»Also warum?«

»Ich will nicht darüber sprechen … Das heißt, einerseits will ich, andererseits auch wieder nicht.«

Tomokos Profil bebte im hellen Licht. Auch ihre Lider zitterten und wurden feucht. Ich hätte gern gemeinsam mit ihr in die Abgründe ihrer Erinnerungen geschaut.

»Jiro hat sich bemüht, sich in meine Welt einzufinden, aber das war sehr schwer für ihn.« Der riesige Eisklumpen, zu dem ihre angestauten Gefühle in ihrem Herzen angewachsen waren, begann zu schmelzen, und ich wollte in Ruhe warten, bis sie sich lösten, um mich ihres Vertrauens würdig zu erweisen.

In der Bar floß der Strom der Zeit in natürlicher Langsamkeit dahin. Der Besitzer hatte sein Leben dem Ansammeln von Zeit gewidmet, und seine Bar hatte eine gewisse Ähnlichkeit mit einer Tropfsteinhöhle, die in schwindelerregend langen Zeiträumen entstanden war. Ein Staub, wie der auf den Bildern an den Wänden, würde sich nicht leicht nachahmen lassen, ohne künstlich zu wirken. Die Rahmen der Bilder hatten in einem langen Prozeß durch ihr eigenes Gewicht und verschiedene Erschütterungen ganz allmählich zu ihrer Position gefunden. Mehr oder weniger übertrieben ausgedrückt, war der wundersame Winkel, in dem sich die Rahmen neigten, durch den langen Einfluß der Schwerkraft entstanden. All die Dinge in dieser Bar waren die Schöpfung eines künstlerischen Gottes, der sich vom Augenblick der Eröffnung an ihrer Patinierung angenommen hatte. Der Anblick einer solchen Umgebung versetzte mich stets in Entzücken. In ihrer natürlichen Patina fühlte ich mich geborgen.

Tomoko biß sich auf die Lippen.

»... wir haben uns durch Zufall kennengelernt, Ichiko hatte nicht einmal die Absicht, uns bekannt zu machen. Wir haben Jiro nach einem Einkaufsbummel in Shinjuku getroffen. Mitten auf einer großen Kreuzung. Kaum hatte er Ichiko entdeckt, hat er sie gleich nach Geld gefragt. Sie wirkte verärgert, gab ihm aber einen Zehntausend-Yen-Schein aus ihrem Portemonnaie. Jiro war angetrunken und benahm sich vollkommen daneben, mein erster Eindruck von ihm war schlecht. Weil er ganz anders als die Männer war, mit denen ich sonst zu tun hatte, war es Ichiko offensichtlich peinlich, ihn mir vorzustellen. Aber sie sah wohl keine andere Möglichkeit und sagte verlegen: ›Das ist Jiro, mein jüngerer Bruder.‹ Jiro begrüßte mich nicht einmal, sondern fragte, ob ich Hunger hätte. Obwohl ich nicht hungrig war, bejahte ich; warum, ist mir noch immer ein Rätsel. Vielleicht gerade weil er sich so von den Männern unterschied, die ich kannte. Keiner von ihnen hätte mich mit einem solchen animalischen Blick angesehen. Wahrscheinlich weckte das meine Neugierde. Außerdem schätze ich Ichiko sehr. Vielleicht interessierte mich ihr jüngerer Bruder auch deshalb.«

Tomoko reihte gewissenhaft ein Wort an das andere, während sie ihren Erinnerungen nachspürte.

»Beim Essen starrte Jiro die ganze Zeit vor sich hin und hörte gelangweilt zu, worüber wir uns unterhielten, aber nach dem Essen fragte er mich nach meiner Telefonnummer. Erschrocken wollte Ichiko mich davon abhalten, aber ich gab sie ihm doch. Ich hatte damals einen Freund, einen netten, anständigen Typ. Etwa einen Monat später hat Jiro ihn vertrieben. Er kam zu mir nach Hause, redete Unsinn und fing eine Schlägerei mit meinem Freund an.«

»Was für Unsinn?«

»Er zeigte auf mich und sagte: ›Die Frau gehört mir.‹ Was völliger Quatsch war, denn seit wir unsere Nummern ausgetauscht hatten, hatten wir uns kein einziges Mal getroffen, nur hin und wieder telefoniert. Ich hatte ihm zwar meine Adresse gegeben, trotzdem war ich ganz schön erschrocken, denn ich hätte nie gedacht, daß er einfach so bei mir aufkreuzt. Er muß vor dem Haus gewartet haben, bis ich mit meinem Freund herauskam. Jiro fing Streit mit ihm an und schlug ihn. Aber nicht gleich. Am Anfang ging es noch ziemlich ruhig zu. Jiro sagte zu meinem Freund: ›Ich weiß genau, daß Tomoko irgendwann mich lieben wird.‹ Das machte meinen früheren Freund natürlich wütend, und es endete damit, daß sie sich prügelten. Jiro traf ihn mit seiner Rechten am linken Kinn. Mein Freund war nicht besonders kräftig, es war ein ungleicher Kampf. Nachdem Jiro ihn dreimal in den Bauch getreten hatte, packte er ihn mit der Linken an den Kleidern und hielt ihn fest. Dann verpaßte er ihm mit seiner Rechten noch ein paar Kinnhaken. Ich sah meinem Freund an, daß er Angst bekam, als er begriff, daß er seinem Gegner nicht gewachsen war. Es war wirklich ein ungerechter Kampf, praktisch wie zwischen einer Katze und einem Löwen. Damals haßte ich Jiro, weil er so gewalttätig und primitiv war. Ehrlich gesagt, fand ich Menschen wie ihn absolut widerwärtig. Am Ende kam ich dann doch mit ihm zusammen. Mein damaliger Freund verschwand direkt nach dem Vorfall und ließ sich nie mehr bei mir blicken. Als hätte er sich in Luft aufgelöst. Später habe ich erfahren, daß Jiro ihm gedroht hat. Er war nicht der Typ, der einfach verschwindet, ohne etwas zu sagen. ›Sei froh, daß du diesen Schwächling los bist‹, meinte Jiro.« Tomoko schwieg einen Moment und fügte dann hinzu: »Ich fand das alles unglaublich, aber seine maßlose Arroganz zog mich irgendwie auch an.«

Ich war überzeugt, meinen Bruder besser zu kennen als jeder andere, und wunderte mich deshalb über dieses Verhalten. So etwas sah meinem Bruder nicht ähnlich. Es mochte ihm hin und wieder an gesundem Menschenverstand fehlen, aber eigentlich war er kein Mann, bei dem Verliebtheit leidenschaftliche Reaktionen auslöste.

»Jiro und ich fühlten uns sehr zueinander hingezogen, aber eigentlich paßten wir überhaupt nicht zusammen. Ich bin von Geburt an nach festen Regeln erzogen worden. Er ist ganz anders. Bei aller Anziehung war das, wonach wir uns sehnten, von Grund auf verschieden.«

Tomoko stieß einen kleinen Seufzer aus. Sie bestellte noch eine Zitrone und ich noch ein Glas Wein. Sie schwieg und sprach erst weiter, als die dampfende Zitrone vor ihr stand und der Barkeeper sich wieder seiner Arbeit zugewandt hatte. Sie rückte näher an mich heran und flüsterte.

»Es ist mir ein bißchen peinlich, eigentlich wollte ich gar nicht darüber sprechen, aber ich möchte, daß du es weißt. Jiro konnte nicht mit mir schlafen. Vielleicht lag es ja auch irgendwie an mir. Es war ihm so wichtig, und auch ich hätte ihm gern so meine Liebe bewiesen. Er war regelrecht besessen davon. Jiro hatte vor mir versagt. Zum ersten Mal in seinem Leben hatte er vor einer Frau eine Niederlage erlitten. Er fühlte sich von mir verhöhnt. Manchmal glaube ich selbst, etwas an mir zu haben, das die Männer demütigt. Auch bei der Arbeit lassen sie mich spüren, daß sie in mir nicht eine Kollegin wie die anderen sehen. Die Distanz zu mir ist viel größer. Ich möchte nicht anders sein; vielleicht wirke ich hochnäsig, obwohl ich es gar nicht bin. Das bedrückt mich ein wenig. Ich wäre gern unbeschwert und offen wie die anderen Frauen, aber du bist der einzige, mit dem ich mich normal unterhalten kann. Nur mit dir geht das. Entschuldige, ›nur‹ klingt seltsam. Ich bin sehr froh, daß ich mit dir reden kann. Mit Jiro war es völlig unmöglich. Er war mir gegenüber irgendwie immer auf der Hut, als trennte uns eine eiserne Wand. Einmal hat er mich angeschrien: ›Du bist zu gut für mich!‹ Als wir uns zwei Monate kannten, hat er mich dann vergewaltigt. Er hat mich geschlagen, meine Kleider zerrissen, ist in meiner Wohnung brutal über mich hergefallen, ohne auch nur die Vorhänge zu schließen oder das Licht auszuschalten. So konnte er endlich mit mir schlafen, aber das hat eine tiefe Wunde gerissen.«

Tomoko lächelte. Das Licht verlieh ihren Augen einen Glanz, der mir fast weh tat. Sie waren voll Tränen.

»In den Monaten danach verhielt sich Jiro mir gegenüber zuvorkommend, fast als wäre er ein anderer Mensch geworden. Er drückte sich sogar viel gewählter aus, aber damit erreichte er nicht das, was er wollte. Auf mich wirkte er bemitleidenswert. Obwohl er sich derartig anstrengte, vermochte er die Wunde in meinem Herzen so nicht zu heilen. Schließlich konnte er nicht mehr ständig barfuß und auf Zehenspitzen um mich herumschleichen. Er mußte auch mal wieder die schmutzigen Schuhe anbehalten. Wir trennten uns. Das heißt, er verschwand aus meinem Leben. Weil ich ihn nicht verlieren wollte, bin ich ihm immer wieder gefolgt. Irgendwann tauchte er dann mit einer grell zurechtgemachten Frau auf und erklärte, sie sei jetzt seine Neue. Da gab es nichts hinzuzufügen. Ich weinte. Er hat sicher auch geweint. Ich weiß, daß er mich geliebt hat; ich habe ihn auch geliebt, aber es ging einfach nicht. Seither kann ich nicht mehr schlafen.«

Nach Mitternacht wurde der Regen heftiger. Es goß so sehr, daß es unmöglich war, ohne Schirm zu Fuß zurückzugehen. Der Barkeeper rief uns ein Taxi.

»Jetzt bist du doch bis zum Morgen bei mir geblieben«, sagte Tomoko, als wir vor dem Aufzug in unserem Hotel in Hokkaido darauf warteten, daß sich die metallene Schiebetür öffnete. Ich sah sie von der Seite an und dachte an meinen Bruder. Die Aufzugtür ging auf, und Licht strömte in das dämmrige Foyer.

»Bei dem Regen können wir morgen sowieso nicht drehen, also ist es egal«, beruhigte ich sie.

Mit einem traurigen Lächeln trat Tomoko in den Aufzug, und ich folgte ihr. Wir drückten die Knöpfe für unsere jeweiligen Stockwerke, und die Tür schloß sich.

Ich wollte nicht den Ersatzmann für meinen Bruder spielen. Offensichtlich konnte Tomoko ihn nicht vergessen und litt sehr darunter. Es machte mich traurig, daß sie in mir meinen Bruder zu suchen schien, weil wir miteinander verwandt waren.

Sie schaute mich kurz an. »Danke«, murmelte sie. Der Aufzug hielt in ihrem Stockwerk, und die Tür ging auf. Der Gang war nur notdürftig erhellt. Ich hielt den entsprechenden Knopf gedrückt, damit die Tür sich nicht schloß. Sie zögerte, trat dann aber mit einem leisen Seufzer ins Dämmerlicht hinaus.

Ich wartete, bis sie den Gang entlang um die Ecke zu ihrem Zimmer gegangen war, dann ließ ich den Knopf los. Langsam schloß sich die Tür. Im nächsten Augenblick hörte ich Tomokos Stimme. Es war nicht direkt ein Schrei, eher ein erstickter Ausruf der Überraschung. Ich zwängte den Fuß in die Tür. Dann rannte ich durch den Flur, bis ich Tomoko sah, die wie erstarrt dastand. »Was ist?« fragte ich atemlos. Sie zeigte zaghaft ins Dunkel am Ende des Korridors. Ich blickte angestrengt in die Richtung und erkannte eine liegende Gestalt. Schritt für Schritt ging ich näher heran, wobei ich wie schwimmend die feuchte Luft zerteilte. Tomoko folgte mir und spähte hinter meinem Rücken hervor auf den liegenden Körper. Es war Hajime Inoue; er war mit einem Yukata bekleidet und hielt einen Besen, den er wer weiß woher hatte. Er lag ruhig im Gang wie ein Soldat, der vorwärtsrobben will. Seine Augen funkelten seltsam düster und unheimlich.

»Herr Inoue!« rief ich ihn an, erhielt aber keine Antwort. Er hielt den Blick starr auf den Korridor gerichtet und rührte sich nicht. Er schien nicht einmal meine Stimme wahrzunehmen und wirkte völlig anders als am Tag. Tomoko ging von der anderen Seite um ihn herum, um ihn genauer anzusehen.

»Herr Inoue, was ist? Was machen Sie hier?« fragte sie.

Als er die Augen in Richtung ihrer Stimme wandte, verloren die Pupillen, die bisher den Boden fixiert hatten, plötzlich ihre Starrheit, und sein Blick schweifte unruhig durch die Dunkelheit. Als er an Tomoko hängenblieb, fing der alte Mann an zu zittern und fragte mit gepreßter Stimme: »Bist du unverletzt?« Unter seinem Yukata trug Inoue einen Pyjama, den er nicht richtig zugeknöpft hatte, so daß die weiße Haut seiner Brust hervorschaute. Seine Suite befand sich ganz am Ende des Korridors. Ob er die etwa zwanzig Meter bis hierher gekrochen war?

»Ich bin gekommen, um dich zu retten«, sagte Inoue mit Tränen in den Augen. »Ah, du bist unverletzt. Was für ein Glück! Unverletzt.« Er griff nach Tomokos Arm. Sie sah mich bedrückt und fragend an: Was sollen wir jetzt machen? Was ist nur mit ihm los? Wie soll ich mich verhalten?

»Am besten, wir bringen ihn auf sein Zimmer. Niemand sollte ihn so sehen.« Wir beschlossen, ihn mit vereinten Kräften zu seinem Zimmer zu tragen. Einen kräftigen Mann von einem Meter achtzig zu schleppen ist nicht gerade eine leichte Übung, und da er sich auch noch sträubte, ließen wir ihn unterwegs mehrmals fallen. In seiner Suite stand ein großer Projektor, und eine Leinwand war auch installiert. Sicher schaute er sich hier nach der Arbeit die Muster an.

Ich legte Inoue auf das Bett im Schlafzimmer. Er schlief augenblicklich ein und wachte auch nicht auf, als wir ihn anriefen. Ich hielt mein Ohr an seine Nase, um mich zu vergewissern, daß er ruhig atmete. Wir beschlossen, fürs erste bei ihm zu wachen.

»Sollten wir nicht vielleicht lieber Tokito oder jemand anderem von der Produktion Bescheid geben?« fragte ich.

»Hm, ich weiß nicht«, sagte Tomoko betrübt. »Wenn er nicht wieder normal wird ...« Sie brach ab. Ich wußte genau, was sie meinte. Wir tauschten einen Blick und wußten, daß wir das gleiche dachten. Dann fiel es mir plötzlich wieder ein.

»Weißt du, in letzter Zeit war sein Blick manchmal so verschwommen, schwer zu beschreiben, aber er wirkte fast senil. Oder vielleicht nicht senil, sondern irgendwie weggetreten; es verging auch immer gleich wieder, so daß ich nie sicher war, was ich gesehen hatte.«

Tomoko machte große Augen.

»Doch, das ist sicher beginnende Senilität!« sagte sie in düsterem Ton, als verkündete sie das Todesurteil des japanischen Kinos. »Es ist traurig, aber er wird wirklich allmählich senil. Noch weiß wahrscheinlich niemand davon, aber sein Denken ist rückwärts gerichtet, und manchmal kann er die Gegenwart nicht von der Vergangenheit unterscheiden. Durch die Anspannung und vielleicht auch durch seine Routine ist er bei der Arbeit ganz klar, aber in den Pausen oder sogar bei der Planung ist er manchmal wie in einer anderen Zeit oder an einem anderen Ort. Ich merke es, weil ich immer in seiner Nähe bin.«

Darauf konnte ich nicht gleich etwas sagen.

»Meinst du, er kann den Film nicht zu Ende drehen?« fragte ich endlich.

Tomoko biß sich gequält auf die Lippen. Inoues Gesicht wirkte auch im Schlaf noch verzweifelt. Wie vorhin, als er im Flur gelegen und den Besen wie ein Gewehr in die Dunkelheit gerichtet hatte. Was er wohl dort gesehen hatte? Auf wen hatte er gezielt? Wen gefragt, ob er unverletzt sei?

»Bisher hat er ja durchgehalten. Ich würde ihm gern helfen, seinen Film zu Ende zu drehen«, murmelte Tomoko.

»Aber …«, setzte ich an, sprach jedoch nicht weiter. Ich teilte ihre Gefühle, aber hatte ein Mensch mit beginnender seniler Demenz noch die Kraft, ein so großes Werk zu vollenden? Bis jetzt hatten wir höchstens ein Drittel des Filmes gedreht. Und schon Millionen ausgegeben. Würden wir weiterhin so viel Zeit verschwenden und ihn nicht beenden, wäre das nicht nur für die Filmfirma eine Katastrophe, sondern Hajime Inoues ganze Laufbahn wäre beschmutzt. Und selbst wenn er es schaffen würde, den Film vollständig zu drehen, käme bei seinem augenblicklichen Zustand überhaupt etwas Zufriedenstellendes dabei heraus?

»Ich würde ihm gern helfen, seinen Film zu drehen«, sagte Tomoko und legte eine Hand auf die Filmdosen auf dem Tisch. Ich empfand das gleiche.

Einen Augenblick lang runzelte sie die Stirn.

»Was das wohl ist?« murmelte sie mit einem Blick auf die Dosen. »Sollen wir mal sehen, was drauf ist?«

»Muster, oder?« sagte ich mit einem Blick darauf.

Sie schüttelte den Kopf.

»Wenn es Muster wären, würde ich als Continuity sie sofort erkennen. Aber diese Rollen habe ich noch nie gesehen.«

Ich trat zu ihr und las die Schrift auf der Dose, die sie in der Hand hielt.

»Die Sonne von Nanjing.«

Ich wandte mich zu dem Projektor um. Offenbar beschäftigte Inoue sich auch abends nach dem Drehen noch mit Filmen. Ich ging zu dem Projektor hinüber und schaltete ihn ein.

»Meinst du, wir dürfen das?« fragte Tomoko, aber in ihrer Stimme lag kein Zweifel.

Als der Projektor lief, schaltete sie das Licht im Zimmer aus. Auf der Leinwand tauchte das Gesicht einer Frau auf. Zu meinem großen Erstaunen war es Tomoko, die dort in dem verblichenen Schwarzweißfilm zu sehen war. Nein, eigentlich war sie es nicht, aber die Frau war ihr wie aus dem Gesicht geschnitten. Wir wechselten erstaunte Blicke.

Die Frau lächelte. Sie lächelte in die Kamera. Im Hintergrund erstreckten sich Felder, dazwischen standen vereinzelt Bauernhäuser. Offenbar war die Szene irgendwo auf dem Land gedreht, und das lebendige Lachen der Frau stand in großem atmosphärischen Gegensatz zu den verlassenen Äckern.

»Sie sieht dir verblüffend ähnlich!«

Tomoko antwortete nicht.

»Deshalb sieht Inoue dich manchmal so an – weil du ihn an diese Frau erinnerst.«

Tomoko starrte auf das Gesicht der Frau auf der Leinwand.

»Fei-fan«, sagte sie, ein Wort, das ich noch nie gehört hatte. Sie flüsterte es noch mehrmals vor sich hin.

»Fei-fan?«

»So heißt die Frau.«

In der darauffolgenden Stille blickte Tomoko wehmütig auf die Frau auf der Leinwand, als betrachtete sie das Foto einer alten Freundin.

»Inoue nennt mich manchmal so. Wenn er es merkt, verbessert er sich immer sofort. Aber es ist klar, daß er mich ab und zu mit Fei-fan verwechselt. Irgendwie sind wir in seinem Kopf miteinander verschmolzen, glaube ich.«

Fei-fan hörte nicht auf, fröhlich zu lächeln. Dennoch hatte ihr Gesicht einen traurigen Ausdruck, als würde sie gleich zu weinen beginnen. Das Lächeln kam nicht aus fröhlichem Herzen; Trauer und Leid lagen darin. Auch wenn man sie nicht kannte, hatte ihr hübsches Gesicht eine unwiderstehliche Ausstrahlung. Ihre Zöpfe deuteten auf ihre Jugend hin, aber bei genauerem Hinsehen leuchtete ein starker Wille aus ihren Augen. Schon daraus konnte man schließen, daß sie erwachsener war, als sie aussah.

Im nächsten Augenblick begann Fei-fan zu sprechen.

»Die Soldaten waren sehr freundlich zu mir. Es sind gute Menschen. Den ganzen Morgen über habe ich japanische Reisklöße für sie gemacht«, sagte sie in gebrochenem Japanisch, aber sie artikulierte die Worte mit so viel Ausdruck, daß man sie gut verstehen konnte. Die Art, wie sie sprach, verriet viel über ihren Charakter.

Hajime Inoue hatte im Krieg als Regieassistent an diversen Propagandafilmen mitgearbeitet. Da er gesundheitlich labil und daher nicht für den Kriegsdienst geeignet war, hatte man ihn der Kulturfilmabteilung der staatlichen Produktionsfirma Weißer Phönix zugeteilt. So wurde er Assistent bei Togoro Sakata, der damals als bester Dokumentarfilmer des Landes galt. Man könnte sagen, daß Sakata als Inoues Lehrmeister einen entscheidenden Einfluß auf dessen spätere Karriere als Regisseur hatte. Auch nach dem Krieg noch prägten Sakatas Propagandafilme das japanische Kino. Obwohl seine Produktionen offiziell den Kriegswillen der Bevölkerung steigern sollten, waren es im Grunde Antikriegsfilme, hinter denen sich geschickt eine widerständige Gesinnung verbarg. Ohne daß Sakatas Werke eine einzige antimilitaristische Zeile oder Szene enthielten, führten sie auch noch dem letzten Zuschauer das Elend des Krieges vor Augen.

»Ich glaube, das ist ein Film von Togoro Sakata, dem Regisseur, bei dem Inoue gelernt hat«, sagte Tomoko nach einer Weile.

»Ja, das habe ich auch gleich gedacht. Aber ich sehe zum ersten Mal etwas von ihm.«

Soldaten in fescher Uniform marschierten durch das Bild. Obwohl es sich um einen Schwarzweißfilm handelte, erkannte man sofort, daß das Wetter schön war. Am Horizont zeigten sich Cumulonimbuswolken. Tomoko sah mich an, und ich nickte. Mehrere tausend Soldaten marschierten über einen Hügel.

»Genau das will er jetzt drehen«, sagte ich, und Tomoko nickte.

Kurz darauf erschien auf der Leinwand eine große Stadt. Einem Untertitel zufolge war es Nanjing. Die Gesichter von Chinesen, die dem Einmarsch japanischer Soldaten zuschauten, kamen ins Bild. Die Leute in den vorderen Reihen schwenkten kleine japanische Flaggen, doch die dahinter Stehenden starrten die Soldaten, die in ihre Stadt Einzug hielten, nur ausdruckslos an. Hunderte von unbewegten Gesichtern zogen über die Leinwand. Augen voll blickloser Spannung. Die kalten Blicke bildeten einen starken Kontrast zu der Begeisterung in den ersten Reihen. Es waren Blicke voll unterdrücktem Haß und Zorn. Die Kamera holte sie ganz nah heran. Nun sprach wieder Fei-fan: »Heute rückte die japanische Armee in Nanjing ein, wo die Bevölkerung sie herzlich willkommen hieß.«

Doch von Herzlichkeit war nicht viel zu entdecken. Die Marschmusik und Fei-fans lebhafte Stimme aus dem Lautsprecher konnten den Widerspruch nicht übertönen.

»Schließlich wurden Sakatas Filme verboten, da man fand, sie würden die Kampfmoral untergraben. Erst lange nach dem Krieg wurde Sakatas Arbeit wieder gewürdigt«, erklärte Tomoko.

»Davon habe ich auch gehört. Er ist eine Legende in der Filmwelt, und es gibt niemanden, der ihn nicht kennt. Bestimmt hat Inoue von ihm den wahren Sinn seiner Arbeit gelernt.«

»Ja, Sakata hat einen Regisseur wie Inoue erst möglich gemacht. Aber die Würdigung seiner Filme nach dem Krieg hat er nicht mehr erlebt. Sakata starb fast vergessen, als Hajime Inoues große Zeit begann.«

»Tja, so ist das.«

»Nach dem Krieg hat Sakata nicht einen Film mehr gedreht, und Inoue hat ihn nie öffentlich erwähnt.«

»Warum nicht?«

»Keine Ahnung.«

Auf der Leinwand sah man jetzt einen Soldatenfriedhof. Weiße Grabstelen bedeckten das Gelände, so weit das Auge reichte. Die Gräber japanischer Soldaten, die von Chinesen getötet worden seien, verkündete Fei-fan mit trauriger Stimme. Hinter ihr, die nun in stilles Gebet versunken war, erstreckten sich weitere Gräber. Als sie weiterging, folgte ihr die Kamera bis zu einem Hügel, der von Hunderten, ja vielleicht Tausenden von weißen Stelen überzogen war. Diese Bilder hatte man in den japanischen Wochenschauen ganz sicherlich nie gezeigt. Deshalb hatte Togoro Sakata sie in einen staatlichen Propagandafilm eingeschmuggelt. Schweigend und ohne unnötige Kommentare schritt Fei-fan zwischen den Gräbern umher. Die Szene – der Besuch einer jungen Frau bei den Gräbern gefallener Soldaten – war wunderschön. Eine vom Regisseur beabsichtigte antimilitaristische Wirkung war auf den ersten Blick daraus nicht abzulesen, aber nach und nach drängte sich das Leid des Krieges subtil ins Bewußtsein des Betrachters. Durch das Bild der zahllosen Soldatengräber gelang es dem Regisseur, die Aussichtslosigkeit des Japanisch-Chinesischen Krieges zu übermitteln.

»Unglaublich ausdruckstark!«

»Was wohl die Familien der gefallenen Soldaten dachten, wenn sie sie sahen?«

»Auch wenn man ihnen weisgemacht hat, die Soldaten opferten sich für ihr Vaterland, waren sie sicher nicht erfreut.«

»Nicht nur die Familien, bestimmt hat es alle empört.«

»Kein Wunder, daß die Militärs Sakatas Filme verboten, als die Lage sich verschärfte.«

Jetzt füllte eine flatternde japanische Kriegsflagge die gesamte Leinwand aus. Als die Kamera sich entfernte, gab die aufgehende Sonne darauf den Blick auf zerstörte Bauernhäuser frei. Dann sah man in Großaufnahme Fei-fans Gesicht, wie sie auf die Häuser starrte. Es war sofort klar, daß sie die Tränen über ihre verwüstete Heimat nur mühsam zurückhalten konnte. Dennoch fuhr sie fort: »Das hat die chinesische Armee getan, um japanische Spione auszuräuchern.«

Tomoko stieß einen Seufzer aus. Die Leinwand wurde weiß, die Filmrolle war zu Ende. Ich stand auf und schaltete den Projektor ab, hin und her gerissen zwischen dem Wunsch, mehr zu sehen, und dem Schmerz, den diese Bilder verursachten. Sicher lag es daran, daß Fei-fan Tomoko so ähnlich sah und ich mir vorstellen konnte, daß der Regisseur Sakata dieses Werk unter Einsatz seines Lebens gedreht hatte. Zudem war sicherlich auch der junge Hajime Inoue als Regieassistent an den Dreharbeiten beteiligt gewesen. Jedesmal, wenn sich der alte Mann im Schlaf bewegte, hörten wir das Rascheln von Stoff.

»Fei-fan!«

Tomoko und ich sprangen gleichzeitig auf und schauten ins Schlafzimmer. Offensichtlich hatte er im Schlaf gesprochen. Er war aus dem Bett gefallen und verzog schmerzhaft das Gesicht. Wie eine Tochter eilte Tomoko an seine Seite, um ihm aufzuhelfen. Inoue ergriff ihre Hand. Dann setzte sie sich an das Kopfende des Bettes und streichelte liebevoll seinen Rücken.

»Ich möchte noch ein bißchen hierbleiben. Geh du schon schlafen, Shiro. Ich kann ja sowieso nicht. Da sehe ich lieber noch nach unserem Regisseur.«

Wir schauten uns an. Dann nickte ich kurz und entschloß mich zu gehen.

»Wenn irgend etwas ist, rufst du mich an, ja? Dann komme ich sofort.«

Tomoko schwieg. Aber was sollte schon sein? Ich wußte es selbst nicht.

Um die Mittagszeit weckte mich der Regen, der gegen die Scheiben trommelte. Als ich die Vorhänge aufzog und zum Himmel sah, lag Obihiro noch immer unter einer dichten schwarzen Wolkendecke. Die Militärfahrzeuge und Panzer am Drehort waren mit Plastikplanen zugedeckt, aber es bestand trotzdem die Gefahr, daß sie sich durch den andauernden Regen verfärbten. Wahrscheinlich mußten kleinere Reparaturen durchgeführt werden, wenn wir die Dreharbeiten wiederaufnehmen konnten. Bei der Vorstellung, ins Freie zu gehen, entrang sich mir ein Seufzer, und ich beschloß, eine Dusche zu nehmen, um auf andere Gedanken zu kommen.

Während ich den letzten Rest von Schläfrigkeit mit heißem Wasser wegspülte, dachte ich an Tomoko, die in Inoues Zimmer geblieben war. Immer wieder sah ich vor mir, wie sie dem alten Regisseur beherzt und liebevoll den Rücken streichelte. Und ich erinnerte mich auch an Fei-fan, die andere Tomoko aus dem alten Film. Ihr Lächeln, obwohl sie den Tränen so nah war, ließ mich nicht los und versetzte mich in eine melancholische Stimmung. Wie um diese Bilder wegzuwaschen, schrubbte ich jeden Winkel meines Körpers, bis die Müdigkeit von den langen Dreharbeiten allmählich verflog und das heiße Wasser meine verspannten Muskeln lokkerte.

Als ich aus dem Bad kam, rief ich in Tomokos Zimmer an, aber sie war nicht dort. Ich legte auf und sagte mir, daß sie wahrscheinlich noch immer bei Inoue sei. Ich schaltete den Fernsehapparat ein, in dem gerade die Mittagsnachrichten liefen. Ein halbwüchsiger Schüler, der seine Eltern ermordet hatte, war zehn Kilometer vom Tatort entfernt auf dem Land aufgegriffen worden, erklärte der Sprecher. Ich stellte mir die Flucht des Jungen nach dem Mord vor und sah ihn vor mir, wie er mit einem blutigen Messer in der Hand eine gerade Straße entlanglief. Ich nahm eine noch ungeöffnete Schachtel Zigaretten aus meiner Tasche und steckte mir eine an. Aus dem Kühlschrank holte ich mir eine Dose Cola, öffnete und leerte sie. Ich schaute noch einmal aus dem Fenster, aber es regnete immer weiter. Als nächstes nahm ich mein Handy, um meine Schwester anzurufen, aber der Akku war leer. Ich schnalzte ärgerlich mit der Zunge, suchte in meiner Tasche nach dem Aufladegerät und steckte es in eine Steckdose. Möglicherweise litt ich doch unter dem Schlafmangel? Ich fühlte mich auf einmal so benommen und müde, daß ich kaum noch die Augen offenhalten konnte. Ich massierte mir die Schläfen, legte meinen Kopf in den Nacken und drehte ihn nach rechts und links, um das Gefühl zu vertreiben. In dem Moment drängten sich die Worte »Lose my memory« in mein Bewußtsein. Wie kam ich jetzt darauf …?

Der Sprecher im Fernsehen mußte sie gesagt haben. Es war seltsam, so als wäre plötzlich mein Name genannt worden, und ich brauchte einen Moment, bis mein Bewußtsein wieder an die Realität anknüpfte. Bis mein Gedächtnis die Worte zugeordnet hatte, vergingen weitere Sekunden. »Genau!« rief ich, aber als ich meine Aufmerksamkeit hastig wieder dem Bildschirm widmete, sah ich gerade noch das Bild einer Blutlache auf der Straße, die rasch verschwand wie abfließendes Wasser. Der Sprecher erschien wieder auf dem Bildschirm. »Wir kommen zur nächsten Meldung«, sagte er in nüchternem Ton.

Ausführlichere Einzelheiten über diese Nachrichten konnte man sicher durch einen Anruf bei dem Fernsehsender erfahren. Leider gab es hier andere Kanäle als in Tokio, und ich wußte nicht, um welchen es sich handelte. Eine Liste war auch nicht zu finden. Wäre ich nicht so aufgeregt gewesen, hätte ich vielleicht länger gesucht, so aber beschloß ich kopflos, mich an die Rezeption zu wenden, und rannte, nachdem ich mich hastig angezogen und mir die Nummer des Kanals gemerkt hatte, aus dem Zimmer. Auf dem Flur begegnete ich ein paar schweigenden Zimmermädchen, die mit Handtüchern und Laken über dem Arm in den Zimmern ein und aus gingen. Ich eilte an ihnen vorbei. Da der Aufzug nicht gleich kam, stürmte ich durch den Notausgang die Treppe hinunter. Als ich ins Foyer stolperte, sah ich einen Zeitungsständer und blieb abrupt stehen. Möglicherweise stand in einer der Morgenzeitungen etwas über den Vorfall. Die Zeitungen durchzublättern ging vielleicht schneller, als an der Rezeption nachzufragen. Ich griff mir einen Packen und breitete eine nach der anderen auf einem Tisch aus. Doch auch bei mehrmaligem Durchsehen entdeckte ich in keiner von ihnen die Worte »Lose my memory«.

»Shiro!« rief mich jemand von hinten an. Ich war dermaßen in meine Suche vertieft, daß ich das Gefühl hatte, die Stimme ertönte, ausgelöst durch eine Wechselwirkung meiner Erinnerungen, in meinem Kopf.

»Shiro, was machst du denn da?« Tomoko stand hinter mir und stützte Inoue. Daß die beiden gemeinsam auftauchten, löste bei mir leichtes Herzklopfen aus. Bemüht, mir nichts anmerken zu lassen, richtete ich mich auf und wandte mich ihnen zu.

Inoue bedankte sich, daß wir ihn auf sein Zimmer gebracht hatten, und entschuldigte sich für die Mühe, die er uns bereitet hatte. Er klang nicht verunsichert.

»Ich weiß nicht mehr genau, was passiert ist. Vielleicht habe ich ein bißchen zu tief ins Glas geschaut«, rechtfertigte er sich.

Eindeutig hatte es nicht nur am Alkohol gelegen. Ich erinnerte mich an sein verzerrtes Gesicht, als er auf dem Bauch durch den Flur robbte. Sein Ausdruck war derart verzweifelt gewesen, als wäre etwas in ihm zerbrochen. Allein mit Senilität ließ sich das nicht erklären.

»Geht es Ihnen jetzt wieder gut?« fragte ich.

»Ja, danke, ich habe Hunger«, erwiderte er mit einem leichten Lächeln.

Mir fiel der Film von Togoro Sakata ein, den wir in der Nacht in seinem Zimmer gesehen hatten. Die Gesichter von Fei-fan und Tomoko schoben sich übereinander.

»Hast du schon zu Mittag gegessen?« fragte mich Tomoko. Ich schüttelte den Kopf.

»Dann essen wir doch zusammen.«

Ich willigte ein, aber die Worte »Lose my memory« beschäftigten mich weiter, und auch um Hajime Inoue machte ich mir Sorgen. Außerdem fragte ich mich, ob Tomoko die ganze Nacht bei ihm geblieben war. Verwirrt folgte ich den beiden.

Im Restaurant war ein Mittagsbüfett angerichtet, und Tomoko und ich standen auf, um unserem Regisseur einen Teller mit einen Imbiß zusammenzustellen.

»Bist du die ganze Nacht bei ihm geblieben?« fragte ich Tomoko.

»Klar«, sagte sie sofort, als wäre das die selbstverständlichste Sache der Welt. »In dem Zustand konnte ich ihn doch nicht allein lassen. Hoffentlich hat er sich nicht erkältet.

Wenn er jetzt krank wird, geraten wir noch mehr ins Hintertreffen.«

»Stimmt«, sagte ich. Ich war nicht ganz zufrieden mit der Erklärung, vielleicht auch wegen des Films, den wir gesehen hatten. Die Beziehungen zwischen denjenigen, die ihn gemacht hatten, beschäftigten mich unerwartet stark. Der Blick Sakatas auf Fei-fan und die Augen des jungen Hajime Inoue, der die beiden beobachtet haben mußte.

»Wann ist er aufgewacht?«

»So gegen zehn.«

»Was habt ihr bis jetzt gemacht?«

Selbst überrascht von meinem inquisitorischen Ton, beeilte ich mich hinzuzufügen: »Ich meine, ich frage mich nur, worüber ihr in den zwei Stunden geredet habt.«

»Ach, als er aufwachte, war er wieder ganz der Alte. Er glaubt, er hätte zuviel getrunken. Das hat er ja schon gesagt. Er hat mich auch nicht mit Fei-fan verwechselt, sondern ganz nüchtern gefragt: ›Tomoko, was machen Sie denn hier?‹«

»Aha.«

»Dann habe ich ihm erzählt, was letzte Nacht passiert ist.«

»Und?«

»Er hat sich entschuldigt.«

Wir richteten ein paar Sachen auf seinem Teller an. Ich wählte ein leichtes Fischgericht für ihn aus und Tomoko den Salat.

»Aber als ich ihm dann erzählte, daß wir beide uns den Film von Sakata angeschaut haben, hat er mich ziemlich seltsam angesehen.«

Ich hielt inne und drehte mich zu einem kurzen Blick auf den Regisseur um. Gerade lächelte er einem Kellner freundlich zu, der ihm Kaffee einschenkte. Er wirkte heiter, als wäre nichts geschehen.

»Er hat gefragt, wie wir den Film fanden. Fei-fan habe ich lieber nicht erwähnt. Ich habe nur gesagt, wie mutig ich es finde, unter den Umständen, die im Krieg herrschten, bei den strengen Kontrollen und so weiter, einen Film zu drehen, der so deutlich eine Meinung ausdrückt. Er hat zuerst geschwiegen und dann gemurmelt: ›Nicht nur deshalb hat dieser Film eine besondere Macht.‹ Danach hat er nichts mehr gesagt. Er hat das Thema gewechselt und über das Wetter gesprochen.«

»Was er wohl mit ›eine besondere Macht‹ gemeint hat?«

Tomoko zuckte mit den Schultern, und wir gingen zu Inoue an den Tisch zurück.

Der alte Regisseur hatte entweder großen Hunger, oder er war so selbstvergessen, daß er nicht darauf achtete, was er tat. Jedenfalls aß er, ohne einmal innezuhalten und etwas zu sagen. Er aß, als wäre die Nahrungsaufnahme eine ausgesprochen wichtige Tätigkeit für ihn. Während des Essens gingen mir die Worte »besondere Macht« nicht aus dem Kopf. Keiner von uns sprach. Ich beobachtete die Mienen der beiden anderen. Beide hielten das Kinn gesenkt, Tomoko aß mit Messer und Gabel, Inoue mit Stäbchen. Sie sahen gar nicht aus, als würden sie essen, sondern als richteten sie ein inbrünstiges Dankgebet an den Schöpfer. Es war ein schönes Bild.

»Spuren der Träume von Kriegern.« Als der Kellner kam, um Kaffee nachzuschenken, brach Inoue plötzlich sein Schweigen, indem er diese berühmte Zeile von Basho zitierte. Tomoko legte die Gabel nieder und schaute den Regisseur an. Offenbar wollte er uns etwas erzählen. Er blickte durch das hohe Fenster, das bis zur Decke ging, nach draußen. Die Welt versank im Regen. Das Fenster schien mit seinen Erinnerungen zu verschmelzen.

»China war wie ein Wattebausch, der endlos Wasser aufsaugen kann. Die Chinesen lebten in einer anderen Dimension als wir. Sie lebten ihr Leben. Wir konnten uns noch so bemühen, sie unter unsere Kontrolle zu bringen, es wurde ihnen nicht einmal bewußt, daß sie kontrolliert wurden. Man kann niemanden beherrschen, der gar nichts davon merkt. Wir verausgabten uns dabei. All unser Mut war vergeblich, und die Tage vergingen ergebnislos.«

Ich merkte, daß der Kellner in unsere Richtung lauschte, um zu verstehen, was der Regisseur sagte. Doch als dieser seine Augen zu einem schmalen Schlitz verengte, wie um seine Erinnerungen in der Ferne besser zu erkennen, zog sich der Mann mit einer leichten Verbeugung zurück.

»Unter gewaltigem Getöse rollten die japanischen Panzer bis ins Zentrum von Nanjing vor. In langen Reihen marschierten die Soldaten ein. Diese Demonstration von Tapferkeit und Disziplin hatte eine gewisse Schönheit. Aber hinter den Panzern und den wehenden Fahnen herrschte nichts als Zerstörung. Nein, ein paar Häuser waren noch verschont. Aber gerade als wir ankamen, hatten Partisanen einen Postwagen der japanischen Armee angegriffen. Der Kompanieführer befahl, das ganze Viertel in Brand zu stecken, falls die Partisanen sich dort versteckt hielten. Es wirkte fast komisch, als er den Befehl ›Fertigmachen zum Anzünden!‹ erteilte.«

Hajime Inoue ahmte mit übertriebenen Gesten den Kompanieführer nach, um das Absurde der Situation zu vermitteln, und mußte lächeln.

»Es war ein offizieller Aufruf zur Brandstiftung. Damals wurde mir zum ersten Mal klar, daß der Krieg ein Verbrechen ist.«

Inoues Lächeln verschwand, und er starrte auf den über die Scheiben rinnenden Regen. Tomoko und ich warteten schweigend, bis er seine Geschichte wieder aufnahm.

»Kaum war die japanische Armee an die Front zurückgekehrt, kamen die chinesischen Bauern wieder und begannen – na, was glaubt ihr? –, das gleiche zu tun, was sie immer getan hatten, nämlich ihr Land zu bestellen. Auch wenn am Vortag ihre Häuser abgebrannt und ihre Äcker Schlachtfelder gewesen waren, nahmen sie die Arbeit wieder auf, als hätten sie die japanische Armee nie gesehen. Als wir sie bei der Aussaat des Weizens filmten, stellte sich unser gesamtes Team die gleiche Frage: Gegen wen kämpft die japanische Armee eigentlich? In Japan wurde täglich von Siegen berichtet, aber das waren nur sporadische Frontsiege. Der Alltag bestand aus Niederlagen. Die Berichte in den Zeitungen in der Heimat waren falsch. Nein, eigentlich waren sie richtig, zumindest aus dem Blickwinkel der Japaner. Die Chinesen sahen die Sache ganz anders. Sie wurden von niemandem beherrscht. Sie nahmen feindliche Invasionen als etwas ganz Natürliches hin. Schließlich waren sie ihnen seit Tausenden von Jahren ausgesetzt. Als ich in Nanjing sah, wie sie ihrem Alltag nachgingen, wurde mir die Sinnlosigkeit dieses Krieges sofort bewußt. Am tragischsten war die Rolle der japanischen Soldaten, die nichts von all dem wußten, sich aber bemühten, tapfer zu sein. Was war denn der Japanisch-Chinesische Krieg? Die Ignoranz und Brutalität japanischer Militärs, die sich in einen Eroberungsfeldzug stürzten, ohne etwas über China zu wissen. Und die Einsamkeit der japanischen Soldaten, deren körperliche und geistige Kraft vollständig von diesem riesigen Land aufgesogen wurden – das war der Krieg.«

Inoue umschloß seine Tasse mit beiden Händen und trank langsam, aber genußvoll von seinem inzwischen kalten Kaffee. »Spuren der Träume von Kriegern«, murmelte er.

»Die Soldaten waren bereit, ihr Leben zu opfern. Doch China war zu groß. Nicht einmal die Mongolen konnten es auf Dauer beherrschen. Niemand kann das. Das hatte in Japan nur niemand begriffen. Natürlich am allerwenigsten die hohen Militärs. Es waren nicht die Chinesen, gegen die die japanische Armee kämpfte. Es war das gewaltige Land

China. Ein endloses wüstes Land. Und die Sonne. Deshalb will ich die furchtbare Sonne von damals in meinem Film wiedererwecken, die rote Sonne, zu der die japanischen Soldaten immer aufschauten. Sie ist die Brücke, die in meinem Film das zwanzigste mit dem einundzwanzigsten Jahrhundert verbindet.«

Tomoko und ich schauten uns an, wechselten jedoch kein Wort. Gleichzeitig sahen wir die rote Sonne vor uns, die Inoue über dem riesigen chinesischen Festland gesehen haben mußte.

»Bald wurde uns allen – mir, Sakata und dem ganzen Team – klar, daß Japan den Krieg verlieren würde. Wahrscheinlich erkannten wir das, als wir die chinesischen Bauern filmten, und ich glaube, Sakata wollte dieses Wissen an das japanische Volk weitergeben. Ihm übermitteln, daß der Krieg, den es führte, niemandem nützte. Das war seine Aufgabe als Dokumentarfilmer, auch wenn er im Auftrag der Regierung Propagandamaterial drehte. Er ließ die Bilder für sich selbst zu den Zuschauern sprechen und so die Wahrheit in seinen Film einfließen, ohne daß die Militärs zunächst etwas davon merkten. Darin besteht die Macht der Kunst. Er zeigte das, was wirklich war, auf so indirekte Weise, daß die Armee seine Filme weiterhin für Propaganda hielt. Er zeigte seinem Volk die eigentliche Tragödie des Krieges, die Realität und Grausamkeit, die sich hinter dem Klischee des tapferen japanischen Soldaten verbarg. Deshalb haben wir nach dem Einmarsch der Armee sofort diese vielen Kriegsgräber auf dem Hügel aufgenommen. Und um zu zeigen, daß wir nicht gegen die Chinesen kämpften, sondern gegen ihr riesiges Land, haben wir die gebeugten Rücken der Soldaten auf die Leinwand gebannt, die auseinandergenommene Waffen Hunderte von Kilometern durch den Schlamm schleppten. Und daneben die ausdruckslosen Gesichter der chinesischen Bauern, die den Einmarsch in Nanjing verfolgen, unterlegt mit dem Bild einer zerfetzten japanischen Flagge. Wir haben tote Pferde gefilmt, die vor Erschöpfung zusammengebrochen oder von Gewehrkugeln getroffen worden waren. Und die Tränen in den Augen der Soldaten, die sie erschießen mußten. Oder wie der Kamerad eines toten Soldaten den Brief von dessen Frau liest, den sie von zu Hause abgeschickt hatte, ohne zu wissen, daß ihr Mann schon tot war. Außerdem machten wir Interviews mit Kriegsgefangenen.«

Inoue imitierte die Geste des Drehens und begann chinesische Gefangene zu filmen, die nur er sah.

»Natürlich wollten alle Soldaten wieder nach Hause. Aber das durfte man nicht sagen. Das ließ die Zensur des Innenministeriums nicht zu. Und die Armee schon gar nicht. Dann hatte Togoro Sakata die sensationelle Idee, die Gefühle der Kriegsgefangenen von ihnen selbst ausdrücken zu lassen. Das heißt, anstelle der Soldaten sprachen die Gefangenen, die natürlich die gleichen Gedanken hegten. Das war sehr raffiniert.

Japanischer Soldat: ›Was sind Sie von Beruf?‹

Chinesischer Gefangener: ›Bauer.‹

Der Soldat: ›Haben Sie Kinder?‹

Der Gefangene (murmelt): ›Ja, fünf.‹

Der Japaner denkt an seine eigenen Kinder. Er stellt eine letzte Frage: ›Möchten Sie nach Hause?‹

Der Gefangene bricht in Tränen aus und schluchzt: ›Ja, das möchte ich.‹

Die Kamera schwenkte nicht ab, als auch die Augen des japanischen Soldaten sich mit Tränen füllten.«

Hajime Inoue nickte. Er gab sich wieder seinen Erinnerungen an den Japanisch-Chinesischen Krieg hin. Seine Augen wurden schmal. Er blickte auf der Suche nach Erinnerungen in die Ferne.

»Einmal filmten wir auch die Einäscherung eines gefallenen Soldaten. Seine Kameraden trugen trockenes Laub und Äste zusammen, aber das genügte nicht, und sie mußten Stroh aus einem Bauernhaus holen. Als der Leichnam des Gefallenen entzündet wurde, stimmten sie die Nationalhymne an. Der Scheiterhaufen verlosch. ›Soll das vielleicht eine Totenfeier für einen japanischen Soldaten sein?‹ schrie der Kompanieführer. Aber ein menschlicher Leichnam brennt nicht so leicht, da ein Körper ja zum Großteil aus Wasser besteht. Ein kleines Feuer genügt da nicht. Den ganzen Tag, die ganze Nacht und noch am folgenden Morgen bemühten sich die Soldaten, das Feuer in Gang zu halten. Es gibt wohl keine zermürbendere Arbeit als die, den Leichnam eines gefallenen Kameraden zu verbrennen. Außerdem war man vielleicht selbst der nächste, der verbrannt wurde. Während die Soldaten die Äste ins Feuer warfen, hatten sie die ganze Zeit ihre eigene Zukunft vor Augen.«

Inoue preßte die Finger auf die tiefen Falten zwischen seinen Augenbrauen.

»Tomoko, ich bin müde. Ich möchte wieder auf mein Zimmer.«

»Geht es Ihnen nicht gut?«

Die plötzlich aus den Tiefen seines Gedächtnisses aufgestiegenen Erinnerungen brachten Hajime Inoue ins Wanken. Er stützte sich mit einer Hand auf die Tischkante und stand auf, zitterte jedoch. Tomoko nahm seinen Ellbogen, aber der alte Mann wehrte ab. »Es geht schon«, sagte er.

In diesem Moment kam ein junger Assistent aus der Produktion angerannt. »Ah, hier sind Sie«, rief er. »Ich habe Sie schon überall gesucht. Herr Tokito hat mich gebeten, Sie in den Konferenzraum zu holen.«

Inoue nickte kurz und folgte schwerfällig dem jungen Mann. Wortlos sahen Tomoko und ich ihm nach, als er den Speisesaal verließ. Auch der Oberbeleuchter Tokuji Ishiken, der an einem Tisch hinter uns zu Mittag aß, hatte die Szene beobachtet. Er kam an unseren Tisch.

»Ist mit Inoue alles in Ordnung?« fragte er.

Als wir zu ihm aufschauten, fügte er dramatisch hinzu: »Er mag Sie sehr, Tomoko. Aber Sie sind auch einer der Gründe, daß er Fei-fan nicht vergessen kann.« Tokuji Ishiken war beinahe so alt wie Inoue und arbeitete schon seit dem Krieg mit ihm zusammen.

»Kannten Sie Fei-fan denn, Herr Ishiken?« fragte ich. Ishiken setzte sich auf den Stuhl, auf dem vorher Inoue gesessen hatte.

»O ja«, murmelte er. »Ich kannte sie.« Er fuhr sich wie beim Waschen mit beiden Handflächen übers Gesicht und räusperte sich leise. Tomoko sah ihn mit ernstem Blick an, während Ishiken auf die Tür starrte, durch die Inoue den Saal verlassen hatte. Seine zerfurchte Stirn erinnerte mich an einen erodierten Felsen. Er holte tief Luft.

»Fei-fan und Togoro Sakata waren ein Liebespaar«, begann er seine Geschichte.

Fei-fans Tragödie 1

Im Jahre 1939 war der Film *Das Lied der weißen Orchidee* mit Ichio Hasegawa und Koran Li in den Hauptrollen ein großer Erfolg. Eine Filmzeitschrift schrieb damals sogar: »Koran Li stellt mit ihrer bezaubernden Stimme und ihrem wunderbaren Japanisch unsere eigenen Schauspielerinnen geradezu in den Schatten.« Nur daß Koran Li eigentlich als Kind eines japanischen Ehepaars aus Kyushu in der Mandschurei geboren war und mit richtigem Namen Yoshiko Yamaguchi hieß. In China ist es nicht unüblich, als Ausdruck der Zuneigung Kinder von Freunden zu adoptieren. So wurde auch Yoshiko von chinesischen Bekannten ihrer Eltern angenommen und erhielt auf diese Weise den Namen Koran Li. Sie sprach perfekt Mandarin und begann eine Karriere als chinesische Sängerin bei Radio Tantien. Natürlich ließ sich die mandschurische Filmgesellschaft ein Mädchen, das gleich drei Vorzüge hatte – Schönheit, eine gute Stimme und fließende Chinesischkenntnisse –, nicht entgehen. Alle Filmleute wußten, daß Koran Li eigentlich Japanerin war, aber da sie sich als Chinesin besser vermarkten ließ, führte man die japanische Bevölkerung hinters Licht. *Das Lied der weißen Orchidee* war der erste einer Reihe von auf dem chinesischen Festland gedrehten Filmen der Firma Toho und wurde ein gigantischer Kassenschlager. Koran Lis Name wurde mit einem Mal in ganz Japan bekannt. Zugleich wurde streng geheimgehalten, daß sie in Wirklichkeit Japanerin war.

Fei-fan war damals als junge Schauspielerin von der Produktionsfirma Weißer Phönix in der Mandschurei entdeckt worden. Obwohl »entdeckt« vielleicht nicht das richtige Wort ist, denn Fei-fans Mutter, die als Dolmetscherin für die Guandong-Armee arbeitete, war durch Koran Lis Popularität auf die Idee gekommen, ihre Tochter zum Film zu bringen. Fei-fan selbst hatte eigentlich gar nicht Schauspielerin werden wollen, aber ihre habgierige Mutter hatte sie dazu überredet.

Im Gegensatz zu Koran Li war Fei-fan wirklich Chinesin. Ihr Vater war Kaufmann und hatte sich durch seine Handelsbeziehungen gute Kenntnisse der japanischen Sprache angeeignet. In ihrem familiären Umfeld war das junge Mädchen schon früh mit dem Japanischen in Berührung gekommen und sprach es recht gut. Ihre etwas gebrochene Ausdrucksweise, gepaart mit dem Charme einer einheimischen jungen Schönheit, würde sich besonders gut verkaufen. Weißer Phönix beschloß, sie zunächst in einem Propagandafilm als Einheimische auftreten zu lassen. Es handelte sich um den Dokumentarfilm *Nebel über Shanghai* von Togoro Sakata, der viel Aufsehen erregte. Ihr gebrochenes Japanisch sollte den authentischen Charakter des Films unterstreichen. Allerdings sträubte sich Sakata gegen den Auftritt einer Anfängerin in einem seiner Werke. Als ernsthafter Dokumentarfilmer hatte er keineswegs die Absicht, seinen Bericht über die Schrecken des Krieges mit einer jungen Schauspielerin zu drehen, die seine Geldgeber zu einem Star à la Koran Li machen wollten. Aber die Realität war eine andere. Die Entscheidung von Weißer Phönix stand fest, denn Fei-fan war eine Traumbesetzung und ein wahrer Glücksfall für die Firma.

Ein Dokumentarfilmer hatte es in jenen Zeiten nicht leicht. Sakata schickte mehrere Protesttelegramme an Weißer Phönix, in denen er erklärte, daß man mit Anfängern keine

Dokumentationen drehen könne, doch es nützte alles nicht, und der Regisseur mußte sich schließlich fügen. Anfangs behandelte er Fei-fan wie einen Störenfried und ließ sie kaum Text sprechen, denn er wollte sein Werk nicht durch ihr mangelndes schauspielerisches Können ruinieren. Er hatte auch sonst eine Menge an ihr auszusetzen und schikanierte sie regelrecht. Sie sehe nicht aus wie ein Bauernmädchen, sagte er und verlangte, daß sie sich schmutzig machte, sich nicht die Haare wusch und ähnliches. In einem Dokumentarfilm gibt es keine Maske. Also mußte sie jeden Morgen ihre Hände in kaltes Wasser halten, damit sie rot und rissig wurden. Er ließ sie die gleiche Szene immer wieder spielen und schlug sie sogar vor allen. Fei-fan war ja wirklich Anfängerin, und sie hatte sicher in ihrem bisherigen Leben noch nie etwas derart Schweres erlebt wie die Arbeit mit einem fanatischen Regisseur wie Sakata. Der junge Hajime Inoue war damals ihre einzige Stütze. Beide waren neunzehn Jahre alt. Man konnte es Inoue ansehen, daß er in sie verliebt war. Für Fei-fan dagegen war er ein Freund, dem sie ihr Herz ausschütten konnte. Er hörte ihr ruhig zu, wenn sie ihm von ihren bitteren Gefühlen gegenüber ihren Eltern und ihrer Abneigung gegen Sakata erzählte. In den ersten beiden Wochen nach ihrer Ankunft in Nanjing brauchte sie Inoue, danach nicht mehr.

Einmal bewarfen Kinder Fei-fan mit Steinen, als sie vor der Kamera stand. Sie wurde im Gesicht getroffen, wischte sich jedoch das Blut, das ihr von der Stirn lief, erst ab, als sie ihren Text zu Ende gesprochen hatte. Dann wandte sie sich aus eigenem Antrieb der Kamera zu und sagte: »Das ist der Krieg.« Und die Kamera nahm die Bauernkinder auf, die die Steine geworfen hatten. Die Eltern kamen angerannt, um die ihren Kindern drohende Strafe auf sich zu nehmen. Sie waren sogar bereit, sich erschießen zu lassen. Als der Soldat, der das Filmteam begleitete, sein Gewehr anlegte, trat Fei-fan ihm entgegen. »Wenn du schießen mußt, erschieß lieber mich«, sagte sie. Natürlich hatte der Soldat nicht die Absicht, sie zu erschießen, und starrte Fei-fan an. »Ich kann dich nicht erschießen«, entgegnete er. »Denn du mußt erzählen, wie in diesem Krieg die japanische Armee für das Wohl des chinesischen Volkes kämpft«, fügte er hinzu. Fei-fans Gesicht wurde traurig. Das Blut von ihrer Stirn rann ihr in die Augen. Plötzlich stellte Sakata sich zwischen Fei-fan und den Soldaten und wischte ihr das Blut ab. »Das hast du gut gemacht. Hervorragend gespielt«, lobte er sie. Zum ersten Mal brach Fei-fan in Tränen aus. Die junge Chinesin begriff, daß sie die Menschen erreichen konnte. Sie weinte aus Haß gegen sich selbst, weil sie mit ihrer Arbeit ihre eigene Heimat verriet. Da erst erkannte Sakata das tiefe Leid der jungen Frau. Er beschloß, seinen Film aus ihrer Perspektive zu drehen, eine Dokumentation über ein trauriges junges Mädchen, das in Nanjing in einem japanischen Propagandafilm auftreten muß. Sakata wollte die Qualen eines jungen Menschen zeigen, der von den eigenen Eltern als Handelsware verkauft und von Militärs benutzt wird. Fei-fan und er schienen sich auf einmal heftig zueinander hingezogen zu fühlen. Das lag sicher auch daran, daß sie in einer ähnlichen Lage waren: eine chinesische Schauspielerin, die für die feindliche Propaganda arbeitete, und ein Regisseur, der Propagandafilme drehte. Sakata versuchte, durch Fei-fan die Widersprüche und Grausamkeiten des Krieges zu schildern, in dem die Freiheit der Menschen mit Füßen getreten wurde. Sie kamen sich jetzt sehr nah, denn sie hatten sich dem gleichen Ziel verschrieben.

Von nun an hatte Fei-fan nur noch Augen für Sakata. Inoue, ihren alten Vertrauten, brauchte sie nicht mehr, denn zwischen ihr und Sakata herrschte bald bedingungslose Übereinstimmung. Man könnte es auch Liebe nennen, aber es war keine Liebe im herkömmlichen Sinne. Fei-fan war so begierig, von Sakata gelobt zu werden, daß sie ihr Bestes gab und sich allmählich zu einer richtigen Schauspielerin entwikkelte.

Inoue mit seinen leidenschaftlichen Gefühlen für Fei-fan blieb nichts anderes übrig, als im Schatten zu stehen und zuzuschauen, wie Fei-fan Sakata geradezu anbetete.

Über den dreien braute sich der Sturm des Schicksals zusammen, während der Krieg seine grausame Fratze zu zeigen begann und seine Klauen nach ihnen ausstreckte.

Durch Fei-fans Tod bekam Inoue den Wahnsinn des Krieges am eigenen Leib zu spüren, und in seiner Erinnerung wird Fei-fan ewig weiterleben.

Sakata kehrte nach Japan zurück und vollendete seinen Film. Sein Werk war nicht die von den Militärs erwartete Glorifizierung des Krieges. Im Gegenteil, *Die Sonne von Nanjing* entpuppte sich als Antikriegsfilm und wurde, kaum fertiggestellt, auch schon verboten, und Togoro Sakatas Karriere als Regisseur war beendet. Nach seinem Tod wurde zwar sein Mut bewundert, mitten im Krieg antimilitaristische Filme zu drehen, dennoch soll er seine letzten Jahre im Elend verbracht haben. Er war geschieden und hat wohl nie wieder Arbeit gefunden. In einem Herbst fünf oder sechs Jahre nach Kriegsende erhängte er sich an einem leuchtendgelben Gingkobaum in seinem Garten.

Was aus Inoue geworden ist, wißt ihr. Er hat Fei-fan nie vergessen können. Wahrscheinlich ist er deshalb sein ganzes Leben lang unverheiratet geblieben und hatte auch nie eine Affäre. Er hat Erinnerungen an damals, von denen niemand etwas weiß. Was in jener Zeit geschah, lebt allein in seinem Gedächtnis fort: eine vergangene, vergängliche Geschichte, die Hajime Inoue mit ins Grab nehmen wird, wenn er sie jetzt nicht erzählt.

Rückkehr des blauen Himmels

Nach neun Tagen hörte es auf zu regnen, und der Himmel über der Ebene von Tokachi war wieder von durchsichtiger Klarheit. Schon in der Morgendämmerung brachen die einzelnen Gruppen aus dem Hotel auf. Auch ich fuhr mit der Requisite zum Drehort. Meine Sorge, daß der Anstrich einiger Teile durch den langen Regen gelitten haben könnte, erwies sich dank der Plastikplanen, mit denen alles abgedeckt gewesen war, als unbegründet. Es gab nur geringfügige Verfärbungen, die sich leicht beheben ließen, ehe in einigen Stunden der Regisseur eintreffen würde.

Als er gegen neun Uhr ankam, herrschte schon eine Atmosphäre reger Betriebsamkeit. Unter den nervösen Blikken der Produktion besichtigte Hajime Inoue in Begleitung der Kameramänner Tsutaya und Kuroda den Drehort. Tomoko Maruyama war ebenfalls bei ihnen. Er inspizierte den nach den Regenfällen durchweichten Boden und sah immer wieder zum Himmel hinauf, um die Bewegung der Wolken zu beobachten. Unterdessen trieben die Regieassistenten die Aufstellung der tausend Komparsen an dem Hügel voran.

Tsutaya rief die Arbeiter zusammen. Eine Menge Schienen waren zu verlegen. Das hieß, es würde bald gedreht werden. Spürbare Anspannung erfaßte das Team. Immerhin hatten wir drei Wochen und drei Tage auf bessere Wetterbedingungen gewartet. Nach diesem gewaltigen Zeitverlust verbreitete sich unter den Beteiligten auf einmal die Hoffnung, daß der Film doch noch eine Zukunft haben könnte. Kamera- und Ausstattungsteams nahmen letzte Änderungen vor.

Gefaßt und energisch gab Tsutaya seine Anordnungen. Die Hilfskräfte beschleunigten ihre Arbeit. Ungefähr hundert Meter Schienen sollten verlegt werden. Als der Ruf nach mehr Hilfskräften laut wurde, eilten unterschiedslos Fahrer und höhere und niedere Kollegen aus allen Bereichen herbei, um zu helfen. Auch ich schloß mich ihnen an. Die Techniker schrien Anweisungen. Der Abstand zwischen den Schienen mußte exakt sein. Eine Strecke von hundert Metern zu verlegen ist gar nicht so leicht. Wenn die Schienen nicht genau parallel liegen, besteht die Gefahr, daß der Wagen während des Drehs entgleist und die Kamera abstürzt. Alle schleppten Schienen auf ihren Hüften heran und installierten sie nach den Anweisungen der Techniker. Dieses gemeinsame Zupakken war eine Stärke, die das Inoue-Team auszeichnete. Sogar der schon recht betagte Ishiken schloß sich an.

»Kuroda! Wie sieht's aus?« ertönte Inoues Stimme.

Kuroda beobachtete die Sonne wieder einmal durch seinen Contrast Viewer. Das gesamte Team starrte nach oben. Die Sonne mühte sich, hinter einer großen Wolke hervorzukommen. Ihre Strahlen drängten sich bereits über den Rand.

»Jaa! Die Sonne kommt!« schrie Kuroda.

»Wie lange haben wir bis zur nächsten Wolke?«

»Eine Stunde, nein, mehr. Wenn jetzt kein starker Wind aufkommt, vielleicht sogar zwei. Aber eine gute Stunde auf alle Fälle.«

Freudenschreie ertönten. Die Niedergeschlagenheit, die auf allen gelastet hatte, wich einer großen Erleichterung, und die Gesichter hellten sich zusehends auf.

»In Ordnung, wir drehen!« rief Inoue erregt. Jetzt war er

nicht mehr der senile alte Mann, der in der Nacht durch den Hotelflur gerobbt war.

»Fertigmachen zum Drehen!« schrie einer der Regieassistenten. Jegliche Apathie war nun verschwunden, und die Botschaft verbreitete sich wie ein Lauffeuer. Die Schauspieler steckten die Köpfe aus ihrem Zelt, Kostüm- und Maskenbildner stürzten sich in die Arbeit. Das Ganze wirkte wie ein Ameisenhaufen, der von einer unsichtbaren sanften Macht regiert wurde.

Nachdem die Schienen verlegt waren, wurde der Kran daraufgestellt und eine Kamera installiert. Der Regisseur setzte sich neben Tsutaya auf die Plattform, und beide wurden hochgezogen. Es sah aus, als richtete sich eine Giraffe langsam auf, um an die obersten Blätter eines Baumes zu gelangen.

Die Techniker schoben den Kranwagen an, und er setzte sich langsam in Bewegung wie ein Saurier. Die beiden Männer waren in blendendes Sonnenlicht getaucht. Von unten sah es aus, als schwebten sie in der Luft. Es war, als hätte sich der achtzigjährige Mann in einen Jüngling verwandelt, um diesen Ritt auf dem Drachen zu unternehmen.

Ich hielt Ausschau nach Tomoko. Sie stand direkt neben dem Kranwagen und schaute zum Regisseur hinauf.

»Tomoko, wie ist der Anschluß der Wolken?« rief Inoue ihr durch sein Megaphon zu.

»Bis jetzt optimal, denke ich«, rief sie zurück.

Die tausend Komparsen hatten vor uns auf der Ebene Aufstellung bezogen und warteten ruhig in der strahlenden Sonne auf das Startsignal des Regisseurs. Da wir genug Zeit hatten, wurde zunächst kurz mit dem Kran geprobt und dann erst richtig gedreht.

»Und jetzt – Action!« rief der Regisseur so energisch wie schon lange nicht mehr.

»Action!« folgten die Regieassistenten.

Es gab einen Moment der Anspannung. Eine von Westen über die Tokachi-Ebene kommende Brise strich mir über die Wangen. Die Gräser schwankten, und das Licht huschte über ihre Spitzen. Die Schlachtfeldszene war ausgezeichnet gelungen. Die Ruhe der Soldaten, die sich anschickten, in den Sumpf dieses hoffnungslosen Krieges vorzurücken, war ergreifend. Der Gegensatz zwischen dieser Ruhe und dem düsteren Schicksal, das sie erwartete, war in dieser Szene geradezu genial herausgearbeitet.

Jiros Welt 2

Auch heute saß Jiro wieder seit dem Morgen auf den Steinstufen des Hauses am Rande Shinjukus und betrachtete versunken seine Welt. Sein jüngerer Bruder Shiro drängte sich an ihn, als suchte er so Schutz vor der sengenden Sonne. Die beiden sprachen fast nichts. Der Kleine war gerade erst fünf geworden. Er schien von Natur aus ein schweigsames Kind zu sein, aber vielleicht war auch nur sein Wortschatz noch zu gering. Dafür lachte er häufig, und wenn sein Bruder etwas sagte, plapperte er es nach wie ein Papagei. Für Jiro wäre der Umgang mit Gleichaltrigen interessanter gewesen. Nur das unablässige Rauschen des Windes durchbrach die Stille zwischen den beiden.

Sobald es dunkel war, gingen sie ins Haus und schauten sich Manga im Fernsehen an. Dann aßen sie die Mahlzeit, die ihre Mutter für sie kochte und die immer gleich schmeckte. Danach war es Zeit zu baden und ins Bett zu gehen. Gleichförmig verstrichen die Tage.

Der zehnjährige Jiro beobachtete das Spiel der Schatten, die die Alleebäume auf die Häuserwände warfen. Sooft der Wind durch die Blätter fuhr, tanzten ihre Schatten. Durch die Morgensonne hatten sie eine unterschiedliche Dichte und flimmerten mal heller, mal dunkler. Die flüchtige Schönheit, die dadurch entstand, ließ Jiros Welt lebendig erscheinen. Durch aufmerksame Beobachtung erkannte er, daß die Schatten sich täglich langsam, aber sicher etwas verschoben.

Das war jedoch die einzige Veränderung. Ansonsten ging die Sonne täglich unter, und wenn Jiro aufwachte, brach ein neuer Tag an. Sein Vater ging regelmäßig zur Arbeit und kam regelmäßig nach Hause. Seine Mutter wusch unentwegt Wäsche. Der Briefträger brachte die Post, und die Nachbarinnen gingen mit ihren Einkaufskörben am Ende der Gasse vorbei.

Jiro erhob sich langsam, schlenderte die Stufen hinunter und wandte sich nach Osten. Sein kleiner Bruder folgte ihm wie ein braves Hündchen. Jiro verließ ihren Wohnblock und ging bis zur Kreuzung, wo er wie üblich stehenblieb. Weiter konnten sie nicht gehen.

Auch sein kleiner Bruder Shiro starrte auf die Kreuzung. Auf der anderen Seite war kein Licht, nur eine tiefe Dunkelheit breitete sich aus, die sie mit ihrer Schwärze verschlukken würde. Jiro fragte sich, ob das vielleicht der Kosmos sei. Er dachte auch über seine eigene Existenz nach und zugleich über sich als Denkenden. Jiro konnte die Welt von außen aus der Vogelperspektive betrachten, aber er wußte noch nicht, was in seinem Inneren vorging. Stand er, wenn er dachte, außerhalb der Welt, oder war er ein Teil von ihr? Dachte er die Welt, oder dachte die Welt ihn?

Noch einmal ging Jiro bis an den Abgrund auf der Mitte der Kreuzung, um angestrengt über den Rand seiner Welt zu schauen.

»Paß auf!« rief Shiro ihm nach. Jiro stand jetzt dicht an der Kante, dennoch konnte er nicht in den Abgrund hineinsehen. Da war nichts als bodenlose tiefe Dunkelheit.

Als nächstes machten sich Jiro und Shiro in die entgegengesetzte Richtung – also nach Westen – auf den Weg. Doch an der dortigen Kreuzung endete der Weg seltsamerweise ebenfalls. Auch die Hochstraße, die über ihnen verlief, brach unvermittelt ab, als seien die Arbeiten daran mittendrin eingestellt worden. Wieder schaute Jiro über den Rand in den

Abgrund. Diesmal konnte er ganz schwach so etwas wie Erdschichten erkennen. Aber ob es wirklich Erdschichten waren, ließ sich nicht deutlich ausmachen. Die Tiefe, die sich darunter auftat, war bodenlos und schwarz. Er hob einen kleinen Stein vom Boden auf und ließ ihn in die Dunkelheit fallen. Als er sich nach vorn beugte, um ihm nachzuschauen, hatte er das Gefühl, aufgesogen zu werden, und wich unwillkürlich zurück.

»Komm, wir gehen nach Hause«, sagte sein kleiner Bruder und zerrte an seiner Jacke.

»Nein, wir haben noch nicht im Süden und im Norden nachgesehen.«

Also machten Jiro und Shiro sich auf den Weg nach Süden. Doch auch dort endete die Welt, wo die Odakyu-Bahnlinie kreuzte. Obwohl ein Signal ertönte und die Schranke heruntergelassen wurde, kam keine Bahn aus der Dunkelheit. Bald ging die Schranke wieder nach oben. Es gab auch keine Schienen, nur Dunkelheit.

Jiro wollte nicht aufgeben, und die beiden Kinder wandten sich nach Norden. Wenn man den Parkplatz vor den Wohnblocks überquerte, gelangte man zu einem kleinen Spielplatz. Auf der anderen Seite begann die Einkaufsstraße. Sie sahen die ersten Geschäfte, doch hinter dem Kolonialwarenladen und der Siegelschnitzerei verlor sich die Welt.

Jiro starrte angestrengt in die Dunkelheit, aber jenseits der kurzen Strecke war einfach nichts auszumachen. Bei dem Versuch, im Kopf eine Skizze seiner Welt anzufertigen, kam er nicht über diesen Bereich hinaus. Er dachte an die gewaltigen erodierten Schluchten des Grand Canyon, die er irgendwann einmal im Fernsehen gesehen hatte. Seine Welt war an allen Seiten von steilen Wänden wie diesen umgeben, und er konnte sie nicht verlassen.

Nachdem Jiro lange ins Dunkel gestarrt hatte, machte er kehrt. An keinem Tag versäumte er es, die Grenzen seiner

Umgebung abzuschreiten. Wenn sein Leben überhaupt noch einen Sinn hatte, dann bestand dieser darin, Tag für Tag aufs neue seine immer gleiche Welt zu erkunden; Tag für Tag an ihren östlichen, westlichen, südlichen und nördlichen Abgrund zu treten und in die Dunkelheit zu starren. Immer war sein kleiner Bruder Shiro bei ihm, der ihn, sooft Jiro eine riskante Bewegung machte, an seiner Kleidung zurückzerrte und dabei rief: »Paß auf, das ist gefährlich. Komm, wir kehren um!«

Wieder verbrachten Jiro und Shiro die langen Nachmittagsstunden auf den Steinstufen vor ihrem Haus. Die Sonne stand hoch. Von irgendwoher ertönten die sanften Gitarrenklänge eines Bossanova. Vielleicht spielte ein Nachbar bei geöffneten Fenstern? Jiro schaute sich erkundend um, aus welcher Wohnung die Musik kam. Aber alle Fenster waren geschlossen. Keine Menschenseele war zu sehen. Über das Stückchen Himmel zwischen den Häuserblocks zog sich diagonal ein frischer Kondensstreifen. Jiro konnte sich an kein Flugzeug erinnern. Er hörte den Verkehr auf der Stadtautobahn. Es klang wie Meeresrauschen. Wie Wellen, die in regelmäßigen Abständen an den Strand schlugen. Jiro gähnte, es war ein träger Nachmittag, an dem sich nichts tat, außer daß die Sonne brannte. Er hätte einschlafen können. Solch langweilige Nachmittage, an denen die Zeit so träge dahinfließt, daß man von Schläfrigkeit übermannt wird, kennt jeder aus seiner Kindheit.

Was war eigentlich mit der Schule? dachte Jiro plötzlich. In seiner Welt gab es keine Schule. Im Osten hätte eigentlich die Grundschule sein müssen. Jiro kniff die Augen zusammen. Er nahm einen Moment das Ende der Gasse ins Visier, aber gleich verließ ihn die Energie, und er blieb sitzen.

Seine Mutter steckte den Kopf aus dem Fenster und rief nach ihnen. Shiro sprang als erster auf, rannte auf die Gasse und schaute zum Haus hinauf. »Ihr könnt jetzt eine Kleinigkeit essen«, rief die Mutter.

»Komm, es gibt was zu essen«, sagte Shiro. Jiro erhob sich, gesellte sich zu Shiro und sah zu seiner Mutter hinauf.

»Mutter, haben wir keine Schule?« fragte er.

»Sind doch noch Sommerferien«, rief seine Mutter mit ihrer tiefen Stimme, während sie ein paar Wäschestücke vors Fenster hängte. Die Antwort hatte irgendwie vorbereitet geklungen, und Jiro beschloß, lieber nicht weiterzufragen.

»Essen!« rief seine Mutter, den Arm voller Wäsche. Ihre kräftige, gesunde Stimme übertönte alles. Unwillig setzte Jiro sich wieder auf die Stufen. Shiro musterte ihn verwundert.

»Und unser Nachmittagsimbiß?«

»Ich will nichts. Du kannst meine Portion haben.«

Shiro zögerte, aber als sein Bruder sich nicht rührte, rannte er die Treppe hinauf.

Die Sonne wollte heute gar nicht untergehen. Ein leichter Wind strich durch die Gasse. Jiro döste, als eine Stimme ihn weckte. Hastig wischte er den Speichelfaden ab, der aus seinem Mund hing, und wandte sich der Stimme zu. Mit dem Rücken zur Sonne stand ein Mann, den er noch nie gesehen hatte. Er war ganz in Schwarz und trug einen Cowboyhut. Wegen des Gegenlichts und der breiten Hutkrempe war sein Gesicht nicht gut zu erkennen. Doch er sah nicht japanisch aus, fand Jiro, sondern wie ein Revolverheld aus einem der Spaghettiwestern, die er früher oft im Fernsehen gesehen hatte. Da er zum ersten Mal in seinem Leben jemanden mit einem Ten Gallon Hat sah, glotzte er den Mann verdutzt an.

»He, Kleiner, kannst du den eine Weile für mich aufbewahren, ja?« fragte der Mann und hielt Jiro einen Ranzen hin. Zögernd wehrte der Junge ab. »Nimm ja nichts von Fremden«, hatten seine Eltern ihm immer wieder eingeschärft. Als Jiro keine Anstalten machte, den Ranzen entgegenzunehmen, stellte der Mann ihn zu seinen Füßen ab. Er steckte sich eine Zigarette in den Mund und zündete sie mit einer lässigen Bewegung an.

»Ich darf ihn dir doch anvertrauen?« fragte der Mann und ließ sich neben dem Jungen nieder. Beim Anblick seines Profils schluckte Jiro seine Worte herunter. Der Mann hatte eine große Nase. Viel größer als die seines Vaters und seiner Mutter. Eine solche Adlernase hatte er noch nie gesehen. Natürlich kannte er ausländische Gesichter aus dem Fernsehen, aber es war das erste Mal, daß so ein Fremder leibhaftig neben ihm saß. Es wollte nicht so recht passen, daß er fließend Japanisch sprach.

»Anvertrauen?«

»Ja, in einer Weile hole ich ihn wieder ab. Und bis dahin paßt du gut auf ihn auf, ja?«

Jiro nahm den Ranzen. Als er ihn öffnen wollte, streckte der Mann rasch die Hand aus, um ihn daran zu hindern.

»Aufmachen ist streng verboten. Du darfst auf keinen Fall hineinschauen!« Die Augen des Mannes blitzten durchdringend. Auch seine Stimme klang unheimlich. Einen Augenblick lang fürchtete sich Jiro. Es war eine Art von Furcht, die er bisher in seinem geruhsamen Leben nicht gekannt hatte.

»Reinschauen ist verboten!« sagte der Mann noch einmal.

Jiro nickte eingeschüchtert.

»Also nicht reingucken, Kleiner«, wiederholte der Mann. »Und gut aufpassen.« Er tätschelte Jiro mit seiner Pranke den Kopf.

Von einem Erwachsenen, noch dazu einem so imposanten, etwas anvertraut zu bekommen verlieh Jiro ein seltenes Gefühl von Überlegenheit. Auf einmal interessierte ihn seine Aufgabe mehr als der Inhalt des Ranzens.

»In einer Weile hole ich ihn wieder ab. Bis dahin mußt du ihn verstecken, damit niemand ihn findet. Wenn du ihn sicher verwahrst, kaufe ich dir zur Belohnung was Schönes.

Ein Auto mit Fernsteuerung oder einen Modellbaukasten. Was du willst.«

Der Mann warf seine Zigarette auf die Gasse, stand auf und trat sie gründlich aus. An seinen Bewegungen war nichts Überflüssiges. Jiros Herz quoll über vor Bewunderung für diesen Supermann aus einer anderen Welt.

»Alles klar?«

»Uhm!« Jiro nickte energisch.

»Kann ich dir vertrauen?«

»Ja.«

»Du darfst auf keinen Fall jemandem etwas davon sagen.«

Völlig von seiner Mission beseelt, schluckte Jiro.

»Und reinschauen ist streng verboten!«

Der Junge nickte wieder. Dann lachte der Mann zum ersten Mal. »Intelligenz ist eine sehr gute Eigenschaft«, sagte er und wandte sich um. Den Ranzen unterm Arm, schaute Jiro dem Mann nach. Dann folgte er ihm ein paar Schritte die Gasse hinunter, aber der Mann ging schnell und war bald seinen Blicken entschwunden. Nur ein sonniger Fleck blieb in der schläfrigen Stille des Nachmittags zurück.

Mit dem Ranzen im Arm setzte Jiro sich auf die Treppe. Shiro kam zurück und sah den Ranzen. »Was ist das?« fragte er.

»Darf ich nicht sagen«, murmelte Jiro nur, aber Shiro setzte sich sofort neben ihn und deutete auf den Ranzen. »Was ist das? Sag schon«, drängte er.

Wenn er Shiro jetzt erzählte, daß ein Fremder ihm den Ranzen anvertraut habe, würde er sofort alles ihrer Mutter verraten. Und die käme dann gleich angerannt, um ihm den Ranzen wegzunehmen. Doch er wollte das dem Mann gegebene Versprechen unbedingt halten, unbedingt von ihm gelobt werden. Er wollte die unbekannte Welt kennenlernen, zu der der Mann mit dem Cowboyhut gehörte. Aber dazu mußte er zuerst seine Aufgabe erfüllen. Er mußte Shiro irgendwie ablenken.

»Weißt du, Shiro, ein Spion war hier.«

Shiros Augen glänzten.

»Ein Spion?«

»Genau, ein echter Spion mit einem großen schwarzen Hut«, flüsterte Jiro.

»Was ist ein Spion?« fragte Shiro mit leuchtenden Augen.

»Du weißt nicht, was ein Spion ist? Ein Spion ist ein großer Mann, der viele Geheimnisse hat.«

»Geheimnisse?«

»Ein mutiger Mann, der in der Unterwelt verkehrt. Ein cooler Typ, weit entfernt von der normalen, friedlichen Welt.«

»Toll!«

»Dieser Supertyp hat mir den Ranzen anvertraut, und ich habe ihm ein Versprechen gegeben.«

Shiro nickte.

»Ich darf nicht versuchen rauszukriegen, was drin ist.«

»Warum nicht?«

»Weil das die Arbeit des Spions ist. Ein Spion ist bereit, sein Leben für sein Land zu opfern. Er ist verschwiegen und pflichtbewußt. Er tötet Leute, um sein Land zu beschützen. Er lacht nie, und er weint nie. Ist das nicht schneidig?«

Shiro Augen leuchteten noch mehr.

»Dieser Spion ist zu mir gekommen und hat mir den Ranzen übergeben.«

»Toll!«

»Willst du unserer Bande beitreten?«

Shiro nickte heftig.

»Gut, dann ernenne ich dich zu meinem besonderen Gehilfen.«

»Au ja!« rief Shiro begeistert und starrte auf den Ranzen, den Jiro fest umklammerte. Jiro empfand so etwas wie Stolz.

Es erfüllte ihn mit Befriedigung, daß man ausgerechnet ihn für diese große Aufgabe ausersehen hatte. Aber bei Shiros Anblick mußte er unwillkürlich lächeln.

»Du darfst niemandem von diesem Ranzen erzählen, verstehst du? Das ist deine erste Pflicht.«

Shiro nickte wieder. Der Ranzen unter Jiros Arm brachte eine Veränderung in ihre ewig gleiche Welt. Doch Jiro ahnte noch nichts von deren Tragweite.

Lose my memory 2

Einen Augenblick später verschwand die Sonne wieder hinter den Wolken; was jedoch nicht verschwand, war das Lächeln der Kollegen, denn sie hatten ihr Licht bereits auf Zelluloid gebannt. Die Sonne, auf die der Regisseur gewartet hatte, war erschienen, und der Anschluß paßte auch.

»Okay!« erschallte Inoues Stimme. Das hieß, die Szene war im Kasten, und das Warten hatte ein Ende. »Okay« hieß ganz sicher und durch nichts mehr ins Wanken zu bringen. Der Gott Inoue erlaubte der Welt zu existieren, alles war endlich miteinander verknüpft, jeder Zweifel überwunden, die Geschichte zu neuem Leben erweckt. Inoues Mitarbeitern war eine schwere Last von den Schultern genommen, und Freudengeschrei brach aus. Der Ruf des Regisseurs bedeutete nicht nur die Erlösung von der Stagnation, sondern er war auch das Signal zum langersehnten Fortschritt. Vor allem für den Produzenten Tokito, der zwischen der Filmfirma und dem Regisseur stand, war dies ein Moment großer Erleichterung. Der Regisseur hatte noch nicht den Kran verlassen, als Tokito auch schon immer wieder begeistert rief: »Wunderbar! Wirklich eine hervorragende Einstellung.« Als Inoue abstieg, brach das gesamte Team in spontanen Beifall aus.

Doch die Freude war nur von kurzer Dauer. Eine halbe Stunde später nahm der Regisseur sein Okay zurück. Schweigend und mit verschränkten Armen hatte sich Hajime Inoue die Sequenz im Kamerazelt angeschaut. Danach trat der Regieassistent zu den Ausstattern, die bereits mit dem Einpakken begonnen hatten, und flüsterte ihnen zu, sie möchten doch noch etwas warten, da vielleicht noch einmal gedreht werden müsse. So etwas war noch nie dagewesen. Eigentlich galt das Okay des Regisseurs als unumstößlich. Überraschte Ausrufe ertönten. Was war passiert? Der Regieassistent schüttelte nur den Kopf. Irgend etwas sei wohl ins Bild geraten. Mehr konnte er auch nicht sagen.

Aus dem Kamerazelt ertönte Lärm. Zwischen Kameraleuten und Beleuchtern war ein so lauter Streit entbrannt, daß man hätte meinen können, sie prügelten sich. Inmitten des ganzen Aufruhrs saß Hajime Inoue, die Hände auf die Knie gelegt, und starrte ungerührt unermüdlich in die Wolken, als suche er die Sonne, die sich am Himmel versteckte. Chefkameramann Kuroda stand etwas abseits vom Lärm und spähte angestrengt durch das von Fingerabdrükken übersäte Glas seines Contrast Viewers. Er war schon wieder der Sonne auf der Spur.

Jemand sagte, es habe möglicherweise einen Lichteinfall ins Bild gegeben, und als die Kameraleute die Stelle überprüften, entdeckten sie tatsächlich am rechten Bildrand ein Aufblitzen. Es war nur sichtbar, wenn man ganz genau hinschaute, aber für einen Profi natürlich unannehmbar.

Niemand wußte, wie es dazu gekommen war, und so gaben Tsuruta und Ishiken sich gegenseitig die Schuld. Man diskutierte darüber, den Bildrand zu schneiden, aber dazu war Inoue zu sehr Perfektionist. Bei aller Geduld und Langmut drängte die Produktion ihn jetzt doch, die Szene zu akzeptieren, aber er bestand darauf, neu zu drehen.

Also bezogen die verschiedenen Abteilungen wieder Position und bereiteten sich auf einen neuen Dreh vor. Was mich jedoch beunruhigte, waren der unbewegliche Blick und die Reglosigkeit Inoues, der, von der ganzen Aufregung unberührt, in den Himmel starrte. Ich fragte mich, ob er womöglich beschlossen hatte, auf eine noch vollkommenere Sonne zu warten.

Tokitos Überredungskünste fruchteten nicht, und es wurde entschieden, daß Szene achtzehn, die zweite, noch einmal gedreht werden sollte. Auch die Mitglieder des Teams schlichen nun mit düsteren Mienen und gesenkten Blicken umher.

Unablässig ließ der Wind die Steppengräser schwanken, während das Licht verschiedene Muster auf die Ebene warf. Es war eine ruhige, fast zu ruhige, spätsommerliche Szenerie.

Die Dreharbeiten im Studio in Tokio rückten näher, und ich mußte dem bereits vorausgereisten Dekorationsteam dorthin folgen. Von den Handwerkern der Abteilung blieb nur einer in Hokkaido, alle anderen versammelten sich getrennt vom übrigen Team in Tokio.

Zwei Tage später traf ich in Tokio ein. Von der Fähre aus hatte ich immer wieder versucht, meine Schwester Ichiko anzurufen, aber es kam keine Verbindung zustande. Auch die Nachrichten, die ich ihr hinterließ, blieben unbeantwortet.

In Tokio war es noch sehr heiß, und klebrige Schwüle stieg vom Boden auf. In meiner schrottreifen Karre, die nur Heizung, aber keine Klimaanlage hatte, war die Fahrt auf der Stadtautobahn die reinste Höllentour. Gerade als ich von der Autobahn ab in die Yamanotestraße einfuhr, rief Ichiko mich an.

»Wo warst du?« schrie ich sie in einem Ausbruch angestauter Gefühle an.

»Was ist denn los?« fragte Ichiko nur ungerührt zurück.

»Wo bist du? Geht es dir gut?«

Ich geriet in einen Stau, und es wurde noch heißer im Auto. Dennoch brach mir der kalte Schweiß aus. Ichikos

Stimme erreichte mich nur mit Unterbrechungen. Vielleicht war der Empfang wegen der vielen Hochhäuser schlecht, oder mein Handy war einfach veraltet.

»Klar. Wieso fragst du?«

»Ich habe mir Sorgen gemacht, weil ich dich nicht erreichen konnte. Hast du meine Nachrichten abgehört?«

»Ich war unterwegs. Filme einkaufen, bin erst heute zurückgekommen. Gerade eben in Narita gelandet. Ich hatte noch nicht den Nerv, die Mailbox abzuhören, weil da bestimmt massenhaft Arbeit auf mich zukommt. Ich muß mich erst mal ausruhen. Ich hab' so was von total viel gearbeitet«, schnatterte meine Schwester auf mich ein.

Jedenfalls konnte ich beruhigt sein. Ihr war nichts zugestoßen. Meiner Mutter auch nicht. Sie hatte nur gelacht, als ich sie von der Fähre anrief und nach ihrem Befinden fragte. »Was ist los? Es kommt selten vor, daß du dir Sorgen um mich machst«, sagte sie. Mit den Jahren war meine Mutter nicht mehr so gut zu Fuß, und wenn Ichiko und ich nicht da waren, kam zweimal in der Woche ihre jüngere Schwester, um ihr zu helfen. Allein ging sie so gut wie nie aus.

»Hör mal«, sagte ich zu Ichiko. »Es ist dringend. Können wir uns heute abend kurz treffen?«

»Geht das nicht am Telefon?«

»Nein. Es geht um Jiro. Es ist kompliziert zu erklären.«

»Um Jiro? Schon wieder ein Problem?«

»Wenn wir nichts unternehmen, ist Mutters Leben in Gefahr.«

»Was? Mutters Leben? Wieso Mutters Leben?«

»Deshalb ist es ja so kompliziert«, wiederholte ich.

Zögernd versprach sie, sich zu Hause mit mir zu treffen, jammerte aber, daß sie wegen der gigantischen Zeitverschiebung bestimmt sowieso kaum richtig reden könne. »Aber vorher muß ich noch in die Firma und was erledigen. Geht das?« fragte sie.

»Ja, aber komm so schnell wie möglich. Ab morgen bin ich wieder die ganze Zeit im Studio.«

»Du bist nicht der einzige, der zu tun hat. Erst sagst du, Mutters Leben ist in Gefahr, dann mußt du plötzlich zur Arbeit. Was denn nun? Das paßt doch nicht zusammen.«

»Beeil dich jedenfalls. Und paß auf dich auf. Du bist nämlich auch in Gefahr.«

»Ich?«

»Ja. Ich erzähle dir alles ausführlich, wenn wir uns sehen.«

Ich stand noch immer im Stau. Wehmütig dachte ich an die gerade Landstraße in Tokachi, auf der kaum ein Auto fuhr. Die Yamanotestraße vor mir sah aus, als würde sie in der Hitze schmelzen. Der Himmel war bewölkt, aber am Horizont zeigte sich ein Stückchen Blau.

Ich wartete und wartete, aber meine Schwester kam nicht. Nachdem meine Mutter und ich den gebratenen Reis verzehrt hatten, den eine Verwandte aus der Nachbarschaft uns anläßlich meiner Rückkehr vorbeigebracht hatte, machte ich mich daran, Jiros Zimmer gründlich zu durchsuchen. Ich stellte alles dermaßen auf den Kopf, daß meine Mutter mich verwundert fragte, was ich denn suche.

»Hast du hier einen Ranzen gesehen?«

Ein Mann, der behauptete, ein Freund von Jiro zu sein, habe ihr schon die gleiche Frage gestellt, antwortete sie.

Zweifellos Fujisawa.

»Wie sah er aus?«

»Ich weiß nicht, er hat bloß angerufen«, erwiderte meine Mutter. »Wann kommt denn Ichiko?«

Ich schüttelte stumm den Kopf. Meine Mutter stand an die Wand gelehnt und beobachtete mich bei meiner Suche nach dem Ranzen. Sie war erst Anfang Sechzig, aber durch ihre ständigen Krankheiten war sie blaß und mager und sah viel älter aus.

»Meinst du, Ichiko bleibt über Nacht?«

»Keine Ahnung. Aber sie schien sehr beschäftigt, also wird sie sicher nach Hause gehen.«

»Aha. Na ja, das sehen wir alles, wenn sie hier ist.«

Unter dem Bett war überhaupt nichts. Ich hatte schon x-mal nachgesehen. Verschwunden war ebenfalls die leere Dose, in der die Tokarew gewesen war. Unter der Matratze war auch nichts. Ich warf mich aufs Bett, um dahinter nachzusehen, obwohl man da kaum etwas verstecken konnte. Und schon gar keinen Ranzen. Ich lächelte ironisch. Ob Fujisawa wirklich vorhatte, meine Mutter oder meine Schwester zu töten? Nützen würde ihm das nichts. Ob die Sache erledigt wäre, wenn ich den Ranzen fand und ihm übergab? Ob er danach für immer aus unserem Leben verschwinden würde? Nein, so einfach war das nicht. Sobald ich den Ranzen für ihn gefunden hätte, würde er auch mich zum Schweigen bringen.

»Einen Ranzen …«, murmelte meine Mutter hinter mir. Als ich mich zu ihr umwandte, hatte sie den Blick ins Leere gerichtet und forschte mit gerunzelter Stirn in ihrem Gedächtnis.

»Ranzen.« Meine Mutter ließ die Hände, die sie anscheinend zum Durchwühlen ihres Gedächtnisses gebraucht hatte, sinken und sah mich an. Ihre Augen ähnelten denen Hajime Inoues, wenn er seinen Blick ins Leere schweifen ließ. Sie waren zwar auf mich gerichtet, aber statt meiner sahen sie irgendeinen unbekannten verschwommenen Ort. Sie kam jedoch gleich wieder zu sich, ging ins Wohnzimmer und kehrte mit einem alten Album zurück. Nachdem sie eine Weile darin herumgeblättert hatte, zeigte sie auf ein Foto, auf dem Jiro, Ichiko, Mitsuko und ich – als Kleinkind – auf der Treppe unseres Hauses abgebildet waren. Mein Bruder war wohl gerade aus der Schule gekommen, denn er trug einen Ranzen auf dem Rücken. Am Glanz der

Oberfläche konnte man erkennen, daß er nagelneu war. Jiro lachte ausnahmsweise und posierte, wobei er den Ranzen in die Kamera hielt. Da es ein Schwarzweißfoto war, konnte man nicht erkennen, welche Farbe der Ranzen hatte.

»Damals war er so ein lieber Junge. Richtig brav«, murmelte meine Mutter und rieb sich die Augen bei dem Gedanken, daß mein Bruder jetzt im Koma lag.

»Wo ist dieser Ranzen jetzt?«

»Den hat Jiro sicher weggeworfen, als er mit der Grundschule fertig war. Oder nein, eine Weile hast du ihn noch getragen. Nein, doch nicht. Vielleicht haben wir ihn einem Nachbarskind gegeben. Wie kannst du mich jetzt noch nach diesem alten Ding fragen? Das ist doch schon so lange her!«

Ich legte meiner Mutter die Hand auf die Schulter.

»Das ist nicht der Ranzen, den ich suche«, sagte ich.

»Ach so.« Doch gleich fügte sie hinzu: »Nur weil euer Vater fortgegangen ist, ist der Junge auf die schiefe Bahn geraten.« Das sagte sie immer. Sooft sie meinen Bruder im Krankenhaus besuchte, zog sie unweigerlich über unseren Vater her und gab ihm an allem die Schuld.

Ich dachte an das kindliche Gesicht meines Bruders auf dem Foto. Er war ein bißchen frech, aber sehr liebenswert und hilfsbereit gewesen, und wenn mein Vater Kollegen von der Arbeit mit nach Hause brachte, hatte er für sie gesungen und getanzt. Er war ein sehr hübscher Junge und bekam eine Zeitlang sogar Angebote von Werbefirmen. Damit war allerdings Schluß, nachdem er einmal in der Erziehungsanstalt gewesen war. Wann war das Lächeln aus dem Gesicht meines Bruders verschwunden?

Mein Handy klingelte.

»Hallo?« rief ich atemlos hinein. Es war Fujisawa. Ich hatte es irgendwie geahnt und war nicht sonderlich überrascht. Dennoch machte es mich nervös, daß meine Mutter nebenan war und meine Schwester jeden Moment eintreffen konnte.

»Na? Wieder da? Gut angekommen?«

Ich beschloß, auf der Hut zu sein und zu warten, was er zu sagen hatte.

»Du scheinst es eilig zu haben, den Ranzen zu finden.« Sein Ton klang nicht so drängend wie sonst. Seine Stimme war entspannt, als würde er mich von irgendwoher beobachten und wollte mir zu verstehen geben, daß er alles sah. Durch einen Spalt im Vorhang spähte ich nach draußen.

»Hast du deine Schwester erreicht?«

Auf der Straße war kein Mensch. Nicht einmal ein verdächtiger Wagen parkte dort. Eine Straßenlaterne flackerte, sicher würde sie gleich ausgehen.

»Freut mich, daß du so kooperativ bist. Wenn du jetzt noch den Ranzen findest, geschieht niemandem ein Leid.«

»Nein, Herr Fujisawa, wenn ich den Ranzen gefunden habe, werden Sie mich zum Schweigen bringen. Das haben Sie doch vor, oder?«

Diesmal schwieg der Mann. Es war eine bedeutungsschwere Stille. Ich spürte eine gewaltige Last, als würde ich mit großer Kraft langsam zu Boden gedrückt. Aber ich würde nicht tatenlos warten, bis ich getötet wurde. Ich mußte herausfinden, was Fujisawa im Schilde führte.

»Nie und nimmer, nie-nie-mals würde ich das tun.«

»Und das soll ich glauben?«

»Was sollte ich für einen Grund haben, dich umzubringen?«

»Sie suchen wie wahnsinnig nach dem Ranzen. Ich glaube, da ist etwas ganz Gefährliches drin. Mein Bruder hat nicht gerade in den besten Kreisen verkehrt. Er war in irgend etwas verwickelt und hat geprahlt, daß er sich, wenn die Sache klappt, einen teuren Wagen kauft. Ich glaube, es geht um viel Geld. Wenn das so ist, Fujisawa, werden Sie, wenn ich den Ranzen für Sie gefunden habe, ganz säuberlich alle Spuren beseitigen.«

Nach einer kurzen Pause brach er in Gelächter aus.

»Du hast eine blühende Phantasie, aber du solltest deine Hirngespinste ein bißchen im Zaum halten.«

»Hirngespinste? Ich will nur nicht umgebracht werden. Noch dazu für nichts und wieder nichts, wegen einer Sache, mit der ich nichts zu tun habe.«

»Sei ganz beruhigt, das wird nicht passieren.«

Der Mann hörte nicht auf zu lachen. Ich hatte die schlimmsten Vorahnungen. Kalter Schweiß lief mir von den Schläfen. Was sollte ich tun? Intuitiv spürte ich, daß hier Angriff die beste Verteidigung war. Mein Bruder hatte immer gesagt: Vergiß nicht, Shiro, wer einem Kampf aus dem Weg geht, verliert. Wenn du glaubst, dein Gegner ist stärker als du, stürze dich furchtlos auf ihn. Du mußt ihn überrumpeln. Dann zeigt er dir seine Schwachpunkte, und du kannst ihn erledigen.

»Diese Telefonate bringen uns jedenfalls nicht weiter. Wir sollten uns mal treffen.«

»So, so?« knurrte der Mann. Er stellte sein ordinäres Gelächter ein, und auf der anderen Seite der Leitung herrschte Stille. Er schien nachzudenken. Das übliche Gerassel aus seiner Lunge war zu hören. Ich mußte mich in die Höhle des Löwen begeben. Es war der einzige Weg, alles zu erfahren.

»Also gut, wenn du willst, von mir aus. Wenn es dich beruhigt und die Suche nach dem Ranzen fördert, treffen wir uns. Wie wäre es mit morgen abend?«

»In Ordnung«, sagte ich.

Der Mann nannte mir die Adresse eines Gebäudes in Kabukicho hinter dem Ashibe-Center und legte auf.

Ichiko kam erst mitten in der Nacht. Meine Mutter war schon zu Bett gegangen, und ich dachte im Einschlafen noch über die Arbeiten im Studio nach, die am nächsten Tag beginnen würden. Der Nachbau der Stadtmauer von Nanjing, den die Bühnenarbeiter im Studio errichtet hatten, war dreizehn Meter dick, zwanzig Meter hoch und mit Backsteinen aus Styropor verkleidet. Als Hintergrund war ein Himmel montiert. So gigantische Kulissen sah man in jüngster Zeit nur noch selten. Sie sollte für eine Szene verwendet werden, in der das 36. Regiment der 9. Division der japanischen Armee das Südtor von Nanjing angreift. Selbst im Vergleich zu den Forts, die manchmal für Western aufgebaut werden, war die Mauer riesig. Eine solche fast maßstabsgetreue Nachbildung hatte es seit der Gründung der Studios von Weißer Phönix in Setagaya noch nie gegeben. Allein das Patinieren der Mauer stellte eine kaum zu bewältigende Aufgabe dar, und ich hatte mir historische Fotos aus der Zeit besorgt, um dem besser gerecht zu werden. Allerdings konnte ich das Gespräch mit Fujisawa nicht aus meinem Kopf verbannen und kam mit meinen Überlegungen nicht so recht vom Fleck. Als ich gerade über die Farbe nachdachte, die ich für die Patinierung der Stadtmauer verwenden wollte, steckte meine Schwester den Kopf ins Zimmer und setzte sich dann zu mir.

»Ich bin total kaputt«, murmelte sie. Sie hatte tiefe Ringe unter den Augen, ihre Lippen waren aufgesprungen, ihre Wangen rauh. Das kam sicher von der trockenen Luft im Flugzeug. Sie sah mehr als blaß aus, eher kalkweiß, so als würde sie vor Erschöpfung gleich zusammenbrechen.

Sie steckte sich eine Zigarette an und blies den Rauch durch die Nase aus wie ein Mann.

»Mach's kurz«, sagte sie.

Ich setzte mich zurecht und überlegte, womit ich anfangen sollte.

»Bitte, in aller Kürze, ja?« ermahnte sie mich noch einmal. »Wenn die Geschichte zu lang wird, schlafe ich bestimmt mittendrin ein.«

Zuerst erzählte ich ihr von Fujisawa und daß er diesen Ranzen zurückhaben wolle, den er Jiro anvertraut hatte.

»Ist was drin?« fragte sie.

»Ja, irgendwas Gefährliches.« Ich erklärte ihr in Stichworten, daß unser Bruder ein großes Ding drehen und im Erfolgsfall teure Autos hatte kaufen wollen.

»Was für ein Idiot!« Diesmal stieß sie den Rauch heftig durch den Mund aus. Ich erzählte ihr lieber auch gleich von der Tokarew.

»Nein, was für ein Vollidiot!« sagte sie und schüttelte fassungslos den Kopf. »Und dieser Typ hat gesagt, wenn du den Ranzen nicht herbeischaffst, bringt er mich oder Mutter um, oder was?«

Ich nickte.

»Das ist ja wie in einem Gangsterfilm«, meinte sie. »In einem drittklassigen«, fügte sie hinzu. Sie lachte verächtlich und zog gleich wieder an ihrer Zigarette.

»Was machen wir?«

»Was wir machen? Du bist gut. Paß auf, nächsten Monat kommen drei Filme heraus, für die ich zuständig bin. Es kommen gleichzeitig die Stars aus Amerika, Frankreich und Taiwan, und ich muß sie durch Japan begleiten. Die taiwanesische Schauspielerin ist besonders schwierig. Sie will ausschließlich von mir nach Kioto begleitet werden. Von niemand anderem, also habe ich ein Problem. Ich hätte gern gesagt, daß ich nicht ihr Bodyguard bin, aber so etwas gehört eben auch zu meiner Arbeit, ob es mir paßt oder nicht. Außerdem hat sie mich in Taiwan auch privat überall mit hingenommen, im Grunde ist sie ganz nett. Und Stars haben eben Allüren. Jedenfalls bin ich mit ihr ab übermorgen in Kioto. Als Touristin! Und das, obwohl ich vor Arbeit nicht weiß, wo mir der Kopf steht. Danach habe ich wieder nicht frei, sondern muß nach Los Angeles. Ich hab' nicht mal Zeit zu schlafen, was soll ich also machen? Vielleicht tut mir der Typ ja sogar einen Gefallen, wenn er mich umbringt. Sonst kann ich mich ja nie ausruhen!« Meine Schwester lachte. »Egal, das sind Jiros Angelegenheiten. Bestimmt geht es um irgendwelche Schiebereien mit Yakuza. Vielleicht suchen sie gar nicht diese Tokarew, sondern andere Waffen oder Drogen. Aber ich vermute, sie lassen dich, auch wenn sie den Ranzen nicht kriegen, irgendwann in Ruhe.«

»Vielleicht.«

»Klar doch. Denkst du, die Kerle gehen so weit, jemanden umzubringen? Was hätten sie denn davon? Mit Koks dealen und einen Mord begehen sind zwei verschiedene Kaliber.«

»Aber Jiro hat von einem großen Ding gesprochen«, wandte ich ein.

Ichiko blies mir den Rauch ins Gesicht und lachte. »Jiro? Ein großes Ding? Das war doch bloß heiße Luft.«

»Meinst du?«

»Meine ich.«

»Du könntest recht haben, aber wenn Mutter dann wirklich was passiert, ist es zu spät. Immerhin haben die Kerle auf Jiro geschossen. Mit einer Pistole, peng! Und ihm das Hirn weggepustet.«

Ichiko starrte vor sich hin. Für ein paar Sekunden herrschte Stille. Sie wurde zunehmend tiefer und senkte sich auch in mein Herz. Ich wollte, daß meine Schwester rasch etwas sagte. »Hab keine Angst«, sollte sie sagen, lächeln und dann den weißen Rauch durch ihre kühne Nase blasen.

»Hast du eine Vorstellung, was in dem Ranzen sein könnte?« Ichiko brach zwar ihr Schweigen, aber ihre Stimme war kaum hörbar leise.

Ich zuckte mit den Schultern. »Nein, aber dieser Typ namens Fujisawa hat den Satz ›Lose my memory‹ in Zusammenhang damit gebraucht.«

»Was?« fragte sie.

Ich sagte es noch einmal deutlicher: »Lose my memory.«

Sie nahm die Zigarette aus dem Mund und wiederholte die Worte.

»Weißt du etwas darüber?« fragte ich.

Sie antwortete nicht sofort.

»Ich hab' das schon mal gehört, aber ich weiß nicht mehr, wo.«

Schweigend hoffte ich, daß meine Schwester sich erinnern würde. Sie steckte sich eine neue Zigarette an und zog daran, aber es wollte ihr nicht einfallen.

»Nein. Durch diesen schrecklichen Jetlag ist alles wie weggeblasen. Aber ich habe es irgendwo schon einmal gehört. Lose my memory, lose my memory … Es fällt mir nicht ein. Ich denke morgen noch einmal darüber nach.«

»Und wenn du hier ein bißchen schläfst? Soll ich dir einen Futon auslegen?«

Meine Schwester winkte ab. »Mein Freund wartet, ich muß nach Hause«, erwiderte sie.

»Du hast einen Freund?« fragte ich.

»Ja, und ich muß jetzt zu ihm und lieb zu ihm sein«, sagte sie. »Ich habe mich schon tagelang nicht um ihn gekümmert. Wenn ich jetzt nicht mal mit ihm schlafe, wird er mir untreu. Außerdem muß ich, auch wenn ich total erledigt bin, mal was essen. Man ist ja schon gar kein Mensch mehr«, fügte sie wie zu sich selbst hinzu.

Obwohl ich keine so weite Reise hinter mir hatte wie Ichiko, war ich doch so erschöpft, daß ich in einen Schlaf fiel, der an Bewußtlosigkeit grenzte. Um neun Uhr sollte meine Mutter mich wecken, damit ich rechtzeitig zur Besprechung mit meinen Kollegen ins Studio kam. Ich träumte wieder von dem Anschlag auf meinen Bruder, aber diesmal war es nicht Fujisawa, der auf ihn schoß, sondern Tomoko. Mein Bruder gab Tomoko selbst die Pistole und deutete auf seine Schläfe, als wolle er sagen: »Hier.« Tomoko weinte und protestierte: »Warum soll ich so etwas Unsinniges tun?« Doch mein Bruder gab nicht nach. »Los. Hier schießt du hin. Ein Schuß, und die Sache ist erledigt. Du tust mir nicht weh. Mach jetzt«, schrie er immer wieder. Tomoko konnte kaum noch aus den Augen gucken, so rot und geschwollen waren sie. Ihr Gesicht war vom Weinen verzerrt.

»Schieß! Los jetzt! Schieß!« schrie Jiro.

Voller Angst griff Tomoko die Pistole fester.

»Genau so! Gut. Und jetzt schieß. Drück ab! Schnell!«

Es knackte, und der Kopf meines Bruders zerbarst. Er stürzte, und sein Blut spritzte mir ins Gesicht.

Mein Handy klingelte, und ich wachte auf. Wahrscheinlich wieder Fujisawa. Ich richtete mich auf und wartete, bis das Klingeln aufhörte. Dann griff ich danach. Auf dem Display stand »Tomoko«. Ich sah noch immer ihr angstverzerrtes Gesicht aus meinem Traum vor mir und ihren panischen Blick, als sie abdrückte.

Als das Telefon erneut klingelte, ging ich ran.

»Hab' ich dich geweckt?« ertönte Tomokos sanfte Stimme.

»Ja, zumindest dein erster Anruf.«

»Schon wieder! Eigentlich hätte ich später anrufen sollen, aber ich konnte nicht warten.«

»Du kannst mich jederzeit anrufen. Auch mitten in der Nacht. Das macht mir nichts.«

»Aber es ist etwas völlig Unsinniges.«

»Um so besser!«

Tomoko lachte. »Stimmt, du ziehst ja auch das Schmutzige vor.« Ich hatte das Gefühl, daß sie etwas mehr Vertrauen zu mir gefaßt hatte. Sie sprach in einem fast zärtlichen Ton wie zu einem Geliebten oder zumindest einem sehr engen Freund.

»Ich mag Schmutziges lieber? Ja, kann schon sein …«

Ich mußte lächeln. Es war nur ein Augenblick, aber mein Herz wurde weich. Das Eis schmolz, und ein erdiger Duft wie bei Tauwetter erhob sich.

»Es ist wirklich nichts besonders Interessantes. Darf ich es dir trotzdem erzählen?«

»Na klar, so was wirkt entspannend.«

Tomoko kicherte. »Na dann«, sagte sie. »Ich kann ja nicht schlafen, also habe ich die ganze Zeit an dieses junge Mädchen – Fei-fan – gedacht und wie sie wohl war.«

Ich mußte meine Ohren anstrengen, um Tomoko zu verstehen. Diese Handys waren einfach zu klein. Ich preßte es ans Ohr. Am liebsten wäre ich hineingekrochen, um Tomokos Stimme näher zu sein.

»Ich würde sie gern kennenlernen. Mehr nicht.«

»Ich verstehe.«

»Das ist natürlich Quatsch. Aber das habe ich dir ja gesagt.«

»Inoue sieht Fei-fan in dir.«

»Ja. Durch mich werden seine Erinnerungen an sie geweckt, und in mir begegnet er ihr wieder.«

Einige Sekunden schwiegen wir. Es war nur ein kurzes Zögern, aber mir kam es vor wie eine ganze Nacht. Ich dachte an Hajime Inoues verschwommenen Blick.

»Und was gibt es noch Neues?«

Nun sah ich vor mir, wie liebevoll Tomoko sich um den verwirrten alten Mann gekümmert hatte.

»... wieder mal die Sonne.«

»Was war mit der Sonne?«

Ein resignierter kleiner Lacher entfuhr Tomoko. Er kam durch die Nase und klang eher wie ein Seufzer.

»Zuerst schien es die richtige zu sein.«

»Aber dann sagte Inoue, sie sei es nicht, stimmt's?«

»Genau. Und Tokito hat mit einem knallroten Gesicht, als würde er gleich platzen, ›Schaaaiße!‹ in den Himmel geschrien. Sonst konnte er ja niemanden anschreien. Danach ist er verschwunden.«

»Verschwunden? Wohin denn?«

»Keine Ahnung. Aber weit kann es nicht gewesen sein, denn abends war er wieder im Hotel. Da war sein Blick ganz komisch. Er sah irgendwie gefährlich aus. Ich glaube, er ist ziemlich am Ende. Die Veränderung wird Tag für Tag deutlicher.«

Tomoko lachte nicht mehr. Ich lachte auch nicht. Natürlich hatte die Vorstellung von Tokitos knallroter Birne etwas Komisches, aber wenn ich daran dachte, wie es in ihm aussehen mußte, tat er mir so leid, daß ich mich nicht über ihn lustig machen konnte.

»Die Sache wird langsam heikel. Wie lange werdet ihr noch warten?«

»Ich weiß nicht. Noch ein paar Tage vielleicht. Wenn diese Sonne nicht bald auftaucht, gibt es eine Katastrophe.«

»Und wenn sie nie kommt?«

Tomoko lachte. Laut und schrill. Unsinnig laut, ein fast hysterisches Lachen …

»Bring mich nicht so zum Lachen«, sagte sie, denn sie konnte es einfach nicht unterdrücken.

Die Studios von Weißer Phönix am Rande von Setagaya galten als erstklassig und gehörten zu den renommiertesten und größten des Landes. Alle bedeutenden Filme der jüngeren Zeit waren hier gedreht worden. Die Kulisse der Stadtmauer von Nanjing war die gewaltigste, die in Japan je entstanden war; als ich das Studio betrat, erfaßte mich die besondere aufregende Atmosphäre, die allen Drehorten zu eigen ist, und da ich bei Weißer Phönix gelernt hatte, auch ein nostalgisches, fast heimatliches Gefühl.

Die riesige Stadtmauer aus Styropor war noch ganz weiß und beherrschte fast den ganzen Raum. Die Arbeiten waren in vollem Gang, und überall ertönte Hämmern und Sägen. Dekorateure und Handwerker eilten geschäftig hin und her. Außer den Hilfskräften von außerhalb kannte ich die meisten und begrüßte sie im Vorübergehen. Ich freue mich immer, wenn ich nach längerer Zeit ins Studio komme, weil es mich an meine Lehrzeit bei Meister Kida erinnert. Es ging stets turbulent zu. Wir verzehrten gemeinsam unseren Proviant, sahen den Schauspielern zu, manchmal gab es auch Meinungsverschiedenheiten, oder jemand trug unausgegorene Filmtheorien vor. Von morgens bis abends herrschte ein Trubel, der mich durchschüttelte und niemals losließ. In den Anfangsjahren, als ich noch Kidas Assistent war, war die Arbeit hier für mich auch eine Schule des Lebens gewesen. Hier hatte ich mich zu einem waschechten Patinierer entwickelt.

In den meisten Studios wird auf unterschiedliche Art patiniert. Meister Kida, der für mich zugleich Vater, Lehrer und Förderer war, bildete mich in den Techniken aus, die traditionell bei Weißer Phönix angewendet wurden.

Yokichi Tanei, Bühnenbildner und Leiter der Dekorationsabteilung, Ichiki Tsubono, der Bühnenmeister, und Chefrequisiteur Taro Akama beugten sich gerade über eine Skizze und diskutierten. Tsubono war für die praktische Umsetzung von Taneis Entwürfen zuständig. Akama trug die verschiedenen Requisiten bei, und meine Aufgabe war es, die Bauten und Gegenstände so zu patinieren, daß sie der im Film dargestellten Zeit entsprachen.

»Guten Morgen.« Als ich zu ihnen trat, hoben die drei ihre Köpfe. Ihre Gesichter wirkten im Vergleich zu denen des übrigen Teams sehr angespannt. Ich begriff sofort, daß die Arbeit einer stürmischen Phase entgegensah.

»Unser Patinierer kommt ja ausnahmsweise mal zu spät!« sagte Tsubono ernst. Aus seinem Gesicht war nicht zu schließen, ob er einen Scherz machte oder es so meinte, also hielt ich ein albernes Lachen zurück und verbeugte mich nur schüchtern.

»Wir brauchen deinen Rat, Shiro«, sagte Tanei. Ich erkannte schon beim ersten Blick auf den Entwurf, daß eine Menge Änderungen vorgenommen worden waren.

Als ich fragte, ob der Regisseur sie gewünscht habe, nickte Tanei.

»Wer sonst?« sagte er. »Er ist doch der einzige, der jeden Tag was zu ändern hat.« Er zog ein mürrisches Gesicht, aber seine Augen schienen zu lächeln. Tanei hatte kindliche Züge mit vielen Lachfältchen in den Augenwinkeln. Doch auch wenn er sehr sanftmütig wirkte, war er doch für die Strenge bekannt, mit der er seine Untergebenen behandelte. Wenn er lachte, zogen sich seine Augenwinkel nach unten. Wegen seines liebenswürdigen Lächelns täuschten sich viele bei der ersten Begegnung in ihm. Daß Tanei auch dann lächelte, wenn er wütend war, machte es schwierig, einen Stimmungswechsel bei ihm zu erkennen. Keiner stand Hajime Inoue so nah wie er. Der alte Regisseur gestaltete jeden Film von Anfang an durch und durch nach kinematografischen Gesichtspunkten, die sicher auch durch seine Zeit an der Kunstakademie beeinflußt waren. Er pflegte seinem Team zu verkünden, daß ein Film nicht herausragend sein könne, wenn nicht in jeder Szene das künstlerische Universum des Ganzen verwirklicht sei. Während der Bearbeitung des Drehbuchs und der Vorbereitungen für die Produktion diskutierte er alle Szenen minuziös mit Tanei. Taneis Rolle war in etwa die einer beratenden Ehefrau, und er trug immense Verantwortung. Er war der Mann, der im Hintergrund die Fäden zog.

»Diese Änderungen hat er uns heute morgen bekanntgegeben.«

Ich schaute auf den Plan. Vor dem Stadttor waren noch einige Baracken hinzugekommen.

»Die Baracken sind keine Schwierigkeit, aber er sagt, er will die Stadtmauer noch fünf Meter höher haben.«

»Das wären also insgesamt fünfundzwanzig Meter.«

»Ich fürchte, dann stößt sie an die Decke.«

»Macht nichts!« ahmte Tsubono Inoues Tonfall nach. Der schweigsame Akama lächelte mild.

»Läßt sich das deiner Meinung nach machen, Shiro? Wir haben aber nur noch zwei Tage.«

»Ja, das kann ich schaffen«, antwortete ich und nahm mir vor, die Nacht durchzuarbeiten.

»Was? Wie willst du das denn schaffen? Du könntest ruhig mal sagen, du schaffst es nicht«, witzelte Akama.

Alle schauten auf die Stadtmauer. Und ich sollte die weiße Styroporwand von fünfundzwanzig Meter Höhe und zweihundert Meter Länge in zwei Tagen so patinieren, daß sie aussah, als wäre sie Hunderte von Jahren alt. Akama wußte, daß ich zu den Leute gehöre, die nie nein sagen können, deshalb seine Äußerung. Ich zögerte einen Moment. Was sollte jetzt aus meiner Verabredung mit Fujisawa am Abend werden? Ich durfte doch meine Privatangelegenheiten nicht in meiner Arbeitszeit für Inoues Team erledigen. Auch wenn es fast unmöglich zu schaffen war, mußte ich es versuchen. Nur mit dieser Einstellung würden wir diesen schwierigen Dreh zu Ende führen können. Sollte sich die Sache wirklich als unmöglich erweisen, würde Tanei es schon erkennen und es Inoue melden, bevor ein Unglück geschah. So lange durfte jedoch ein kleines Licht wie ich nicht kapitulieren.

»Und Tsubono, wie sieht es bei euch aus?«

»Ihr braucht nur zu befehlen, und ich stehe zu Diensten«, antwortete der Bühnenmeister in scherzhaftem Ton. Akama war auch einverstanden, und es war beschlossene Sache, die Mauer um fünf Meter zu erhöhen.

»Aber ist die Mauer dann nicht höher, als sie in Wirklichkeit war?« wandte Tsubono sich an Tanei.

»Nein, ungefähr gleich hoch. Ich glaube, an der niedrigsten Stelle war sie dreizehn Meter hoch, und wir haben hier die höchste. Die Kamera wird vermutlich an der Brücke installiert. Gedreht wird auf alle Fälle mit Weitwinkel, um perspektivisch zu überzeichnen. Die überwältigende Höhe soll vermutlich die Größe des Augenblicks symbolisieren, in dem Nanjing fällt.«

Alle nickten. Der Beginn der Dreharbeiten war schon für den übernächsten Tag angesetzt. Dazu mußte ich mich wenigstens noch kurz zu meiner Verabredung mit Fujisawa davonstehlen. Das Ganze wurde für mich zu einem Wettlauf gegen die Zeit. Eine Weile stand ich wie erstarrt vor der Mauer und fragte mich, wie erschlagen von ihrer Höhe, wo ich anfangen sollte.

Um das Jahr 220 vor der christlichen Zeitrechnung zerfiel China in zehn Staaten. Nanjing war zuerst Hauptstadt der Wu und blieb es zehn Dynastien lang bis zur Gründung des chinesischen Kaiserreichs. Auch später war es noch mehrmals Hauptstadt und zählt zu den sieben großen Hauptstädten Chinas. Im Nordwesten fließt der Yangzi, im Osten liegt der Zijin Shan, der Purpurberg. Früher war die ganze Altstadt von der gewaltigen Stadtmauer aus der Ming-Zeit umgeben, von der auch heute noch einige Abschnitte erhalten sind. Einen Teil davon ließen wir wiedererstehen, eine beispiellose Leistung in der Geschichte des japanischen Kinos. Erschwerend kam hinzu, daß am Anfang niemand von der Baubühne jemals die Stadtmauer von Nanjing gesehen hatte. Es gab zwar Videoaufnahmen von der Mauer in ihrem jetzigen Zustand, aber da sie nur touristischen Zwecken dienten, waren sie nicht sehr hilfreich. Die einzige wirkliche Hilfe bei dem kühnen Unterfangen waren alte Schwarzweißfotografien. Sie allein konnten Hajime Inoue, der den Schauplatz des Films wirklich gesehen hatte, überzeugen.

»Ich baue zum ersten Mal in meinem Leben eine derart große Mauer. Und wahrscheinlich auch zum letzten Mal.« Murrend ging Tsubono auf die Mauer zu. Sie sprengte jedes Ausmaß gewöhnlicher Filmkulissen. Selbst ein hochgewachsener Mann wie Tsubono wirkte vor ihr wie eine Ameise. Und diese riesige Wand mußte ich bis zu den Dreharbeiten vollständig patinieren.

Direkt vor der Mauer waren ein paar Baracken, und davor verlief der Fluß, der tatsächlich mit Wasser gefüllt war und so tief, daß man darin hätte schwimmen können.

Über die Position der Kamera ließ sich da sicher viel machen. Eine vage Vorstellung von den Bildern, die der Regisseur im Sinn hatte, nahm in meinem Kopf Gestalt an. Von einem Kulissenmaler hört sich das vielleicht seltsam an, aber ich hatte tatsächlich das Gefühl, vor einer historischen Aufgabe zu stehen. Die Bauten waren so riesig, daß man allein von diesen Kosten einen ganzen gewöhnlichen Spielfilm hätte drehen können. Wenn ich nur nach oben schaute, wurde mir ganz schwindlig. Würde ich es schaffen, Inoue einen Seufzer erleichterter Zustimmung zu entlocken? Allein dieser Gedanke versetzte mich in Aufregung.

Ich löste mich von Taneis Leuten, um mir die Mauer einmal allein anzuschauen. Sie war jetzt schon gewaltig und sollte noch fünf Meter höher werden. In das Styropor war die Form der Backsteine eingeprägt, die ich nun möglichst naturgetreu zu bemalen hatte.

Als ich am Fuß der Mauer stand und hinaufsah, blitzte plötzlich in meinem Gedächtnis eine Erinnerung auf. Wo hatte ich diese Perspektive schon einmal gesehen? Ich runzelte die Stirn und schaute mit zusammengekniffenen Augen lange an der Mauer hinauf. Unwillkürlich entfuhr mir ein Ausruf. Das war's: eine Szene aus dem alten Film *Die Sonne von Nanjing* von Togoro Sakata, den Tomoko und ich in Inoues Zimmer in dem Hotel in Hokkaido gesehen hatten.

»Heute hielt die japanische Armee in Nanjing Einzug, wo die Bevölkerung sie herzlich willkommen hieß«, hörte ich Fei-fan sagen. Dann sah ich wieder die leeren Blicke, mit denen die Einwohner den Einmarsch der Soldaten beobachteten. Und im Gegensatz dazu Fei-fans ausdrucksvolle Augen … Diese Kameraeinstellung wollte Inoue wiederholen.

Sofort begann ich die schwarzweißen Bilder zu färben. In meiner Phantasie nahm das Styropor die Farbe rötlicher Backsteine an.

Um ein Schwindelgefühl zu unterdrücken, legte ich mir die Finger auf die Augenbrauen und wartete ein paar Minuten. Als es nachließ, schaute ich abermals entschlossen nach oben. Ich war der einzige, der Inoues Gefühle und die Geschichte kannte, an die er anknüpfen wollte. Er war auf der Suche nach einer geistigen Verbindung zum Werk Sakatas.

Um den Backsteinen ihr jahrhundertealtes Aussehen zu verleihen, brauchte ich vor dem Streichen noch die Hilfe der Dekorateure. Die Oberfläche mußte abgeschabt und angekratzt werden, damit ein Eindruck von Verwitterung entstand.

Für die Farbe der Ziegel wollte ich Rot, Gelb, Schwarz und Weiß in vier verschiedenen Variationen mischen. Nach dem Zufallsprinzip würde ich dann die einzelnen Ziegel der zweihundert Meter langen Mauer mal heller, mal dunkler, mal gelblicher oder rötlicher streichen. Flecken gehörten auch dazu, damit die Farben nicht zu einheitlich wirkten und der Wandel der Zeiten, den die historische Mauer erlebt hatte, sichtbar wurde. Dazu würde ich eine wasserlösliche Mischung in der Farbe von Schlamm oder Staub auftragen. Sprühte ich dann noch Wasser mit einer Handpumpe auf, würde ich eine ziemlich perfekte Stadtmauer von Nanjing hinkriegen. Meine Erinnerungen an *Die Sonne von Nanjing* wiesen mir ungefähr die richtige Richtung.

Da das geschlossene eiserne Stadttor mich vor etwas größere Schwierigkeiten stellen würde, beschloß ich, mit dessen Patinierung zu beginnen. Ich stellte mich direkt darunter und überlegte, wie ich vorgehen sollte. Die Patinierung von Eisen gefällt mir ebensogut wie die von Ziegeln. Diese beiden Materialien lassen sich aus irgendeinem Grund besonders gut darstellen. Das Ergreifende von Ziegelsteinen, die an allen vier Ecken verwittert sind, und die Vergänglichkeit von verrostetem und verrottetem Eisen hervorzurufen genieße ich am meisten. Wenn es sich dazu noch um ein historisches Bauwerk handelt, habe ich das zusätzliche Vergnügen, bei meiner Arbeit die Zeit zurückzudrehen.

Mit Farbe den Anschein von rostigem Eisen zu erwekken war meine Spezialität, aber ein Tor von dieser Höhe patinierte ich zum ersten Mal. Am wirtschaftlichsten wäre es, wenn ich mich zuerst mit dem Aluminiumtor beschäftigte, während Tsubono und seine Mitarbeiter noch die Mauer erhöhten.

Noch einmal ließ ich meinen Blick an dem gewaltigen halbrunden Tor hinaufschweifen. Obwohl ich immer wieder über meine Aufgabe nachgedacht und auch einen Plan erstellt hatte, schien sie mir jetzt, da ich sie direkt vor Augen hatte, über den Kopf wachsen zu wollen. Das eiserne Tor war größer, als ich gedacht hatte. Es hatte viele Jahrhunderte überdauert. Nur anhand eines alten Schwarzweißfilms zu beurteilen, welche Farbe das Tor 1937 wirklich gehabt hatte, war unmöglich. Bei dieser Aufgabe mußte ich mich von meiner Vorstellungskraft leiten lassen.

Ich ging genauso vor, wie ich es für die Färbung der Ziegel plante. Rot und Gelb waren die Hauptbestandteile, in die ich noch etwas Schwarz hineinmischte. Auch diese Grundfarbe stellte ich in drei Tönen her: Es gab rötlichen, gelblichen und schwärzlichen Rost. Die Farbe ließ sich großflächig mit einer Spritzpistole auftragen, auch wenn man wie ich allein arbeitete. Drei Quadratzentimeter große Holzblättchen wurden in Rostfarbe getaucht und dann stellenweise aufgeklebt. Später, unter der Farbe, würden die millimeterdicken Stückchen aussehen wie abgeblätterter Rost. Anschließend stieg ich über die Leiter an der Stadtmauer hinauf und sprühte von oben nach unten die Farbe auf. Schicht um Schicht trug ich auf, bis sich das Aluminiumtor allmählich in ein schweres Tor aus Eisen verwandelte. Der Hintergrund der *Sonne von Nanjing* wurde wieder lebendig. Dies waren die schönsten Momente meiner Arbeit.

Drehen wir die Zeit zurück! rief ich innerlich dem Tor zu und stürzte mich in die Arbeit.

Unermüdlich trug ich Schicht um Schicht auf. Dennoch ließ mich der Gedanke an Fujisawa die ganze Zeit nicht los und hinderte mich daran, mich voll und ganz zu konzentrieren. Gegen sechs Uhr unterbrach ich meine Arbeit, sagte den anderen, ich würde etwas essen gehen, und machte mich auf den Weg zu unserem Treffpunkt in Shinjuku.

In Seijogakuen stieg ich in einen Expreß um und war noch vor sieben in Shinjuku. Die Gegend um den Bahnhof war voller Studenten und Angestellten auf dem Heimweg, und ich kam nicht so schnell voran, wie ich wollte. Wir hatten keine genaue Uhrzeit vereinbart. Bei Sonnenuntergang hatte er nur gesagt. Ich ging durch eine Unterführung, aus der man in Kabukicho nach oben kam. Um meine düsteren Gefühle zu verscheuchen und mir Mut zu machen, rannte ich. Ich mußte schnell einen Ausweg aus der Klemme finden, in die ich mich durch meine Idee, mich in die Höhle des Löwen zu begeben, gebracht hatte.

Als ich noch in der Mittelschule war, hatte mich Jiro oft abends mit nach Kabukicho genommen, doch seit ich erwachsen war, mied ich diese Gegend ganz bewußt. Ich wollte den alten Kumpels von meinem Bruder nicht begegnen.

Jiro war zwar beliebt gewesen, aber bei einigen hatte er auch Schulden und Ärger wegen Frauen oder war ihnen sonstwie in die Quere gekommen. Der Gedanke, daß Fujisawa sicherlich auch irgendeiner Gangsterbande angehörte, bedrückte mich.

Ich ging am Koma-Theater vorbei bis zur Rückseite des Ashibe-Centers, aber unter der Adresse, die Fujisawa mir genannt hatte, fand ich nur ein leeres Grundstück vor. Die Bauarbeiten würden sicher bald beginnen, denn es waren schon einige neue Träger aufgestellt worden.

Durch den Bauboom während der Wirtschaftsblase hatte Shinjuku sich rapide verändert, aber seit die Blase geplatzt war, tat sich nicht mehr viel. Baustellen wie diese waren selten. Mir fiel ein, daß der kleine Park, in dem auf Jiro geschossen worden war, nicht weit entfernt lag.

Auf einmal klingelte mein Handy. In der Annahme, es wäre Fujisawa, wühlte ich aufgeregt in meiner Hosentasche, doch ehe ich es fand, hörte es auf zu klingeln. Das Display sagte mir, daß es Ichiko gewesen war. Während ich noch darauf starrte, klingelte es erneut.

»Hallo?« antwortete ich und schaute mich um.

»Es ist mir jetzt eingefallen!« ertönte Ichikos Stimme.

»Was?«

»Dieses ›Lose my memory‹.«

Ein überraschter Ausruf entfuhr mir. Im selben Moment fiel lautlos der Schatten eines Mannes auf mich. Er hatte diese unheimliche Art, sich anzuschleichen. Es war, als wäre die Sonne hinter einer Wolke verschwunden. Als ich mich mit dem Handy am Ohr zu dem Schatten umwandte, stand der Mann schon direkt vor meiner Nase. Spontan dachte ich, daß es Fujisawa wäre, aber als ich unter der Krempe des schwarzen Cowboyhuts die prominenten Züge eines Weißen erkannte, blieb mir vor Überraschung die Luft weg, und mir versagte die Stimme.

»Jiro, kennst du eine Droge namens Yaotou? Solche niedlichen rosa Pillen sind das«, erklärte Ichiko. »Nachdem sie auf dem chinesischen Festland in Mode waren, wurden sie dann in Hongkong und Taiwan der Renner. In letzter Zeit sind sie auch in Bars und Diskos in Japan angesagt. Wenn man sie nimmt, dreht sich alles im Kopf, und man fängt an zu tanzen.«

Die Augen des Mannes leuchteten durchdringend, und ich hatte das Gefühl, davon verschluckt zu werden.

»Eine taiwanesische Zeitung hat sie als die Veitstanzdroge bezeichnet. Und diese Schauspielerin aus Taiwan, die mich wie ihre Leibwächterin behandelt, hat mir erzählt, daß sie als Diätpille Wunder wirkt. Sie kommt in die Jahre und hat in letzter Zeit Gewichtsprobleme. Egal, wenn man die Pillen nimmt, reagiert der Körper anscheinend extrem empfänglich auf Musik, als wären die Ohren hochsensible Antennen, und die Leute tanzen wie verrückt, bis die Wirkung der Droge nachläßt. Und wenn man bis zur Erschöpfung tanzt, nimmt man natürlich ab. Abnehmen durch Tanzen! Das ist der Hit bei den jungen Frauen. He, Shiro, hörst du mir zu? Shiro?«

»Du bist Shiro, oder?« sprach der Mann mich an.

Ich brachte keine Antwort heraus und nickte, während ich das Handy umklammert hielt.

»Shiro, gestern habe ich von dieser Schauspielerin erfahren, daß sie in Taiwan aus diesem Yaotou eine stärkere Droge entwickelt haben. Sie heißt ›Lose my memory‹ …«

Mit einem Grinsen, als hätte er unser ganzes Gespräch verfolgt, riß der Mann mir das Handy weg und schaltete es aus.

»Ich hab' dich gleich erkannt, du bist Jiro wie aus dem Gesicht geschnitten. Da hast du es.« Der Mann warf mir mein Handy zu und setzte sich in Bewegung. Das Wort Yaotou hallte noch in meinem Kopf.

Fujisawa ging vor mir her. Er hatte kräftige Schultern,

einen breiten Brustkorb und war gut und gerne einen Meter neunzig groß. Seiner Größe entsprechend, hatte er einen eleganten, lässigen Gang, und die Damen der Nacht und auch die Männer drehten sich nach seiner auffälligen Erscheinung um. Ein Fremder in einem hellblauen Anzug und einem Cowboyhut – möglicherweise wirkte er auf sie wie ein Hollywoodstar aus vergangenen Tagen. Auch von meiner Vorstellung von einem Yakuza in mittleren Jahren war er weit entfernt, und meine Anspannung schwand.

An einer Straße mit mehreren Love Hotels blieb er plötzlich stehen. Nachdem er die Gegend sondiert hatte, zeigte er auf den Eingang zu einer Seitengasse voller kleiner Bars und bedeutete mir voranzugehen. Die meisten hatten geschlossen, aber vor den wenigen, die offen waren, saßen ein paar ältere Frauen – ob es Ausländerinnen oder Japanerinnen waren, ließ sich nicht sagen – und warteten auf Kundschaft. Ich vermutete, daß es Absteigen waren, aber ich beschloß, keine überflüssigen Fragen zu stellen. Die Schilder waren auf koreanisch, chinesisch und japanisch, und eine besondere Mischung aus gebratenem Knoblauch und Gullydämpfen lag über der Gasse.

Ohne uns anzusprechen, verfolgten die Frauen vor den Absteigen Fujisawa und mich mit starren Blicken. Mir war, als hätte ich aus Versehen die Grenze zu einem fremden Land übertreten.

Jedesmal, bevor wir abbiegen mußten, rief Fujisawa mir von hinten zu, ob nach links oder rechts.

Nachdem wir lange durch das labyrinthische Viertel gegangen waren, gelangten wir ans Ende einer Gasse. Die Sonne war wohl bereits untergegangen. Das Stückchen Himmel über der Gasse wirkte farblos im Schein der Neonlichter. Fujisawa klopfte mir auf den Rücken. Als ich mich umdrehte, deutete er auf eine offene Metalltür, durch die ein paar Stufen in ein schäbiges Mietshaus führten. Er ging eilig voran.

Hinter der Tür war es stockdunkel, und ich wurde von Angst gepackt, als täte sich plötzlich der Eingang zur Hölle vor mir auf. Ob ich da wieder herauskäme? Unwillkürlich wich ich zurück.

»Was ist los?« kam eine Stimme aus der Dunkelheit. Im schwachen Licht konnte ich den Rand von Fujisawas Hut ausmachen. Argwöhnisch fragte ich mich, warum er wohl so auffällig aufgemacht war. Im selben Moment war er in der Dunkelheit verschwunden.

»Mach die Tür zu«, ertönte seine Stimme aus dem Innern.

Wegen der Dunkelheit konnte ich nicht viel erkennen, aber unter mir schien sich ein relativ großer Raum zu befinden, zu dem etwa zehn Stufen hinunterführten. Ich nahm einen sonderbaren und unangenehmen Geruch wahr, der mir bekannt vorkam, konnte mich aber nicht erinnern, woher. In dem Maße, in dem sich meine Augen an die Dunkelheit gewöhnten, nahm jedoch auch der Geruch Gestalt an.

»Eine neue Droge, bei der man tanzt wie verrückt«, hörte ich meine Schwester sagen.

»Ich hab' vergessen, es dir zu sagen, aber ich bin Fujisawa«, hallte die Stimme des Mannes in der Dunkelheit. Der Raum mußte ziemlich groß sein.

»Du bist bestimmt erstaunt über mein Aussehen, was? Aber so ist es nun mal. Daran bin ich von Kindheit an gewöhnt. Alle starren mich an wie eine Rarität. ›Für einen Ausländer sprechen Sie aber gut Japanisch‹, kriege ich dauernd zu hören. Dabei bin ich Japaner und war noch kein einziges Mal im Ausland.«

Sooft Fujisawa sich bewegte, hörte ich das Rascheln seiner Kleidung und seine Schritte in der Dunkelheit.

»Moment, ich mache gleich das Licht an. Ich war schon länger nicht hier. Wo war doch gleich der Schalter ...?«

Es klickte, und der Raum war hell erleuchtet. Ein Ausruf der Überraschung entfuhr mir. Vor mir ragte ein Berg aus Ranzen bis zur Decke auf. In diesem Lager mußten Hunderte oder, nein, vielleicht Tausende von Ranzen aufgetürmt sein. Sie waren nicht ordentlich aufeinandergestapelt, sondern achtlos durcheinandergeworfen wie Müll, der auf seinen Abtransport wartet. Die meisten waren schwarz, aber ein paar rote und braune waren auch darunter. Was ich gerochen hatte, war das Leder.

An einer Wand ziemlich weit entfernt von mir stand Fujisawa. Ich ging ein paar Schritte auf die Ranzen zu.

Einen Moment lang herrschte Stille. In dem Bemühen, mich zu beruhigen, schluckte ich mehrmals den Speichel, der sich in meinem Mund ansammelte. Ich mußte meine Atmung unter Kontrolle bringen. Die Ranzen sahen aus wie Requisiten für einen Film – als hätte Chefrequisiteur Akama alle Ranzen in Tokio gesammelt und hier aufgetürmt.

»Der Ranzen, mit dem Jiro abgehauen ist, sieht genauso aus wie einer von diesen.« Fujisawa griff sich einen heraus und warf ihn mir ohne Vorwarnung zu. Spontan ging ich in die Knie und fing ihn auf. Er war leichter, als ich vermutet hätte.

»Früher, als ich klein war, sagten manche Leute Tornister statt Ranzen. Die aus echtem Leder sind am haltbarsten, aber die hier sind fast alle aus Kunstleder oder aus mit Kunstharz behandeltem Textil. Sie werden in China produziert, obwohl die Chinesen keine Ranzen verwenden. Ich war zwar noch nie dort, aber ich weiß, daß sie dort meist Schultertaschen tragen.«

Je länger ich mir Fujisawas europäisches Gesicht ansah, desto vertrauter kamen mir seine Züge vor. Wahrscheinlich hatte er auch japanisches Blut in den Adern. Jetzt, da ich mich allmählich an seine Stimme und sein Äußeres gewöhnt hatte, konnte ich ihn in Ruhe betrachten und stellte fest, daß er um die Fünfzig sein mußte. Er wirkte jugendlich, hatte aber zahllose kleine Falten.

»Möchtest du ihn mal aufmachen und reinschauen?«

Fujisawa verzog einen Mundwinkel zu einem Lächeln.

»Eine neue Droge, bei der man tanzt wie verrückt«, hörte ich Ichikos Stimme. Ich hielt den Ranzen krampfhaft umklammert.

»Kein Problem, du kannst ihn öffnen«, forderte er mich heraus. Angestrengt überlegte ich, was ich tun sollte. Wenn sich darin die neue Droge »Lose my memory« befand, würde ich, nachdem ich sie gesehen hatte, wahrscheinlich nicht mehr in mein altes Leben zurückkehren können. Der Gedanke, daß man meinem Bruder in den Kopf geschossen hatte, blitzte in mir auf.

»Was ist los? Willst du nicht wissen, was drin ist?«

»Aber Sie haben mir doch selbst gesagt, ich darf nicht hineinschauen. Und daß es besser ist, wenn ich von diesen Dingen nichts weiß. Wieso soll ich plötzlich doch hineinsehen?«

»Weil du dir die Mühe gemacht hast, extra herzukommen. Da darfst du doch wohl einen Blick riskieren.«

»Vielleicht betrete ich damit ein Terrain, aus dem es für mich keinen Weg mehr zurück gibt.«

Der Mann lachte ermunternd. Es klang wie »mach, was du willst«.

Fujisawa streckte die Hand nach dem Berg aus und griff sich einen Ranzen.

»Es ist doch bloß ein Ranzen. Ich verstehe nicht, wovor du solche Angst hast. Wo soll das Problem sein, wenn du ihn aufmachst?« Er warf mir den Ranzen zu, und ich fing ihn auf. Jetzt hielt ich zwei Ranzen im Arm. Der eine war rot, der andere schwarz.

»Mach schon auf!« befahl Fujisawa. Er schien ungeduldig zu werden, aber er klang nicht wütend, sondern eher wie ein Vorgesetzter, der einem Untergebenen Anweisungen erteilt. Mit einem ergebenen Seufzer öffnete ich den roten Ranzen. Er war leer. Als ich zu Fujisawa hinübersah, beobachtete er mich mit einem maskenhaften Ausdruck, aus dem ich nicht schließen konnte, was in ihm vorging. Ängstlich und mißtrauisch öffnete ich den anderen Ranzen. Er war, wie zu erwarten, ebenfalls leer.

»Und, war was drin?«

Ich schüttelte leicht den Kopf. Fujisawa verzog die Lippen wieder zu seinem typischen unverschämten Lächeln.

»Siehst du, deine Befürchtungen waren völlig überflüssig. Nichts war drin. Die Ranzen sind vollkommen leer. Also kein Problem. Du brauchst dir keine komischen Fragen mehr zu stellen. Kapiert? Es ist nichts drin!«

Während er redete, zerrte Fujisawa an einer Ecke des Ranzenbergs und brachte ihn mit Gepolter zum Einstürzen.

»War der Ranzen, mit dem Jiro abgehauen ist, auch leer?«

»Leer oder nicht, das geht dich nichts an. Keine Schnüffelei! Dann bleibt dein Leben, wie es ist.«

»Eines frage ich mich, Herr Fujisawa: Wenn ich den Ranzen finde, wird es mir dann genauso ergehen wie meinem Bruder?«

Er warf mir einen durchdringenden Blick zu.

Der stechende Geruch, den die Ranzen verströmten, hüllte mich ein.

»Da ist ›Lose my memory‹ drin, oder?«

Fujisawa machte große Augen, und ich merkte, wie er leicht zusammenzuckte.

»Das ist eine neue Droge, oder? Ich habe den Namen kürzlich in den Nachrichten gehört. Sie haben gezeigt, wie Blut eine Straße hinunterfloß. Der Sprecher hat ›Lose my memory‹ erwähnt. Was das genau ist, weiß ich nicht, aber mein Bruder war in den Handel damit verwickelt, stimmt's? Bei allem, was ich weiß, bleibt Ihnen doch gar nichts anderes übrig, als mich zu töten, oder? Wie meinen Bruder.«

Fujisawa schwieg. Seine Augen blitzten. Würde er sich gleich auf mich stürzen? Jetzt hieß es schwimmen oder untergehen. Ich durfte keine Angst haben. Ich mußte ihm die Wahrheit entreißen, sonst würde ich weder den Ranzen finden noch meine Mutter und meine Schwester beschützen können. Es ging um Leben und Tod.

Fujisawa musterte mich einige Augenblicke spöttisch. »Lächerlich«, murmelte er dann. »Du bist auf dem Holzweg, mein Junge.« Er lächelte. »Ich habe Jiro nicht umgebracht.« Er zog einen Zigarillo aus der Tasche. »Das war einer seiner kokssüchtigen Kunden.«

»Sie lügen«, sagte ich. »Sie haben selbst gesagt, daß meiner Mutter und meiner Schwester das gleiche zustoßen könnte wie Jiro.«

»Habe ich. Aber solange wir den Ranzen nicht finden, werden diese Typen keine Ruhe geben.«

»Was für Typen? Die Süchtigen?«

»Nein, viel gefährlichere Leute. Deshalb muß ich den Ranzen finden und ihnen zurückgeben. Finde ich ihn aber nicht, trage ich die Verantwortung und muß für Jiro den Preis bezahlen. Ich habe ihn diesen Typen vorgestellt und mich für ihn eingesetzt. Nie hätte ich gedacht, daß Jiro mich hintergeht. Der Teufel muß ihn geritten haben. Immer habe ich ihm gesagt, er soll sich nicht von Geld blenden lassen. Dieser Idiot! Das ist jetzt sein Problem.«

»Aber Sie haben gesagt, Sie würden sich rächen. Andere würden vergessen, Sie aber niemals. Das haben Sie gesagt.«

»Da täuscht dich dein Gedächtnis«, unterbrach mich Fujisawa kühl. »Da hast du mich falsch verstanden, Kleiner. Ich habe zwar gesagt, jemandem in deiner Familie *könnte* das gleiche zustoßen wie Jiro, aber bestimmt nicht durch mich. Was hätte ich davon, jemanden aus deiner Familie umzubringen? Mord ist eine verabscheuungswürdige Tat. Allerdings hättest du doch nicht ernsthaft gesucht, wenn ich dir nicht gedroht hätte, oder? Und wenn man nicht ernsthaft sucht, kann es passieren, daß irgend jemand einen umbringt.« Fujisawa kratzte sich an der Nase. »Ich würde dir gern etwas zeigen. Hast du Zeit?« Er wandte sich der Treppe zu. Natürlich hatte ich keine Zeit, aber gehen lassen hätte er mich sowieso nicht.

Draußen war es bereits dunkel. Die Neonlichter von Shinjuku spiegelten sich seltsam lebhaft auf der Straße und verliehen dem Asphalt einen obszönen roten Schimmer. Fujisawa schlenderte lässig vor mir her. In seinem blauen Anzug und seinem Cowboyhut paßte er genau in die grelle, halbseidene Atmosphäre des nächtlichen Kabukicho.

Auf einer verkehrsreicheren Straße hielt er ein Taxi an und nannte dem Fahrer eine Adresse in Shin-Okubo. Er setzte sich so dicht neben mich, als wären wir ein Liebespaar, und zog etwas aus der Tasche, um es mir zu zeigen. In seiner Handfläche lag eine streichholzkopfgroße rosa Pille. Ich wußte sofort, daß es die bewußte Droge war, und starrte wie gebannt darauf. Ich hatte des Gefühl, wehrlos in der Luft zu hängen oder mit leeren Händen in ein offenes Messer zu greifen.

»Das ist Yaotou.« Fujisawa hielt mir seine Handfläche unter die Nase.

Mir war, als bedrohte er mich mit einer Waffe, um Geld von mir zu erpressen. Mein Herz hämmerte. Ich begriff nicht, warum er mir die Pille plötzlich zeigte.

»*Yao* ist das chinesische Zeichen für Kopf, und *tou* ist schütteln. Yaotou heißt also wörtlich Kopfschütteln. Eine von diesen kleinen Pillen kostet ungefähr fünftausend Yen. Im Verkauf natürlich, im Einkauf sind sie viel billiger, kosten aber immerhin noch achthundert Yen. Was sie enthalten, wissen wir noch nicht genau. Ist auch egal, es ist besser so. Es ist eine synthetische Droge wie Ecstasy und hat folgende Wirkung: Die Leute schütteln nach der Einnahme etwa fünfzehn Minuten lang den Kopf. Wenn sie Musik hören, fangen sie unwillkürlich an, sich zu bewegen, und am

Ende, wenn die Wirkung nachläßt, schütteln sie wieder den Kopf. Das Gehirn verwandelt sich in eine Art Stereoanlage, wurde mir gesagt. Ich habe das Zeug noch nicht ausprobiert, aber es scheint bei allen die gleiche Wirkung hervorzurufen. Wenn man ins Schwitzen kommt, steigert sich das Glücksgefühl. Außerdem verliert man durch die Bewegung an Körpergewicht. In China gilt die Pille als diätisches Wundermittel. Es gibt keinen Grund, sie nicht auch in Japan einzuführen. Diese Leute – ich meine Leute wie den Typen, der Jiro erledigt hat – haben angefangen, sie an die kleinen Mädchen in den Diskos in Roppongi zu verkaufen. Es ist nur eine Frage der Zeit bis zu ihrem Durchbruch in Japan. Heute braucht man den Mädchen nur zu sagen, sie können abnehmen, und die Sache ist gelaufen. Sag mir ein Mädchen in diesem Land, das nicht abnehmen will. Das ist ein Supergeschäft. Außerdem wirkt eine Pille nur drei Stunden. Danach beruhigen sich die Leute wieder und sind fix und fertig. Man wird nicht mal abhängig. Eigentlich vergeudet man nur einen Haufen Energie.« Fujisawa lachte verächtlich. »Willst du eine?«

Ich schüttelte hastig den Kopf. »Wieso zeigen Sie mir so was? Gerade haben Sie noch gesagt, es sei am besten, nichts zu wissen.«

»Ich habe meine Meinung geändert. Mir scheint, wir könnten gute Freunde werden. Ich glaube, ich möchte dir alles zeigen.«

Erschrocken richtete ich den Blick aus dem Fenster. Unzählige Menschen und Schlangen von Autos fluteten im Schein der Leuchtreklamen durch die Straßen. Die Großstadt draußen vor dem Fenster erstrahlte in ihren schönsten Farben wie ein Werbespot von MTV. Alles Häßliche blieb dahinter verborgen.

Ich spürte, daß der Fahrer hin und wieder einen Blick zu uns nach hinten warf. Vielleicht merkte er, daß auf dem

Rücksitz etwas vor sich ging, oder konnte Teile unseres Gesprächs mitanhören. Fujisawa rückte noch näher und senkte seine Stimme zu einem Flüstern.

»›Lose my memory‹ ist eine neue Art von Yaotou, die in Japan noch nicht verkauft wird. In Taiwan scheint es sie schon zu geben, aber niemand kennt die ganze Geschichte. Der Preis ist außerdem sehr hoch. Die Hauptwirkung der Droge besteht darin, daß man seine Erinnerungen verliert.«

»Man verliert seine Erinnerungen?«

»Ja. Alle unangenehmen Erinnerungen sind wie weggeblasen. Aber du vergißt angeblich nur die Dinge, die dir unangenehm sind und an die du dich nicht mehr erinnern willst. In einer von Streß beherrschten Gesellschaft stürzen sich natürlich alle auf ein Mittel, das Vergessen bringt. Zusätzlich soll es Wohlgefühl erzeugen. Es würde sich doch gut in einem Stadtteil wie Marunouchi verkaufen, meinst du nicht? Wo die Hälfte der Angestellten der großen Firmen und Banken am Rande des Selbstmords stehen.«

»Schüttelt man auch den Kopf und tanzt?«

»Angeblich.«

»Angeblich?«

»So heißt es zumindest. Bisher hat es niemand gesehen. Das, was Jiro sich unter den Nagel gerissen hat, war die erste Lieferung von ›Lose my memory‹ in Japan. Eine Pille kostet fünfzigtausend Yen. Zehnmal soviel wie ein Yaotou. Und er hatte zehntausend davon. Jetzt rechne mal aus.«

Fujisawa versenkte den Blick seiner schwarzen Augen in meine. Es herrschte einen Moment Stille im Taxi. Ich spürte seinen Atem in meinem Gesicht.

»Wo ist nur dieser Ranzen?« murmelte er.

Meine Nerven waren zum Zerreißen gespannt und vibrierten schmerzhaft.

»Ich habe deinen Bruder in dem Sommer, als er aus dem Jugendgefängnis kam, durch einen Bekannten kennengelernt, einen Yakuza aus Shinjuku. Er sagte, Jiro sei etwas verrückt, aber wir haben uns vom ersten Augenblick an gut verstanden. Er war schwer zu durchschauen und hatte immer diesen unruhigen Blick, so daß man nie wußte, was er vorhatte. Diesmal hat er mich betrogen, aber richtig hassen kann ich ihn nicht. Der Teufel muß ihn geritten haben. Was hat er sich dabei nur gedacht? Aber es hat jetzt ohnehin keinen Sinn mehr, darüber zu reden. Er kommt sowieso nie mehr in unsere Welt zurück. Er könnte genausogut tot sein. Und über Tote soll man nichts Schlechtes sagen. Weißt du, daß er Koks mit Glasstaub gestreckt und verkauft hat? Dir ist klar, daß er gedealt hat, oder? Sag nicht, daß du davon nichts weißt. Er hat mir ständig vorgeheult, sein kleiner Bruder wolle, daß er damit aufhört. Du hast eben das Glück, aus einer ganz normalen Familie zu kommen, habe ich ihm gesagt. Aber welcher normale Mensch käme schon auf die Idee, Koks mit Glassplittern zu verkaufen? Schließlich sind Junkies auch Menschen, oder? Da ist er zu weit gegangen. Wenn einer Glassplitter schnupft, krepiert er irgendwann. Es ist unmenschlich, das zu wissen und das Zeug trotzdem zu verkaufen. Wenn ich es gewußt hätte, hätte ich ihn daran gehindert. Aber ich habe erst später davon erfahren. Das hätte ich nie von ihm gedacht. Freundschaft war für ihn wichtig, er war dankbar und hatte Pflichtgefühl. Er nannte mich seinen großen Bruder, und er war für mich auch tatsächlich wie ein jüngerer Bruder. Ich habe nämlich keine Geschwister, nicht mal Eltern. Ich bin ganz allein auf der Welt. Deshalb hatte ich Jiro sehr gern. Ich dachte, er wäre ein anständiger Kerl, aber Scheiße war's! Warum hat er nicht mit mir geredet? Schon klar, er wollte seine Familie da nicht mit hineinziehen. Wir leben in unserer eigenen Welt. Trotzdem, was ihn da nur geritten hat? Und was wollte er mit dem geklauten Zeug machen? Fünfhundert Millionen Yen sind eine Menge Holz. Und eine ganz neue Droge, die Leute wären darauf geflogen. Wahrscheinlich hat er die Lage nicht richtig eingeschätzt. Beim ersten Versuch, das Zeug irgendwo zu verkaufen, wären sie ihm auf den Fersen gewesen. Gestohlene Ware kann man nicht verkaufen, das lassen die Bosse nicht zu. Sie hätten ihn sofort erwischt. Wahrscheinlich wollte er irgendwohin ins Ausland abhauen. Er hat oft gesagt, er habe es satt, hier zu leben. Aber wohin ins Ausland? Vielleicht nach Korea oder Taiwan? Da wäre der Stoff gut weggegangen. Dann hat er in letzter Zeit dauernd gejammert, wie schlecht es ihm geht. Wegen einer Frau. Dabei hatte nicht mal sie ihn, sondern er sie sitzenlassen. Keine Ahnung, was da war. Weißt du was von einer Frau? Nein? Klar, er machte ja auch ein großes Geheimnis daraus. Aber ich hätte ihn nie für einen Typ gehalten, der Liebeskummer hat. Scheiße! So ein Idiot. Ich fasse es nicht. Auf der einen Seite heult er rum wegen eines Weibs, und auf der anderen verkauft er mit Glas versetzten Stoff. Ich kann nur sagen, er war verrückt. Aber so war er eben. Unberechenbar.«

Fujisawa ließ das Taxi irgendwo zwischen Okubo und Shin-Okubo halten. Es war eine etwas abgelegene Gasse, aber es waren Leute unterwegs. Ein paar angetrunkene Jugendliche riefen etwas. Es hörte sich nicht japanisch an. Die Passanten konnten Japaner sein oder auch nicht. Das Viertel und seine Bewohner hatten eine nostalgische Ausstrahlung, und ich fühlte mich in die farblose, rußige Szenerie der japanischen Nachkriegszeit versetzt.

Fujisawa ging ein Stück vor mir her. Mit etwas Glück hätte ich ihm wahrscheinlich davonlaufen können, dennoch folgte ich ihm auf den Fersen. Vielleicht wollte ich einen Blick in die Welt auf der anderen Seite werfen, die sich so sehr von der unterschied, in der ich lebte. Oder ich wollte das Verhalten meines Bruders irgendwie verstehen. Vielleicht fühlte ich mich auch wie mein Bruder zu Fujisawa hingezogen. Jedenfalls unternahm ich keinen Fluchtversuch.

Nachdem wir mehrmals abgebogen waren, blieb Fujisawa vor einem hohen, länglichen Mietshaus stehen. Er nahm wieder einen Zigarillo aus der Tasche und steckte ihn an. Langsam sog er den Rauch in die Lungen und hielt ein paar Sekunden die Luft an, bevor er wieder ausatmete.

»Hier ist es.« Er wies mit dem Kinn auf das Gebäude, dessen oberer Teil im Dunkeln lag, so daß die Anzahl der Stockwerke nicht genau zu erkennen war. Vier oder fünf mußten es sein.

»Hast du Zeit?« fragte mich Fujisawa wieder.

»Ja«, sagte ich, obwohl ich absolut keine Zeit hatte. Eigentlich mußte ich ja schnellstmöglich zurück und mit der Arbeit anfangen. Tanei suchte mich sicher schon. Seit ich angeblich zum Essen gegangen war, waren ungefähr zwei Stunden verstrichen.

»Wollen Sie mir nicht sagen, wo wir hingehen?« Ich wußte nicht, ob ich ihn duzen oder siezen sollte, blieb dann beim Sie, beschloß aber, kein Blatt vor den Mund zu nehmen.

»Heute abend steigt in einer Wohnung in diesem Haus eine Yaotou-Party, zu der sich die chinesischen Hostessen aus der Gegend treffen.«

Ich schluckte. Wieso wollte Fujisawa mir das zeigen? Aber ich konnte mich nicht davonmachen. Jetzt war ich wirklich in der Höhle des Löwen gelandet.

»Das, was du in den Nachrichten gesehen hast, war wohl der erste Auftritt von ›Lose my memory‹ in den japanischen Massenmedien. Vor etwa einer Woche ist in Itabashi ein Chinese blutüberströmt auf der Straße zusammengebrochen. Er hatte jede Menge Kugeln in Brust und Beinen. Er war völlig durchsiebt. Da der Mann zur Fujian-Mafia gehörte, hielt man die Sache für einen Fememord unter Chinesen. Aber die Untersuchungen ergaben, daß er eine psychoaktive Droge im Blut hatte, und Zeugen haben gehört, wie er kurz vor seinem Tod die Worte ›Lose my memory‹

murmelte. Das Drogendezernat wurde hellhörig, denn kurz davor war das Gerücht von einer frisch in Japan eingetroffenen Droge aufgekommen. Eine Droge, die viel stärker ist als Yaotou, und die Bullen waren sehr wachsam. Auf Yaotou-Partys kommt es immer mal wieder zu Schießereien, und bei einer stärkeren Droge würde auch die Gewalt zunehmen. Bei manchen Menschen ist die Wirkung zu heftig. Und da diese Mafiatypen immer bewaffnet sind, kann schon der kleinste Auslöser zur großen Katastrophe werden. – Übrigens gibt es keinen Fahrstuhl«, fügte Fujisawa hinzu und stieg die ersten Stufen der Treppe hinauf. Zögernd folgte ich ihm.

»Ich fürchte, daß die Droge, die bei diesem Vorfall im Spiel war, aus der Lieferung stammte, die Jiro abgegriffen hat. Wenn das tatsächlich so ist, ist mein Leben in Gefahr«, fuhr Fujisawa fort, während er die Treppe hinaufging. »In dieser Welt gibt es Regeln, und wer vom Pfad abweicht, darf nicht mehr hier leben. Jiro wußte das natürlich auch und wollte, nachdem er das Zeug eingesackt hatte, Japan zweifellos verlassen. Scheiße, daß ich nichts gemerkt habe. Verdammt. Jetzt muß ich es ausbaden. Wenn ich diesen Ranzen nicht finde, machen die Typen mich alle. Verstehst du jetzt allmählich, worum es geht?«

Das Treppenhaus war nur so breit, daß zwei Personen gerade aneinander vorbeikamen. Auf jedem Stockwerk ging es um die Ecke. Bald war ich außer Puste.

»Enge, dunkle Gänge wie dieser sind mir nicht gerade sympathisch«, sagte Fujisawa. »Erstens gibt es keinen Fluchtweg. Wenn dich hier einer anfällt, kannst du nichts machen. Zweitens verbinde ich eine persönliche Erinnerung mit solchen Gängen. Das heißt, ich erinnere mich nicht selbst daran, es gehört zur geheimnisvollen Geschichte meiner Herkunft. Ich habe erst später davon erfahren, aber sie ist wahr. Es ist die Geschichte einer wahren Liebe, die in einem langen, schmalen Tunnel im Dunkel vergangener Zeiten entstand. Irgendwann erzähle ich sie dir. Wenn du sie hören willst.«

Für einen Augenblick konnte ich seine Züge erkennen. Er lächelte gedankenverloren.

»Sind solche Partys, auf denen es zu Schießereien kommt, nicht gefährlich?« fragte ich.

»Na klar, extrem gefährlich«, kam es sofort zurück.

Die Absätze von Fujisawas Lackschuhen hallten laut durch das ganze Treppenhaus und kündigten unser Kommen an. Ich hätte ihn gern gefragt, ob oben nicht jemand Wache stand, brachte aber kein Wort heraus.

Obwohl wir stiegen und stiegen, waren wir noch immer nicht angekommen. Die Treppe schien kein Ende zu nehmen.

»Was ist das denn nun genau für eine Party?« keuchte ich schließlich.

»Eine sehr anrüchige.« Er blieb abrupt stehen und drehte sich zu mir um. Fast wäre ich gegen ihn gestoßen. Ich erinnerte mich wieder an den Ledergeruch in dem Souterrain in Kabukicho. Und an den Ranzenberg.

»Eben eine ziemlich schmutzige.«

»Schmutzig?«

»Ja, wie soll ich sagen? Diese Partys sind so wild, daß es unappetitlich wird. Alle geraten total außer Kontrolle. Eine Deponie für menschlichen Abfall. Die Hostessen kommen voller Träume in dieses Land. Aber hier fallen sie sofort in die Hände der Mafia. Fast alles, was sie verdienen, wird ihnen abgenommen. Den Rest schicken sie nach Hause. Yaotou ist das einzige, was ihnen bleibt. Beim Tanzen vergessen sie alles. In den drei Stunden, in denen sie tanzen, können sie alles hinter sich lassen. Daß sie ihre Körper an Japaner verkaufen und alles, was dazugehört. Auf den ersten Blick wirkt es wie eine ausgelassene Tanzparty, aber auf den zweiten erkennst du die Angst.«

Fujisawa stieg weiter die Treppe hinauf.

»Kriegst du kalte Füße?« hallte seine Stimme ein Stück weiter oben. Ich erschrak. Vor meinem inneren Auge stürzte der Ranzenberg zusammen, und Ledergeruch umfing mich. Einerseits hatte ich ziemliche Angst, andererseits hatte mich das Wort »schmutzig« fasziniert, und ich ging wie magisch davon angezogen weiter die Treppe hinauf. Ich wollte den Ort sehen, an dem sich diese Mädchen aufhielten. Ich wußte, daß das indiskret war. Doch ich witterte dort die Quelle einer Lebenskraft, über die ich selbst nicht verfügte, eine überschäumende Energie, die ihre sich rauschhaft windenden Körper freisetzten und deren Patina sich langsam auf der Welt absetzte. Ich wollte die von den chinesischen Prostituierten patinierten Wände sehen. Ich wollte sehen, wo sie so verzweifelt um ihr Überleben kämpften. Ich konnte nicht gehen, ohne das gesehen zu haben.

Als wir oben ankamen, fragte Fujisawa mich schon wieder, ob ich Zeit hätte, und ich nickte. Er ging bis zur hintersten Wohnung, zog sein Handy hervor und drückte eine Nummer. Als kurz darauf abgehoben wurde, sagte er etwas auf chinesisch. Sofort öffnete sich die Tür, rhythmische Musik ertönte, und eine junge Frau, noch nicht zwanzig, schaute heraus. Ihr Blick wirkte etwas verschleiert, aber sie war einigermaßen bei sich.

»Kommt rein!« sagte sie mit einer einladenden Geste. Im nächsten Augenblick stieß sie mit mir zusammen. Nicht absichtlich, sie hatte nur die Kette vor die Tür legen wollen und war wohl unter dem Einfluß der Droge getaumelt. Fujisawa legte den Arm um ihre Schultern, um sie zu stützen. Das Mädchen lehnte sich an ihn, und sie küßten sich. Es war ein endlos langer Kuß, bei dem sie mich anscheinend völlig vergaßen. So blieb mir nichts anderes übrig, als weiter in die Wohnung hineinzugehen. Chinesische Rockmusik dröhnte aus einem der Zimmer. Der Flur war eigentlich nicht schmutzig, aber auf dem Boden lagen überall leere Nudelbecher und Bierflaschen herum. An den Wänden hingen Poster von japanischen TV-Promis voller Fettspritzer und teilweise zerrissen. Die erste Tür, die ich öffnete, führte in ein Bad, in dem lauter Unterwäsche und Negligés herumlagen, als hätte jemand eine Waschmaschine ausgeräumt und einfach alles auf den Boden geworfen. Auf dem Regal über dem Waschbecken reihten sich, aus welchem Grund auch immer, unzählige Flaschen mit Mundwasser. Der Spiegel war rot, offenbar mit Quecksilberchrom übergossen.

Die nächste Tür neben dem Bad war die zur Toilette. Dort ging das Licht nicht – vielleicht war die Birne kaputt –, und Toilettenpapier lag auf dem Boden. Als ich genau hinschaute, sah ich eine junge Frau darunter begraben, die den Sockel der Toilette umarmt hielt. Sie war nur mit Unterwäsche bekleidet und hatte ein pickliges Teenagergesicht. Der Schnitt ihrer Augen war chinesisch. Ich überlegte, ob ich sie ansprechen sollte, doch würde sie vielleicht eine Szene machen, also ließ ich es lieber.

Neben der Toilette befand sich die Küche, in der ein heilloses Durcheinander von herumstehendem Geschirr und Nahrungsmitteln herrschte. Das Essen auf einem der Teller, der wahrscheinlich seit Tagen hier stand, war angetrocknet und verströmte einen ekelhaften Geruch. Unwillkürlich hielt ich mir die Nase zu.

Die Party fand offenbar im Eßzimmer statt, aus dem die laute chinesische Rockmusik ertönte. Ich ging langsam näher und öffnete mit einer Mischung aus Neugier und schlechtem Gewissen die Tür. Ich unterdrückte meine Skrupel und ging hinein. Als erstes überwältigte mich dammbruchartig die Musik und drang gewalttätig in meine Ohren. Das, was ich sah, ließ mich meinen Augen nicht trauen, und ich stand unwillkürlich wie erstarrt. In dem etwa zehn Tatami großen Zimmer tobten über ein Dutzend junge Mädchen wie wahnsinnig herum und schüttelten dabei wild ihre Köpfe. Das Ganze war von unfaßbarer Heftigkeit. Es wirkte nicht, als tanzten sie, sondern als wänden sie sich in Krämpfen. Einige waren völlig nackt. Unkoordiniert wie zerbrochene Marionetten, verrenkten sie die zuckenden Gliedmaßen. Besonders unheimlich schien mir, daß alle die Köpfe in eine Richtung gewandt bewegten. Ihre Gesichter waren von ihren wirren schwarzen Haaren verdeckt, die sie herumschleuderten. Es war der reinste Hexensabbat.

Plötzlich brach eines der Mädchen zusammen, Speichel lief ihr aus dem Mund. Sie starrte zur Decke, aber ihr Blick ging ins Leere. Ganz bestimmt betrachtete sie nicht die Flecken dort oben. Nur das leichte Lächeln auf ihren Lippen wies auf ein Ziel ihres Blickes oder den Aufenthaltsort ihrer Seele hin. Die Haare klebten an ihren schweißnassen Wangen und ließen ihr Gesicht wie von Rissen durchzogen erscheinen.

Als ein Mädchen begann, sich auszuziehen, taten es ihr andere nach. Eine von ihnen zog direkt vor mir den Rock und die Unterwäsche aus. Schweiß glänzte auf ihrer Haut. Sie warf ihren Oberkörper wild hin und her, und glitzernde Schweißtropfen flogen durch die Luft. Bei jeder ihrer Bewegungen wippten ihre Brüste obszön, was mich trotz allem erregte.

»Geht der Striptease schon los?« Fujisawas Stimme holte mich wieder in die Realität zurück. Als ich mich umdrehte, sah ich, daß er wieder sein dreistes Lächeln aufgesetzt hatte. Das junge Mädchen, das uns die Tür geöffnet hatte, war inzwischen auch in Unterwäsche und zuckte krampfhaft in seinem Arm. Ab und zu klammerte sie sich heftig an ihn und rollte die Augen, daß man nur noch das Weiße sah.

»Willst du ein Bier?« Fujisawa setzte das Mädchen auf einem Sofa ab und verschwand in Richtung Küche. Er kam mit zwei Flaschen Bier zurück, von denen er mir eine reichte.

Ich hatte gar nicht gemerkt, wie ausgedörrt mein Körper war. In der Hitze der Wohnung war es äußerst angenehm, sich das kalte Bier durch die Kehle rinnen zu lassen. Als wäre er Zuschauer in einer Show, lehnte sich Fujisawa entspannt im Sofa zurück.

»Ich wollte schon öfter mal eine aus dieser Tretmühle befreien, aber ich habe es nie geschafft«, murmelte Fujisawa wie zu sich selbst, während er auf die wie rasend tanzenden Mädchen starrte. Seine Augen schimmerten melancholisch.

In einer Ecke des Raumes brach wieder ein Mädchen zusammen. Ihr ganzer Körper wurde von gräßlichen Krämpfen geschüttelt. Immer wieder versuchte sie aufzustehen, aber sie schaffte es nicht. Ihre Gelenke knickten jedesmal sofort kraftlos wieder ein. Nach einer Weile sank sie auf den schmutzigen Boden und blieb regungslos liegen.

Fujisawa streckte die Hand aus und zog mich auf das Sofa. Er kam mit seinem Gesicht ganz nah an mich heran. »Wie ist es? Ist das nicht eine schmutzige Welt?« sagte er. »Aber mir gefällt sie. Ich habe gelernt, sie zu lieben.«

Der Geruch seiner Zigarillos, gemischt mit den Ausdünstungen in der Wohnung, stach mir in die Nase.

»In gewisser Hinsicht sind sie meine Familie.«

Darauf fiel mir keine Antwort ein, und höfliche Zustimmung war wahrscheinlich auch nicht angebracht. Ich konnte immer noch kaum glauben, was sich da vor meinen Augen abspielte.

»Ich habe dir ja schon erzählt, daß ich keine Familie habe. Da ich also mutterseelenallein dastehe, kann ich mich auch ein bißchen um diese einsamen armen Dinger kümmern. Wir helfen uns gegenseitig. Normalerweise ist diese Welt hier eiskalt, aber dennoch sind wir Menschen und haben Gefühle. Weil ich aussehe wie ein Ausländer, schütten die Mädchen mir eher ihr Herz aus als anderen Japanern.«

»Herr Fujisawa, warum …« Ich brach ab. Ich wollte ihn etwas fragen, aber ich konnte meine Gedanken nicht ordnen.

»Warum was? Warum ich aussehe wie ein Weißer?«

»Nein.« Ich schüttelte den Kopf, wußte aber nicht weiter. Vielleicht war das ja wirklich meine Frage. Es war so heiß, und ich war schweißgebadet. Wahrscheinlich machte mich der Sauerstoffmangel in der dicht verschlossenen Wohnung oder der Alkohol so benommen.

»Soll ich es dir erzählen?«

Unentschlossen schüttelte ich den Kopf. »Ich habe keine Zeit mehr, lieber beim nächsten Mal«, sagte ich.

Aber Fujisawa packte mich am Arm.

»Komm schon, wir sind durch gewisse Bande miteinander verknüpft«, sagte er.

Fujisawas Geschichte 1

Ich weiß nicht genau, womit ich anfangen soll. Oder nein, eigentlich weiß ich es, aber ich möchte meine Geschichte möglichst dramatisch erzählen, und das geht nur, wenn ich davon besessen bin. Und dazu neige ich nicht gerade. Einfache Dinge müssen Tiefe haben, und schwierige Dinge sollten gut verständlich sein. Das ist mein Motto. Rühr dich nicht vom Fleck, bleib ruhig sitzen. Das wird jetzt ein bißchen ausführlicher, also hör zu. Wenn du dir mal eine Stunde meine Geschichte anhörst, geht die Welt nicht unter. Sag nicht, du müßtest gehen. Jiro kannte meine Geschichte natürlich, aber sonst habe ich sie niemandem erzählt. Auch den Mädchen hier nicht. Mein Chinesisch reicht gerade aus, um guten Tag zu sagen. Ich habe meine Geschichte Jiro gleich erzählt, als wir uns kennenlernten. Er hat mir ernsthaft zugehört und mit mir darüber gesprochen. Damals standen wir uns ziemlich nahe. Deshalb verstehe ich nicht, daß er mich hintergangen hat. Da er doch der einzige war, der das Geheimnis meiner Herkunft kannte. Aber ich will nicht immer wieder davon anfangen. Er hat mich hintergangen, er ist ein Verräter. Mehr nicht. Also, los geht's. Hör gut zu.

Mein Vater war Pilot bei der amerikanischen Luftwaffe. Ich habe ihn nie kennengelernt. Ich weiß nicht, wie er aussah, habe nie mit ihm gesprochen, denn er ist vor meiner Geburt gestorben.

Das Schicksal meiner Mutter war noch trauriger. Sie ist gestorben, als ich noch ganz klein war. Sie war dazu ausersehen, ein Kind zu bekommen und dann zu sterben. Sie starb nicht, um meinem Vater zu folgen, sondern es war einfach ihr Los. Die Geschichte hat ihr einen üblen Streich gespielt.

Ich habe viel Zeit darauf verwendet, alles über meinen Vater zu erfahren. Ich wollte unbedingt die Hintergründe meiner Geburt herauskriegen und habe überall nachgeforscht. Es hat Jahrzehnte gedauert, bis ich die Geschichte zusammenhatte, die ich dir jetzt erzählen werde. Ich habe verzweifelt nach meinen Wurzeln gesucht. Wirklich verzweifelt. Wollte wissen, woher das fremde Blut stammt, das man mir so deutlich ansieht. Natürlich wollte ich wissen, wer ich bin, und mir selbst die Frage beantworten, die mir seit meiner Kindheit immer wieder gestellt wird: Fujisawa, woher kommst du?

Ich habe diese Frage gehaßt. Bei jeder ersten Begegnung kam sie unausweichlich. Und ich konnte sie nicht beantworten, ich wußte ja nichts über meine Herkunft. Dennoch musterten mich alle mit der gleichen Neugier. Das ging mir so auf die Nerven, daß ich anfing, Geschichten zu erfinden. Ein paar dummen Weibern schwätzte ich auf, ich wäre ein Nachfahre des Gründers der englischen Ostindischen Kompanie. Das war in meiner Zeit als Heiratsschwindler. Eine wirklich blöde Lüge, aber sie nahmen sie mir bereitwillig ab. Das war meine kleine Rache an der Welt. Leider hat mich eines Tages die Polizei geschnappt. Dumm gelaufen. Aber lassen wir das.

Als ich etwa fünfundzwanzig war, wurde der Wunsch, etwas über meine Herkunft zu erfahren, immer drängender, und ich beschloß, Nachforschungen anzustellen. Der Krieg lag ein Vierteljahrhundert zurück, meine Mutter war tot, und ich hatte nicht die geringste Spur. Doch dank eines unglaublichen Zufalls gelang es mir, einen Menschen ausfindig zu machen, der meinen Vater und meine Mutter gekannt hatte.

Ich bin nicht ganz ein Jahr nach dem Abwurf der Atombombe auf Hiroshima geboren. Der Name meines Vaters taucht sogar in dem Namensregister auf, das in der Gedächtnisstele in Hiroshima geführt wird: Craig Bouchard, Leutnant der amerikanischen Airforce, gestorben in Hiroshima im Untersuchungsgefängnis des Armeehauptquartiers von Chugoku …

Am 1. Juli 1945 startete mein Vater mit einer B 24 von der Insel Tinian. Er hatte den Auftrag, das im Hafen von Kure stationierte Kriegsschiff *Haruna* anzugreifen, aber seine Maschine wurde von der japanischen Luftabwehr abgeschossen und stürzte über dem Bergdorf Yawata im Bezirk Saeki ab. Mein Vater, der sich mit seinem Fallschirm retten konnte, wurde gefangengenommen und wegen einer Verwundung ins Militärlazarett 1 nach Hiroshima gebracht.

Anscheinend wurden Offiziere damals normalerweise nach Tokio geschickt, aber mein Vater hatte sich beim Absprung ein Bein gebrochen. Daher mußte er schnell behandelt werden und wurde in das gut ausgestattete Militärkrankenhaus von Hiroshima gebracht.

Als mein Vater erfuhr, daß man ihn nach Hiroshima transportierte, muß er sich heftig gesträubt haben. Craig Bouchard kannte nämlich das Geheimnis. Du kannst dir vorstellen, welches? Du weißt sicher, was am 6. August 1945 in Hiroshima geschehen ist? Was? Das weißt du nicht? Ich fasse es nicht! Der Atombombenabwurf! Hast du noch nie von »Pikadon« gehört, dem großen Blitz? Der Pilot der *Enola Gray* und mein Vater waren Kommilitonen auf der Militärakademie. Das habe ich alles erst nach und nach erfahren. Wäre mein Vater von seinem Angriff auf die *Haruna* zurückgekehrt, hätte man vielleicht sogar ihm die Mission am 6. August 1945 übertragen. Dann wäre ich nie geboren worden.

Im Kriegsgefangenenlager in Kure wurde das seltsame Verhalten meines Vaters und seiner Kameraden dokumentiert. Insgesamt waren es vier, die sich mit Fallschirmen gerettet hatten. Offenbar ersuchten sie jeden Abend aufgeregt darum, nach Tokio verlegt zu werden. Normalerweise wollten die Kriegsgefangenen nie nach Tokio, denn in den Lagern in der Provinz wurden sie besser behandelt, weil es dort noch friedlich war und menschlicher zuging. Aber alle vier wollten unbedingt aus Kure weg. Sie schienen panische Angst davor zu haben, in der Nähe Hiroshimas zu bleiben. Inwieweit das alles stimmt, weiß ich nicht. Diese Informationen stammen aus Armeeunterlagen.

Den Aufzeichnungen zufolge gaben Craig Bouchard und seine Kameraden einen geplanten Luftangriff auf die *Haruna* zu. Das entsprach jedoch vermutlich nicht der Wahrheit. Meine Theorie ist, daß sie den Befehl hatten, ein letztes Mal die Route für den Abwurf der Bombe auszukundschaften. Im Grunde bestand ja einen Monat vor dem Abwurf keine Notwendigkeit mehr, ein Schlachtschiff anzugreifen.

Mein Vater Craig Bouchard wurde also ins Militärhospital 1 von Hiroshima eingewiesen, das unmittelbar neben dem Hypozentrum der Bombe lag. Laut seines damaligen Dolmetschers, der durch gewisse Umstände überlebt hatte, wurde er dort verhört.

Dieser Dolmetscher, er hieß Yukio Yasuba, war es auch, der den Namen meines Vaters in die Liste der Opfer des Atombombenabwurfs eingetragen hat. Nie im Leben werde ich sein entgeistertes Gesicht vergessen, als ich ihn aufsuchte. Anscheinend sehe ich meinem Vater sehr ähnlich, und er glaubte, ein Gespenst vor sich zu haben.

Daß Yukio Yasuba von der Bombe verschont blieb, verdankte er meinem Vater, der ihm irgendwann das Geheimnis anvertraut hatte. Das war komplizierter, als es klingt, denn anfangs wollte Yasuba meinem Vater nicht glauben. Erst nachdem er einen Monat als sein Dolmetscher gearbeitet hatte, wurde ihm klar, daß mein Vater die Wahrheit sagte. Yasuba floh mit seiner Familie in aller Eile aus Hiroshima. Warum er nicht viel mehr Menschen mit sich nahm? Vielleicht waren ihm doch noch letzte Zweifel an der Wahrheit von Craigs Aussage geblieben. Zu der Zeit konnte sich niemand die Existenz einer so gewaltigen Bombe vorstellen, mit der man auf einen Schlag ganz Hiroshima zerstören könnte. Schließlich wurde die Bombe dann doch abgeworfen. Jeder Japaner weiß, was damals geschehen ist. Doch Yukio Yasuba hatte als einziger vorher davon erfahren. Nein, es gab noch jemanden. Meine Mutter natürlich, aber das ist eine andere Geschichte.

Yukio Yasuba ist vorletztes Jahr bei einem Verkehrsunfall ums Leben gekommen. Davor hat er mir noch das Tagebuch meines Vater übergeben. Er behauptete, völlig vergessen zu haben, daß er es hatte, aber das stimmte, glaube ich, nicht. Wahrscheinlich hat er sich geschämt, als einziger Japaner von der Atombombe gewußt und überlebt zu haben. Ich glaube, er verbrachte sein Leben nach dem Abwurf damit, seine Lage zu verwünschen. Er hatte früh genug von der bevorstehenden Vernichtung der Stadt erfahren und konnte nicht mehr als seine eigene Familie retten. Wahrscheinlich wollte er nicht, daß dieser Schandfleck in seinem Leben vor seinem Tod öffentlich bekannt wurde.

In letzter Zeit frage ich mich öfter, ob sein Autounfall nicht ein Selbstmord war. Vielleicht hat er den Tod gewählt, um endlich seinen Gewissensqualen zu entrinnen. Ich kann seinen lebenslangen Konflikt verstehen.

Mein Vater bat Yasuba darum, eine Krankenschwester aus dem Militärhospital mitzunehmen, wenn er Hiroshima verließ. Meine Mutter war damals schwanger mit mir.

Craig Bouchards Tagebuch 1

4. Juli

Gestern kam es mir vor, als sähe ich einen blau schillernden Schwalbenschwanz anmutig zwischen den Gitterstäben vor meinem Fenster schweben. Ich schreibe »es kam mir so vor«, weil ich nicht weiß, ob ich ihn wirklich gesehen habe oder in meiner Angst anfange zu halluzinieren. Außerdem gibt es wahrscheinlich nicht einmal hier im fernöstlichen Japan metallischblau schillernde Schwalbenschwänze. Wie er so zwischen den Gitterstäben des Fensters hinein- und hinausflog, erschien er mir wie ein Bote.

Er bewegte seine Flügel mit solcher Leichtigkeit und Eleganz, daß ich die sommerliche Hitze fast vergaß. Sekundenlang segelte er in der Brise direkt vor mir. Der Staub auf seinen Flügeln glitzerte. Sein Flug war anmutig, wirkte aber gleichzeitig mechanisch, als wäre er kein echter Schmetterling. Natürlich schaute ich ihm nicht nur zu, sondern streckte die Hand aus, um ihn zu berühren. Doch er flog mir durch die Gitterstäbe davon. Es war, als amüsierte er sich darüber, daß ich hier festhänge wie in einem Spinnennetz. Bald wird dieser Schmetterling nur noch eine Erinnerung an etwas Wunderschönes sein, das Gott mir zuletzt noch gezeigt hat. Und diese ganz persönliche Erinnerung an ihn wird mit meinem Körper verlöschen.

In meinem sechsundzwanzigjährigen Leben habe ich

noch nie einen Blick gehabt wie diesen, wenn ich durch die Gitterstäbe schaue. Ich sehe die Mauern der Burg von Hiroshima, ein paar Bäume und einen mit rötlicher Erde bedeckten Platz, auf dem manchmal junge Soldaten exerzieren. Es sind fast noch Kinder. Welche Übungen sie machen, kann ich nicht genau erkennen. Sie laufen, sie robben, sie springen. Dabei stoßen sie irgendwelche Schreie aus. Sie wirken so jung und unschuldig auf diesem friedlichen Exerzierplatz, daß ich mir eigentlich keinen Grund vorstellen kann, gegen sie zu kämpfen.

Der Himmel ist blau, ohne eine einzige Wolke. Aber genau das ruft Angst und Unsicherheit in mir hervor.

5. Juli

Ich weiß ihren Namen nicht, und ich habe auch keine Worte, mit denen ich sie ansprechen könnte. Also versuche ich meine Augen zu ihr sprechen zu lassen. Sie bringt mir, seit ich hier bin, die Mahlzeiten. Bestimmt ist sie Krankenschwester, obwohl sie für mich noch wie ein Kind aussieht. Sie ist die erste Asiatin, die erste Japanerin, die ich je gesehen habe. Sie ist ganz sicher erwachsen, aber ihr unschuldiges Gesicht hat eine kindliche Schönheit. Ihre Haut ist glatt und strahlend.

Meine Zelle wird nicht abgeschlossen, und es hält auch nicht vierundzwanzig Stunden lang jemand davor Wache. Wahrscheinlich, weil ich mir das Bein gebrochen habe. Die Atmosphäre ist weder beunruhigend noch angespannt. Zu den Mahlzeiten geht die Tür auf, zuerst schaut ein Soldat ins Zimmer, überzeugt sich, daß nichts Ungewöhnliches vorliegt, als nächstes kommt sie herein und stellt mir das Essen hin. Sie grüßt mich nicht und lächelt auch nicht, aber daß die junge Frau sich für mein fremdartiges Aussehen interessiert, kann ich an ihrer Nervosität, ihrem raschen Atem und besonders an ihren Blicken erkennen. Während sie das Essen abstellt, mustert sie mich. Sie starrt auf mein blondes Haar und kann ihr Erstaunen über meine blauen Augen nie ganz verbergen. Wenn unsere Blicke sich begegnen, wendet sie sich ab, so abrupt, wie eine Schildkröte den Kopf einzieht.

Zu essen gibt es immer das gleiche. Trockenen Reis, gekochte Kartoffeln und eine Suppe mit komischem Geschmack, die sie Misoshiru nennen. Ich finde sie ungenießbar. Die Kartoffeln würge ich mit etwas Salz hinunter, damit mich später nicht der Hunger quält. Es sind nicht gerade Delikatessen, aber ich habe sowieso nur sehr wenig Appetit.

Nach einem kurzen Blick auf mich verläßt das Mädchen den Raum. Der Soldat beobachtet aufmerksam jede ihrer Bewegungen, und wenn sie draußen ist, schließt er am Ende die Tür und damit die Welt aus. Peng.

Es bleibt mir noch ungefähr ein Monat, aber die Zeit vergeht erbarmungslos. Vielleicht werde ich bis zum letzten Augenblick nicht wissen, ob ich mich verständlich machen soll oder wem. Aber werde ich bis zum Schluß durchhalten, ohne etwas zu tun?

Das junge Mädchen wird mit mir verschwinden. Das schöne, unschuldige Mädchen wird in einem hellen Blitz vergehen. Ich versuche mir den Anblick vorzustellen, aber es gelingt mir nicht. Nur der metallischblaue Schmetterling flattert durch meinen Geist.

Als Soldat bin ich darauf vorbereitet, irgendwann zu sterben. Aber der Tod durch die Atombombe jagt mir Angst ein. Ich verstehe ihn nicht. Ich frage Gott, warum ich – ausgerechnet ich – zum ersten amerikanischen Opfer dieser Bombe ausersehen bin? Welche Sünde habe ich in den sechsundzwanzig Jahren meines Lebens begangen, um eine solche Behandlung zu verdienen? Es ist so absurd, daß ich als einziger vom Abwurf der Bombe über dieser Stadt weiß. Warum muß das gerade mein Schicksal sein?

6. Juli

Ich habe von meiner Familie geträumt. Von meinem Vater, meiner Mutter und meiner Schwester. Wir aßen zusammen im Garten. Meine Eltern waren immer ein Vorbild für mich. Nie haben sie ihre Liebe zueinander vor uns versteckt, uns immer ihre gegenseitige Zärtlichkeit gezeigt. Von ihnen habe ich gelernt, was wahre Liebe ist. Mein Vater, stets streng, wenn es um unsere Erziehung ging, strahlt, sobald er meine Mutter nur sieht. Meine Mutter unterstützt ihn, heitert ihn auf, macht ihm Mut, wo sie nur kann. Mit diesem Vorbild vor Augen habe ich immer gehofft, eine Frau zu finden, mit der ich genauso glücklich sein würde.

Meine Eltern setzen große Hoffnungen in mich. Mein Vater hat eine Autofirma und malt sich schon aus, daß ich in seine Fußstapfen trete. Er liebt mich mehr als sich selbst. Natürlich hält er mir öfter mal eine Standpauke, aber immer aus Liebe und zu meinem Besten. Seine Ratschläge haben mich vor allen möglichen Fallgruben bewahrt. Ich habe viel von ihm gelernt. Er hat mir beigebracht, daß man, wenn man eine Frau für sich gewinnen will, vor allem ehrlich sein muß. »Vergiß nie zu lächeln, wenn eure Blicke sich begegnen«, riet er mir. »Und bei einem Rendezvous solltest du Zurückhaltung üben.« Als ich das erste Mal ein Mädchen mit nach Hause brachte, war mein Vater fast aufgeregter als ich, so daß meine Mutter ihn aufzog. Mein Vater hat sich immer sehr um mich gekümmert. Als ich Pilot wurde, hat er mich ermahnt, mein Bestes für mein Vaterland zu geben. Er sprach sehr gerührt und hatte dabei den Arm um Mutter gelegt. Ich glaube noch immer an meine Mission und will die

Hoffnungen meines Vaters nicht enttäuschen. Er hat mich gelehrt, daß man für seine Familie leben und sie beschützen muß.

Inzwischen haben meine Eltern sicher erfahren, daß ich verschollen bin. Es ist sehr schmerzhaft für mich, daß sie nun von meinem Abschuß über Japan wissen. Noch schmerzlicher ist es, daß sie mich wahrscheinlich für tot halten. Ich kann nur hoffen, daß sie durch einen Kameraden von meinem Fallschirmabsprung erfahren haben und glauben, daß ich am Leben bin. Ich sehe vor mir, wie mein Vater meine verzweifelte Mutter in den Arm nimmt und immer wieder leise sagt: »Er lebt, ganz bestimmt, er lebt.« Um so grausamer kommt es mir vor, daß die Bombe ihre Hoffnungen zunichte machen wird. Welchen Schmerz wird es ihnen bereiten, wenn sie erfahren, daß ich als Amerikaner das Opfer der ersten Atombombe geworden bin. Dieser Gedanke ist mir unerträglich.

Kann es eine schlimmere Strafe geben? Lieber wäre ich von einem feindlichen Flugzeug über dem Pazifik abgeschossen worden. Vielleicht sollte ich mich umbringen, damit ich wenigstens durch eigene Hand sterbe statt durch diese Bombe. Aber das wäre gegen den Willen Gottes. Außerdem besteht noch immer eine Möglichkeit, daß die Bombe doch nicht abgeworfen wird. Hätten sie doch nur genug Verstand, um zu begreifen, daß Japan den Krieg sowieso verliert und dieses riesige Massaker sinnlos ist. Dann müßte auch ich nicht sinnlos sterben. Außerdem müßte doch die Regierung wissen, daß es in Hiroshima amerikanische Kriegsgefangene gibt.

Ich kann nur beten. Gebete gehören zu meinem Tagesablauf. Ich wünsche verzweifelt, daß sie erhört werden und das Lächeln auf die Gesichter meiner Eltern zurückkehrt. Ich glaube, ich schreibe dies auch für den Fall, daß sie ungehört bleiben. Ich schreibe, um mich zu beruhigen, aber auch für meine Familie und vielleicht für die ganze Menschheit. Ich muß nur noch einen Weg finden, dieses Tagebuch vor dem Feuer zu bewahren und der Nachwelt zu erhalten. Mir fällt sicher etwas ein. Ein Monat bleibt mir noch dafür.

7. Juli

Ich bin als einziger von Kure ins Militärkrankenhaus von Hiroshima verlegt worden. Da ich Pilot bin, haben sie begonnen, mich zum Ziel meiner Mission zu verhören. Mein Beinbruch ist kompliziert und heilt nicht zufriedenstellend, also werde ich nur ein paar Stunden am Nachmittag verhört, aber es ist ziemlich schmerzhaft und mühsam für mich, den langen Weg vom Krankenhaus bis in den Trakt zurückzulegen, wo die Verhöre stattfinden.

Das kleine Verhörzimmer ist stickig, heiß und riecht sonderbar. Mir gegenüber an einem kleinen Schreibtisch sitzt ein japanischer Offizier, zu meiner Rechten der Dolmetscher. Ich habe schon mehrere Offiziere kennengelernt, aber dieser hat einen besonders stechenden Blick. Er spielt sich auch ziemlich herrisch auf. Wütend bombardiert er mich mit Fragen. Er ist zwar ein Mensch wie ich, aber die Haltung dieses Mannes ist mir unbegreiflich. Es ist schwierig für mich, in japanischen Gesichtern zu lesen. Manchmal kann ich nicht einmal unterscheiden, ob er ärgerlich oder zufrieden ist. Sicher bin ich nur seiner Böswilligkeit. »Dein Leben liegt in meiner Hand«, hat er beim ersten Verhör zu mir gesagt.

Da der Raum nur ein winziges Fenster hat, herrscht Halbdunkel, und die Stimme des Offiziers hallt. Das bißchen Licht, das durch das Fenster dringt, wirft ein paar helle Flecken an die Wand, aber der Offizier verdunkelt es immer gleich, so daß nur die nackte Glühbirne den Raum beleuchtet. Würden sie mich hier foltern, würden meine Schreie nicht nach außen dringen. Es ist ein geheimer Raum, darin befinde ich mich auf halbem Weg zwischen Leben und Tod. Der Offizier stellt immer ungefähr die gleichen Fragen: Wo war das Hauptquartier meiner Einheit? Welche Schlachtschiffe beabsichtigten wir außer der *Haruna* noch anzugreifen? Was war unser nächstes Ziel? Keine der Fragen läßt darauf schließen, daß sie etwas von der Atombombe wissen, deren Ziel Hiroshima sein soll.

Der Offizier vertreibt sich die Langeweile, indem er mir angst macht. Dabei verrät sein erbärmliches Verhalten seinen verletzten Stolz als Soldat. Er läßt die Sohlen seiner Stiefel auf dem Boden knirschen, wenn er seine sinnlosen Runden um den Schreibtisch dreht. Ich halte den Kopf möglichst gesenkt und vermeide es, ihn anzusehen.

Der Dolmetscher Yasuba ist der einzige Mensch, mit dem ich sprechen kann. Er scheint einige Jahre in San Francisco studiert zu haben und hat mir einmal, als der Offizier und der Protokollführer fort waren, von seinen damaligen Schwierigkeiten erzählt. Er wurde in Amerika diskriminiert, aber anscheinend sehe ich dem Sohn der Gastfamilie ähnlich, die sich seiner angenommen hatte, und wenn er mich sieht, erinnert er sich mit Wehmut an sie. Das tröstet mich ein wenig. Außerdem ist er ein gebildeter, wohlerzogener Mensch. Er hat mir sogar angeboten, meine Lebensbedingungen zu verbessern, soweit es in seiner Macht steht. In meiner Verzweiflung ist Yasuba ein Hoffnungsschimmer. Sein Gesicht ist kantig, doch wenn er lacht, beschreiben seine runden Augen einen freundlichen Bogen. Eigentlich wollte er nicht Dolmetscher werden, sondern Gelehrter, hat er mir anvertraut. Er ist meine einzige Verbindung zur Außenwelt. Ich weiß nicht, ob ich ihm vom Abwurf der Bombe erzählen soll. Ich muß noch einmal ernsthaft über den Weg nachdenken, den ich als Soldat einzuschlagen habe.

8. Juli

Der Sommer ist brütend heiß. Die stickige Luft im Krankenhaus steht, so daß man schon morgens kaum atmen kann. Mein Körper kann sich nicht an die feuchte Hitze gewöhnen, und ich bin wie erschlagen. Diese fremdartige Hitze ist aber nicht der einzige Grund dafür. Seit ich hier bin, träume ich fast jeden Morgen vom Abwurf der Atombombe. Ich sehe vor mir, wie sie explodiert und meine Umrisse in die Wand des Krankenhauses eingebrannt werden. Meine Haut schmilzt. Mein Fleisch schmilzt. Meine Knochen schmelzen. Die Augäpfel treten mir aus dem Schädel, und auch sie verschmelzen sofort mit der Wand. Schweißgebadet und schreiend wache ich auf. Doch da das jeden Tag passiert, kümmert sich niemand darum.

Schweiß strömt mir aus allen Poren, und ich fühle mich völlig ausgetrocknet. Der Gedanke, daß ich in wenigen Wochen ausgelöscht sein werde, läßt mich nicht ruhen. Was heißt es überhaupt, nicht mehr auf der Welt zu sein? Wo wird das Ich sein, das in diesem Moment denkt? Ich habe Angst, mir eine Welt vorzustellen, in der ich nicht bin.

Als das Mädchen mir heute das Frühstück brachte und sah, wie mir der Schweiß in Strömen floß, reichte es mir ein Taschentuch aus Baumwolle. Ich riß es ihr fast aus der Hand und wischte mir das Gesicht ab. Es verströmte den zarten Duft eines jungen Mädchens. Vielleicht war es auch der Geruch von Seife, aber ich nahm auch ihren Duft darin wahr, süß und lieblich. Ich schaute sie an. Auch sie starrte unablässig auf mich. Ich hatte den Eindruck, sie wollte mich fragen, warum ich jeden Morgen schreiend erwachte. Ich schüttelte leicht den Kopf. Einen Augenblick lang schien sie zu lächeln, doch im nächsten war ihr Lächeln wieder verschwunden wie eine flüchtige Fata Morgana. Wie der metallischblaue Schmetterling.

Als ich ihr das Taschentuch zurückgab, musterte ich sie in der Hoffnung, noch einmal die Spur eines Lächelns zu entdecken, aber sie lächelte nicht mehr. Der Soldat draußen beobachtete uns durch die Tür. Mechanisch erledigte sie ihre Aufgaben. Durch die geöffnete Tür wehte eine Brise ins Zimmer und umfing liebevoll meinen erhitzten Körper. Der süße Duft des Mädchens hat sich mir eingeprägt. Sooft ich daran denke, weiß ich, daß ich noch am Leben bin.

Als ich am Nachmittag den langen Weg zum Verhör zurücklegte, sah ich sie wieder. Sie war dabei, am Waschplatz vor der Kaserne Wäsche zu waschen. Das ist vermutlich ihre Hauptaufgabe. Immer, wenn ich dort vorbeikomme, hat sie einen Berg Wäsche vor sich. Heute trafen sich unsere Blicke. Als ich ihr hinter dem Rücken des Soldaten vor mir kurz zulächelte, wirkte sie einen Moment lang verdutzt und wendete dann schnell das Gesicht ab. Hoffnungsvoll wartete ich, und nach ein paar Sekunden drehte sie sich kurz nach mir um. Als ich erneut lächelte, kehrte sie mir den Rücken zu. Der Soldat sah, daß ich stehengeblieben war, und rief mir etwas zu. Ich riß mich los. Wegen meines schweren Gipsbeins kann ich nur hinken. Dabei drehte ich mich noch mehrmals nach ihr um, aber sie sah nicht mehr zu mir herüber.

Am Abend brachte mir eine andere Schwester das Essen. Da das Mädchen mir die ganze Woche, seit der ich hier bin, täglich das Essen gebracht hat, bin ich aus dem Gleichgewicht gebracht, als hätte ich einen schweren Verlust erlitten. Sollte mein Lächeln am Nachmittag der Grund für diese Ablösung sein, bereue ich mein leichtfertiges Verhalten zutiefst. Vielleicht ist der Soldat mißtrauisch geworden und hat die Oberschwester angewiesen, eine andere mit dem Essen zu mir zu schicken. In meiner extremen Situation tut es mir weh, sie nicht mehr zu sehen. Denn dieser Engel in Weiß ist die einzige hier, an die ich meine Gebete richten kann.

9. Juli

Ich bin sehr niedergeschlagen. Aller Mut hat mich verlassen. Heute habe ich den ganzen Tag damit verbracht, ein Bild von Christus auf die letzte Seite meines Notizhefts zu zeichnen. Hin und wieder schaute ich aus dem Fenster und beobachtete die jungen Soldaten beim Exerzieren auf dem großen Platz. Hörte ihre Rufe und sah, wie sie ihre Bajonette ausrichteten. Dann hörte ich Kinderstimmen und drückte das Gesicht dicht an die Gitterstäbe. Zwei Jungen saßen auf den Steinstufen zum Eingang. Vielleicht besuchte ihre Mutter jemanden im Krankenhaus. Der Größere der beiden ahmte die Soldaten nach und schien den anderen mit einem imaginären Bajonett zu durchbohren. Der Kleinere schrie auf und tat, als bräche er zusammen. Die Jungen waren in helles Sonnenlicht getaucht, und der Anblick dieser unschuldigen, ahnungslosen Kinder machte mich sehr traurig. In dieser Stadt leben viele Kinder wie sie. Und viele genauso unschuldige alte Menschen. Eigentlich hat niemand das Recht, die Bevölkerung einer ganzen Stadt in den Tod zu schicken.

Ich löste mich von den Gitterstäben und lehnte mich an die Wand. Vielleicht sollte ich morgen beim Verhör von der Atombombe erzählen. Gewiß wird Gott mir vergeben, wenn ich die amerikanische Armee verrate und meinem Vaterland in den Rücken falle, um diese Kinder und die hübsche Krankenschwester zu retten. Auf einmal frage ich mich, ob ich nicht vielleicht genau deshalb abgeschossen worden und hierhingekommen bin.

Doch dann widerspricht mir meine innere Stimme heftig. Habe ich nicht einfach nur Angst vor meinem eigenen Tod? Und will deshalb den Abwurf verraten? Soll ich den Mund halten, damit mein Vaterland siegt? Oder menschlich handeln? Ich raufe mir die Haare und kann zu keiner Entscheidung kommen.

Lose my memory 3

Als ich ins Studio von Weißer Phönix zurückkam, war es bereits nach elf Uhr abends. Die Arbeiten näherten sich dem Ende. In der kurzen Zeit war die Mauer um fünf Meter höher geworden. An einigen Stellen mußte noch gearbeitet werden, aber die Anweisungen des Regisseurs waren weitgehend erfüllt. Tsubono und seine Arbeiter hatten sich alle Mühe gegeben, aber natürlich war die Fassade noch völlig weiß. Angesichts der Größe meiner Verantwortung mußte ich unwillkürlich schlucken. Als ich an der Mauer hinaufschaute, fragte mich Tanei von hinten: »Wo warst du?«

»Farbe suchen, die ich brauche«, log ich.

»Meinst du, du schaffst es noch rechtzeitig?« fragte er und bemühte sich, seine Zweifel zu verbergen.

»Klar doch«, erwiderte ich, griff mir einen Pinsel aus einem Farbtopf und stieg auf das Gerüst, das vor der Mauer aufgebaut war.

Die im Yaotou-Rausch tanzenden Mädchen gingen mir nicht aus dem Kopf. Aber ich mußte mich unbedingt konzentrieren, denn ich hatte einen Zeitverlust von vier oder fünf Stunden aufzuholen. Entschlossen verbannte ich alle überflüssigen Gedanken und verbat mir das Grübeln. Ich verschob meine Arbeit an dem eisernen Tor noch einmal und wandte mich der Mauer zu. Die Grundierung würde auf jeden Fall bis zum Morgen dauern. Da ich eher kleine Pinsel aus Ziegenhaar benutzte, würde ich eine Menge Zeit und

Kraft für den vollständigen Anstrich brauchen. Ich stürzte mich mit Hingabe in die Arbeit und leerte einen Topf Farbe nach dem anderen. Ohne nachzudenken.

Inzwischen waren alle nach Hause gegangen, und ich arbeitete als einziger weiter. Eine schlaflose Nacht machte mir nicht viel aus. Ich war daran gewöhnt. Ich verbannte alles aus meinen Kopf und bewegte nur die Hände. Bei einer so großen Fläche schadet Nachdenken nur. Ich konzentrierte mich ausschließlich auf das Auftragen der Farbe.

Da ich nicht zu Abend gegessen hatte, bekam ich gegen Morgen fürchterlichen Hunger und holte mir etwas in dem Vierundzwanzig-Stunden-Supermarkt neben dem Studio. Als ich ins Freie trat, schlug mir kühle Luft entgegen. Der Sommer war zwar fast vorbei, aber tagsüber war es immer noch recht warm, und der Himmel sah aus, als würde es auch heute noch einmal heiß werden. Es war kurz vor sechs. Ein Blick auf mein Handy zeigte mir, daß Tomoko angerufen hatte. Nach kurzem Zögern drückte ich die Rückruftaste. Vielleicht schlief ihr Körper getrennt von ihrem Bewußtsein, auch wenn sie selbst den Eindruck hatte, nicht schlafen zu können. Es war doch völlig unmöglich, daß ein Mensch nie schlief, ständig wach blieb, ohne zu ruhen. Ich machte mir Sorgen um ihre seelische Verfassung.

Überraschenderweise nahm sie schon beim ersten Läuten ab. Noch ehe ich etwas sagen konnte, tönte mir ihre muntere Stimme entgegen. »Hast du die ganze Nacht gearbeitet?«

Meine angespannten Nerven beruhigten sich sofort.

»Und du konntest wieder nicht schlafen?« erwiderte ich statt einer Begrüßung. Über mir schwebte der verblassende Mond am heller werdenden Himmel, als wäre es Tomokos Seele.

»Kommt ihr voran?«

»Einigermaßen«, sagte ich und lachte ein bißchen. »Und wie sieht es bei euch aus?«

»Du bist wohl neugierig?«

Lächelnd betrachtete ich den Himmel. Ich sah vor mir, wie auch Tomoko lächelte. Ich zog eine Zigarette aus der Tasche, steckte sie mir in den Mund und zündete sie an. Aus Furcht vor einem Brand hatte ich die ganze Zeit bei der Arbeit nicht geraucht. Deshalb war diese Zigarette ein besonderer Genuß.

»Gestern ist die Sonne rausgekommen, aber unser lieber Herr Regisseur fand, es sei nicht die richtige.«

»Das sagt er ja immer, aber wie die richtige aussehen soll, weiß keiner.«

»Tokito stößt an seine Grenzen, glaube ich.«

»Welche Grenzen?« fragte ich. Dabei wollte ich es eigentlich gar nicht wissen. Einerseits mochte ich den arroganten Kerl nicht, er mischte sich in alles ein und gab zu allem seinen Senf dazu, andererseits verstand ich, daß er als Produzent nicht anders konnte. Er trug eben die Verantwortung und mußte seinen Standpunkt vertreten. Mir war sein Dilemma völlig klar.

»Gestern ist er wieder während der Arbeit verschwunden. Alle haben ihn gesucht. Er lag ohnmächtig irgendwo im Gras. Er hat sich heimlich betrunken. Wir haben ihn sofort ins Krankenhaus nach Obihiro gebracht, er hatte eine Alkoholvergiftung. Zum Glück hielten sich die gesundheitlichen Folgen in Grenzen. Trotzdem hat ihn einer der Chefs von Weißer Phönix im Krankenhaus aufgesucht. Tokito war leichenblaß, was in letzter Zeit häufig vorkommt. Wenn er so weitermacht, bringt er sich ins Grab.«

»Meinst du?« Was sollte ich dazu sagen?

»Und bei euch?« fragte Tomoko.

»Natürlich ist hier auch der Teufel los. Ich werde wahrscheinlich kein Auge zutun, bis ihr kommt.«

»Heute wollen wir bis zum Nachmittag draußen bleiben, aber ich glaube, das bringt nichts. Bestimmt drehen wir die letzten Szenen in Tokio. Vorläufig bleiben die Fahrzeuge von der Ausstattung hier, aber die Beleuchter und Kameraleute fliegen nach Tokio zurück. Sie wollen morgen früh drehen. Es herrscht trübe Stimmung. Inoue ist eben nie zufrieden.«

»Bete, daß ich rechtzeitig fertig werde. Heute muß ich auf alle Fälle die Nacht durcharbeiten. Bis die anderen ankommen, muß ich fertig werden.«

»Ich drück' dir die Daumen. Inoue freut sich schon auf die Kulisse.«

»Es ist ja nur eine Mauer, aber so was hast du noch nicht gesehen! Das bringt nur Inoue fertig. Einerseits verrückt, aber unglaublich stark: eine zweihundert Meter lange und fünfundzwanzig Meter hohe Mauer im Studio aufzubauen!«

»Das nennst du ›nur eine Mauer‹?«

»Ja, sie ist wirklich gigantisch!«

»Starke Symbolik, oder?«

»Absolut.«

»Das ist typisch für Hajime Inoue. Hier ist er die ganze Zeit damit beschäftigt, Mauern zu zeichnen. Was er wohl drehen will?«

»Hoffentlich klappt es.«

»Ich bin nicht sicher. Wer weiß, was in seinem Kopf vorgeht.«

»Wie fühlt er sich?«

»Er scheint ziemlich viel Energie zu haben.«

»Ist er geistig in Ordnung?«

»Manchmal ist es ein bißchen heikel, aber im großen und ganzen geht es. Ach ja, als wir gestern abend zusammen gegessen haben, hat er mich wieder mit Fei-fan verwechselt. Vielleicht weil er etwas getrunken hatte. Aber zum Glück war niemand dabei.«

»Was hat er gesagt?«

»›Versuch mich zu vergessen.‹ Er hatte Tränen in den Augen.«

Wir schwiegen. Ich zog an meiner Zigarette. Rauch stieg auf.

»Ich muß allmählich weitermachen.«

»Ja, klar.«

Wir schwiegen wieder. »Versuch, mich zu vergessen.« Inoues Worte stiegen vor mir auf und verflüchtigten sich wie der Rauch meiner Zigarette. Ich stieß einen Seufzer aus. Ich wollte Tomoko etwas sagen, konnte aber die richtigen Worte nicht finden. Indem ich über Inoue sprach, drückte ich mich wahrscheinlich davor, der Wahrheit ins Auge zu sehen und über das zu reden, worüber ich eigentlich reden wollte. Warum mußten wir solche Umwege nehmen? Wo sollte das überhaupt hinführen? Ich ärgerte mich über mich selbst.

»Möchtest du vielleicht noch über etwas Unwesentliches sprechen, wie letztes Mal?« brachte ich endlich heraus.

»Gern. Ich kann sowieso nicht schlafen.«

Dann schwiegen wir wieder. Ich wußte nicht, wie ich eine Überleitung schaffen sollte. Außerdem war mir entfallen, was ich vorher hatte sagen wollen. Ich hatte sogar vergessen, was ich gedacht hatte. Ich lächelte bitter.

»Entschuldige, ich wollte irgend etwas sagen, aber jetzt weiß ich es nicht mehr.«

»Macht doch nichts. Man muß ja nicht dauernd reden. Ich möchte auch etwas sagen und weiß nicht, was. Manchmal genügt es, einfach nur durch das Telefon verbunden zu sein, finde ich.«

Ich nickte zustimmend. Mehrere Sekunden vergingen.

»Wußtest du übrigens«, begann Tomoko dann, »daß etwa die Hälfte der Tauben im Hibiya-Park Brieftauben sind?«

»Hä?« war meine spontane Reaktion auf die unerwartete Frage.

»Sie haben es kürzlich im Fernsehen gezeigt. Dort versammeln sich zunehmend Brieftauben, die nicht mehr in ihren Schlag zurückkehren. Es sind sogar Tauben aus dem Ausland dabei.«

»Woran erkennt man das denn?«

»Die Tauben tragen doch einen Ring am Bein. Darauf steht, wo sie herkommen.«

»Und da gibt es Leute, die sie einzeln inspizieren?«

»Scheint so.«

Wir lachten fast gleichzeitig. Wenn das nicht unwesentlich war! Ich hatte schon länger nicht einfach so geplaudert und fand es erfrischend. Fast als hätte ich unverhofft eine andere Welt betreten.

Tomokos Stimme klang auf einmal weiter weg. Sicher weil mein Handy an meinem Ohr verrutscht war. Hastig brachte ich es wieder in Position.

»Daß man diese Handys immer genau ans Ohr pressen muß! Läßt der Druck nur ein bißchen nach, hört man schon nichts mehr. Deine Stimme war eben fast weg.«

»Na so was! Ich habe vorhin genau das gleiche gedacht«, rief Tomoko. »Ich habe das schon oft gesagt, aber alle haben mich ausgelacht. Ich freue mich, daß mich endlich mal jemand versteht.«

»Du übertreibst.« Ich lachte.

»Ich freue mich aber, daß ich jemanden getroffen habe, der so empfindet wie ich.«

»Wie schön.«

»Ja, sehr schön. So etwas verbindet.«

So etwas verbindet. Die Worte blieben mir im Ohr.

Ich stellte mir zwei Sonnen vor, die sich am blauen Himmel übereinanderschoben. Zu einer von ihnen schaute das Filmteam in Hokkaido auf. Ich dagegen sah in den Tokioter Himmel. Die Morgensonne über den Häusern blendete mich. Tomoko sah dieselbe Sonne.

Ich atmete tief ein.

Ich hatte zig Dosen Farbe und zig Pinsel verbraucht und in die Mülltonne geworfen. Die meisten halten den ersten Anstrich für eine langweilige Fronarbeit. In Wirklichkeit macht er Spaß. Man kann sich ihm völlig hingeben. Einfach streichen, ohne an etwas zu denken.

Wenn man Farbe ohne eine Grundierung auf eine nackte Oberfläche aufträgt, wirkt sie nicht lebendig. Ich mag diese verborgene Schicht.

Ich führte den Pinsel von oben nach unten und von unten nach oben und hatte bald den Rhythmus gefunden, in dem mein Körper sich wie von selbst bewegte, ohne daß ich denken mußte. Um meinen Rhythmus nicht zu unterbrechen, warf ich die abgenutzten Pinsel einfach von oben in die Mülltonne.

Bis zum Mittag arbeitete ich an der Grundierung, dann wechselte ich zu einem amerikanischen Pinselfabrikat aus dauerhaftem Nylon. Die Farbe haftete nicht daran, und man konnte damit wunderbar Schattierungen und rauhe Stellen erzeugen. Sie waren viel größer als die des japanischen Fabrikats, mit denen ich die Grundierung aufgetragen hatte, dennoch ermöglichten ihre Nylonborsten feinste Präzision.

Mit meiner Erfahrung und ihrer Hilfe erzeugte ich den Anschein von Backsteinen, auf denen die Zeit ihre Spuren hinterlassen hatte. Es war nicht einfach, jedem Backstein ein anderes Aussehen zu geben. Diese Arbeit konnte man nicht mechanisch ausführen wie das Grundieren. Sie erforderte Ausdauer und kunsthandwerkliches Geschick. Hierbei nahm ich mir nicht die ganze Wand vor wie bei der Grundierung, sondern konzentrierte mich auf einen Block. Dennoch durfte ich auch den Gesamteindruck nicht aus den Augen verlieren. Abwechselnd nahm ich die ganze Mauer und dann wieder das Detail in Augenschein.

Das Patinieren war allein meine Aufgabe, weder Tanei und noch nicht einmal Inoue mischten sich ein. Die Bühnenarbeiter, die inzwischen ihre Aufgaben zum größten Teil beendet hatten, schauten mir von unten zu, und ich kam mir hoch oben auf meinem Gerüst vor wie Michelangelo. Das Patinieren ist nicht nur eine Kunst. Man schafft ein Werk. Ich war in diesem Augenblick ein Maler, der die Vergangenheit wiedererstehen ließ.

Als es Abend wurde, schmerzten mir die Handgelenke, denn ich hatte nicht einmal zum Essen eine Pause eingelegt. Ich legte den Pinsel ab und stieg vom Gerüst, um mich um meine müden Hände zu kümmern. Aus dem Erste-Hilfe-Kasten nahm ich mir eine Kompresse und legte sie um meine Handgelenke. Dann bewegte ich Hals und Schultern. Meine Knochen knackten. Nachdem ich mich ausgiebig gestreckt hatte, ging ich nach draußen, um eine Zigarette zu rauchen. Als ich zurückkam, sah ich schon von weitem, wie Meister Kida sich die Mauer anschaute. Auf seinen Stock gestützt, wirkte er wie ein alter Baum in einem Flußbett. Ich war erschrocken, daß er den weiten Weg unternommen hatte. Es war ein Abenteuer für ihn mit seiner schwachen Gesundheit. Er wohnte in Kamakura und mußte mehrmals umsteigen, um hierherzukommen. Aber er wollte sich wohl unbedingt mit eigenen Augen überzeugen. Manchmal fürchtete ich ihn mehr als den Regisseur. Wenn er etwas ablehnte, gab auch Inoue nicht sein Einverständnis.

Mit hinter der Brille zusammengekniffenen Augen betrachtete – besser gesagt, begutachtete – Meister Kida meine Arbeit an der Mauer. Sein Blick wanderte von einer Ecke zur anderen und zwischen dem Ganzen und den Details hin und her. Er schien mich nicht zu bemerken, so sehr konzentrierte er sich auf die Mauer.

Ich trat an seine Seite und sagte, wenn ich gewußt hätte, daß er komme, hätte ich ihn am Bahnhof abgeholt.

»Red keinen Quatsch!« entgegnete er barsch. »Wenn du zuviel Zeit hast, verwende sie lieber darauf, deine Arbeit ordentlich zu machen.« Dann hinkte Meister Kida langsam davon. Ich folgte ihm. Zu gern hätte ich mich damit gerechtfertigt, daß ich ja noch nicht fertig sei. Aber er hätte doch nur gesagt: »Das weiß ich.« Also ließ ich es lieber.

Er ging über den künstlichen Fluß und an einer Baracke vorbei, die gerade aufgebaut wurde. Als er am Ende der Mauer ankam, nahm er sie nochmals genau in Augenschein. Er inspizierte das eiserne Tor und dann die Mauer rechts und links davon. Ich hatte etwa siebzig Prozent erledigt, bis zum morgigen Drehbeginn wollte ich fertig sein. Damit blieb mir noch eine Nacht.

»Was meinen Sie?« fragte ich ungeduldig.

»Gut«, kam die entschiedene Antwort. »Das Tor ist in Ordnung, sogar ausgezeichnet. Da kannst du ganz beruhigt sein. Aber die Mauer hat noch Schwachpunkte.« Kida stellte sich vor das Eisentor und betrachtete sie von links und von rechts.

»Von hier sieht sie gut aus. Nicht übel. Aber schau mal von hier.« Er wandte sich nach links und ging an einer der fertigen Baracken am Rand der Mauer in die Hocke. Er versuchte, die Perspektive der Kamera einzunehmen, wie es Inoue tat.

»Hier zum Beispiel. Wenn die Kamera hier steht, sieht man, daß die Farbe auf der rechten Seite anders ist als auf der linken.«

Überrascht hockte ich mich neben ihn. Wenn man die Mauer aus diesem Blickwinkel betrachtete, hatte sie allerdings einen Gelbstich, der mir entgangen war. Offenbar hatte ich mich zu sehr ins Detail vertieft und dabei die farbliche Harmonie des Ganzen außer acht gelassen.

»Bei Hajime Inoue weiß man nie, welche Einstellungen er verwendet. Bei einem Schwenk von rechts nach links oder einem Cutback könnte dieser Farbunterschied auffallen.«

»Ich verstehe«, antwortete ich.

Kida stand auf und ging, auf seinen Stock gestützt, ganz nah an die Mauer heran. Nachdem er prüfend mit dem Finger über die Farbe gestrichen hatte, riet er mir, noch einmal Stück für Stück darüberzugehen. Tanei kam zu uns herüber, und die beiden begrüßten sich freundschaftlich. Taneis Assistent brachte einen Stuhl, und Kida setzte sich. Tiefe Ringe unter seinen Augen verrieten seine Erschöpfung. Dennoch war er völlig klar im Kopf. Er nahm einen Schluck von dem Kaffee, den der Assistent gebracht hatte. »Wie geht es dem alten Inoue?« fragte er in die Runde.

»Er ist noch auf den Beinen«, erwiderte Tanei.

Meister Kida lächelte wieder. »Dann bin ich ja beruhigt«, entgegnete er. »Ich kann ja nicht extra nach Hokkaido fahren, um nachzusehen. Läuft alles nach Plan?« Kida sah mich an. Ich nickte, konnte aber meine Anspannung nicht verbergen.

»Ich sehe es dir doch an, daß da etwas nicht stimmt. Was ist das Problem?«

Nachdem Tanei und ich einen Blick gewechselt hatten, platzten wir beinahe gleichzeitig heraus.

»Die Sonne paßt nicht.«

»Die Sonne?«

»Ja, wir haben fast einen Monat lang auf das richtige Wetter gewartet«, ergänzte Tanei.

»Einen Monat! Unglaublich. Der alte Inoue ist eben ein Sturkopf.«

»Trotzdem, das ist doch nicht normal! Der Produzent steht am Rande eines Nervenzusammenbruchs.«

»Wenn die Sonne nicht den Vorstellungen des Regisseurs entspricht, kann man nichts anderes tun, als eben zu warten. So ist das beim Film. Die jungen Produzenten wollen die Filme immer in der vorgegebenen Zeit abdrehen. Niemand bringt mehr die notwendige Geduld auf. Und am Ende leidet der Film.«

Tanei und ich schwiegen. Kida wandte sich der Mauer zu.

»Am liebsten würde ich dir zur Hand gehen, Shiro, aber in meinem Zustand …«

Ich nickte.

»Inoue kommt bald. Ich würde ihn gern sehen, aber dies ist nicht der richtige Moment. Er würde mir das bißchen Energie aussaugen, daß mir noch geblieben ist. Ich kenne ihn. So ist er immer gewesen. Also dann, ich muß gehen, ehe mir die letzte Kraft ausgeht.« Er lächelte. »Ich bin jetzt ein bißchen beruhigt«, fügte er hinzu. »Die Sache nimmt Gestalt an. Toi, toi, toi.«

Auf seinen Stock gestützt, stand er auf und ging auf den Ausgang zu. In seinem Rücken wandte ich mich an den über Achtzigjährigen.

»Haben Sie Fei-fan gekannt?«

Kida blieb abrupt stehen und drehte sich langsam um. Sein Gesicht war angespannt und hatte jegliche Milde verloren, die sich bis eben noch darin gespiegelt hatte. Woher kennst du diesen Namen? schien sein Blick zu sagen.

»Ich habe sie in *Die Sonne von Nanjing* gesehen«, fügte ich hinzu.

Meister Kida schaute wieder auf die Stadtmauer. Dann schloß er langsam die Augen und runzelte die Stirn, als versuche er, sich an etwas zu erinnern.

Fei-fans Tragödie 2

Ishiken hat euch also von den dreien erzählt, von Inoue, Fei-fan und Sakata? Das ist eine uralte Geschichte, eigentlich längst verjährt. Aber wenn wir weiter schweigen, geht sie für alle Ewigkeit verloren. Ich zögere, sie zu erzählen, aber ich möchte es auch, und vielleicht ist es sogar meine Pflicht, sie weiterzugeben.

Ich weiß, daß Inoue mit diesem Film versucht, an einen bestimmten Moment in seinem Leben anzuknüpfen, von dem er durch die Wirren jener schrecklichen Zeit im zwanzigsten Jahrhundert gewaltsam abgeschnitten wurde. Als ich das Drehbuch las, wurde mir klar, daß Fei-fan das Vorbild für seine Heldin ist …

Ich habe Fei-fan gut gekannt. Wie Inoue gehörte ich damals zu Sakatas Team. Ich war noch kein Patinierer, sondern technisch-künstlerischer Assistent. Das hört sich zwar gut an, aber was haben Dekorateure bei Dokumentarfilmen schon zu tun? Im Grunde war ich eher Mädchen für alles. Ich war Träger, Pferdeknecht und Komparse. Es fehlte immer an Hilfskräften, und so gab es immer etwas zu tun für mich. Anders als bei Spielfilmen ist bei Dokumentationen das Budget sehr eingeschränkt. Damals galt das Motto: Nicht die Quantität ist entscheidend, sondern die Qualität. Auch Sakatas Atelier war diesen Beschränkungen unterworfen, und ich durfte nur dabeisein, wenn die Mittel es erlaubten – wie bei *Die Sonne von Nanjing*.

Dieses Werk ging weit über den Rahmen einer Dokumentation hinaus. In Dokumentarfilmen gibt es eigentlich keine Schauspielszenen, dennoch gab Sakata den Neulingen immer Spielanweisungen. Das Wunderbare war, daß sie sich dadurch viel natürlicher bewegten. Sakatas Werke waren zwar Dokumente, aber zugleich verwirklichte er in ihnen auch seinen künstlerischen Kosmos. Die technischen Möglichkeiten waren ihm nie so wichtig wie der Blick. Die spätere Filmkritik hat Sakata manchmal als Techniker bezeichnet. Das ist jedoch völlig falsch. Es waren sein scharfer Blick und seine Leidenschaft, die die Menschen bewegten und die Wahrheit ans Licht brachten. Dieser unbestechliche Blick war es, der die Wirklichkeit enthüllte. Technik allein hätte dazu nie ausgereicht.

Die Sonne von Nanjing war ein Dokumentarfilm und erzählte zugleich eine Geschichte. Ohne augenfällige Schauspielerei, die dem Dokumentarfilmcharakter widersprochen hätte, hatte das Werk eine unterschwellige erzählerische Qualität, die Sakatas besonderes Markenzeichen war.

Man könnte sagen, daß Inoue als Regisseur dem Stil Sakatas folgt, ganz unter seinem Einfluß steht. Auch mit seinen Wutausbrüchen, dem Wechsel zu übertriebenem Lob und seiner ganzen Art, die Darsteller mit Zuckerbrot und Peitsche zu gängeln, imitiert er Sakata.

Dabei haben sie sich nie gut verstanden. Sakata hat ständig auf Inoue herumgehackt. Manchmal tat es richtig weh, es nur mit anzusehen. Der Grund war, daß es für beide nur eine Sonne gab.

Inoue hatte sich als erster in Fei-fan verliebt. Eine Zeitlang waren die beiden sogar ein Paar, aber Sakata und ich waren die einzigen im Team, die davon wußten. Auch Ishiken fiel auf, daß der Regisseur und sein Assistent sich nicht verstanden, aber er wußte nichts von der Beziehung zwischen Inoue und Fei-fan. Einige spürten, daß die beiden einander nahestanden, aber ich war als einziger Zeuge ihrer Liebe.

Inoue und ich waren etwa gleich alt und unzertrennlich. In Nanjing teilten wir uns sogar ein Zimmer. Wenn Fei-fan ihn besuchte und die beiden sich lieben wollten, wurde ich verjagt. Oder nein, ich verdrückte mich freiwillig; eigentlich hat Inoue mich nie dazu aufgefordert. Wir waren ja mitten im Krieg, und Liebesaffären zu haben empfand man als leichtfertig. Inoue war ein sehr anständiger junger Mann und hätte mich nie um so etwas gebeten. Aber ich spürte, wenn die beiden allein sein wollten, und ging von allein.

Fei-fan und Inoue schienen wirklich gut zusammenzupassen. Sie waren ein schönes Paar. Bei der Arbeit hielten sie Abstand, aber wenn man sie im Zimmer beobachtete, war ihre leidenschaftliche Liebe deutlich zu erkennen. Deshalb war es mir auch zuerst völlig unbegreiflich, als Fei-fan ihr Herz plötzlich Sakata zuwandte. Sie hätten Vater und Tochter sein können.

Daß Fei-fan sich zu Sakata hingezogen fühlte, hatte noch andere Gründe als die, die Ishiken vermutete. Sie hatte zweifellos viele Probleme, die wir uns gar nicht vorstellen können. Fei-fan war ein sehr sanftes Mädchen, aber sie hatte einen starken Willen. Ich bin auch sicher, daß sie Gefühle für Inoue hegte, aber im Abgrund zwischen Männern und Frauen rauscht ein wilder Fluß, und Fei-fan entschied sich schließlich für Sakata. Es wirkte fast grausam, wie plötzlich sie den Wechsel vollzog. Ich wußte nicht, wie ich reagieren sollte. Vielleicht hätte ich mich eingemischt, wenn es nur um Inoue und sie gegangen wäre, aber ich hatte größten Respekt vor Sakata und war sein Untergebener. Ich wagte es nicht, offen mit ihm zu sprechen. Außerdem hatte Fei-fan sich ja offenbar für ihn entschieden.

Es tut mir noch heute weh, wenn ich an Inoues Verzweiflung damals denke. Er magerte immer mehr ab. Besonders robust und kräftig war er nie gewesen, aber nun war er bald nur noch Haut und Knochen.

Nachdem Fei-fan sich Sakata zugewandt hatte, liebte Inoue sie weiterhin. Fei-fans Leidenschaft für Sakata war jedoch viel heftiger, als ihre Gefühle für Inoue es je gewesen waren.

Was ich allerdings nie verstanden habe, war, warum Sakata Inoue so schlecht behandelte. Fei-fan liebte schließlich nur Sakata. Er hatte nie Streit mit Inoue gehabt. Der junge Mann war kein Rivale für ihn. Bei all seiner Verzweiflung versuchte er auch nie, Fei-fan zurückzugewinnen. Und Sakata war, soweit ich weiß, ein Mann mit großem Herzen. Außerdem schien er nicht so zartbesaitet wie Inoue. Andererseits hat er später Selbstmord begangen, das heißt, in Wirklichkeit war er wahrscheinlich doch sensibler, als es den Anschein hatte. Bei den Dreharbeiten jedenfalls wirkte er autoritär und männlich mit einem starken Sinn für Gerechtigkeit. Anders wäre es ihm auch gar nicht möglich gewesen, mitten im Krieg einen Antikriegsfilm wie *Die Sonne von Nanjing* zu drehen. Warum ein so mutiger Mann mit einer derart moralischen Gesinnung ausgerechnet Inoue mit seinem Haß verfolgte, wird mir auf immer ein Rätsel bleiben. Sakatas Charakter hätte es eher entsprochen, Inoue freundlich zu behandeln, da er ihm doch Fei-fan weggenommen hatte. Aber genau das Gegenteil war der Fall. Es war grausam, wie er Inoue quälte.

Was genau sich zwischen den dreien abgespielt hat, weiß ich nicht. Das weiß heute nur Inoue, der einzige von ihnen, der noch am Leben ist. In diesem Werk, in das er mit über achtzig noch einmal alle Kraft steckt, will er nicht die Erinnerungen an das zwanzigste Jahrhundert, die Tragödie des Krieges und die Hoffnungen der Menschheit auf das einundzwanzigste Jahrhundert aufarbeiten, wie er es in den Interviews behauptet. Was er auf die Leinwand bringen will, ist nichts anderes als der Schmerz über seine verlorene Liebe. Es geht ihm um das Jahrhundert, in dem er Fei-fan verlor. Fei-fan, die er nie vergessen konnte. *Warten auf die Sonne* ist ein sehr persönlicher Film …

Das Drehbuch ist nicht mehr als eine Skizze, um alle zu beruhigen. Es entspricht seiner üblichen Vorgehensweise, es während der Dreharbeiten abzuwandeln. Das wahre Szenario schlummert in seinem Kopf. Oder nein, dort schlummert eine Geschichte, der er sich selbst nicht einmal bewußt ist. Und die wird er fortan erzählen. Er versucht seinen eigenen Nachruf zu schreiben. Mit einem autobiographischen Film …

Leichnam des Lichts 1

Es war niemand sonst im Studio. Allein stand ich in der Stille des anbrechenden Tages vor der Mauer. Der scharfe Geruch von frischer Farbe lag in der eingesperrten Luft. Meine Augen brannten – immerhin hatte ich zwei Nächte durchgearbeitet –, aber das Schlimmste hatte ich hinter mir. Ähnlich wie ein Langstreckenläufer hatte ich einen Trancezustand erreicht, der es mir ermöglichte, wach zu bleiben.

Jetzt hatte ich ein Gefühl, als schwappte mein Gehirn gegen meine Schädeldecke. Ich tröstete mich damit, daß ich bald fertig sein würde, und schwang, angetrieben von der Macht der Verzweiflung, meinen Pinsel im Sekundentakt.

Dabei wirbelte alles mögliche in meinem Kopf durcheinander – mein Bruder, Tomoko, der alte Regisseur, meine Familie, Fujisawa, Lose my memory – wie verschiedene Früchte in einem Mixer, die schließlich zu einem Brei werden. Die Ereignisse, die in ihrer Masse mein gedankliches Fassungsvermögen überstiegen, schlugen über mir zusammen. Ich konnte den wilden Tanz der Chinesinnen, den ich in der Wohnung in Shin-Okubo gesehen hatte, nicht aus meinem Kopf verbannen. Die Bilder schossen mit einer Kraft und Plötzlichkeit vor mir auf wie siedender Wasserdampf aus einem Geysir.

Um diese Bilder zu vertreiben, pinselte ich wie wild drauflos, bis sie verschwanden und ich nur noch von dem Drang beherrscht wurde, meine Aufgabe zu vollenden.

Bei Sonnenaufgang war mein Kopf vollkommen leer. Ich war wie in einem Rausch. Nur meine Augen und meine Arme bewegten sich. Ja – ja – ja, rief ich bei jedem Pinselstrich über die Backsteine. In dieser Phase brauchte ich keine Ausdauer und keine Anstrengung. Mein Körper funktionierte wie eine Maschine. Ja, ja, ja – erschallte meine Stimme durch die Hallen des Studios.

Mehrmals verfehlte ich die Sprossen der Leiter und stürzte ab. Ab und zu fiel mir natürlich auch der Pinsel oder ein Farbtopf hinunter, dennoch erreichte ich endlich die letzte Phase meiner Arbeit. Ja, ja, ja.

Ich besserte an der linken Seite der Mauer herum, wie Kida es mir geraten hatte, bis ich überzeugt war. Die Euphorie, diese gewaltige Kulisse ganz allein und ohne die Hilfe eines Assistenten patiniert zu haben, gab mir Auftrieb. Ich wischte mir mit dem Handrücken den Schweiß von der Stirn und betrachtete die Mauer kritisch. War sie wirklich fertig? Ich legte den Pinsel ab, um noch einmal den Gesamteindruck auf mich wirken zu lassen. Ich stieg vom Gerüst, ging ein Stück von der Mauer weg und ließ meinen Blick zwischen der linken und rechten Seite hin und her wandern. Farblich war jetzt alles ausgewogen. Fertig. Endlich sah das Ding nach etwas aus.

Unauffällig signierte ich den äußersten rechten Rand der Mauer mit »Shiro«. Niemand würde es bemerken, ganz unten rechts würde die Kamera nicht hinkommen.

Durch das lange Arbeiten in unveränderter Haltung tat mir jetzt alles weh. Um die Verspannung zu lockern, ließ ich langsam die Schultern kreisen. Dann pumpte ich Luft in meine schlaffen Lungen, machte Dehnübungen und atmete immer wieder tief ein und aus.

Um mir noch einmal einen Gesamteindruck zu verschaffen, überquerte ich den noch wasserlosen künstlichen Fluß in Richtung des Studioausgangs. Die Luft war so dicht, daß ich fast das Gefühl hatte, durch Wasser zu schwimmen. Mein Körper fühlte sich an, als steckte er in einem Taucheranzug. Schwer, stumpf und plump. Etwa hundert Meter von der Mauer entfernt drehte ich mich um. Die zweihundert Meter lange und fünfundzwanzig Meter hohe Mauer ragte vor mir auf. Es sah aus wie ein gewaltiges Gemälde der historischen Stadtmauer von Nanjing. Ich bekam Gänsehaut unter meinem T-Shirt. Ungeachtet meiner Müdigkeit war ich ergriffen.

Ich hatte die Illusion, vor der echten Stadtmauer von Nanjing zu stehen, und war zufrieden mit meiner Arbeit, wußte allerdings nicht, ob sie dem Regisseur auch gefallen würde. Andererseits konnte ich ja immer noch Änderungen vornehmen. Vorläufig jedoch hatte ich es geschafft. Gute Arbeit, lobte ich mich in Gedanken.

Ich zog meine Zigaretten aus der Tasche und steckte mir eine zwischen die Lippen. Irgendwie fühlte ich mich wie ein großer Maler. Doch diese Vorstellung verflüchtigte sich im nächsten Augenblick wie der Rauch meiner Zigarette. Die Bilder eines großen Malers überdauern Jahrhunderte, während mein Werk, sobald die Dreharbeiten beendet waren, an Ort und Stelle zerstört würde. Gnadenlos.

Die geplante Drehzeit betrug drei Tage. Wenn die Mauer erst einmal im Film festgehalten war, hatte sie keinen Nutzen mehr und würde wie alle Kulissen sogleich entsorgt.

Dafür würde meine künstlerische Arbeit im Film und in seiner Geschichte eine halbe Ewigkeit lang fortleben. Die Zuschauer, die sich den Film ansehen, bemerken nichts von meinen Anstrengungen. Niemand schaut mit einem verzückten Seufzer auf meine Arbeit. Alle Augen sind nur auf die Helden gerichtet. Dennoch berührt meine Kunst die Zuschauer, indem sie sie Zeit und Raum überschreiten läßt. In ihre Kinosessel gelehnt, werden sie um viele Jahrzehnte in der Geschichte zurückversetzt.

Diejenigen, die das Bild der Zeit gestalten, stehen nicht im Rampenlicht. Wir arbeiten im Schatten, wo niemand uns bemerkt. Unermüdlich male ich die Vergangenheit auf meine Leinwand. In der Tiefe eines unbekannten Waldes, am Ende eines unentdeckten Sumpfes drehe ich schweigend die Zeiger der Uhr zurück. Knackknackknack. Zusehends werden die Dinge älter – rostig, verbeult, verbogen, abgeblättert, geschwärzt, verschmutzt, geschmolzen, verblichen, vermodert, und Patina überzieht sie.

Glatte, schöne Gesichter werden faltig, und glänzende neue Dinge verwandeln sich in Antiquitäten. Stattliches beugt sich, und Wind und Wetter machen nagelneue Mauern zu historischen. Mehr als die flüchtige Schönheit frischer Blumen liebe ich die Jahresringe im Stamm uralter Bäume. Ein Patinierer ist der Schöpfer vergangener Zeiten. Er läßt die Schönheit des Alters wirklichkeitsgetreu erstehen.

Ich rieb mir mit der Hand übers Gesicht und nahm noch einen tiefen Zug von meiner Zigarette. Als ich auf die Uhr schaute, war es sechs Uhr morgens. Die Dekorateure würden um sieben kommen, das Kamerateam um acht. Wahrscheinlich gegen neun würde der Regisseur im Studio eintreffen. Bis dahin konnte ich noch mit Tanei etwaige Änderungen besprechen. Aber auch er würde frühestens in einer Stunde hiersein.

Ich beschloß, auf dem Rücksitz eines Transporters ein Schläfchen zu machen. Tanei würde mich schon wecken, wenn er mich brauchte. Alle wußten, wo ich im Studio meine Nickerchen machte. Bis zur Ankunft des Regisseurs konnte ich noch drei Stunden schlafen. Wenn nichts anfiel, würde mich niemand wecken. Auch Inoue nicht, nur um mich zu loben. Günstigenfalls würden sie mich einfach schlafen lassen. Das wäre mir die liebste Belohnung.

Ich bin reif fürs Koma, dachte ich, doch kaum hatte dieser Gedanke Gestalt angenommen, fiel mir mein Bruder Jiro auf seinem harten Krankenhausbett ein. Ich mußte ihn besuchen. Er fühlte sich sicherlich einsam. Jiro. Ich möchte mit dir reden.

Ich warf meine Zigarette auf den Boden und trat sie aus. Dann hob ich den Stummel auf und warf ihn, nachdem ich mich auf dem Weg zum Ausgang eingehend vergewissert hatte, daß er nicht mehr brannte, in die Mülltonne. Als ich ins Freie trat, blendete die Sonne mich so sehr, daß ich unwillkürlich die Augen schloß. Hinter meinen Lidern zeichnete sich schwach leuchtend der Leichnam ihres Lichts ab.

Jiros Welt 3

Jiro saß auch heute auf den Stufen des Mietshauses. Unverändert sprenkelten die milden Strahlen der Sonne den Boden vor ihm mit Lichtflecken. Ein Zug Ameisen wanderte von irgendwo nach irgendwo. Er gab es auf, sie mit seiner Schuhspitze zu zertreten, und beobachtete sie. Da er dies täglich tat, waren ihm ihre Aufgaben vertraut. Einige suchten Nahrung, andere gaben die Information über den Fundort weiter, und wieder andere schafften die Nahrung fort. Sie bildeten eine reibungslos funktionierende Gemeinschaft. Er wunderte sich, daß auch so winzige Insekten genauen Regeln folgten. Wer hatte sie ihnen beigebracht? Jemand mußte die Regel gefunden haben, nach der der Nahrungsfund an die anderen weitergegeben wurde. Es störte ihn, daß das Leben der Ameisen durch ihren geregelten Tagesablauf mehr Sinn hatte als sein eigenes, das er hier ständig abseits von allem in der Sonne vergeudete.

Hatten die Ameisen ihrer Gruppe gegenüber so etwas wie Pflichtgefühl? Hatten sie ein Programm, nach dem sie vorgingen? Er versuchte sich das Leben der Ameisen vorzustellen. Wo legten sie ihre Eier? Fingen sie gleich nach ihrer Geburt an zu arbeiten? Wer brachte ihnen bei, was sie zu tun hatten? Heirateten sie? War die Ameisenkönigin die Mutter von allen? Galt alles nur ihrer Ernährung? Was wurde aus ihnen, wenn sie alt wurden? Konnten sie sich rächen? Verweigerten einige die Arbeit? Kannten sie Streß? Und wie und wo starben sie?

Jiro drückte die rechte Schuhspitze in den Zug der Ameisen. Wie viele hatte er zertreten? Zumindest klebte eine ganze Menge unter seinem Schuh. Hätte es sich um eine Schnellstraße gehandelt, könnte man am nächsten Tag folgende Schlagzeile in der Zeitung lesen: *Ganze Familie von riesigem Fuß zertreten.* Und im Fernsehen würden Bilder von der Bestattung des toten Fahrers und der anderen Opfer gezeigt. Aber in der Welt der Ameisen gab es keine Presse. Ameisen wurden häufig von Menschen zertreten, und wahrscheinlich spielte die Anzahl der Opfer im Verhältnis zum Ganzen keine große Rolle. Wahrscheinlich wurde nicht einmal die Königin informiert, und so etwas wie öffentliche Bestattungsfeierlichkeiten gab es auch nicht. Die Familie beweinte die Toten nicht, alle stapften einfach munter über sie hinweg …

Jiro zog seinen Fuß zurück. Zwei, drei Punkte klebten daran wie schwarze Sesamkörner. Er hob den Kopf und betrachtete das Gebäude auf der gegenüberliegenden Straßenseite. Das Licht blendete ihn. Wind kam auf. Auf einmal waren die Ameisen verschwunden.

Kurz darauf kam Shiro aus dem Haus und setzte sich neben ihn. »Mama sagt, du sollst essen kommen«, teilte er ihm mit. Wortlos erhob sich Jiro und setzte sich in Bewegung.

»Wo gehst du hin?«

Ohne zu antworten, überquerte Jiro die Straße. Der Asphalt fühlte sich gut an unter seinen Füßen. Er schritt kräftig aus und dachte, daß er beim Gehen vielleicht unwillentlich Ameisen zertrat. Hinter dem Gebäude gegenüber lag ein leeres Grundstück, auf dem in einer Ecke ein Keramikrohr zurückgelassen worden war. Darin hatte Jiro den Ranzen versteckt, den ihm der Mann mit dem Cowboyhut anvertraut hatte. Er kroch in das Rohr und holte ihn hervor.

»Ach, da hast du ihn«, rief Shiro, der ihm gefolgt war, begeistert.

»Das darfst du aber keinem sagen. Ich habe mein Ehrenwort unter Männern gegeben.«

»Ist das anders als eins unter Frauen?« Shiro lachte.

Jiro ignorierte ihn und verließ das leere Grundstück. Es wurde schon dunkel. Ein Stück weiter fuhr die Odakyu-Linie, aber es war nur ein dunkler Schlund zu sehen.

Shiro berührte die Klappe des Ranzens, zögerte jedoch. »Du darfst auf keinen Fall hineinsehen«, hörte er den Mann mit dem Hut sagen.

»Komm, wir machen ihn mal auf, ja?« lockte Shiro voll unbezähmbarer Neugier. Er lächelte einschmeichelnd, um das Herz seines großen Bruders zu erweichen. Sein Gesicht spiegelte Jiros eigene Wünsche wieder.

Jiro seufzte.

»Nein, ich habe es versprochen. Der Mann hat gesagt, ich darf auf keinen Fall hineinschauen.«

»Aber wenn wir keinem sagen, was wir gesehen haben?«

Shiro strahlte ihn mit weißen Zähnchen an.

»Dann habe ich trotzdem mein Versprechen gebrochen.«

»Aber das weiß doch keiner, wenn wir nichts verraten.«

Jiro stand auf und schlug nach Shiro. Shiro duckte sich. »Entschuldigung, Entschuldigung!« rief er und schützte sich gegen die Hand seines Bruders.

»Ich habe ein Versprechen von Mann zu Mann gegeben. Er hat gesagt, ich darf nicht reingucken. Daran muß ich mich halten.«

Shiro hielt sich weiter schützend die Hände über den Kopf, doch er gab sich noch nicht geschlagen. »Aber würdest du nicht gern reingucken?« fragte er.

Jiro warf einen Blick auf den Ranzen. Natürlich wollte er das. Es ist menschlich, etwas sehen zu wollen, das man auf keinen Fall sehen darf.

»Klar«, murmelte er wie zu sich selbst. Shiro sah zu ihm auf.

»Du möchtest es doch auch unbedingt sehen, oder?« Wieder lächelte er gewinnend.

Jiro stieß seinen kleinen Bruder vor die Brust, nahm den Ranzen und setzte ihn sich auf den Rücken.

»Wenn ich ihn aufmache, passiert etwas ganz Schlimmes. Das weiß ich. Ich glaube, der Mann, der ihn mir gegeben hat, ist viel mächtiger, als wir es uns vorstellen können.«

Damit wandte er sich wieder den Häusern zu. Plötzlich erschien an einem Fenster im ersten Stock eine Gestalt. Jiro machte einige Schritte vorwärts und blieb stehen. Die ausgeprägten Gesichtszüge der Person erinnerten ihn an den Mann mit dem Hut, der ihm den Ranzen gegeben hatte. Aber bei genauerem Hinsehen merkte er, daß er sich geirrt hatte.

»Was ist?« fragte Shiro und folgte seinem Blick. Obwohl kein Licht auf das Haus fiel, war die Gestalt des Mannes am Fenster aus irgendeinem Grund beleuchtet.

Jiro ging noch näher heran und war nun sicher, daß es sich nicht um den Mann mit dem Hut handelte. Dieser war zweifellos ein Ausländer, sah aber ganz anders aus. Er hatte glänzendes blondes Haar und eine helle Haut wie die Amerikaner, die häufig im Fernsehen zu sehen waren. Die Augen des Mannes mit dem Hut und seine Haare, die darunter hervorschauten, unterschieden sich in der Farbe dagegen nicht von denen eines Japaners.

Der Mann streckte eine Hand durch das Gitter und winkte die beiden Kinder heran. Auch die Hand war sehr weiß und mit glänzenden blonden Härchen bedeckt. Neugierig traten Jiro und Shiro bis unter das Fenster. Eine Unterhaltung schien kaum möglich zu sein. Der Mann wußte das offensichtlich auch, denn er sah sie nur stumm an. Im nächsten Augenblick, als sie schon glaubten, er hätte sich ins Zimmer zurückgezogen, kam seine Hand mit einem kleinen weißen Gegenstand wieder am Fenster zum Vorschein. Es war ein Papierflieger. Er segelte über die Köpfe der beiden Jungen hinweg, erhob sich und verschwand irgendwo, wie vom blauen Himmel verschluckt. Dann landete er in einem langsamen Bogen zu ihren Füßen. Shiro hob ihn auf und gab ihn Jiro, der ihn auseinanderfaltete.

»Was ist das für ein Bild?« fragte Shiro.

»Ich weiß auch nicht«, antwortete dieser.

Was die auf- und abführenden Linien auf dem Blatt bedeuten sollten, konnte er nicht erkennen.

»Ist der Mann verrückt?« fragte Shiro.

Jiro ging bis auf fünf Meter an das Fenster heran und musterte das Gesicht des Mannes zwischen den Gitterstäben. Seine Hand hing aus dem Fenster.

»Was soll das sein?« rief Jiro mutig zu ihm hinauf.

Seinem Ausdruck nach schien der Mann ihn nicht zu verstehen.

»Er versteht doch nichts«, sagte Shiro.

Jiro ging noch ein paar Schritte näher und hielt dem Mann das Blatt entgegen. »Was ist auf dem Bild?« fragte er wieder.

Der Mann wedelte verzweifelt mit beiden Händen durch die Stäbe. Er machte eine drehende Bewegung, als bediente er ein Lenkrad.

Shiro wurde es unheimlich. »Komm, wir gehen«, sagte er. Aber Jiro beobachtete weiter den Mann. Sein flehender Blick sprach ihn an. Aus irgendeinem Grund erinnerte er ihn an die Ameisen. Er stellte sich vor, wie die Ameisenarmee über das weiße Gesicht des Mannes hinwegzog. Der Mann versuchte, ihm etwas zu übermitteln, er sollte irgend etwas tun …

Der Fremde bewegte unablässig die Hände von oben nach unten. Ah, jetzt begriff Jiro. Er sollte das Papier umdrehen. Er tat es.

Der Mann zog die Hände zurück, legte das Gesicht an die Gitterstäbe und lächelte.

Jiro starrte auf das umgedrehte Blatt, während Shiro einen vorsichtigen Seitenblick darauf riskierte.

»Der obere Teil sieht aus wie ein Brot, der untere wie ein Bart«, murmelte Jiro.

»Ich weiß auch jetzt nicht, was das sein soll.« Shiro lachte. »Der Mann da ist verrückt. Deshalb ist er auch eingesperrt. Und malt solche komischen Bilder. Er spricht mit keinem und malt nur.«

Jiro blickte zwischen dem Bild und dem Mann hin und her. Der Weiße lachte nicht, er sah ihn nur an. Ich möchte hier raus, schienen seine flehenden Augen zu sagen. Die Ameisen krochen durch Jiros Kopf. Welchem Willen gehorchten sie? Welches Ziel hatten sie, welche Antworten gab es?

»Sie möchten uns sicher etwas mitteilen. Aber wir verstehen nicht, was. Sie können kein Japanisch, oder? Deshalb haben Sie das Bild gemalt. Aber das sagt mir auch nichts. Wir sind noch Kinder, wir verstehen nichts, wenn es uns nicht mit Worten erklärt wird.«

Der Mann runzelte die Stirn und sah Jiro traurig an.

»Was macht er denn in Japan, wenn er kein Japanisch kann. Er ist bestimmt verrückt«, sagte Shiro.

»Sei doch mal still, du nervst.« Als Jiro seinem kleinen Bruder mit einer ruppigen Geste den Mund zuhielt, hob der Mann den Finger, als wolle er ihn ermahnen: Das macht man nicht! Jiro sah ihm in die blauen Augen.

»No!« rief der Mann.

Erschrocken über diesen ersten Ausruf, zog Jiro langsam die Hand vom Mund seines Bruder fort. Der Mann lächelte wieder.

Abermals verschwand er im Zimmer, kam mit einem Papierflieger zurück und warf ihn hinaus. Diesmal fiel er den beiden direkt vor die Füße. Wieder hob Jiro ihn auf und faltete ihn auseinander. Es war ein Bild von einem knienden Mann, der die Hände gefaltet hatte. Er schien zu einem nackten Mann zu beten, der in seltsamer Haltung an einem Kreuz befestigt war. Der Fremde hatte sicher mehrere Tage gebraucht, um diese Zeichnung anzufertigen. Sie war ganz anders als das sehr einfache erste Bild.

»Der kann ja gut malen!« sagte Shiro, nachdem er einen Blick darauf geworfen hatte.

Jiro faltete die Hände vor der Brust wie der kniende Mann auf dem Bild. Der Gesichtsausdruck des Mannes am Fenster veränderte sich. Er riß die Augen auf und preßte das Gesicht gegen das Gitter. Als Jiro unwillkürlich die Hände sinken ließ, rief er laut etwas. Jiro glaubte zu hören, er solle so weitermachen, und legte die Hände rasch wieder zusammen. Daraufhin streckte der Fremde seine Hände durch das Gitter und nahm die gleiche betende Haltung ein.

Craig Bouchards Tagebuch 2

10. Juli

Heute habe ich wieder die beiden Kinder an der Ecke des westlichen Kasernentrakts gesehen. Ich weiß nicht, wie sie auf das bewachte Militärgelände kommen. Wahrscheinlich machen sie auch keinen Krankenbesuch, sondern haben sich nur hereingeschlichen, um den jungen Soldaten beim Exerzieren zuzuschauen.

Vielleicht sind sie auf dem Heimweg von der Schule, denn der eine trägt einen Ranzen auf dem Rücken. Dieser japanische Ranzen wirkt zu groß für den Rücken des Jungen. Er sieht nagelneu aus, eine Seltenheit in Kriegszeiten. Ich habe versucht, mit den beiden zu reden. Das ist natürlich sinnlos, aber irgendwie muß ich diese leeren Tage ja füllen.

Ich zeichnete rasch eine Wolke auf ein leeres Blatt aus diesem Notizbuch, faltete daraus einen Papierflieger und warf ihn den Kindern zu. Nachdem er eine Runde über ihren Köpfen gedreht hatte, fiel er vor den beiden zu Boden.

Es war zwecklos, die Kinder konnten nicht erkennen, was es sein sollte. Der Größere der beiden sprach mich auf japanisch an. Wahrscheinlich fragte er nach der Bedeutung der Zeichnung. Natürlich konnte ich ihm nicht antworten. Statt dessen sah ich ihn nur lange an. Ich glaubte in seinen Augen den Wunsch zu lesen, mich zu verstehen, was für einen Mann ohne Zukunft wie mich einen großen Trost bedeutet.

Ich wollte irgend jemandem mitteilen, daß Hiroshima bald ausgelöscht wird. Das Unvermittelbare zu vermitteln empfinde ich als meine letzte menschliche Pflicht. Gestern abend habe ich in mehreren Stunden auf der letzten Seite meines Notizbuchs eine Zeichnung angefertigt, auf der ich Christus am Kreuz anbete. Ich riß sie heraus und faltete auch sie zu einem Papierflieger. Der Junge schaute sich das Bild genau an und imitierte dann meine gefalteten Hände. Noch nie habe ich einen Moment als so heilig empfunden. Mir war, als würden alle von der Menschheit begangenen Verbrechen vergeben. In der Haltung des Jungen erkannte ich das Gebet eines Menschen, der aufrichtige Reue empfindet.

Heute habe ich auf meinem Weg durch den langen Korridor wieder das Mädchen gesehen. Unsere Blicke begegneten sich für etwa zwei Sekunden. Der Wachsoldat, der mich immer begleitet, sah zu ihr hin, und sie wandte den Blick ab. Als ich weiter den Korridor entlangging, tröstete das Bild, wie sie die Wäsche wusch, meine Augen und mein Herz.

11. Juli

Heute nachmittag habe ich sie wieder am Waschtrog gesehen, aber sie hat nicht zu mir herübergeschaut, obwohl sie mich sicher bemerkt hat. Ich drehte mich mehrmals nach ihr um, doch sie hielt den Kopf die ganze Zeit gesenkt. Wahrscheinlich hat dieser Wachsoldat sie am Morgen oder gestern abend davor gewarnt, sich mit einem Kriegsgefangenen wie mir zu verständigen.

Es genügt mir schon, ihrem Blick zu begegnen. Ich möchte, daß sie sieht, daß es mich gibt. Ich möchte meine Existenz in ihren Augen erkennen. Nur das gibt mir in diesen Tagen die Kraft durchzuhalten.

Auf dem Weg durch den langen Korridor kam mir eine

Melodie in den Sinn. Während der ganzen Zeit, die ich dem Offizier gegenübersaß und verhört wurde, ging sie mir durch den Kopf. Es war die Fuge in g-Moll BWV 1000 von Bach, die mir meine Mutter so häufig auf der Laute vorgespielt hatte. Meine Mutter wollte mir so gern beibringen, selbst Laute zu spielen, aber ich hatte kein Interesse an dem zarten Instrument. Die Griffe waren mir zu kompliziert, und ich hörte einfach auf zu üben. Deshalb mochte ich Bach auch eigentlich nicht. Die Familie meines Vaters, die Bouchards, waren französische Einwanderer. Daß meine Mutter deutsche Vorfahren hatte, habe ich erst später erfahren. Welcher Zufall wohl eine deutschstämmige Amerikanerin und einen französischstämmigen Amerikaner zusammengeführt hat? Bei ihrer Heirat scheint ihre wechselseitige Herkunft keine Rolle gespielt zu haben. Meine Mutter spricht nicht gern über ihre Vorfahren. Von Verwandten habe ich gehört, daß sie ihre deutsche Herkunft verschwieg. Lieber spielte sie Bach. Unablässig tönte das leise Lautenspiel meiner Mutter durch unser Haus wie ein Zeugnis ihrer verborgenen Identität. Es wirkte deprimierend auf mich, und eine Zeitlang war Bach mir geradezu verhaßt.

Doch seit ich hier bin, denke ich nur noch an seine Musik. Voller Dankbarkeit erinnere ich mich an die Lautenstücke, die meine Mutter spielte, aber auch an die *Matthäuspassion* und die Kantaten, die sie mir nahegebracht hat. Vielleicht sind mir die Stücke in dieser extremen Lage so besonders lieb, weil es sich um religiöse Musik handelt. Sie geben mir Kraft, und ich summe sie von morgens bis abends, um mich zu trösten.

Heute wurde mir das Abendessen wieder nicht von dem jungen Mädchen gebracht. Ich starrte wie besessen auf den Türspalt, um zu sehen, ob sie nicht vielleicht im Korridor wäre. Statt dessen schaute nur der Soldat ins Zimmer. Ich pfiff die Melodie der Fuge, denn ich hoffte, sie würde sie vielleicht hören. Als ich zu pfeifen anfing, runzelte die neue Krankenschwester, die mich bediente, die Stirn. Der Soldat kam herein, sah mich streng an und richtete dann seine Waffe auf meine Schläfe. Ich begriff, daß ich hier nichts und niemanden erreiche.

12. Juli

Wie viele Tage habe ich noch, um mich für eine Strategie zu entscheiden? Nachdem ich wie immer schweißgebadet aufgewacht bin, habe ich sie immer wieder an den Fingern abgezählt. Wenn die Bombe nach Plan abgeworfen wird, habe ich noch etwa drei Wochen zu leben. Dann werde ich zusammen mit den unzähligen anderen Menschen in dieser Stadt sterben. Denn selbst wenn ich die Bombe überlebte, wäre ich durch die Strahlung zum Tode verdammt.

Diese Stadt wird zu einer Stadt des Todes werden, die nie wieder jemand betreten kann. Was soll ich nur tun? Als einziger, der davon weiß.

Auch ich werde im Feuer vergehen und ausgelöscht. Dabei habe ich mir doch eine glückliche Ehe gewünscht und wollte wie meine Eltern ein Leben im Kreis einer liebevollen Familie führen, ein schönes Leben in einer Welt ohne Krieg. Ich wollte inmitten meiner Kinder und Enkel sterben. Doch all das ist schon jetzt nicht mehr als der Traum vergangener Tage. Mir bleibt nichts mehr, als den Tod zu erwarten.

Nach dem Mittagessen wurde ich ins Verhörzimmer gebracht. Der lange Korridor ist für mich zu einem Pfad der Hoffnung geworden. Sooft ich ihn gehe, danke ich Gott für den harten Gips an meinem Bein. Er erlaubt es mir, langsam zu sein.

Am Bottich vor der Westkaserne war das Mädchen dabei, Wäsche zu waschen. Als sie mich sah, unterbrach sie ihre

Arbeit. Heute begleitete mich ein anderer Soldat, der mich mit einer gewissen Milde behandelte und mich nicht anschrie, als ich zum Waschplatz hinübersah. Die Entfernung zwischen mir und dem Mädchen betrug etwa zehn Meter. Ich mußte etwas tun, bevor sie den Blick abwandte. Irgend etwas, auch wenn es sinnlos war. Ich werde mich nicht aufgeben, bis zu dem Augenblick, bis zu dem letzten Augenblick, in dem mein Körper verglüht und zu Asche wird.

Ich nahm meinen Mut zusammen und lächelte ihr zu. Möglichst unauffällig natürlich. Zu meiner Überraschung lächelte sie etwas verschämt zurück. Es wehte ein starker Wind, und Staub wirbelte durch die Luft. Das Mädchen verzog das Gesicht, als hätte sie etwas ins Auge bekommen, und senkte den Kopf, doch bis dahin hatten wir uns ganz deutlich mehrere Sekunden lang zugelächelt.

Der Soldat kam näher und stieß mich in den Rücken. Ich nickte kurz und ging weiter. Nach etwa zehn Metern drehte ich mich zum Waschplatz um, behielt aber den Soldaten im Auge. Und tatsächlich, sie sah mir nach und lächelte abermals.

Im Verhörzimmer hatte ich dann nur noch einen Gedanken: Wie kann ich das Mädchen vor der Bombe schützen? Sie hat mich als einzige nicht aufgegeben. Sie hat mir das erste Lächeln in diesem Land geschenkt. Ich weiß nicht, aus welchem Grund sie mir zugelächelt hat, was über sie gekommen ist. Vielleicht hat sie Mitleid mit mir. Und weil nicht der übliche unerbittliche Soldat mich begleitete, sondern ein freundlicher, gelassener? Jedenfalls sieht sie in mir nicht den Feind. Das ist das einzige, dessen ich mir sicher bin. Ich will nicht, daß sie sinnlos stirbt. Auch ich will nicht sinnlos sterben. Allein schon wegen meiner Eltern.

Nachdem der Offizier mich in dem stickigen Raum eine Stunde lang drangsaliert hatte, beschloß ich, ihm alles zu sagen. Allerdings erwies sich mein Entschluß als vergeblich, denn er nahm mich überhaupt nicht ernst, sondern brach in Gelächter aus. Eine Bombe, die ganz Hiroshima in einem Augenblick in Brand setzt! So etwas gebe es nicht, schrie er den Übersetzer und den Protokollführer an. Eine einzige Bombe kann keine ganze Stadt auslöschen!

Er hielt mich für einen Lügner. Ein höherer Offizier hätte vielleicht schon einmal von der Entwicklung der Atombombe gehört haben können, aber der Mann vor mir wollte sich schier kaputtlachen. Warum ich erst jetzt damit herausrücke, fragte er. Er hatte den Verdacht, daß ich den Besitz von Geheiminformationen vortäuschte, um eine Sonderbehandlung zu erhalten.

»Ich sage die Wahrheit«, redete ich auf den Dolmetscher ein. »Es wäre besser, noch einen anderen, höheren Offizier hinzuzuziehen.«

»Das geht nicht«, sagte der Dolmetscher. »Oberstleutnant Mitsui leitet das Verhör, und alles liegt in seinem Ermessen.«

»Aber auch Sie werden Opfer dieser Bombe werden. Und nicht nur Sie. Ihre ganze Familie wird zu Asche verbrennen.«

Das Gesicht des Dolmetschers erstarrte, und im nächsten Moment schlug mich der Leutnant nieder. Dann schrie er den Dolmetscher an. Ich hätte mich an den Leutnant zu wenden, wenn ich etwas zu sagen hätte, übersetzte Yasuba mir, während ich noch am Boden lag.

Jetzt bereue ich es, nicht gleich bei meiner Ankunft gesprochen zu haben, aber wahrscheinlich hätte er mir auch dann nicht geglaubt. Dieser Oberstleutnant Mitsui ist so verrückt, noch an einen japanischen Sieg zu glauben. Er gehört zu den Soldaten, die einen Selbstmord für ehrenvoller halten, als vor dem Feind zu kapitulieren. Ich halte es sogar für möglich, daß dieser Mann, selbst wenn er mir die Sache mit der Atombombe glaubt, alles verschweigen würde. Ich erinnere mich an die Spezialflugzeuge, die im Pazifik verschwunden sind. An die menschlichen Bomben, die mit einem Stirnband, auf das die japanische Flagge gedruckt ist, Selbstmordangriffe auf unsere Schlachtschiffe verüben. An die blutjungen Piloten, die ihr Leben für ihr Vaterland opfern. Hier herrscht eine andere Denkweise. Auch wenn man in Japan die Familie wertschätzt, gehen Kaiser und Vaterland vor. Hier gilt es als ehrenvoller zu sterben, als zu fliehen. Vielleicht würde dieser Mann lieber mit dem ganzen Land diesen »ehrenvollen Tod« sterben, als an Flucht zu denken.

Auch ich bin bereit, für mein Vaterland zu sterben. Ein Soldat kann nicht sterben, ohne zu kämpfen. Aber nach meinem Abschuß begreife ich das Wesen des Krieges besser, und auch mein Verständnis von der Würde des Menschen hat sich gewandelt. Niemand sollte durch eine Bombe sterben, und ich will nicht zusehen, wie ein Großteil der hier lebenden wehrlosen Menschen ums Leben kommt, ohne zuvor etwas davon zu ahnen. Gott hat mir eine Aufgabe erteilt. Ich muß so viele Japaner wie möglich warnen und dazu bringen zu flüchten. Ich muß zur Armee Gottes überlaufen und Menschenleben retten. Und das Mädchen.

Lose my memory 4

Ich hatte geträumt. Auch nach dem Aufwachen sah ich noch das Bild von Jiro als Kind mit dem Ranzen auf dem Rücken vor mir. Ich setzte mich auf, wischte mir mit der Hand den Schweiß von der Stirn und rieb mir immer wieder die Augen. Ich brauchte einige Minuten, um zu mir zu kommen, nachdem ich in dem Lastwagen aufgewacht war.

Um mich herum war es dunkel, aber es waren Leute im Studio. Ich erinnerte mich nicht gleich, warum ich dort war, und hatte das Gefühl, die Zeit wäre stehengeblieben. Als ich überlegte, was vorher geschehen war, brandeten verschwommene Erinnerungen an den Rand meines Bewußtseins wie Wellen an einen Strand.

Die Uhr im Wagen zeigte neun. Wenn es neun Uhr abends war, hatte ich fünfzehn Stunden geschlafen. Klar, ich hatte ja auch zwei Nächte durchgearbeitet. Daß niemand mich geweckt hatte, hieß wohl, daß meine Patinierung in Ordnung gewesen war und die Dreharbeiten nach Plan verliefen.

Durch einen Spalt des großen Metalltors zum Studio drang Licht; dahinter schienen sich Menschen zu bewegen. Das offene Tor bedeutete, daß im Augenblick nicht gedreht wurde.

Nachdem ich mich etwas gestreckt und massiert hatte, öffnete ich die Wagentür und stieg aus. Ich hatte die Wagenfenster offengelassen und überall juckende rote Mückenstiche. Zunächst ging ich in den Waschraum und wusch mir das Gesicht. Am Automaten zog ich mir einen gekühlten grünen Tee, den ich in einem Zug austrank. Das tat meiner ausgedörrten Kehle gut. Der kalte Tee weckte meine Lebensgeister, und ich kam allmählich wieder zu mir.

Langsam ging ich zum Studioeingang und schlüpfte durch die angelehnte Tür hinein. Die Mauerkulisse ragte vor mir auf. In meinem benommenen Zustand erschien sie mir viel imposanter als vorher, und ohne daran zu denken, daß ich sie patiniert hatte, entfuhr mir ein bewundernder Ausruf. Der künstliche Fluß davor war mit Wasser gefüllt. Ein riesiger Kran ragte im Studio auf. Auf der Plattform stand Kameramann Tsutaya und schien die Perspektive der Kamera zu überprüfen. Die Regie stand unten und diskutierte mit Tanei. Hajime Inoue deutete mit dem Finger auf den Fluß; Bühnenmeister Tsubono und Chefrequisiteur Akama blickten in die angezeigte Richtung. Diese Zusammenkunft der Dekorateure deutete darauf hin, daß Inoue Änderungswünsche hatte und es nur eine Frage der Zeit war, bis man mich rufen würde. Ein junger Dekorateur bemerkte mich und kam zu mir. Ich sprach ihn an, ehe er etwas sagen konnte. »Müßt ihr noch etwas bauen?«

»Eine Holzbrücke, wie es aussieht«, antwortete er.

»Aha, das ist es also«, sagte ich.

Direkt hinter dem Jungen kam Tomoko mit einem Plastikbecher in der Hand auf mich zu. Lächelnd hielt sie ihn mir entgegen.

»Guten Morgen! Gut geschlafen?«

»Wie geht's?« fragte ich und lächelte zurück.

»Ganz gut. Nur haben wir noch gar nicht angefangen.« Sie lachte. »Die Brücke muß erst fertig werden«, fügte sie hinzu.

»Was hast du denn bis jetzt gemacht?«

»Änderungen ins Drehbuch eingetragen und gewartet. Anscheinend sind größere Umbrüche geplant.«

»Verstehe.«

Mir fiel ein, daß Meister Kida gesagt hatte, das Drehbuch sei nicht mehr als eine Skizze, um alle zu beruhigen. »Das wahre Szenario schlummert in seinem Kopf …«

»Nicht nur die Szenen vor der Mauer, sondern auch die in den Innenräumen werden stark erweitert. Die Geschichte wird in diesem Dokumentarfilm, den wir in Inoues Suite gesehen haben – *Die Sonne von Nanjing* –, immer ähnlicher … Ai Takeda, die Schauspielerin, die eine der Trostfrauen spielt, erinnert auf jeden Fall sehr an Fei-fan.«

Der Name weckte mich vollends auf.

»Der junge chinesische Soldat, der Hauptdarsteller, den Kenji Amamiya spielt, scheint Inoue zu verkörpern, und der japanische Offizier erinnert an Togoro Sakata. Seine Rolle ist auch stark erweitert worden. Ishiken hat das geänderte Drehbuch gelesen, gelächelt und nur gesagt: ›Da seht ihr's.‹ Wir sollen zurück nach Hokkaido, wenn die Szenen an der Mauer fertig sind, aber vorher drehen wir noch die, die in den Innenräumen spielen.«

»Warum denn? Wenn das mit der Sonne nicht bald klappt, ist der Sommer zu Ende, und Inoue muß bis nächstes Jahr warten.«

»Stimmt, aber Ai Takeda muß im Anschluß eine Serie drehen. Wir haben keine Zeit zu vergeuden. Wenn wir nicht zuerst alles in Tokio abhaken, ist die Katastrophe vorprogrammiert.«

»Wie soll das gehen? Wir haben ja noch nicht mal mit den Räumen für die Innenaufnahmen angefangen.«

»Doch, sie haben angefangen, als du noch geschlafen hast.«

Mir blieb fast die Luft weg. »Was? Das kann doch nicht sein«, murmelte ich. Aber ich wußte ja, daß man bei Inoue stets auf Überraschungen gefaßt sein mußte.

»Nur Tanei hat gemeutert, alle anderen haben sich wie

Masochisten, denen das alles nichts macht, in die Arbeit gestürzt«, flüsterte mir Tomoko hinter vorgehaltener Hand zu. Sie selbst machte allerdings auch den Eindruck, als würde sie diese Widrigkeiten gern hinnehmen.

»Nebenan?«

»Ja, im Studio zwei. Die Hälfte der Bühnenarbeiter schwingt dort schon den Hammer.«

»Und Tokito hat wieder getrunken.«

Tomoko folgte meinem Blick. Etwa zehn Meter hinter Inoue kauerte Tokito mit zerzaustem Haar und offenem Hemd auf dem Boden. Es war auf den ersten Blick erkennbar, daß er nicht bei klarem Verstand war. Abwesend und mit verschwommenem Blick starrte er auf die Mauer. Er sah abgehetzt aus wie nach einem Hundertmetersprint.

»Der kann nicht mehr«, flüsterte ich, aber Tomoko legte den Finger auf die Lippen.

»Dieser Satz ist hier tabu«, sagte sie. »Um die Szenen an der Mauer zu drehen, brauchen wir bestimmt drei Tage. Ohne Nachtarbeit wird das nicht gehen.«

»Tokito sieht ja jetzt schon aus, als würde er gleich das Zeitliche segnen.«

»Das Thema ist tabu, habe ich doch gesagt.« Tomoko preßte die Lippen aufeinander, um nicht zu lachen. In dem Becher, den sie mir gereicht hatte, war Eistee. Mit Apfelgeschmack.

»Das, worüber wir letztens gesprochen haben, über die Handys …«

Ich sah Tomoko fragend an. Ihr etwas spitzes Näschen behauptete sich in ihrem Gesicht. Ebenso ausdrucksvoll waren ihre Augen und ihr Mund. Alle Teile ihres Gesichts bildeten ein harmonisches Ganzes. Und wenn sie lächelte, erhellte ein zauberhafter Ausdruck ihre Züge. Sie hat wirklich ein feinfühliges, intelligentes Gesicht, dachte ich insgeheim.

»Was ist mit den Handys?«

»Du weißt schon, daß sie immer verrutschen und man nichts hört.«

»Ach ja, das.«

»Weißt du, ich habe mir überlegt, daß es besser wäre, eine Art Ohrstöpsel anzubringen. So wie diese orangefarbenen, die man beim Schwimmen benutzt. Man könnte sie oben am Handy befestigen.«

Ich verstand nicht genau, wovon sie redete, und starrte sie nur an. Dann versuchte ich mir ein Handy mit einem orangefarbenen Stöpsel vorzustellen, aber angesichts der angespannten Lage bei den Dreharbeiten und meiner Sorge, daß die Risse in der Mauerkulisse mir vielleicht zu breit geraten waren, wollte es mir nicht so recht gelingen.

»Nerven dich solche Nebensächlichkeiten?«

»Nein, nein, das ist es nicht ...« Ich würde wohl vorläufig auf dieses etwas abseitige Thema eingehen müssen. »Aber ich bin noch nicht ganz wach und ein bißchen langsam im Kopf ...«

Tomoko lachte, aber ich fiel nicht ein. Ich lächelte gequält unter dem Druck der noch anstehenden Arbeit.

»Das ist wirklich eine sehr interessante Idee. Du müßtest sie einer Telefonfirma vorschlagen. Leute wie du und ich, die unzufrieden mit den Handys sind, die es im Moment auf dem Markt gibt, würden sie sicher kaufen.«

Bei dem Gedanken, was vor mir lag, verging mir das Lächeln.

»O ja, das versuche ich heute abend mal.«

»Was willst du versuchen?« fragte ich.

»Na, meine Idee an eine Telefonfirma zu verkaufen.«

»Sehr gut«, murmelte ich, allerdings so leise, daß sie mich wahrscheinlich gar nicht hörte.

Die Brücke wurde erst spät in der Nacht fertig. Danach sollten die Dreharbeiten beginnen, aber aus Rücksicht auf die

Gesundheit des Teams und der Schauspieler einigte man sich auf einen Drehbeginn um acht Uhr am nächsten Morgen. Die Arbeiten für die Innenaufnahmen im Studio zwei waren noch nicht in einem Stadium, in dem sie patiniert werden konnten, und ich war noch nicht an der Reihe. Der Bühnenmeister bat mit lauter Stimme, für zwölf Uhr alles bereitzuhalten. Das hieß aber, daß die Vorbereitungen früher abgeschlossen sein und wir entsprechend früher mit der Arbeit anfangen mußten. Zwölf Uhr Arbeitsbeginn hieß lediglich, daß der Regisseur um diese Zeit ins Studio kommen würde.

»Da lohnt es sich eigentlich nicht, nach Hause zu fahren.«

»Wahrscheinlich übernachten die meisten hier«, sagte Tomoko.

»Was machst du?« fragte ich.

»Ich kann ja sowieso nicht schlafen«, erwiderte sie. »Vielleicht besuche ich mal Jiro.«

»Gute Idee«, sagte ich und schlug vor, zusammen in meinem Wagen ins Krankenhaus zu fahren.

»Aber willst du denn nicht schlafen?«

»Ich habe gerade vierzehn Stunden geschlafen. Das reicht. Außerdem hatte ich sowieso vor, bei Jiro vorbeizuschauen.«

»Dann laß uns gehen«, sagte Tomoko und lächelte.

Wir gingen zum Wagen, um uns auf den Weg zum Krankenhaus zu machen. Als ich gerade die Pinsel vom Beifahrersitz räumte, damit Tomoko sich setzen konnte, tauchten die Kollegen von der Regie auf.

»Ihr seht ja richtig vertraut aus«, sagte Ishiken mit einem Blick in unsere Richtung.

Tokito stand mit hängendem Kopf und so bleich, als hätte er einen Geist gesehen, hinter dem Regisseur. Tsutaya war auch dabei. Inoue starrte uns an, aber mit seinem verschwommenen Blick machte er einen so verlorenen Eindruck, als wüßte er gar nicht, wo er war.

»Es ist nicht, wie Sie denken. Tomoko Maruyama kennt meinen Bruder, und wir besuchen ihn jetzt zusammen im Krankenhaus.«

»Keine Ausreden, Shiro. Ist doch klar, du willst Tomoko abschleppen«, sagte Tsutaya.

Ausnahmsweise waren er und Ishiken einer Meinung und lachten. Im allgemeinen kamen die beiden nicht so gut miteinander aus, aber hier schien es friedlicher zwischen ihnen zuzugehen als bei den Dreharbeiten auf der Ebene von Tokachi. Auch eine Stärke von Inoues Team – im Ernstfall hielt man zusammen.

»Die beiden sind doch ein schönes Paar, oder nicht?« fragte Ishiken.

»Klar!« bekräftigte Tsutaya.

Inoue kam nahe an Tomoko heran und starrte ihr ins Gesicht. Ihr Lächeln erstarb. Ishiken, Tsutaya und ich beobachteten den Regisseur. Er schien etwas sagen zu wollen, aber er schwieg. Bestimmt verwechselte er Tomoko wieder mit Fei-fan.

Als nächstes wanderte Inoues Blick zu mir und ließ ihn ein paar Sekunden oder etwas länger auf mir ruhen. »Paß gut auf«, murmelte er und ging davon.

Leichnam des Lichts 2

An die Luft in Krankenzimmern kann ich mich einfach nicht gewöhnen. Der stechende Geruch von Desinfektionsmitteln tut mir weh, als zwickte mich jemand mit einer Pinzette in die Nasenspitze. Vielleicht liegt es daran, daß ich bei meiner Arbeit immer von den Dämpfen der Farben und Lösungsmittel umgeben bin. Abgesehen davon bereitet mir die vorbildliche Sauberkeit von Wänden, Fußboden und Decke großes Unbehagen.

Jiro lag in einem Einzelzimmer, es war klein, hatte aber doch die Größe eines hübschen Hotelzimmers. Die geschmackvolle Tapete und der blitzsaubere Boden bedrückten mich über alle Maßen.

Tomoko und ich setzten uns direkt neben Jiros Bett und beobachteten, wie er in seinem sauberen, ordentlichen Zimmer schlief. An der Stelle, an der die Kugel seinen Kopf durchschlagen hatte, trug er einen dicken Verband, der meinem Eindruck nach lediglich dazu diente, seinen aufgerissenen Schädel zu verdecken. Ich mutmaßte, daß eine Krankenschwester ihn aus Mitleid mit meinem hübschen Bruder angebracht hatte, um ihm sein gutes Aussehen zu erhalten, so wie man versucht, eine lebende Blume ein paar Tage frisch zu halten.

Ein Bild hing an der Wand – der einzige Gegenstand, der dem Zimmer eine wohltuende Eigenart verlieh. Es wirkte rätselhaft in seinem Rahmen auf der hübschen Tapete. Die

Linien, Farben und Muster paßten zu dem fließenden Stil, doch je länger man es ansah, desto unverständlicher wurde es. Das verschlungene Motiv des Bildes wirkte fehl am Platz in diesem aufgeräumten Zimmer und erzeugte eine eigentümliche Disharmonie.

»Ein komisches Bild«, sagte ich.

»Ich habe einmal danach gefragt, und sie haben gesagt, daß Bilder mit hübschen Blumen oder einer schönen Landschaft keinen Lebenswillen in den Menschen erwecken. Besonders für die Patienten, die in einem kritischen Stadium sind, ist ein Bild besser, das sie zum Nachdenken anregt. Sie stürben schneller, wenn sie sich nicht für die Bedeutung interessierten«, berichtete Tomoko mir leise.

»Verstehe«, sagte ich und sah meinen Bruder an. Seine Augen waren fest geschlossen. Für einen Menschen im Koma spielt die Bedeutung eines Bildes keine Rolle. Diesen Gedanken behielt ich jedoch für mich. Die Stille begrub den Raum unter sich.

Tomoko und ich wußten nicht so recht, über was wir uns unterhalten sollten. Ich wünschte, wir könnten zu dritt reden, egal, über was. Tomoko und ich sahen Jiro an. Aber Jiro wußte nicht, daß wir ihn anschauten. Jiro konnte uns nicht wahrnehmen. Er würde nie wieder die Augen aufschlagen. Mein Bruder lebte und war gleichzeitig tot. Daran mußten wir uns gewöhnen.

Plötzlich verspürte ich den Wunsch, Tomoko hier und jetzt meine Gefühle zu offenbaren. Mir war, als könnte ich ihr in Gegenwart meines Bruders alles sagen. Mein Blick war schneller als mein Verstand und huschte zu ihr hinüber. Das Licht vom Fenster umrahmte ihr Profil, das ruhig auf meinen reglosen Bruder gerichtet war. Ein scharfer Kontrast entstand. An ihren feuchten, jugendlich frischen Lippen, den zarten glatten Wangen, der transparenten Wölbung ihrer Augäpfel und dem kühnen Schwung ihrer Nase war nichts abstrakt.

»Das Gegenteil von Leben ist doch Tod, oder? Aber findest du nicht, daß das Gegenteil von Tod die Liebe ist?« fragte Tomoko, ehe ich das, was ich sagen wollte, formulieren konnte.

»Das Gegenteil von Tod ist die Liebe?« Was meinte sie damit? Verkörperte mein Bruder, der dem Tod so nahe wahr, diese Liebe?

»Das Gegenteil von Leben ist Tod. Das Gegenteil von Tod ist Liebe. Und das Gegenteil von Liebe ... ist auch Tod«, fuhr sie fort. »Ohne sie können die Menschen nicht leben.«

Ich mußte etwas unternehmen, ehe die Atmosphäre immer bedrückender würde.

»Meinst du nicht, daß das Gegenteil des Lebens das Vergessen ist?«

»Das Vergessen?« Tomoko drehte sich zu mir um. »Und was ist mit mir, die nicht vergessen kann?« Von ihren Augen ging ein schwaches Leuchten aus.

»Man muß nicht mit Gewalt vergessen wollen. Erinnerungen sind doch die Zeugnisse unseres Lebens.«

Tomoko wandte den Blick wieder Jiros schlafendem Gesicht zu. Es war nicht zu erkennen, ob er am Leben war oder tot. Sein Körper schwebte in einer Sphäre dazwischen.

»Er wird nie wieder zurückkehren. Aber in meinem Gedächtnis ist sehr viel von ihm erhalten, alle meine Erinnerungen an Jiro. Solange sie da sind, kann ich dich nicht lieben.«

Ich war in die Betrachtung ihres Profils versunken. Das Wort »lieben« blieb in meinem Bewußtsein und beschäftigte mich hartnäckig. Lieben, lieben ... Hieß das, Tomoko könnte mich lieben, wenn sie die Erinnerungen an Jiro aus ihrem Kopf verbannen könnte? Kraft durchflutete meinen Körper bis in meine geballten Fäuste.

»Jiro hat alles zu ernst genommen«, sagte Tomoko. »Er dachte, ich wäre unerreichbar für ihn. Deshalb versuchte er, mich mit Gewalt zu besitzen. Aber Gewalt rührt nicht das Herz. Je mehr er zu Gewalt griff, desto schlechter wurde es zwischen uns. Bis er daran zerbrach. Ihn so zu sehen berührt mich tief. Aber er war so starrsinnig, er wollte nie nachgeben. Er war ein Mann, der, wenn er einmal angefangen hatte, immer weiter zerstörte. Oder? Meinst du nicht …? Ich …« Tomoko versagte die Stimme. Sie fing noch einmal an. »Ich habe diesen zerstörerischen Mann geliebt, der sich selbst so sehr verletzt und verflucht hat. Die Erinnerung an ihn wird für immer bei mir bleiben – solange ich lebe. Auch wenn er gestorben ist. Deshalb …«

Wieder erstarb ihre Stimme. »Daher kann ich dich nicht lieben.«

Ich konnte nicht sprechen und spürte nur, wie mein Herz das Blut so heftig durch meinen Körper pumpte, daß es beinahe schmerzte. Tief in meinem Inneren brodelte etwas wie kochende Lava unter der Erdkruste und versengte mit seiner Hitze mein Herz.

Tomoko legte ihre Hand auf Shiros Wange, ohne mich zu beachten. Ich war wie erstarrt.

»Wie konnte so etwas nur geschehen«, sagte sie mit erstickter Stimme. Ihre Worte waren kaum hörbar, dennoch dröhnten sie in meinen Ohren und versetzten mich in einen solchen Aufruhr, daß ich fast zusammenbrach.

»Warum hast du mich allein gelassen? Wohin willst du ohne mich?« Tomoko nahm Jiros Hand, die einer vertrockneten Froschleiche glich. Die Derbheit und die Kraft von früher waren verschwunden; die Haut hatte ihren Glanz verloren.

»Ich wollte, daß wir uns wieder versöhnen. Deshalb habe ich auch weggeschaut, als ich dich mit all diesen anderen Frauen sah. Es ist furchtbar, ich habe so viele Erinnerungen. Was soll ich nur mit all diesen Erinnerungen tun?«

Ihre Stimme klang nun, als ob sie weinte.

»Ich werde dich niemals vergessen, Jiro. Solange ich lebe, wirst du bei mir sein.«

Tomoko sprach zwar zu meinem Bruder, aber ich spürte, daß ihre Worte ebenso mir galten. Im Grunde war es ein an mich gerichteter Hilfeschrei.

»Jiro, ich werde für immer in meinem Gedächtnis bewahren, was du erlitten hast. Wir kannten uns nur kurz, aber ich werde es nie vergessen.«

Hatte ich überhaupt genügend Mut oder, besser gesagt, Selbstvertrauen, um sie zu retten? Tränen glitzerten in Tomokos Augen, die Tränen eines Menschen, der auf Rettung hofft. Langsam wandte sie sich zu mir um. Was soll ich tun, fragte ich mich verzagt. Ich mußte sie irgendwie aus dem Sumpf der Vergangenheit ziehen, in dem sie zu versinken drohte. Wenn einer sie retten konnte, dann ich.

»Wenn etwas passiert, mußt du ihn loswerden, hat Jiro gesagt«, erklärte Tomoko unvermittelt.

Die Worte trafen mich wie Peitschenhiebe. »Loswerden« war der lauteste. »Wenn etwas passiert ...?« Was wollte sie damit sagen? Die Dinge nahmen eine unvorhergesehene Wendung.

»Was loswerden?« fragte ich, während es mich kalt überlief.

»Den Ranzen«, sagte Tomoko. »Kurz bevor das alles passiert ist, hat er mir einen Ranzen anvertraut.«

In meinen Ohren rauschte es.

Mein Bruder lag weiter im Koma.

Jiros Welt 4

Der Mann tauchte nicht wieder auf.

»Wann holt denn der Spion den Ranzen wieder ab?« erkundigte sich Shiro schüchtern; er konnte seine Neugier nicht im Zaum halten.

Jiro machte keine Anstalten, die Frage zu beantworten. Er war zu der Ansicht gelangt, daß der Mann nicht mehr kommen würde; dennoch ließ er den Ranzen nicht aus den Augen. Das wichtigste war, daß er sein Versprechen hielt. Bis zu seinem Tod oder bis die Welt unterging …

Weltuntergang. Das Wort erregte ihn. Aber wie konnte es dazu kommen? Jiros Blick huschte zu dem Ranzen. Unwillkürlich erschien er ihm wie eine große Zeitbombe, die ein Terrorist gebastelt hatte. Genau: In dem Ranzen war eine Bombe. Früher oder später würde sie explodieren und seine Welt zerstören. Aber war der Ranzen dafür nicht etwas zu leicht? Jiro schüttelte ihn ein bißchen. Das Gewicht ließ nicht auf eine Bombe schließen. Dann waren vielleicht Bakterien darin, die die Welt in einer Nacht in eine Katastrophe stürzen konnten? Eine bakterielle Bombe. Wenn er den Ranzen öffnete, würden die Bakterien darin austreten und alles überschwemmen.

Heftige Aufregung ergriff ihn. In einer Art Tagtraum sah er vor sich, wie seine eintönige Welt binnen eines Augenblicks in einem Strudel des Bösen versank. Er, Jiro, besaß den Schlüssel zur Vernichtung der Welt. Er brauchte nur den

Ranzen zu öffnen. Dann würde das Böse daraus entfliehen und die Welt in Sekundenschnelle völlig verwüsten.

Mit einem bösartigen Lächeln wandte Jiro sich zu seinem kleinen Bruder um. Shiro zuckte unwillkürlich zurück.

»Weißt du, ich könnte den Inhalt des Ranzens jederzeit herausnehmen. Dieses Vorrecht habe nur ich. Du hast dabei nichts zu sagen. Du kannst nur Zeuge sein.«

»Wenn du das wirklich kannst, dann laß die Ausreden, und zeig's mir. Ich glaub' dir nicht, bis ich es sehe.«

Auf diese ungewöhnlich freche Antwort des Kleinen reagierte Jiro mit einer Ohrfeige. Es klatschte, und Shiro lag auf dem Boden. »Du spinnst wohl! Du hast mir gar nichts zu sagen! Sei still und gehorche!«

Jiro setzte sich den Ranzen auf den Rücken und marschierte davon. Sein Herz klopfte heftig. In jeder Gasse schaute er sich nach einem passenden Ort um, an dem er die Bombe hochgehen lassen konnte. Hier? Oder dort? Wo nur? Er war aufgeregt. Schließlich hielt er das Schicksal der Welt in seinen Händen.

An der Kreuzung blieb Jiro stehen. Hier war das Ende seiner Welt. Er hörte, daß Shiro hinter ihm herrannte. Sein kleiner Bruder stellte sich neben ihn.

»Wieso hast du mich gehauen?« beschwerte er sich. »Das war gemein!«

Jiro blickte ins Dunkel und machte sich die Größe der Welt bewußt, die er zerstören wollte. Besonders groß war sie ja nicht. Außerdem würde ihre Zerstörung auch seinen eigenen Tod bedeuten. In dem Moment, in dem er den Ranzen öffnete, würde die Welt zerbersten. Und er mit ihr.

Jiro starrte reglos in die Dunkelheit.

Viele Male hatte Jiro schon an dieser Stelle kehrtgemacht. Nachdem er ins Dunkel geschaut hatte, ging er immer wieder zur Treppe vor ihrem Haus zurück. Allmählich glaubte er, daß die Welt vielleicht wirklich an dieser Kreuzung endete. Aber was bedeutete eigentlich das Ende der Welt? Warum irrten die Menschen auf der Suche danach überall herum? Warum hatte Amundsen den Südpol gesucht? Warum versuchten Bergsteiger die höchsten Gipfel zu bezwingen? Warum waren Vasco da Gama und Amerigo Vespucci ohne Seekarten nach Westen gesegelt? Warum versuchten Wissenschaftler immer wieder hartnäckig, die Ausdehnung des Universums zu berechnen? Und was hatten sie vor, wenn sie es herausgefunden hatten?

Jiro blieb stehen und starrte auf eine Glasscherbe, die das Licht reflektierte. Die Menschen waren nie zufrieden oder vielleicht auch nie überzeugt. Suchten sie nach dem Ende, um sich davon zu überzeugen, daß es eins gab? Um, wenn sie es gefunden hätten, davorzustehen und zu sagen: Hier ist das Ende der Welt? Und dadurch vielleicht ihren eigenen Platz in ihr zu erkennen? Suchten sie nach ultimativen Grenzen, innerhalb derer sie die eigene Existenz verorten konnten? Die Grenzen des Ganzen zu kennen hieß, die Größe des Raumes zu kennen, in dem man lebt. Und das wiederum hieß, sich selbst zu kennen. Es war wohl die Suche nach dieser Gewißheit, die die Menschen von einem Ende der Welt zum anderen trieb.

Die Größe der Welt war dabei nicht unbedingt das Wesentliche. So klein der Erdball auch war, die Menschen konnten nie alles darauf kennen. Jeder hatte seinen festen Platz, und die Grenzen der Welt eines jeden reichten von der Geburt bis zum Tod. Das Wichtige war das Ausmaß an Phantasie, das einem für das Leben auf dieser Welt zur Verfügung stand.

Es stand ihm nun völlig frei, sich den Inhalt des Ranzens vorzustellen. Aber ihn zu öffnen und den Inhalt zu sehen würde zugleich das Ende seiner Phantasien bedeuten – wenn zum Beispiel eine bakterielle Bombe darin wäre. Ließ er ihn jedoch geschlossen, würde die Spannung nie aufhören. Es war nicht wichtig hineinzusehen. Es kam darauf an, sich weiter auszumalen, was darin sein könnte.

Jiro beobachtete, wie das Licht in den Blättern der Alleebäume tanzte. Vielleicht verbarg sich in diesem Tanz die Antwort auf das Rätsel der Welt. Damit ihm nichts entging, starrte er weiter dorthin. Vielleicht erhaschte er zwischen den flirrenden Blättern einen Blick auf eine Nahtstelle göttlichen Wirkens. Vielleicht existierte irgendwo auf dieser vollkommenen Welt doch noch eine Lücke, eine Grube, ein Spalt oder ein vergessenes Werkzeug. Irgend etwas, das Gott übersehen hatte.

Jiro schaute sich aufmerksam um, ließ seine Phantasie spielen. Den Ranzen trug er die ganze Zeit auf dem Rücken. Er brauchte ihn nur zu öffnen, um die Welt in die Katastrophe zu stürzen. Aber er hatte nicht die Absicht, dies sofort zu tun. Er würde mit ihr spielen, warten, bis sie zermürbt war. Die Zeit würde kommen, wenn selbst die Aufmerksamkeit Gottes nachließ. Dann würde Jiro die Nahtstelle der Welt entdecken, sie aufreißen und alle Lügen durchschauen.

Auf dem Rückweg trafen die beiden Jungen auf ein etwa zehnköpfiges Filmteam, das in einer Gasse hinter einem Haus mit Dreharbeiten beschäftigt war. In der Mitte stand ein Mann mit einer großen Kamera. Eine Frau sprach hinein. Jiro und Shiro gingen näher heran, blieben in etwa zehn Meter Entfernung im Schatten der Alleebäume stehen und beobachteten die Szene. Sie sahen zum ersten Mal, wie ein Film gedreht wird. Ein braungebrannter Mann neben dem Kameramann schien der Chef zu sein. Jedesmal, wenn er etwas sagte, liefen die anderen wie aufgescheucht herum. Jiro vermutete, daß er der Regisseur war. Ein großer, schlaksiger junger Mann rannte immer wieder zwischen ihm und der Schauspielerin hin und her. Er hatte wohl die Aufgabe, ihr die Anweisungen des Braungebrannten zu übermitteln, vor dem er sich zur Erheiterung der beiden Jungen auf fast absurde Weise zu fürchten schien.

»Wird's bald!« schrie der braungebrannte Mann.

»Jawohl«, antwortete der lange junge Mann und wedelte aufgeregt mit den Händen vor der schönen jungen Frau herum, die ihr Unverständnis angesichts seiner gestenreichen Erklärungen nicht verbergen konnte. Sie schienen in einer Sackgasse angelangt. Wie als Reaktion darauf schoben sich Wolken vor die Sonne. Sofort verschwand das Licht, und die Welt versank im Schatten.

»Die Sonne ist weg!« rief jemand, und alle sahen zum Himmel.

Das Licht wich immer mehr aus der Gasse, von den Bäumen, aus der Stadt zurück. Die junge Frau sah den Regisseur an, ihre Pupillen fingen die letzten Strahlen ein und leuchteten auf. Auch in den Schweißperlen, die dem jungen Mann übers Gesicht liefen, funkelte das Licht wie ein letztes Aufflackern von Leben. Jiro überlegte, ob es vielleicht Tränen waren, und strengte seine Augen an. Der junge Mann hielt die Fäuste geballt.

Wieder schrie der Regisseur ihm etwas zu. Hastig hob der junge Mann den Kopf.

»Ihr stört! Ihr seid im Bild«, rief er und rannte mit wedelnden Händen zu den Kindern, als wollte er Fliegen verscheuchen. »Macht, daß ihr wegkommt. Weg, haut ab! Verstanden? Geht da drüben hin.« Er deutete mit dem Finger in die Ferne.

»Wir wollen aber nicht«, schrie Jiro zurück.

Der junge Mann machte ein verdutztes Gesicht. »Seid ihr Japaner?« fragte er. »Versteht ihr Japanisch?«

»Wir gucken nur zu«, sagte Jiro.

Der junge Mann riß die Augen auf. »Was macht ihr hier? Wo sind eure Eltern? Es ist gefährlich für Kinder, auf der

Straße herumzustreunen.« Sein Blick blieb an Jiros Ranzen hängen. »Ein ganz neuer Tornister? Gibt es hier in der Nähe eine japanische Schule?«

»Ja, da drüben war eine«, sagte Jiro und zeigte mit dem Finger in die Richtung. »Aber jetzt nicht mehr. Jetzt ist dort nur noch alles dunkel. Früher war da die Schule, aber jetzt ist sie weg.«

»Das kann doch nicht sein«, murmelte der junge Mann mit stierem Blick. »Davon habe ich ja noch nie gehört!«

»Trödel gefälligst nicht rum«, brüllte der Regisseur von hinten. »Die Sonne ist gleich wieder da. Los, wird's bald!«

Die Sonne drängte sich langsam hinter den Wolken hervor. Es sah fast unheimlich aus, so als erhöbe sich ein Tier mit goldglänzendem Fell von einer großen schwimmenden Insel und tauchte die ganze Welt in seinen Glanz. Das Licht kroch über den Boden und erlöste die Stadt aus dem Dunkel. Goldenes Licht ergoß sich über den Boden, und die Sonne stieg glutrot aus den Wolken auf.

»Sie kommt!« rief jemand. Rasch klemmte sich der junge Mann Jiro und Shiro fest unter die Arme und trug sie auf die andere Seite. Für Jiro geriet die Welt ins Wanken, bebte, verzog sich, und die Farben liefen ineinander. Es machte ihm Spaß. Er hatte das Gefühl, mit Schwung durch die Luft zu fliegen, und wünschte sich, daß es niemals aufhöre.

»Juhu«, juchzte Shiro vergnügt.

Aber der junge Mann setzte die beiden ab und rannte zu den Dreharbeiten auf die andere Straßenseite zurück, als tauchte er in ein Meer aus Licht ein.

Die beiden Kinder machten kehrt und gingen auf das leere Baugelände zu. Unterwegs schaute Shiro immer wieder zu der roten Sonne am Himmel auf. Die Sonne kommt! hatten sie gerufen. Erwachsene waren manchmal komisch. Shiro lachte. Auch Jiro dachte über die Sonne nach. Er hatte das Gefühl, daß sich ein Geheimnis dahinter verbarg. Wieso konnte dieser rote Ball die Dunkelheit erhellen?

Der blonde Ausländer war diesmal nicht am Fenster. Shiro warf ein paar Steinchen gegen die Scheibe, aber es tat sich nichts.

»Vielleicht ist er gestorben«, murmelte er.

Ohne Shiro zu beachten, ging Jiro an dem Gebäude entlang. Bald kamen sie an ein Wasserbecken, an dem eine weißgekleidete junge Frau Wäsche wusch. Als sie die beiden Jungen auf sich zukommen sah, machte sie ein ebenso verblüfftes Gesicht wie der junge Mann vom Film.

»Wie seid ihr denn hier hereingekommen?« fragte sie kaum hörbar. Ihre Stimme klang, als käme sie aus einem schlechten Lautsprecher. Die beiden Kinder zeigten auf das leere Gelände. Die Wolken verdeckten nach und nach wieder die Sonne. Schatten senkte sich über die Umgebung, und die Umrisse verschwammen.

»Da vorn ist ein Exerzierplatz für die Truppen, da dürft ihr nicht hin. Es ist zu gefährlich für euch, geht lieber zurück.«

Die Uniform der jungen Frau war schmucklos, aber von blendendem Weiß. Sie deutete auf das Gebäude hinter sich. Sie sahen eine Tür, die in einen Gang führte. Aus der dunklen Öffnung kamen ein nicht gerade strammer Soldat und, auf einen Stock gestützt, der blonde Fremde. Er hatte ein Gipsbein und humpelte. Der leise Ausruf der jungen Frau entging Jiro nicht. Der Fremde mit dem Stock hatte die junge Frau bemerkt und ließ sie nicht aus den Augen. Sie schien beunruhigt und nervös wegen des Soldaten. Abwechselnd schaute sie nach oben und unten, fast wie ein aufgeregtes Kind. Nun packte die junge Krankenschwester Jiro und Shiro an den Armen, vielleicht weil sie sich verantwortlich fühlte oder um ihre Autorität zu zeigen, und forderte sie auf, nach Hause zu gehen. Jiro versuchte sich loszureißen, aber sie hielt ihn fest.

Der Soldat kam zu ihnen herüber. »Was ist denn hier los?« fragte er gutmütig.

»Ich glaube, sie haben ihre Eltern verloren«, antwortete die Schwester.

»Macht ihr einen Krankenbesuch?« Der Soldat lächelte die beiden Kinder an. Jiro entging nicht, daß der Fremde und die junge Frau hinter seinem Rücken Blicke tauschten.

»Ein Spion hat uns eine geheime Bombe anvertraut«, erklärte Jiro. Das Gesicht des Soldaten verfinsterte sich einen Augenblick, dann lächelte er wieder.

»Du bist ja lustig, Kleiner«, sagte er. Während der Soldat mit Jiro beschäftigt war, versuchte der Fremde, der jungen Frau etwas in die Hand zu drücken, aber sie nahm es nicht. Vielleicht hatte sie Angst vor dem Soldaten.

»Lustig?« äffte Jiro ihn nach.

»Ein ganz neuer Tornister, was?« Der Soldat berührte Jiros Ranzen.

»Lustig, was?« fragte Jiro.

»So einen tollen Tornister hab' ich noch nie gesehen. Ihr seid vornehme Jungs, was? Tut mir leid, daß bei euch jemand verletzt ist. Wenn ihr wollt, könnt ihr drinnen spielen.«

Jiro ahnte, daß der Fremde der jungen Frau etwas mitteilen wollte. Die beiden brauchten Zeit. Die Sonne verschwand nun völlig, und Schatten breitete sich aus.

»Ich will nicht«, schrie Jiro und rannte auf den Exerzierplatz zu.

Shiro war begeistert und rannte seinem Bruder hinterher, während er »Lustig! Lustig!« schrie.

Schimpfend nahm der Soldat die Verfolgung auf. Im Laufen drehte sich Jiro verstohlen nach dem Fremden und der Schwester um. Er sah, wie die junge Frau in dem Schatten, der sich über die Welt legte, etwas von dem Fremden entgegennahm. Das Lächeln, das auf ihrem Gesicht erschien, übertrug sich sofort auf den Fremden. Die beiden sahen sich an, und ihr inneres Licht verschmolz.

Craig Bouchards Tagebuch 3

13. Juli

Heute ist etwas Wunderbares geschehen. Ich konnte Verbindung mit ihr aufnehmen. Auch ganz nüchtern betrachtet, erscheint mir das wie ein Wunder. In diesem feindlichen Gefängnis habe ich einen Menschen gefunden, der mich versteht. Zumindest hat sie die kleine Marienfigur angenommen, die ich ihr hinter dem Rücken des Soldaten zugesteckt habe. Meine Mutter hat sie mir gegeben, als ich Pilot wurde. Die Figur ist ungefähr drei Zentimeter hoch und aus Kristall. Wenn man sie gegen das Licht hält, leuchtet sie in allen Regenbogenfarben. Ich brauche nicht zu erwähnen, wieviel Mut und Entschlossenheit es mich gekostet hat, sie dem Mädchen zu geben. Diese Maria war der einzige persönliche Gegenstand, den ich hier hatte, und überdies ein Geschenk meiner Mutter zu meinem Schutz. Aber ich wollte ihr etwas geben, das für mich sehr wertvoll ist. Sollten wir beide im Blitz der Bombe verlöschen, so gibt es selbst in dieser absurden, sinnlosen Situation noch etwas, das uns, und sei es auch nur kurz, verbindet. Etwas, das mir die Kraft gibt, bis zum Schluß ein Mensch zu bleiben.

Als sie hinter dem Rücken des Soldaten die Hand nach mir ausstreckte, habe ich mitten in diesem barbarischen fernöstlichen Land das Edelste und Schönste auf der Welt entdeckt. Nie werde ich ihr aufgeregtes Gesicht vergessen, als sie die Maria aus meiner Hand entgegennahm und sie in die Tasche ihrer Uniform gleiten ließ. Wahrscheinlich setzte sie ihr Leben aufs Spiel. Warum begab sie sich in so große Gefahr? Wenn der Soldat sie erwischt hätte, hätte sie nicht nur ihre Arbeit verloren, sondern wäre aus der Gesellschaft ausgestoßen worden. Wären wir ein Paar, wäre ein solches Risiko für mich noch verständlich. Aber wir haben ja noch nie ein Wort miteinander gewechselt und kaum einen Blick getauscht. Nie konnten wir uns eine Freiheit erlauben oder zumindest unsere Neugier befriedigen. Heißt das, sie empfindet das gleiche wie ich? Sie empfindet das gleiche ... Keine andere Erklärung rechtfertigt das Risiko, das sie eingegangen ist. Wenn das so ist, kann ich nicht anders, als an die Existenz Gottes zu glauben.

Ich kann nachts nicht schlafen. Die ganze Zeit denke ich an dieses Mädchen, dessen Namen ich nicht einmal weiß. Ich muß sie retten, auch wenn sie die einzige ist. Sie muß so schnell wie möglich von der Bombe erfahren und aus Hiroshima fort. Wenn ich daran denke, geht die Nacht in Flammen auf, überwältigt mich, verbrennt mich. Es zerreißt mir das Herz.

14. Juli

Seit dem Morgen regnet es, und dichte, dunkle Wolken bedecken den Himmel. Ich strecke die Hände durch die Gitterstäbe und lasse die Regentropfen auf meine Handflächen prasseln. Ihre Kühle tut gut. Aber bei diesem Regen kann das Mädchen nicht waschen. Der Gang durch den Korridor ist nun zu meiner einzigen Freude geworden.

Nach dem zermürbenden Verhör von Oberstleutnant Mitsui hat Yasuba mir heute eine Zigarette angeboten. Es war eine von diesen kleinen, derben japanischen Zigaretten, aber der lang entbehrte Rauch fühlte sich gut in meinen Lungen an. Während wir rauchten, erzählte mir Yasuba, er wolle nach Kriegsende wieder nach Amerika gehen.

»Wenn der Krieg nicht wäre, würde ich mich an der Universität Tokio mit amerikanischer Literatur beschäftigen. Der Autor, der mich am meisten fesselt und interessiert, ist Melville. Sie haben ihn sicher gelesen?«

»Natürlich, in Amerika gibt es kaum jemanden, der ihn nicht kennt. Zumindest jeder, der eine gewisse Schulbildung hat, weiß etwas über ihn. Besonders wer wie ich aus New York stammt, schätzt ihn als großen Schriftsteller seiner Heimat.«

»Also haben Sie etwas von ihm gelesen.«

»*Moby Dick* ist natürlich besonders gut, aber das ist nicht das einzige Buch von ihm, das mir gefällt. Am meisten liebe ich *Clarel*, einen Roman in Versform, den er gegen Ende seines Lebens geschrieben hat. In diesem Poem beschäftigt er sich mit dem Widerstreit zwischen Glauben und Atheismus. Dieses großartige Werk enthält alle seine Gedanken, finde ich.«

Yasuba war verblüfft, und seine Augen glänzten, als hätten sie jegliches Licht des düsteren Raumes absorbiert.

»Clarel?« Er lächelte. Auf seinem Gesicht lag die Überraschung eines Menschen, der nach zig Jahren einen alten Freund wiedertrifft. »Sie haben *Clarel* gelesen?«

Als ich nickte, brach er in Lachen aus. »Nicht zu fassen«, sagte er. »Ein umfangreiches Werk, es hat achtzehntausend Zeilen.«

»Ich kann Ihnen nicht jede einzelne aufsagen, aber gelesen habe ich es. Sogar noch einmal vor kurzem.«

Yasuba wurde wieder ernst und atmete hörbar durch die Nase ein und aus. »Und haben Sie auch *Pierre* gelesen?«

Ich nickte. »Ja, aber das gefällt mir nicht so. Es kommt zuviel Wahnsinn und Unmoral darin vor.«

»Da irren Sie sich. Es leugnet den Gedanken der christlichen Liebe nicht. Doch hat die zeitgenössische Literaturkritik es so stark verurteilt, daß Melville sogar – soweit ich mich erinnere – eine Zeitlang seine schriftstellerische Arbeit aufgegeben hat. Durch die Tiefe, mit der der westliche Nihilismus darin behandelt wird, ist es *Moby Dick* literarisch und philosophisch weit überlegen, finde ich.«

Jetzt war es an mir zu lachen. Wie hätte ich jemals ahnen können, daß ich in einem Militärgefängnis im fernsten Asien auf einen Melville-Experten treffen würde?

»Aber inzwischen hat man ihn rehabilitiert. Nach dem Ersten Weltkrieg wurden in London Melvilles *Gesammelte Werke* herausgegeben. Seine visionären Schriften über die Natur, die Zivilisation und das Schicksal des Menschen faszinieren nicht nur Literaturkenner, sondern auch das allgemeine Lesepublikum.«

Diese ausgiebige Melville-Lektüre während meines Studiums verdanke ich Richard Melville. Er war einer meiner Lehrer auf der Oberschule und ist ein Urenkel von Herman Melville. Richard lieh mir alle Werke seines Urgroßvaters, in dessen Haus er wohnt. Ich las sie hauptsächlich, um ihm einen Gefallen zu tun. Ich glaube nicht, daß ich damals viel von dem verstand, was ich las. Richard und ich schrieben uns noch, als ich Pilot wurde. Damals las ich die *Die Veranda* und andere Erzählungen, die Melville gegen Ende seines Lebens geschrieben hatte. Durch sie lernte ich ihn erstmals richtig schätzen und lieben. Als ich auf Tinian stationiert war, bat ich meine Mutter, mir Melvilles Werke zu schicken. Dort las ich auch *Clarel*.

Mein japanischer Dolmetscher Yasuba hat Jugenderinnerungen in mir geweckt, an meine wilde Zeit an der Oberschule und an die Tage auf dem Campus. Ich dachte an die Schönheit der sich dort im Wind wiegenden Bäume. Plötzlich stieg Heimweh in mir auf, und ich seufzte tief.

Wie soll ich dieses gähnende Loch in meiner Brust schließen?

Der Großvater meines Lehrers Richard Melville war ein Sohn des großen Schriftstellers und wie dieser ein begeisterter Reisender. Er kam bei einer seiner Expeditionen ums Leben, doch seine damalige Geliebte bekam ein Kind von Lehrer Melvilles Großvater. Als der Schriftsteller Melville den Säugling sah, in dessen Adern das Blut seines Sohnes floß, wurde er offenbar von einer Gemütsbewegung ergriffen. Daß er nach zwanzig Jahren vor diesem Hintergrund wieder anfing zu schreiben, war damit Richards Großvater, also Melvilles Sohn, zu verdanken. Eigentlich gefällt mir das 1876 erschienene lange Poem *Clarel* aus dem sehr persönlichen Grund, daß ich Melville durch Richard kennengelernt habe.

Während ich mit Yasuba über Melville plauderte, vergaß ich die Zeit. Die Werke Melvilles, der tiefe Einsicht in das Schicksal der Menschen hatte, haben mich Yasuba sehr nahegebracht. Ich halte es für einen Irrtum, einen göttlichen Einfluß auf unser gegenseitiges Verständnis zu leugnen. Als ich einen Blick zur Decke des Verhörzimmers warf, spürte ich die Anwesenheit Gottes. Ich habe doch noch nicht jede Hoffnung aufgegeben. Dieser Mann kann mich verstehen. Bei dem Anblick dieses Menschen, der so eifrig über Melville sprach, mußte ich plötzlich an die Nachwelt denken.

Auch wenn ich hier zu Asche werde, gibt es eine Möglichkeit für mich weiterzuleben. Etwas, was mir, wäre ich nicht in einer so wahnwitzigen Lage, nie eingefallen wäre. Allerdings beträgt die Wahrscheinlichkeit, daß diese Hoffnung sich erfüllt, eins zu einer Million.

Kurz bevor Yasuba und ich auseinandergingen, sprach ich noch einmal von dem drohenden Bombenabwurf. Sein Gesicht verfinsterte sich, und er blickte sich vorsichtig um. Da der Soldat, der auf mich wartete, zu uns herübersah, sagte

Yasuba hastig zu mir: »Wir dürfen hier nicht darüber sprechen.«

»Aber wir haben keine Zeit. Wenn Sie Ihre Familie retten wollen, müssen Sie mir glauben.«

Der Soldat baute sich neben mir auf, und Yasuba ging davon, ohne mich anzusehen. Ist es mir gelungen, einen kleinen Anker in seinem Herzen zu versenken? Ich sah ihm nach. In Yasubas gebeugtem Rücken sehe ich meine einzige Hoffnung.

15. Juli

Ich habe eine Idee. Seit heute morgen reift in mir der Plan, ein Kind zu hinterlassen. Würde mir das gelingen, könnte dieses Kind meinen Platz auf der Welt einnehmen, auf der ich nicht mehr bin. Ich werde diesem Wahnsinn nicht entkommen. Dieses Kind wird sein Leben leben und eine andere Persönlichkeit haben als ich. Noch ist es nur die Skizze einer Idee, mehr nicht, und im Grunde keine Lösung meines Problems. Immer wieder grübele ich seufzend darüber nach.

Am Nachmittag habe ich sie im Korridor gesehen. Hinter dem Rücken des Soldaten lächelte sie mir einen Augenblick lang zu. Sie hat meine Marienfigur. Wenigstens gibt es nun etwas, das uns verbindet. Ich sehe sie an. In ihr liegt die Lösung meines Problems, glaube ich. Ich muß ihr näherkommen. Ich kann an nichts anderes mehr denken. Ich muß mich mit dem lieblichen Mädchen vereinen. Durch sie kann ich das Schlimmste abwenden.

Heute nacht beim Schreiben hatte ich noch eine Idee. Wie wäre es, wenn ich dieses Tagebuch Yasuba zeigen würde? Dann würde er mir doch sicher glauben?

16. Juli

Ich habe den ganzen Tag aus dem Fenster geschaut. Mitsui hatte heute keine Zeit, mich zu verhören, und ich bin nicht aus meiner Zelle herausgekommen. Deshalb konnte ich das Mädchen auch nicht sehen. Ich bin nervös, denn es bleibt kaum noch Zeit. Ich bete, daß mich jemand hier herausholt.

Vor der Kaserne exerzieren die jungen Soldaten. Ich höre nur ihre Stimmen. Wozu exerzieren sie noch? Bald wird diese Stadt zu Asche werden, und Japan muß kapitulieren. Alles wird ausgelöscht. Wozu also dieses sinnlose Exerzieren …?

Abends durfte ich zur Übung ein paar Schritte im Krankenhausflur machen. Auf meinen Stock und eine Schwester gestützt, hinkte ich etwa fünfzig Meter weit. Währenddessen hielt ich die ganze Zeit Ausschau nach dem Mädchen, aber es tauchte nicht auf. Nach dreißig Minuten Gehübungen sah ich mich jedoch etwas Unglaublichem gegenüber: einem anderen amerikanischen Kriegsgefangenen! Er liegt im Krankensaal. Die untere Hälfte seines Körpers hängt an einer Art Seil, das an der Decke befestigt ist. Die ältere Krankenschwester erlaubte uns, miteinander zu reden.

Mein Gegenüber war ebenfalls völlig verblüfft, und zuerst fehlten uns beiden die Worte. Er ist noch jung und Schwarzer und gehörte zur Besatzung eines abgeschossenen Jagdbombers. Anscheinend war er an einem Angriff auf Kure vor einigen Monaten beteiligt.

Er versuchte zu salutieren, aber ich sagte, er solle keine überflüssigen Bewegungen machen. Dann fing er an zu weinen und fragte mich, ob er sterben müsse.

»Herr Oberleutnant, ich habe doch noch Beine, oder? Ich kann sie nicht sehen. Fühlen kann ich sie auch nicht. Ich habe solche Angst, daß sie mir die Beine abgenommen haben«, stieß der arme Junge schluchzend hervor.

Ich tröstete ihn damit, daß alles gut würde und gar nichts mit seinen Beinen los wäre. Zu meinem eigenen Erstaunen versicherte ich ihm, daß der Krieg bald zu Ende sein würde und es nur noch eine Frage kurzer Zeit wäre, daß man uns befreite. Von der Atombombe sagte ich ihm nichts. Er kann sich ohnehin nicht bewegen, und es war nicht in meinem Sinne, ihn auch seiner letzten Hoffnungen zu berauben.

Kurz darauf stürzte mein üblicher Bewacher herein, packte mich am Genick und zerrte mich mit Gewalt aus dem Raum. Dann schrie er die ältere Krankenschwester an, die mich hineingelassen hatte. Sie entschuldigte sich, aber er schimpfte weiter. Ich fürchtete schon, er würde sie schlagen.

Damit waren meine Gehübungen beendet, und ich wurde in meine Zelle zurückgebracht. Der Gedanke an den jungen schwarzen Soldaten, der davon träumt, lebend nach Hause zurückzukehren, läßt mich nicht los. Wenn ich an seine Tränen denke, werden meine Augen ganz heiß. Auch er wird Opfer der Atombombe werden. Zumindest bin ich nicht der einzige Amerikaner, der diesen Tod erleiden wird.

17. Juli

Wieder ist so etwas wie ein Wunder geschehen. Sie hat mir das Frühstück gebracht. Die Tür ging auf, und nachdem mein üblicher Bewacher mich beäugt hatte, betrat sie mit dem Tablett das Zimmer. Ich unterdrückte einen Ausruf und bemühte mich, meine Gefühle soweit wie möglich zu verbergen, bis der Soldat das Zimmer verlassen hatte. Auch sie war sich der Anwesenheit des Soldaten bewußt und hielt den Blick gesenkt. Kaum war er fort, schaute ich sie an. Und sie schaute zurück. Ein Lächeln erschien auf ihrem Gesicht. Im nächsten Augenblick zog sie eine Schnur hervor, die sie unter ihrer weißen Uniform um den Hals trug und an der meine Maria befestigt war. Nachdem sie sie mir gezeigt hatte, steckte sie sie sofort wieder zurück. Sie sagte etwas auf japanisch, vielleicht bedankte sie sich, denn sie verbeugte sich dabei leicht. Ich zeigte auf mich und sagte »Craig«. Sie sah erschrocken aus und wich einen Schritt zurück. Ich zeigte noch einmal auf mich und sagte langsam und weich »Craig«. Dann deutete ich auf ihr Gesicht. Ich blickte fragend und bedeutete ihr wortlos, mir ihren Namen zu sagen. Verständnislos starrte sie auf meinen Zeigefinger. Abermals deutete ich auf mich und wiederholte »Craig« und zeigte dann auf ihr Gesicht. Nach einigen Sekunden formte ihr Mund ihren Namen: »Reiko.«

Ich sprach ihr nach. »Reiko.« Dann zeigte ich wieder auf mich und sagte »Craig«. Diesmal zeigte sie auch auf sich und sagte »Reiko«.

Endlich weiß ich ihren Namen! Reiko, Reiko, Reiko, immer wieder sage ich ihn vor mich hin.

Als der Soldat den Kopf ins Zimmer steckte, beendete Reiko ihre Arbeit und ging hinaus. Um meine Aufregung zu verbergen, griff ich nach der Schale mit der Misosuppe.

Heute abend brachte Reiko mir wieder das Essen. Heimlich, ohne daß der Soldat es merkte, sagte ich ihren Namen. Sie legte den Finger auf die Lippen. Das hieß, wenn ich zu laut spräche, würde der Soldat mich hören. Auf ihrem hübschen Gesicht lag ein verschwörerischer Ausdruck und signalisierte mir Einverständnis. Als sie mir das Abendessen vorlegte, steckte ich ihr die Zeichnung zu, die ich am Nachmittag gemacht hatte. Sie zeigt uns beide, wie wir uns anschauen. Besonders viel Mühe habe ich mir mit dem liebevollen Blick gegeben, den wir tauschen. Damit gelingt es mir sicher, ihr meine Gefühle zu übermitteln. Ich weiß nicht, ob es die erhoffte Reaktion hervorrufen wird. Vielleicht tritt sogar das Gegenteil ein, und sie entzieht sich mir. Aber ich kann sie nicht weiter nur aus der Ferne betrachten. Ich habe keine Zeit mehr. Ich muß ihr mitteilen, was ich fühle. Und ich muß wissen, ob sie das gleiche für mich empfindet.

Wieviel Zeit mir wohl noch bis zum Abwurf der Bombe bleibt? In zwei Wochen haben wir schon August.

Leichnam des Lichts 3

Hast du gerade ›Ranzen‹ gesagt?«

»Ja, Jiro hat ihn mir gegeben.«

Ich schloß die Augen und wartete, bis ich mich etwas beruhigt hatte, bevor ich sie wieder öffnete.

»Und wo ist er jetzt?« fragte ich.

»Bei mir zu Hause.«

»Zu Hause? In deiner Wohnung?« Sie nickte und runzelte die Stirn, alarmiert von meiner entsetzten Miene.

»Hast du hineingesehen?«

»Wieso?« fragte sie argwöhnisch.

Einen Moment lang sahen wir uns schweigend an, dann schien es, als sei ihr etwas eingefallen. Nachdenklich blickte sie in die Ferne.

»Er hat mich gebeten, nicht hineinzusehen.«

»Aber hättest du nicht gern hineingeschaut?«

Sie zögerte und preßte die Lippen aufeinander. Bis zu ihrer Antwort vergingen einige Sekunden. Ihre zusammengekniffenen Augen sagten mir, daß sie verzweifelt versuchte, ein schwieriges Problem zu lösen.

»Ich habe daran gedacht, aber bevor all das passierte, hat er mir immer wieder eingeschärft, ich dürfe auf keinen Fall hineinsehen. Es war, als wolle er mich prüfen. Und nachdem auf ihn geschossen worden war, war ich nicht mehr dazu imstande. Oder nein, ich hatte Angst.«

»Aber jetzt, da Jiro im Koma liegt, bist du doch an kein

Versprechen mehr gebunden. Du kannst nachsehen, wenn du willst. Willst du nicht wissen, was Jiro dir anvertraut hat?«

»Nein, ich schaue nicht nach«, antwortete Tomoko in entschlossenem Ton, als klappte sie einen Deckel zu.

Mein Bruder in seinem Koma sagte nichts. Er hielt Augen und Mund fest geschlossen …

Ich habe meinen Bruder immer bewundert.

Als wir noch Kinder waren, sagte er einmal zu mir: »Ich habe einen Leichnam des Lichts entdeckt.«

Ich fragte mich, ob mein Bruder nicht einfach morbide war. Aber das war es nicht. Er hatte einfach einen Blick für so etwas wie Leichname des Lichts. Man könnte auch sagen, er war kompliziert und eigenwillig. Als Kind fixierte er manchmal eine Straßenecke, ein Gebäude oder einen sonnigen Fleck auf dem Weg und sagte: »Wieder ist eins gestorben.« Damit meinte er das Licht.

»Ich sehe nichts«, entgegnete ich.

Jiro stieß mir mit dem Finger gegen die Brust und lachte. »Wer keine Lebenserfahrung hat, kann das nicht sehen.«

Als Kind war mein Bruder ein Meister der Selbstbeherrschung, aber irgendwann, ich glaube, als er so in der siebten oder achten Klasse war, veränderte er sich. Vielleicht geschah es unter dem Einfluß seiner Freunde? Jiro war ehrgeizig und verlor nicht gern. Also entwickelte er sich allmählich zu einem Anführer und geriet in eine Spirale der Gewalt. Um zu überleben, mußte er stets seine Stärke demonstrieren.

Seinen Mut bewies Jiro, als er in der achten Klasse über den »Himmelsfluß« sprang. *Edge* – Kante oder Klinge – nannten die Schüler die Kluft zwischen den Hochhäusern und der Hochautobahn. Der Abstand dazwischen betrug etwa drei Meter, keine unüberwindliche Distanz für jemanden, der sicher auf den Beinen ist. Doch wer danebentrat, sprang im wahrsten Sinne des Wortes über die Klinge. Man brauchte Mut, ja Kühnheit, dafür. Ich habe Jiro auch einmal den tödlichen Abgrund zwischen den rechtwinkligen Betonmauern überspringen sehen. Zwei Menschen ließen dort ihr Leben. Die Polizei hatte die Fälle als Selbstmorde zu den Akten gelegt, aber alle Halbstarken von Shinjuku-Süd kannten die wahre Todesursache.

Jiro war der erste gewesen, der über die *Edge* sprang. Einer seiner Rivalen wollte ihm diesen Rekord streitig machen, bekam aber kurz vor dem Sprung Angst, trat ins Leere und stürzte in die Tiefe. Nach ihm wagte noch einer den Sprung, er rutschte jedoch ab, als er die andere Seite erreichte, und war verloren. Danach versuchte niemand mehr, den Spalt zu überspringen, und Jiro wurde zu einer wahren Legende in Shinjuku-Süd.

»Es ist schwer, seinen Ruf als Legende zu erhalten«, sagte er immer. Zwei Menschen waren gestorben, um ihm den Rang abzulaufen. Offensichtlich fürchtete er sich ernsthaft davor, daß noch jemand bei dem Versuch, ihm nachzueifern, getötet werden könnte. Glücklicherweise schreckten die beiden Todesfälle jedoch weitere tollkühne Anwärter ab.

Während Jiro der Held der jugendlichen Kriminellen von Shinjuku war, schlug ich einen ganz anderen Weg ein. Ich wollte Maler werden und in einer angenehmen Umgebung arbeiten. Ich lernte fleißig und schaffte es, an einer Kunstakademie angenommen zu werden.

Mein Bruder nannte mich immer einen Streber und machte sich über meine Bilder lustig. Sie erinnerten ihn an Satelliten, die ständig auf ein und derselben Umlaufbahn kreisten. Sie seien nur Rahmen ohne richtigen Inhalt und öde.

Das ärgerte mich, aber es traf zu, und genau aus diesem Grund bin ich dann doch nicht Maler geworden. Die Kritik meiner Lehrer fiel ähnlich aus. Sie sagten das gleiche wie Jiro, nur mit anderen Worten. Meine Bilder seien nicht schlecht, aber eben nicht bahnbrechend. Es fehle ihnen an Aussagekraft, sie seien blutleer.

Mein Bruder ging einer völlig anderen Zukunft entgegen als ich. Er glaubte, zu leben bedeute aufzusteigen, sich über andere zu erheben. Man müsse das Schicksal besiegen, um heller zu strahlen als alle anderen. Er zögerte nicht zu verkünden, wer das nicht schaffe, würde von der Natur ausgesondert. Natürliche Auslese sozusagen. Aber war nicht letztendlich genau das ihm selbst zugestoßen?

Um herauszuragen, schuf er sich ein Königreich der Halbstarken von Shinjuku. »In diesem Reich bin ich König«, sagte er. »Es gibt zwei Kategorien von Menschen: diejenigen, die herrschen, und die, die beherrscht werden. Du wirst mir natürlich widersprechen. Weil du zu den Beherrschten gehörst. Aber das ist die Realität. Ich werde herrschen und alle glücklich machen.«

»Glücklich? Nicht eher unglücklich? Jiro, du machst mir angst.«

»Herrschen ist viel schwieriger, als du denkst. Ein Herrscher muß alle beschützen. Das ist die reinste Plackerei. Heutzutage finden es die meisten Menschen bequemer, Sklaven zu sein. In unserer unsicheren Gesellschaft gilt es als das höchste Glück, beherrscht zu werden. Dann ist man alle Sorgen los. Die Herrschenden entscheiden sogar über deinen Tod. Was kann es Bequemeres geben?«

Dieses Gerede stieß mich ab. Es war das erste Mal, daß ich meinem Bruder richtig die Meinung sagte. Ich konnte ihm nicht erlauben, auf dem, was meine Existenz ausmachte, herumzutrampeln.

»In deinem Königreich wird die Persönlichkeit von Menschen wie mir nicht geachtet«, sagte ich.

Jiro warf mir einen mitleidigen Blick zu. »So habe ich das nicht gemeint«, murmelte er. »Ich meine nur, daß jeder seinem Wesen entsprechend leben soll. Du hast Komplexe mir gegenüber, und du wirst mich nie überflügeln. Ich bin dein Spiegel, dein Stolz und deine Hoffnung. Stimmt doch? Das klingt vielleicht hart, aber es ist wahr. Du solltest dich über meinen Erfolg freuen wie über deinen eigenen. Genauso wie die anderen; die Frauen, die mich lieben, und die Männer, die mich bewundern, ich herrsche über sie alle. Und wenn ich sie nicht mehr beachte, verlieren sie ihr Licht und stehen im Dunkeln. Ich bin das Licht. Licht ist kostbarer als die Zeit, schneller und schöner als jede Erinnerung. Und es ist noch zu früh für mich, zu einem Leichnam des Lichts zu werden.«

Tomoko weinte. Mit jeder der leuchtenden Perlen, die über ihre Wange zu Boden rannen, wuchs meine Stärke. Jiro war nun zu einer Lichtleiche geworden. In seinem Gesicht war keinerlei Lebenskraft mehr, und seine strahlende Aura war völlig verschwunden. Jiro tat mir sehr leid, doch jemand anderes tat mir noch viel mehr leid. Dennoch war ich nicht imstande, Tomoko vor meinem zur Reglosigkeit verdammten Bruder meine Liebe zu erklären. Aber sollte ich sie, die vielleicht darauf wartete, daß ich ihr meine Gefühle zeigte, im Stich lassen? Bis zu dem Anschlag auf ihn hatte Jiro sie und auch mich beherrscht. Ich mußte seinen Bann brechen. Seinen Geist abschütteln. Jiro ins Gesicht sehen.

Entschlossen stand ich auf, trat von hinten an Tomoko heran und legte ihr die Hand auf die Schulter. Erschrocken drehte sie sich um und stand auf. Ich nahm sie in die Arme. Nach kurzem Zögern wehrte sie sich. Ich umarmte sie fester. Aber tat ich jetzt nicht genau das gleiche wie Jiro? Imitierte ich ihn? Ich verstärkte den Druck meiner Arme und Hände.

»Was machst du denn?« fragte Tomoko leise. Ihre Stimme war kaum mehr als ein Seufzer, und es war ein sinnliches Beben darin, als hätte sie auf etwas Derartiges gewartet.

Mir fiel nichts anderes ein, als sie noch fester in die Arme zu schließen. Ich sah in Jiros Gesicht. Es glich einer Totenmaske. Weder Protest noch Hohn spiegelten sich darin. Verwirrt über mein niederträchtiges Tun, hielt ich Tomoko weiter im Arm.

»Ich habe immer in Jiros Schatten gestanden. Er überstrahlte alles. Aber ich kann nicht mein ganzes Leben lang seinem glitzernden Fahrwasser folgen. Ich lebe, Tomoko, und du lebst auch.«

Tomoko wehrte sich nicht mehr. Ich konnte mich nicht beherrschen und preßte gewaltsam meine bebenden Lippen auf ihren Mund.

Jiros Welt 5

Jiro rannte weiter durch die feuchtheiße Luft vor dem Soldaten davon. Geschickt entwischte er ihm, indem er jäh in den Schatten des Gebäudes abschwenkte. Von Shiro war nichts zu sehen. Er war wohl nach Hause gegangen. Der Ausländer und die junge Krankenschwester standen wie Wachsfiguren zur Staffage irgendwo am Rand.

Die Sonne war nun ganz hinter den Wolken verschwunden, und die Welt lag im Halbdunkel. Eine so düstere Szenerie hatte Jiro noch nie gesehen. Auf den Mauern der Gebäude lagen dunkle Schatten. Die Bäume standen still und starr. Im schwachen Licht wirkte das Gesicht des Soldaten, der Jiro verfolgt hatte, wie das einer Leiche. Es war, als hätte sich ein Traum in einen Alptraum verwandelt. Dabei war er nur um die Kaserne gerannt, um dem Fremden und der Krankenschwester etwas Zeit zu geben …

Jiro lief über das leere Grundstück und flüchtete sich unter die Treppe des Hauses, in dem er wohnte. Kein Lichtstrahl drang dorthin, und er kauerte sich mit angehaltenem Atem zusammen, um zu warten, bis der Soldat vorbeigelaufen war. Es war still. Absolut nichts war zu hören, weder Vogelgezwitscher noch das Rauschen des Windes in den Blättern der Bäume. Es herrschte abendliche Dunkelheit, obwohl nur die Wolken die Sonne verfinsterten. Vorsichtig steckte Jiro den Kopf heraus und schaute zum Himmel. Er wirkte trocken und kalt.

Gleich darauf drang vom Ende der Straße ein neues Signal an seine Ohren: die Schritte vieler Menschen. Der Rhythmus von Stiefeln. Eine Gruppe Soldaten in grauen Uniformen marschierte die Straße entlang auf Jiro zu. Es waren Hunderte oder Tausende. Sie hatten schwere Gewehre geschultert und trugen eine große Fahne mit einer strahlenden roten Sonne vor sich her. Unter den Mützen konnte er ihre Gesichter nicht erkennen, aber die spitzen Kinne kündeten davon, daß die Soldaten schon lange unterwegs waren. Nur die Augen eines Berittenen leuchteten wachsam unter seiner Mütze hervor, als sie nahe an Jiro vorbeimarschierten. Es war ein unheimliches Leuchten wie von Röntgenstrahlen, und Jiro fühlte sich entdeckt.

Der Trupp blockierte die ganze Straße. Die Fahne flatterte vor einem lichtlosen Himmel. Dichte graue Wolken hatten die Sonne geschluckt. Jiro bekam Angst. Die Ahnung einer unbekannten, nie erlebten Gewalt überkam ihn. Würden sie ihn töten, wenn sie ihn fanden? Jiro setzte sich den Ranzen wieder auf. Im Notfall würde er die Bombe zünden.

Genau, das werde ich tun, sagte er sich.

So unauffällig wie möglich verließ Jiro sein Versteck und stieg die schäbige Treppe hinauf. Er wollte sich in eine Wohnung flüchten und warten, bis die Sonne wieder hervorkam und die Welt erleuchtete. Aber die Türen auf allen Stockwerken schienen von innen abgeschlossen. Als er von einem Treppenabsatz aus einen Blick nach unten warf, begegnete er für einen Moment dem des Reiters. Ein weißblaues Blitzen traf Jiro. Der Reiter gab einen Befehl, und mehrere Soldaten begannen, behende und unaufhaltsam wie Maschinen die Treppe zu erstürmen. Jiro stieß einen kindlichen Schrei aus und rannte weiter nach oben. »Rettet mich aus diesem Alptraum!« schrie er. Er hörte die Stiefel der Soldaten von unten heraufstampfen, immer näher, grimmig, gnadenlos.

Endlich fand Jiro eine Tür, die nicht abgeschlossen war. Er schlüpfte hinein, verriegelte sie von innen und holte tief Luft. Er hörte, wie die Soldaten auf dem Weg in das obere Stockwerk vorbeimarschierten. Das Hämmern seines Herzens dröhnte ihm in den Ohren. Er versuchte, ruhiger zu atmen. Als sich seine Augen an die Dunkelheit gewöhnt hatten, schlich er wieder in den Flur. Irgendwo ertönte Musik. Schließlich kam er an eine Tür, aus der ein schwacher Lichtstrahl drang. In der Wohnung dahinter schienen Leute zu sein. Vorsichtig ging Jiro näher heran und spähte durch den Türspalt. Sein Herz begann wieder zu klopfen. Nackte Frauen tanzten dort mit fliegenden Haaren. Einige lagen auf dem Boden, einige erbrachen sich sogar. Die Augen der Frauen, die bei ihrem wilden Tanz ab und zu zwischen den Haaren hervorschimmerten, waren starr auf einen Punkt im Raum gerichtet. Es war so unheimlich, daß Jiro es nicht wagte hineinzugehen. Aber auch auf die Treppe traute er sich nicht zurück. Während er überlegte, wo er sich sonst noch verstekken könnte, tauchte der Mann mit dem Cowboyhut auf.

»Was machst du hier?« fragte er mit tiefer, drohender Stimme. Jiro wollte antworten, brachte aber kein Wort heraus. Der Mann musterte Jiro durchdringend.

»Ach, du bist's, Jiro, ja?« Die Augen des Mannes blitzten metallisch unter der Hutkrempe hervor. »Wohin willst du mit dem Ranzen?«

»Es ist nicht das, was Sie denken«, wollte Jiro antworten, aber noch immer brachte er keinen Ton zustande. Also schüttelte er nur heftig den Kopf.

»Jiro, du warst wie ein kleiner Bruder für mich. Aber du bist wie ein Hund, der die Hand beißt, die ihn füttert. Wo wolltest du ihn verhökern? So billig kommst du mir nicht davon.«

Da der Mann immer näher kam, zog sich Jiro in Richtung der Tür zurück. Er stieß mit dem Rücken gegen eine der tanzenden Frauen. Sie stieß ihn heftig zurück. Vor Schreck und Angst schlug ihm das Herz bis zum Hals.

»Ich habe ihn dir gegeben, weil ich dir mehr vertraut habe als jedem anderen. Aber du wolltest damit abhauen. Du hast mich mit Dreck beworfen. Du weißt genau, daß ich die Verantwortung dafür trage, trotzdem hast du ihn genommen. Du bist ein Schwein. Was wolltest du damit machen? Das Zeug im Ausland verkaufen? Einer wie du würde doch sogar seine Seele verkaufen.«

Der Mann zog eine Pistole aus der Jacke.

»Das schlimmste Verbrechen auf der Welt ist der Verrat an einem Freund. Ich werde dir die Bedeutung von Verantwortung beibringen. Das ist das einzige, was ich als Bruder für dich tun kann.«

»Aber das Geld interessiert mich nicht.«

»Willst du jetzt winseln?« fragte Fujisawa mit einem spöttischen Lächeln und zielte auf Jiro.

»Hör doch, Fujisawa, ich wollte die Welt retten.«

»Du willst mich wohl verarschen?« schrie Fujisawa. Er schien kurz davor abzudrücken.

»Ich wollte das ganze Gesindel dieser dreckigen Stadt retten. König dieser Stadt werden. Ihr Held, ihr Herrscher. Wer zu mir kommt, wird in Sicherheit sein. Jawohl. Irgendwann wollte ich auch dich retten. Willst du nicht der erste sein?«

Fujisawa drückte ab. Direkt nach dem gewaltigen Knall durchschlug die Kugel Jiros Kopf und dann die Tür hinter ihm. Die Frauen kreischten. Gleichzeitig stieß Jiro gegen Fujisawa. Als dieser das Gleichgewicht verlor, flüchtete Jiro, mit beiden Händen die Wunde bedeckend, aus der das Blut herausschoß, durch den Flur. Er versuchte die Treppe hinunterzulaufen, aber Hirnmasse quoll ihm aus dem Kopf. In diesem Zustand würde er es nicht schaffen. Von unten kamen die Soldaten. Jiro riß die Tür zu einer Nachbarwohnung auf und stürzte hinein. Seinen Kopf haltend, schaute Jiro sich darin um.

Es war ein Krankenzimmer.

Neben dem Bett befanden sich moderne Geräte für lebenserhaltende Maßnahmen. Zahlreiche Schläuche verbanden sie mit Jiros Körper, der auf dem Bett in der Mitte des Raumes lag. Außer einem leisen, monotonen Summen herrschte Stille. Jiro fühlte sich wie in einem Kokon. Er konnte seinen Körper nicht kontrollieren, aber er war bei Bewußtsein. Durch seinen Kokon lauschte er der Welt. Doch sosehr er sich auch bemühte, die Fähigkeit, sie zu verstehen, schien ihm immer mehr zu entgleiten. Ähnlich wie bei einem senilen Menschen die Erinnerungen nur noch bruchstückhaft vorhanden sind, erzeugte Jiros Bewußtsein nur noch eine verschwommene, unzusammenhängende Welt.

»Mein Bruder kommt nicht zurück. Von nun an werde ich dich beschützen«, hörte Jiro die Stimme seines Bruders Shiro. Das Schweigen und das Atmen von Tomoko und Shiro weckten ein Gefühl von Wehmut in Jiro.

Lose my memory 5

Tomoko ließ sich zwar von Shiro küssen, aber sie war nicht mit dem Herzen dabei. Sie gab sich Mühe, aber die Erinnerung an Jiro hinderte sie daran, etwas für seinen Bruder zu empfinden. Seine Zuneigung beglückte und bekümmerte sie zur gleichen Zeit, und der Schmerz, der in Shiros Umarmung lag, verband sie wie ein starkes Seil.

»Was machen wir mit dem Ranzen?« flüsterte Tomoko in Shiros Armen.

Er wußte es nicht. Sollten sie ihn Fujisawa aushändigen? Shiro glaubte nicht, daß die Sache damit abgeschlossen wäre. Er und Tomoko wußten schon zuviel. Außerdem widerstrebte es ihm, eine Tasche voller Drogen einer Verbrecherbande in die Hände zu geben. Es war zwar gefährlich, aber vielleicht sollten sie lieber alles der Polizei erzählen. Oder den Ranzen irgendwo verschwinden lassen, wo niemand ihn finden konnte?

»Du weißt, was darin ist?« Tomoko schaute zu Shiro auf. In ihren schwarzen Augen sah er sein Spiegelbild. Ihr Gesichtsausdruck wirkte ängstlich und hilflos wie das eines kleinen Tieres und weckte sein Mitleid.

»Nein, keine Ahnung«, sagte er unruhig und wich bei dieser Lüge spontan etwas zurück. »Und ich will es auch gar nicht wissen.«

Shiro log, weil er nicht wollte, daß Tomoko in die Sache verwickelt würde. »Gib ihn mir«, sagte er.

»Das geht nicht.«

»Warum nicht?«

»Weil Jiro ihn mir anvertraut und gesagt hat, ich darf ihn niemandem geben.«

»Aber es ist doch ganz normal, wenn ich als sein Bruder mich um seine Hinterlassenschaft kümmere.«

»Aber er ist noch nicht tot«, sagte Tomoko ernst und schüttelte den Kopf. Ihre Sturheit überraschte Shiro. Die Sache wurde immer komplizierter.

»Du bist in Gefahr, wenn du ihn behältst.«

Tomoko erbleichte.

»Warum?«

Reglos standen die beiden da. Shiro wußte nicht, wie er es ihr erklären sollte. Tomoko war die erste, die das gespannte Schweigen brach.

»Es gibt etwas, was ich tun muß.«

In diesem Moment ging die Tür auf, und Fujisawa steckte den Kopf ins Zimmer. Shiro blieb fast das Herz stehen. Ihm wurde schwindlig, so daß er Tomoko nicht sofort loslassen konnte.

»Oh, welch glücklicher Zufall!« rief Fujisawa.

Endlich war es Shiro möglich, Tomoko loszulassen.

»Wir wollten gerade gehen«, sagte er, griff vertraulich nach Tomokos Arm, als wäre er ihr Freund, und schickte sich an, zur Tür zu gehen.

»Du könntest uns wenigstens vorstellen«, forderte Fujisawa ihn auf.

»Meine Freundin«, sagte Shiro, bemüht, sich nichts anmerken zu lassen.

Tomoko errötete, und Shiro hoffte, daß Fujisawa es von dort, wo er stand, nicht sehen konnte.

»Ich muß heute wieder die Nacht durcharbeiten«, sagte Shiro.

Er mußte seine Aufregung überspielen, denn Fujisawa

durfte auf keinen Fall erfahren, wer Tomoko wirklich war. Shiro legte eine Hand auf ihre Schulter und schob sie zur Tür. Fujisawa musterte sie argwöhnisch.

»Du hast den Ranzen, stimmt's?« fragte Fujisawa sie laut, als Shiro schon die Hand am Türknauf hatte.

Tomoko blieb wie angewurzelt stehen. Shiro hielt inne und wandte sich Fujisawa zu. Ein überstürzter Abgang wäre jetzt zu verdächtig.

»Ich bin gerade dabei, die Bekannten meines Bruders zu befragen«, lenkte er ab. »Haben Sie doch noch etwas Geduld!«

Damit wollte er außerdem Tomoko auf die Gefahr aufmerksam machen. Nochmals versuchte er, sie aus der Tür zu schieben, aber sie rührte sich nicht vom Fleck. Statt dessen wandte sie sich um und starrte Fujisawa an.

»Haben wir uns nicht schon mal irgendwo gesehen?« Fujisawas Augen glommen.

»Ganz unmöglich«, sagte Shiro. Er nahm Tomokos Arm und zog sie aus dem Zimmer.

Als sie draußen waren, sagte Tomoko nichts, und Shiro wußte nicht, wie er ihr alles erklären sollte. Nachdenklich starrte sie auf die Lampen am Ende des Korridors.

Fujisawas Geschichte 2

He, Jiro, lange nicht gesehen. Du siehst gar nicht mehr so munter aus! Ich hätte nicht gedacht, dich mal so zu sehen. Richtig, auf dich wurde ja geschossen. Aber vielleicht stirbst du gar nicht, sagt die Krankenschwester. Mal sehen. Obwohl es manchmal besser ist, tot zu sein, oder? Du hast so gut ausgesehen, und jetzt? Schauderhaft! Man könnte fast Mitleid kriegen … Aber es gibt da einiges, über das ich nicht im Bilde bin.

Eigentlich würde ich gern wissen, warum du mich betrogen hast.

Wann hast du das noch mal gesagt? Daß du ein Gott werden willst? Um die Menschen aus dieser dreckigen Welt zu erlösen? Du hast geredet wie ein Guru von einer dieser neuen Sekten. Aber nein, nicht Guru, König wolltest du werden. Ich mußte lachen, aber du hast es ganz ernst gemeint. Du warst mir direkt unheimlich. Weißt du noch, wie ich gesagt habe, daß es nicht zusammenpaßt, wenn einer, der die Welt retten will, Koks mit Glasstaub streckt? Na, immerhin sind die, die deinen Stoff geschnupft haben, jetzt im Himmel. Warum du die Welt beherrschen wolltest, habe ich nicht kapiert. Aber es hat ja auch nicht geklappt, und Gott hat dich bestraft. Er fand sicher, daß du große Schuld auf dich geladen hast. Ich finde das auch. Du hast unheimlich viel von dir gehalten und hattest eine Macke. Eine Macke zu haben ist ja an sich nichts Schlimmes, aber andere mit hineinzuziehen ist übel. Vor allem harmlose Zeitgenossen wie mich. Du bist wirklich das letzte.

Wegen dieses Zeugs, das du dir unter den Nagel gerissen hast, sitze ich jetzt ganz schön in der Klemme; wenn ich es nicht bald finde, werde ich ebenfalls eingeschläfert. Wo hast du es nur versteckt? Ich habe alle deine Kumpels und deine ganzen Mädchen abgeklappert, aber nichts gefunden. Hast du den Stoff schon verkauft? Aber das ist unmöglich. Das hätte sich längst herumgesprochen. Er muß also noch irgendwo sein. Sag es mir, wenn du mich retten willst.

Ach, es ist ja zwecklos, in diesem Zustand mit dir zu reden. Du wirst auch nicht wieder zu Bewußtsein kommen. Weißt du, was seltsam ist? Ich sehne mich oft nach den alten Zeiten, als wir beide Shinjuku unsicher gemacht haben. Wir hatten damals so viel Spaß! Bis morgens haben wir mit den Mädchen aus den Hotels gealbert. Zugegeben, sie waren häßlich wie die Nacht. Weißt du noch, was du damals gesagt hast? »Ich würde alles für dich tun, Fujisawa.« Das war eine Lüge. Du hast mich benutzt. Und ich habe dir auch noch diesen Kurierjob anvertraut.

Der Weiße, der dich umgeballert hat und dem du deinen Zustand verdankst, war ein guter Bekannter von dir. Einer von deinen neuen Kumpels. Er ist kürzlich auch krepiert. Die Glassplitter in seinem Kopf haben ihm den Rest gegeben. Er hat nur noch gelallt, und die Augen sind ihm aus dem Kopf gequollen. Aber vor seinem Tod hat er noch etwas Irres gemacht: Er ist mit der Smith & Wesson, mit der er auch auf dich geschossen hat, ins Haus vom Boß gestürmt und hat dort zwei Typen weggepustet. Peinlicherweise war einer der Sohn vom Boß. Und ich bin für die ganze Scheiße verantwortlich. In dieser Stadt werde ich nicht lange überleben. Du kannst da drüben auf mich warten. Ich komme bald nach und mache Hackfleisch aus dir.

Bevor er abgekratzt ist, hat der durchgeknallte Weiße noch ausgepackt. Er sollte dir eine große Menge von dem neuen Yaotou abkaufen. Mit dem Geld wolltest du abhauen. Er wollte den Stoff anscheinend an die amerikanische Mafia weiterverhökern. Aber das weißt du ja sicher. Du hast ihm bestimmt eine Probe mitgegeben. Die Bullen haben beobachtet, wie du aus seinem Haus gekommen bist. Das weiß ich von einem unserer Informanten bei der Polizei. Erschrekkend. Als ich das gehört habe, wäre ich am liebsten gestorben. Wie konntest du so etwas Idiotisches tun?

Heute bin ich mit der schlechtesten Laune meines Lebens aufgewacht. Ich dachte, ich kann mich von der Welt verabschieden. Ernsthaft. Aber vorhin hat mich der Boß angerufen. Er hat mir drei Tage Aufschub gegeben. Wenn ich das Zeug bis dahin nicht finde, sagt er, schwimme ich in der Bucht von Tokio. Immerhin hat er schwimmen gesagt, nicht tauchen. Ekelhaft, in dieser Brühe zu sterben! Jiro, ich bitte dich, hilf mir aus der Patsche. Sag mir, wo der Stoff ist. Jiro, ich bin in echten Schwierigkeiten. Hörst du! Jetzt kann ich dir nicht mal eine verpassen, du würdest es ja gar nicht merken. So eine Scheiße!

Das kommt davon, wenn man vertrauensselig ist. Du und ich, wir waren wie Brüder, und jetzt geht's mir an den Kragen.

Wenigstens habe ich keine Familie. Also ist auch niemand traurig, wenn sie mich umbringen. Was für ein schäbiges Leben! Ganz allein auf der Welt. Mein Vater von der Atombombe getötet. Was für eine blöde Idee, der Nachwelt seine Gene zu hinterlassen. Hätte er einfach brav den Löffel abgegeben, wären mir fünfzig Jahre Leiden erspart geblieben. Warum mußte er noch dieses Verbrechen begehen? Meine Mutter ist vor Kummer gestorben, als ich noch ganz klein war. Sie soll ein trauriges Ende gehabt haben. Mich haben sie dann ins Waisenhaus geschickt, wo ich ahnungslos aufgewachsen bin. Gezeugt wurde ich unmittelbar vor dem Abwurf der Atombombe auf Hiroshima, und mit der japanischen Nachkriegszeit begann mein Leben. Das Ende des Krieges und der Beginn meines Lebens fielen zusammen. Welche Ironie des Schicksals.

Meinen Vater habe ich natürlich nicht gekannt, aber an meine Mutter erinnere ich mich noch ganz schwach. Ich war zwei oder drei Jahre alt, als sie mich vor einer Kirchentür absetzte. Sie hatte durch die Atombombe alles verloren. Ihre Eltern und fast alle ihrer zehn Geschwister waren umgekommen. Sie trägt keine Schuld.

Sie war damals nach Kobe zu ihrem ältesten Bruder geflüchtet, wo sie mich zur Welt brachte. Die Leute hießen auch Fujisawa. Leider wurde ich als Weißer geboren, und es gab einen Riesenskandal. Die Hebamme, die mich auf die Welt holte, soll bei meinem Anblick ohnmächtig geworden sein. Ich hatte zu helle Haut und kein japanisches Gesicht. Damals, direkt nach dem Krieg, fiel man nicht so leicht in Ohnmacht. Ich wurde geächtet. Nicht einmal die Familie wollte etwas mit mir zu tun haben. Alle schämten sich zu Tode. Als Baby bekam ich nie Tageslicht zu sehen, und auch als kleines Kind durfte ich mit keinem Schritt das Haus verlassen. Eines Nachts nahm meine Mutter mich und band mich an einer Kirchentür fest. Die einzige Erinnerung, die ich an sie habe, ist ihr weinendes Gesicht in jener Nacht. Sie hieß Reiko Fujisawa. Ich will nicht angeben, aber sie war sehr hübsch. An die Zeit, als man zwei oder drei Jahre alt war, kann man sich nicht so gut erinnern. Aber daß sie hübsch war, weiß ich noch ganz genau. Eine traurige Erinnerung.

Nie habe ich ihr schönes, tränenüberströmtes Gesicht im Mondlicht vergessen. Auch die Tränen konnten ihre Schönheit nicht entstellen. Seither sind fünfzig Jahre vergangen, aber ihr trauriges Gesicht ist immer bei mir geblieben. Es ist eine Art Trauma für mich. Ich bin ledig. Nie wollte ich heiraten und Kinder bekommen. Ein Leben wie meins kann man doch keinem zumuten. Es ist einfach zu schwer, dieses Leben.

Mein Vater war ein Vollidiot. Wie konnte er nur auf eine so blöde Idee kommen? Er wollte damit irgendeine Verbindung zur Welt halten. Aus seinem Tagebuch geht hervor, daß ihn der Gedanke, ausgelöscht zu werden, sehr quälte. Aber ein bißchen mehr hätte er schon darüber nachdenken können. Vor allem über die Folgen und an das Leid, das daraus entstanden ist.

Ich werde seine Gene aussterben lassen und keine Kinder in diese verfluchte Welt setzen. Ich denke nicht daran, mein Trauma an die nächste Generation weiterzugeben. Nie könnte ich mit der Sorglosigkeit meines Vaters Nachkommen hinterlassen. Mit mir hört es auf. Tut mir leid, Vater, aber hier ist Schluß.

Da ich keine Kinder habe, stirbt die Linie meines Vaters aus. Das ist meine Rache an ihm.

Früher einmal wollte ich nach Amerika gehen, um seine Familie kennenzulernen. Aber das ist schon zig Jahre her. Wahrscheinlich sind seine Eltern längst tot. Seine Schwester müßte allerdings noch am Leben sein. Oder sonst jemand aus der Familie. Doch nachdem ich darüber nachgedacht hatte, gab ich den Plan auf. Der Aufwand wäre zu groß gewesen. Ich hätte einen Bluttest machen müssen, um zu beweisen, wer ich bin, und so weiter. Das war mir alles zu lästig. Wenn ich es wenigstens im Leben zu etwas gebracht hätte. Aber als Drogendealer? Die armen Leute wären sicher erstaunt gewesen, wenn sie plötzlich einen Yakuza in der Familie gehabt hätten. Ehrlich gesagt, wollte ich meinem toten Vater auch keine Schande machen. Also beschloß ich, die ganze Sache zu lassen.

He, Jiro, es war ein schwerer Fehler, mich zu hintergehen. Du wolltest Gott werden, hast du gesagt. Du bist wirklich ein Narr. Als ob es auf dieser Welt einen Gott gäbe! Gott ist ein Wahn, geboren aus der Einsamkeit der Menschen. Schau mich an. Wenn es Gott gäbe, was ist dann mit mir? Oder meinem Vater oder meiner Mutter? Wieso verhungern dann in Afrika jeden Tag Zehntausende von Kindern? Man braucht nur ein bißchen nachzudenken, dann weiß man Bescheid. Es gibt keinen Gott. Oder vielleicht gab es mal einen, aber der ist tot. Man munkelt, er starb an Überarbeitung, weil er zu viele Menschen retten wollte. Aber das hat nichts mit dir und mir zu tun.

Letztendlich vergebe ich dir. Ich verstehe mich zwar selbst nicht, aber ich verzeihe dir, auch wenn du mich verraten hast. Diese Dämlichkeit habe ich wahrscheinlich von meinem Vater geerbt. Oder womöglich bin ich Gott. Mir ist, als könnte ich der ganzen Welt verzeihen.

Lachhaft, oder?

Craig Bouchards Tagebuch 4

18. Juli

Ich habe einen Entschluß gefaßt. Wegen Reiko. Ich werde Yasuba meine Aufzeichnungen zeigen. Daher führe ich sie von nun an in dem Wissen fort, daß er sie lesen wird. Und wenn er sie liest, wird er wissen, daß ich nicht lüge. Außerdem möchte ich, daß er, wenn er überlebt und es irgend geht, mein Tagebuch nach dem Krieg meinen Eltern oder meinem Nachkommen übergibt. Möglichst viele Amerikaner sollen die Gedanken ihres einsamen Landsmannes erfahren, der Opfer der Atombombe wurde, und sich dadurch stets der Sinnlosigkeit des Krieges erinnern.

Ich weiß, daß über Hiroshima eine Atombombe abgeworfen werden soll. Nur sehr wenige Angehörige des amerikanischen Militärs wissen über diese streng geheime Operation Bescheid. Ich weiß davon, weil ich eng mit der zuständigen Sektion verbunden war. Höchstwahrscheinlich kennen die meisten normalen Piloten nicht einmal die Bezeichnung »Atombombe«. Nicht einmal meine Mitarbeiter waren informiert. Man hat ihnen gesagt, es handle sich um eine Bombe von großer Zerstörungskraft, die binnen Sekunden eine ganze Stadt auslöschen kann. Aber über die politischen Erwägungen, die diesem Projekt zugrunde liegen, wissen sie nichts.

Als direkter Untergebener von Colonel Tibbets, der mit der Operation betraut ist, kannte ich als einziger auf der Militärflugbase Tinian die Wahrheit. Tibbets weiß einiges, das auch mir nicht bekannt ist. Zum Beispiel das genaue Abwurfdatum. Aus verschiedenen Anhaltspunkten schließe ich jedoch, daß der Abwurf in die erste Augustwoche fallen wird. Sollte an dem Tag klare Sicht herrschen, wird Hiroshima das erste Ziel sein.

Die amerikanischen Militärs haben bereits seit 1942 die Durchschlagskraft der Entwicklung dieser Bombe begriffen. General L. R. Groves ist der Verantwortliche. Ich war Mitglied der Einheit, die Groves zur endgültigen Verwirklichung des Plans aussandte. Das Sonderkommando – 509. Composite Group – unter General C. Spaatz setzte sich aus Wissenschaftlern und Militärs zusammen. Unsere Mission bestand in Wahrheit in einem Aufklärungsflug zur Vorbereitung des geplanten Abwurfs im August. Der vorgebliche Angriff auf das Schlachtschiff *Haruna* war nur Tarnung.

Unsere Sorge galt natürlich nicht der Bevölkerung von Hiroshima, sondern dem Schutz der Besatzung des Bombers und der begleitenden Maschine, die die Explosion beobachten sollte. Deshalb mußten wir die Topographie Hiroshimas und die dortigen Windverhältnisse durch mehrere Rundflüge erforschen. Wir mußten das Ausmaß der Gefahr für die Aufklärungsflieger genau kennen, die nach der Explosion über Hiroshima fliegen und an verschiedenen Stellen Meßgeräte per Fallschirm abwerfen sollten. Als ich abgeschossen wurde, war ich damit betraut, durch ein Maximum an Informationen das reibungslose Funktionieren dieser Geräte zu garantieren und eine sichere Route für den Rückflug zu erkunden.

Ich verfüge über folgende Informationen: Für einen Abwurf in Frage kommen die Städte Kioto, Hiroshima, Kokura, Niigata oder Nagasaki. Folgende Auswahlkriterien wurden bei der Konferenz des Interimkomitees im Mai festgelegt:

1. Der Durchmesser der Stadt muß drei Meilen betragen.

2. Durch die Explosion müssen größere Schäden bewirkt werden.

3. Die Stadt muß bis August von Bombenangriffen verschont bleiben.

Nach Ansicht des Komitees war das wichtigste der abschreckende Einfluß durch die Wirkung der Bombe. Daher schieden Tokio und Osaka aus, da diese Städte bereits in beträchtlichem Maße durch Luftangriffe zerstört sind. Bis vor kurzem galt Kioto als bevorzugtes Ziel. Groves konstatierte, daß die Zerstörung Kiotos einen maximalen psychologischen Effekt auf Japan haben würde, und alle stimmten ihm weitgehend zu. Doch Kriegsminister Stimson, einer der Hauptverantwortlichen bei diesem Einsatz, vertrat gegen Ende des Monats plötzlich die Gegenposition. Eine atomare Zerstörung Kiotos würde einen starken Haß der Japaner auf Amerika zur Folge haben, der nach dem Krieg eine geistige Hinwendung Japans zur Sowjetunion bewirken könnte. Der Sowjetunion, die nach dem Krieg zweifellos zur größten Bedrohung der Vereinigten Staaten werden würde, käme eine solche Entwicklung nur entgegen, um Japan unter ihren Einfluß zu bringen.

Leider schloß seine Argumentation nicht den Schutz der Kulturdenkmäler in Kioto ein, sondern war rein politisch motiviert. Der August war ein taktisch gewählter Zeitpunkt. Es ging das Gerücht, daß Japan über die Sowjetunion Friedensverhandlungen anbieten wolle. Ein Umstand, den die ganze Welt vor Augen hatte, war, daß Japans Kapitulation Einfluß auf die Macht- und Gebietsverteilung nach dem Krieg haben würde.

Man braucht kaum zu erwähnen, daß mein Aufklärungsflug in Zusammenhang mit Stimsons Bedenken stand. Er bedeutete, daß die Entscheidung für Kioto als erstes Ziel revidiert worden war. Kioto wurde sozusagen aufgrund sowjetischen Einflusses verschont. Was die übrige Städte anging, würde die Zerstörung der dichtbevölkerten Industriemetropole Hiroshima den Japanern wohl den größten Schock versetzen.

Wie hoch liegt die Wahrscheinlichkeit eines Bombenabwurfs auf Hiroshima? Ich schätze, etwa neunzig Prozent. Vielleicht hat Groves Stimson schließlich doch noch überstimmt, und die Bombe wird auf Kioto fallen. Oder das Wetter über Hiroshima ist nicht gut genug. Bei schlechter Sicht könnte man noch auf Kokura umschwenken. Allerdings ist die geographische Lage von Hiroshima für die Erhebung von Daten am besten geeignet. Es ist von Bergen und Meer umgeben, und mehrere Flüsse fließen durch die Stadt; all das sind gute Bezugspunkte für die Wissenschaftler. Kokuras Lage an einer Meerenge macht die Erstellung von Daten schwieriger. Niigata ist zu abgelegen, außerdem ist die Wetterlage am Japanischen Meer instabil. Alles in allem sind die Bedingungen in Hiroshima definitiv am günstigsten.

Nach all dem, was ich weiß, kann ich mir nicht vorstellen, daß die Militärs Hiroshima verschonen werden. Sollte dies doch geschehen, heißt das, daß Gott mich nicht verlassen hat.

Als nächstes muß ich über das Datum des Abwurfs nachdenken. Auch hier spielt die politische Entwicklung eine große Rolle. Vermutlich finden jetzt im Juli umfangreiche strategische Verhandlungen statt, von deren Ergebnis der Zeitpunkt abhängt. Da ich hier von allen Informationen abgeschnitten bin, fällt mir eine Beurteilung schwer. Vielleicht sollte ich Yasuba um die neuesten Nachrichten bitten, die Frage ist nur, wie viele Nachrichten Japan überhaupt erreichen.

Stimson will die Bombe auf jeden Fall abwerfen, um die

Neuaufteilung der Welt nach dem Krieg zugunsten Amerikas zu beeinflussen. Eine von Japans Kapitulationsbedingungen war der Erhalt der Nation und des Kaisertums, doch Stimson forderte bewußt eine bedingungslose Kapitulation. Sollten die japanischen Militärs auf einer Weiterführung des Krieges bestehen, kann er die Bombe mit Unterstützung der öffentlichen Meinung einsetzen und einer internationalen moralischen Ächtung entgehen.

Wir hatten damit gerechnet, daß Japan etwa ein halbes bis ein Jahr nach Deutschland kapitulieren würde. Ich dachte, die im Februar in Jalta geschlossenen Verträge würde sich noch vor August hier auswirken. Ihren Beschlüssen gemäß muß Stalin in den Krieg gegen Japan eintreten. Im Gegenzug hat Roosevelt zugestanden, daß die Sowjetunion nach dem Krieg die Kurilen erhält. Dennoch betrachtet Amerika die wachsende Stärke der Sowjetunion, die die Länder des Ostens von der Herrschaft Deutschlands befreit hat, zunehmend kritisch. Wenn die Sowjetunion Japan den Krieg erklärt, steht zu befürchten, daß ihr Einfluß in Asien nach dem Krieg zunimmt.

Auch in dieser Hinsicht hält Stimson mit der Atombombe einen Trumpf in der Hand. Er muß Japan zur Kapitulation bringen, ehe die Sowjetunion eingreift. Das militärische Gleichgewicht darf sich nach dem Krieg nicht verschieben. Ich schätze, es ist sogar möglich, daß die Bombe noch im Juli abgeworfen wird.

Allerdings erfordern die Messungen und Vorbereitungen sicher mehr Zeit. Auch bei größter Eile werden sie wohl doch den ganzen Juli brauchen, um die genauen Abwurfkoordinaten zu erstellen. Deshalb kommt eher die erste Augustwoche in Frage. Ich vermute, sie werfen die Bombe zwischen dem 5. und dem 10. August.

Ich muß Yasuba spätestens vor Ende dieser Woche meine Aufzeichnungen zeigen. Davor muß ich Reiko irgendwie mitteilen, was ich empfinde, und ihr meine Liebe erklären. Zu zögern wäre Zeitverschwendung. Ich muß mich auf mein Ziel zubewegen, bevor die Welt aus den Fugen gerät.

Lose my memory 6

Der Regisseur war im Studio eingetroffen, und die Vorbereitungen für die Dreharbeiten waren bereits in vollem Gange. Als Tomoko und ich auftauchten, stieß Ishiken einen Pfiff aus, und eine Menge Leute lachten. Inoue jedoch starrte abwesend und kraftlos vor sich hin, obwohl er direkt neben ihm stand. Ich versuchte, seinen Blick aufzufangen, aber er sah mich nicht an. Scherze flogen hin und her. Schließlich suchte Tomoko mit ernster Miene ihr Material zusammen und nahm ihren Platz an der Seite des Regisseurs ein.

Tanei gesellte sich zu mir. »Na also«, sagte er und zwinkerte mir zu. »Und ich dachte schon, du machst dir nichts aus Frauen.«

Mit Hilfe einer Rauchmaschine wurde eine düstere Atmosphäre um die Stadtmauer geschaffen. Die Kamera machte eine unerwartete Frontalaufnahme von der Mauer, und die Komparsen, die die Soldaten spielten, standen hinter der Kamera zum Einmarsch in Nanjing bereit.

An diesem Nachmittag kamen die Dreharbeiten zufriedenstellend voran. Alles lief so glatt, daß mir die bisherigen Verzögerungen wie ein Traum erschienen. Der Regisseur gab ein Okay nach dem anderen, und mir nichts, dir nichts hatten wir mehrere Szenen im Kasten. Doch kurz nach der Essenspause am Abend wurde der Fluß der Arbeiten erneut unterbrochen. Inoue formulierte den Text der Szene, in der die Hauptdarsteller Ai Takeda und Kenji Amamiya sich im Krieg vor dem Stadttor begegnen, noch einmal völlig um. Die Schauspieler zogen angesichts dieser gravierenden Veränderungen lange Gesichter und konnten ihren Ärger nur schlecht verbergen. Kurz darauf kam es zu einem Zwischenfall. Während das ganze Team sich in die Vorbereitungen stürzte, rührte sich eine Person nicht vom Fleck.

»Das paßt doch alles nicht zur vorherigen Handlung«, beklagte sich Ai Takeda bei Tsutaya. Natürlich sprach sie in sehr vorsichtigem, ruhigem Ton, und niemand hätte daraufhin einen solchen Wutausbruch von Inoue erwartet. Ai Takeda war eine noch sehr junge Schauspielerin. Aber sie hatte Temperament und sagte, was sie dachte.

»Wie? Was paßt hier nicht?« schrie Inoue sie an. Einen Moment lang huschten alle Blicke zwischen den beiden hin und her. Takedas Manager eilte an ihre Seite, riet ihr, lieber nichts mehr zu sagen, doch damit goß er nur Öl ins Feuer.

»Ich sage nur, daß dieser Text keinen Bezug zu den Szenen hat, die wir schon gedreht haben. Erklären Sie mir bitte genau, warum Sie den Text geändert haben. Schauspieler sind keine Puppen. Ich bin zwar noch jung, aber ich finde, ein Regisseur muß mich trotzdem ernst nehmen. Ich habe bis jetzt den Mund gehalten, aber durch diese ständigen Textänderungen kann ich nicht zu meiner Rolle finden. Ich verstehe sie nämlich nicht richtig.«

Gemurmel erhob sich. Es waren auch bewundernde Äußerungen über Ai Takedas couragiertes Auftreten dabei. Nie hatte es bisher jemand gewagt, dem großen Hajime Inoue so direkt die Meinung zu sagen. Was die junge Schauspielerin getan hatte, war eine Revolution, die die Welt veränderte.

»Was soll das unverschämte Gerede? Natürlich seid ihr Puppen. Und seit wann sagen Puppen dem Regisseur, was zu tun ist? Was verstehst du schon vom Film?«

»Ich verstehe einiges.«

Ihr Manager versuchte Ai Takeda zu ihrer Garderobe zu ziehen.

»Lassen Sie mich bitte«, wehrte sie sich. »Ich will mit dem Regisseur reden. Dieser Film ist sehr wichtig für mich. Aber wenn ich nicht überzeugt bin, kann ich nicht richtig spielen. Und noch weniger, wenn der Regisseur mir nicht vertraut.«

»Entschuldigen Sie bitte vielmals, Herr Inoue«, winselte der Manager. »Sie meint es nicht so. Sie wird jetzt nicht mehr stören.«

»Halt du doch jetzt mal die Luft an!« schaltete sich Bühnenmeister Tsubono ein. »Kümmer dich um deinen eigenen Kram! Hier geht es um ein Problem der Schauspieler.«

Von diesem Moment an standen alle auf Ai Takedas Seite.

»Wenn ihr euren Text gelernt habt, können wir ja weitermachen«, brummte Inoue und wollte sich abwenden. Aber die junge Frau ließ nicht locker.

»Ich lerne gar nichts, wenn Sie mir nicht zuerst diese Änderungen erklären.«

Inoue blieb stehen und wandte sich zornig zu ihr um. Ai Takeda machte einen Schritt nach vorn. Der Hauptdarsteller kniff und setzte sich mit unbeteiligter Miene, als ginge ihn das Ganze nichts an, auf einen Stuhl.

»Du gehst mir auf die Nerven. Halt jetzt den Mund!« schrie Inoue und warf das zusammengerollte Drehbuch nach Ai Takeda. Allerdings traf er nicht. Ein junger Mann streckte sich nach dem Buch und fing es auf. Es war der dritte Regieassistent, aber für mich nahm er die Gestalt des jungen Inoue an. Der Assistent stellte sich zwischen den Regisseur und die Schauspielerin und schlug in ruhigem Ton vor, erst einmal eine Pause einzulegen. Meuterei! Die Rebellen bekamen Zulauf. Inoues Blick veränderte sich. Er starrte erst den jungen Mann an, dann Ai Takeda. Immer wieder wanderte sein Blick zwischen ihnen hin und her.

»Jetzt haben wir die Bescherung«, signalisierte Tomoko mir mit besorgter Miene. Inoues Erinnerung begann zu verschwimmen.

»Du bist wohl in sie verliebt«, fuhr er den jungen Mann an. Wahrscheinlich hatte Togoro Sakata ihm einst das gleiche gesagt. Aufregung ergriff das ganze Team. Inoue fing an zu schwanken, und Tomoko eilte an seine Seite, um ihn zu stützen. Inoue sah ihr ins Gesicht.

»Fei ...« Im nächsten Moment umklammerte er ihren Arm. Seine Augen huschten umher, und in seinem Gesicht zuckte es krampfhaft. Tomoko wollte ihm ihren Arm entziehen, aber der Regisseur hielt ihn so fest, daß sie vor Schmerz das Gesicht verzog.

»Fei, du lebst! Verzeih mir!«

»Herr Inoue, Sie irren sich. Ich bin nicht Fei«, flüsterte Tomoko eindringlich, aber der alte Mann ließ den Blick nicht von ihr und nannte sie immer wieder Fei. Der riesige Körper des alten Regisseurs erinnerte an einen sterbenden Elefanten. Seine dünnen Beine trugen den schweren schwankenden Körper gerade noch, aber die obere Hälfte würde gleich in Tomokos Armen zusammensacken. Unwillkürlich stürzte ich, gefolgt von Ishiken und dem jungen Regieassistenten, auf die beiden zu. Aber Inoue hatte bereits das Bewußtsein verloren.

Nachdem der Krankenwagen mit Hajime Inoue das Studio verlassen hatte, waren alle wie gelähmt. Keiner konnte mehr seine Sorge um die Zukunft des Films verbergen. Die Aussichten waren trübe. Alle – die Dekorateure, die Kameraleute, die Schauspieler, das ganze Team – schwiegen, denn sie befürchteten den Abbruch der Dreharbeiten.

Würde *Warten auf die Sonne* unfertig in einem Lager verrotten? war die Frage, die sich alle stellten, während sie die gewaltige Stadtmauer hinaufschauten. Zuerst das ewige Warten auf die Sonne und jetzt der Zusammenbruch des Regisseurs. Ein Königreich, das seinen Herrscher verloren hatte, war wie Las Vegas ohne Lichter.

Bis zum Abend hockte ich untätig zu Füßen der Mauer auf dem Boden. Dann brachte Tomoko mir einen Becher Kaffee und gesellte sich zu mir. Schweigend nahm ich ihn entgegen und trank.

»Ich habe die ganze Zeit auf das Glück gehofft«, sagte Tomoko kurz darauf. Ihre Stimme hallte in dem leeren Studio. Ein Stück weiter weg waren ein paar Ausstatter mit Aufräumen beschäftigt. Ihre Stimmen drangen nicht bis zu uns herüber.

»Kennst du Maulwurfschlagen?«

»Diese Geräte in der Spielhalle?«

Tomoko sah zu Boden. »Ja«, sagte sie und lächelte. »Du mußt alle erwischen, sonst hast du verloren. Also schlägst du wie wild auf die Maulwürfe ein, die unentwegt wieder auftauchen. Kaum denkst du, du hast jetzt alle erwischt, taucht plötzlich wieder einer auf, und du hast mal wieder kein Glück gehabt.« Tomoko starrte die über uns aufragende Mauer hinauf.

»Aber neuerdings überlege ich, ob die glückliche Zeit nicht eigentlich die ist, in der man die Maulwürfe zu treffen versucht. Wahrscheinlich bleibt ein Gefühl der Leere zurück, wenn man alle erwischt hat. So sind die Menschen. Ihre Hoffnungen lassen sich nicht eingrenzen.« Sie lächelte und fuhr fort: »Ich glaube, das Leben besteht aus einer Abfolge von Stagnationen. Und das wirkliche Glück gibt es nicht. Gesehen habe ich es noch nie. Alle erhoffen sich Glück und heiraten, aber dann lassen sie sich wieder scheiden. Sie verstellen sich, sie lügen und betrügen einander. Und weil sie unzufrieden sind, geht irgendwann die Jagd auf die Maulwürfe weiter. Da muß es doch noch etwas geben, sagen sie sich, und hauen drauf.«

»Auf die Maulwürfe?« murmelte ich.

Unser Gespräch verebbte. Schweigend saßen wir nebeneinander und starrten die Mauer hinauf. Keiner von uns hatte Lust, das Thema Inoue anzuschneiden, aber es ließ sich wohl nicht umgehen.

»Ishiken hat noch nicht aus dem Krankenhaus angerufen, oder?« fragte ich.

Sie seufzte.

»Doch. Inoue hat das Bewußtsein zurückerlangt, muß aber noch ein paar Tage zur Untersuchung dort bleiben. In dieser Zeit wollen die Chefs von Weißer Phönix über die Weiterführung der Dreharbeiten entscheiden.«

Jetzt war ich es, der seufzte. Wenn die Ärzte Anzeichen für eine Demenz bei Inoue feststellten, würden die Dreharbeiten ganz sicher eingestellt. Ich hatte plötzlich keine Energie mehr. Vielleicht wäre es das Beste. Diese qualvolle Beschäftigung mit der Vergangenheit machte Inoue bestimmt nicht glücklich. Wahrscheinlich wäre es besser, die Sache ein für allemal zu beenden.

»Wie wäre es, wenn wir beide Maulwürfe schlagen gingen?« fragte ich.

»Klar«, erwiderte sie. »Mit vereinten Kräften schaffen wir es vielleicht, alle zu erwischen.«

Ich mußte lachen.

»Und dann teilen wir das Glück unter uns auf.«

Diesmal lachte sie. Wieder sahen wir die Mauer hinauf, die fast bis zur Decke vor uns aufragte.

Später am Abend brachte ich Tomoko nach Hause. Ihre Wohnung lag an der Awajimastraße, zwischen Shimo-Kitazawa und Sangenjaya. Das Haus war nicht gerade mondän, aber auch nicht schäbig. Davor stand eine Reihe von Zierkirschen an einem kleinen Kanal. Die Gegend war bekannt für die Kirschblüte, und im Frühjahr kamen viele Leute hierher, um sie zu genießen. Tomoko wohnte definitiv in einer idyllischeren Umgebung als ich in meinem miesen Shinjuku-Süd.

»Möchtest du vielleicht noch etwas essen? Ich habe allerdings nichts Besonderes da«, lud Tomoko mich ein.

Meine freudige Erwartung, ihr Zuhause zu sehen, wurde erheblich durch den Umstand getrübt, daß sich der Ranzen dort befand. Nach kurzem Schweigen stiegen wir gleichzeitig aus dem Wagen.

Als wir die Eisentreppe hinaufgingen, dachte ich daran, daß Jiro auch hier gewesen war. Und daß er nicht mit ihr schlafen konnte. Wie würde es mir ergehen? Ich verspürte keine Begierde. Meine Furcht war stärker. Unsere Schritte hallten auf der Eisentreppe. Sonst war alles still.

Auch in ihrem Apartment herrschte eine so vollkommene Stille, als saugten die Wände jeden Ton auf. Es war so sauber und aufgeräumt, daß man den Eindruck hatte, sich im Heim einer absoluten Perfektionistin zu befinden. Alles war weiß, und nicht einmal der Abfalleimer war schmutzig. In einer Ecke stand ein geschmackvoller Designertisch mit zwei Stühlen. Ich setzte mich auf einen der Stühle, die aus dem gleichen Kunststoffmaterial waren. Sicher hatte auch Jiro hier gesessen.

Solange Tomoko mit Teekochen beschäftigt war, schaute ich mich um. Es war so aufgeräumt, als hätte sie meinen Besuch vorausgeahnt. Mein Bruder mußte hier eine Anspannung empfunden haben, als wäre er direkt in Tomokos allerheiligstes Inneres vorgedrungen.

Der Duft des Kräutertees, den sie gemacht hatte, breitete sich aus. Indirekte Beleuchtung erhellte den Raum, und es war weder dunkel noch hell. Bei diesem Licht konnte man das Gesicht seines Gegenübers gut erkennen. Wir sprachen nicht. Ich mußte an den Ranzen denken. Natürlich war ihr klar, daß ich wissen wollte, wo er war.

Unsere Blicke begegneten sich. Sie nahm einen Schluck von ihrem Tee. Als sie ihr Glas abstellte, klingelte es an der Tür. Wer konnte das sein? Überrascht stand Tomoko auf. Sie schaltete die Sprechanlage ein.

»Ja?«

»Eilpost!« ertönte eine muntere Stimme, und wir atmeten auf.

Ich schaute mich um. Wo war der Ranzen? Unter dem weiß bezogenen Bett standen einige weiße Kästen. Auf einem kleinen Regal waren noch mehr davon. Einen Schrank gab es auch. Unter dem Spülbecken in der Küche befand sich noch ein Schränkchen.

Ihren Stempel in der Hand, öffnete Tomoko – vielleicht weil sie sich durch meine Gegenwart sicher fühlte –, ohne zu zögern, die Tür. Ein Luftzug wehte herein und mit ihm eine bedrohliche Atmosphäre.

»Schließlich ist es mir doch noch eingefallen. Wir sind uns schon einmal begegnet. Du bist Jiros große Liebe. Ausnahmsweise hat er es einmal ernst gemeint. Deshalb hat er uns auch nicht einander vorgestellt, sonst hat er das meist gemacht. Das ist XY, hat er gesagt und dreckig gelacht. Aber bei dir war er anders. Kurz vor dem Unfall hat er mir noch gestanden, daß er Liebeskummer hatte. Bestimmt wegen dir. Ein so hübsches Gesicht vergißt man nicht. Du siehst meiner Mutter ähnlich. Es ist so lange her, aber mir ist, als wärst du ihr wie aus dem Gesicht geschnitten. Die Erinnerung quält mich immer wieder. Wir sind uns einmal in Shinjuku begegnet. Weißt du noch? Ich habe mich dir vorgestellt. Ich sei sein alter Kumpel. Oder nein, Jiro hat gesagt, er sei wie mein jüngerer Bruder. Das war, bevor er mir den Ranzen geklaut hat. Weißt du noch? Ich bin's, Fujisawa. Fujisawa aus Shinjuku. Und ich möchte den Ranzen zurück. Deshalb bin ich hier.«

»Ich verstehe, Sie waren das also«, sagte Tomoko. Dann holte sie eine Papiertüte hinter meinem Stuhl hervor, legte sie auf den Tisch und zog – ich konnte es kaum glauben – wie eine Zauberkünstlerin die Ursache allen Übels hervor, den geheimnisvollen Ranzen. Fujisawas Gesicht erstarrte.

»Weißt du noch, Jiro, ich habe dir doch mal gesagt, daß es da etwas gibt, das ich tun muß?« stieß Tomoko hervor und richtete eine Pistole auf Fujisawa – die Tokarew, die zusammen mit dem Ranzen meines Bruders verschwunden war.

Graig Bouchards Tagebuch 5

19. Juli

Immer wieder quälen mich schreckliche Alpträume. Sie sind so grauenhaft, daß ich Angst habe einzuschlafen. Irgendwann überwältigt mich der Schlaf dann doch. Aber wozu schlafen, da mir nur noch so wenig Zeit bleibt? Zweifellos müssen alle Lebewesen schlafen. Aber wie dumm sind doch die Menschen: Erst erschaffen sie die Atombombe, und dann raubt sie ihnen den Schlaf. Nicht ohne diese entsetzlichen Alpträume schlafen zu können ist elend.

Im Traum schleudert mich die Atomexplosion gegen die Wand. Dann verzehren ihre Strahlen langsam meinen Körper. Er zerläuft allmählich wie das Wachs einer Kerze, und mit ihm verlischt restlos jede Spur meiner Existenz. Dieses Bild habe ich unzählige Male vor mir gesehen. Meine Eingeweide, meine Augen, mein Fleisch, meine Haut – alles schmilzt. Ich zergehe an der Wand, und nichts bleibt zurück. Zum Schluß zerfällt sogar die Wand zu Staub.

Doch so deutlich mir auch mein Verlöschen vor Augen steht, so wenig kann ich mein völliges Verschwinden von dieser Welt fassen. Daß ich – oder die Existenz, die ich mein Ich nenne – nicht mehr Teil dieser Welt sein werde, ist mir unvorstellbar. Ich will nicht wahrhaben, daß die Welt ohne mich weiterexistieren kann. Seit meiner Kindheit glaube ich, daß die Welt existiert, weil es mich gibt.

Meine Eltern, meine Freunde, die Gesellschaft, meine Erinnerungen, sogar dieser Krieg existieren in mir und durch mich. Doch wird es die Welt weiterhin geben, auch wenn ich nicht mehr bin. Aber wenn ich in der Welt nicht mehr vorhanden bin, aus welchem Grund sollte sie dann weiterbestehen? Wie denken wohl die anderen Menschen darüber? Man weiß nie! Ich kann nicht glauben, daß andere genauso denken wie ich. Die anderen sind Komparsen und Puppen, Staffage für die Welt, die Gott für mich geschaffen hat. Es ist nämlich meine Welt. Als Kind zweifelte ich nicht daran, daß die Welt sich auflösen wird, wenn ich zugrunde gehe.

Wie kann ich meinen Tod akzeptieren? Eine Welt, die sich ohne mich weiterdreht? Dieser Gedanke ist mir unerträglich. Soll ich wirklich als einziger sterben? Und meine Eltern, Geschwister und Freunde und all die anderen Menschen bleiben? Ich allein werde ins Nichts geschleudert. Ich könnte schreien, sooft ich daran denke, daß diese Welt in all ihrer Schönheit weiterbesteht, wenn ich nicht mehr bin. Mein Körper ist vor Entsetzen wie erstarrt, dann werde ich von Krämpfen geschüttelt. Mein Zorn ist ohnmächtig; wie soll ich mich am Leben erhalten?

Schweißgebadet wache ich auf, sehe wieder den metallischblauen Schmetterling zwischen den Gitterstäben tanzen. Heftiger Schwindel ergreift mich, und ich reibe mir verzweifelt die Augen, um seinen eleganten Flug zu verfolgen. Ist er real? Oder bilde ich ihn mir ein? Sooft er mit den Flügeln schlägt, ist mir, als entfaltete sich Blatt für Blatt die Welt vor mir. Und mit jedem Blatt ist sie eine neue, andere. Die Blätter mit der Welt meiner Vorstellung werden herausgerissen. Lässig, Blatt für Blatt wird meine Wirklichkeit entfernt. Ganz nüchtern, ohne jedes Gefühl von Schmerz.

Der Schmetterling scheint mir etwas zeigen zu wollen. Ich stehe auf und gehe, angelockt von seinem Tanz, zum Fenster. Wohin fliegst du? Wohin bringst du mich? Der

Schmetterling flattert durch die Stäbe ins Freie. Um seinem Flug zu folgen, presse ich das Gesicht gegen das Gitter und schaue nach draußen. Die Sonne scheint mir in die Augen, als wollte sie mich verhöhnen. Ich blicke mitten in sie hinein, um mir die Augäpfel zu verbrennen. Das existentielle Licht. Plötzlich schreckt mich ein leises Summen auf, und ich blinzle. Der metallischblaue Schmetterling fliegt geradewegs in die Sonne, wie von ihr angesogen. Seine Flügel verschmelzen mit ihrem Licht. Geblendet kneife ich die Augen zusammen. Das Summen verwandelt sich in einen stabileren Ton, und der Schmetterling wird zu einem schwarzen Punkt am blauen Himmel. Es blendet so stark, daß ich nicht sicher bin. Aber er ist da – verschwommen vibriert er inmitten des trügerischen Lichts. Mit aller Kraft umklammere ich die Gitterstäbe. Ich lausche und starre angestrengt auf den zitternden schwarzen Punkt. Motorengebrumm dringt an mein Trommelfell. Bild und Geräusch verknüpfen sich und bringen meine Erinnerung für einen Augenblick ins Wanken. Ein Schauer überläuft mich. Ich presse das Gesicht ganz fest an die Stäbe, um einen möglichst großen Ausschnitt vom Himmel zu sehen. Ein Bomber fliegt am blauen Himmel. Ich kann sogar die beiden eleganten Tragflächen sehen. Der verschwommene schwarze Punkt hat eine reale und bedrohliche Form angenommen. Was ist das? Der Bomber mit der Atombombe an Bord! Zweifellos auf dem Weg hierher. Aus Höhe und Entfernung zu schließen, sucht der Pilot die anvisierte Brücke Aioi. Ich sehe die Handgriffe vor mir, die er im Inneren der Maschine ausführt. Wir haben sie immer wieder geübt. Das Sicherungssystem ausschalten, Hebel bedienen, Knöpfe drücken, und wenn das Ziel gesichtet ist: der letzte Knopf. Das wichtigste ist jedoch, sich unmittelbar nach dem Abwurf mit einer Geschwindigkeit von mindestens dreißig Kilometern in der Minute vom Explosionsort zu entfernen. Versierte Piloten können bei dieser Operation nichts falsch machen. Ausgeschlossen ist auch, daß sie am Himmel über Hiroshima plötzlich Mitleid für die Einwohner der Stadt ergreift. Denn ihre Sache ist eine gerechte. Sie sind überzeugt, damit den Krieg zu beenden und der Welt den Frieden zu bringen. Ich habe es ihnen selbst eingetrichtert, um diese Tat zu rechtfertigen: Wir sind die Retter der Opfer der ganzen Welt und aller sinnlos von der japanischen Armee getöteten Asiaten; wir handeln im Namen der Soldaten unserer Verbündeten und üben Gerechtigkeit; Hiroshima ist das letzte große Opfer, durch das zahllose Menschen gerettet werden.

Die Tragflächen blitzen im Sonnenlicht. Die grellen goldenen Strahlen treffen meine Augen. Panik durchzuckt meinen Körper. Sie werden ihre Mission, ohne zu zögern, durchführen. Das Produkt der amerikanischen Kernphysik wird unwiderruflich vom blauen Himmel über uns fallen und explodieren. »Nein!« Ich strecke die Hände durch die Gitterstäbe. »Ich bin hier. Hört auf!« schreie und jammere ich. Die Motoren dröhnen, sie werden immer lauter, bis meine Trommelfelle vibrieren. Dort am wolkenlosen Himmel fliegt der Bomber. Ruhig nimmt er sein Ziel ins Visier. Wieder blitzt etwas an der Maschine auf. Die Bombe ist abgeworfen. Sie wird nun an irgendeinem Punkt am Himmel explodieren und die Stadt in einen Strudel aus Licht tauchen. Ein gewaltiger Blitz, als wäre die Sonne explodiert, verschlingt die Stadt. Ich kann ihn nicht ertragen und schließe die Augen. Die gleißende Helligkeit dringt durch meine Lider, alles wird weiß, verschwindet in einer Woge aus blendendweißem Licht. Meine Lider sind sinnlos. Die Kraft dieses Lichts durchdringt meine Augäpfel. Sie schmelzen. Alles schmilzt. Meine Stimme, mein Körper, mein ganzes Sein. Alles wird von diesem Licht umhüllt. Meine Schreie sind im Stillstand der Zeit eingeschlossen. Die Explosion, die ich so viele Male im Traum erlebt habe, schleudert mich gegen die Wand meines Krankenzimmers. Gleichzeitig trifft ein Hitzestrahl meinen Körper und verbrennt ihn. Meine Haut, mein Fleisch, meine Knochen verglühen und damit all mein Sein. Dann zerfällt auch die Wand. Hitze und Sturm haben alles vernichtet. Auch die Stimme, die sich aus meinem lebendigen Inneren erhob, ist im Licht der Explosion verschwunden. Alles, alles, und am Ende sogar dieses Licht.

Klack, ein leiser Ton, ein Kieselstein wurde geworfen, und eine winzige Welle der Vernunft schwappte plötzlich in das Chaos. Mein erstarrtes Blut floß wieder, meine Atmung, die ausgesetzt hatte, kam wieder in Gang. Als ich, nach Luft ringend, zu mir kam, schien die Sonne, und Reiko stand in der Tür. Der Wachsoldat war nicht da. Eine leichte, frische Morgenbrise wehte herein, wie um die letzten Reste meines Alptraums zu vertreiben. Reiko schaute mich lange an. Ich war schweißgebadet und völlig aufgelöst. Ich stand auf, wartete, daß das heftige Hämmern meines Herzens nachließ, und versuchte, mein heftiges Zittern unter Kontrolle zu bringen. Reiko kam mit besorgtem Gesicht auf mich zu, stellte das Tablett mit meinem Essen ab, nahm liebevoll meinen Ellbogen und führte mich zum Bett. Der leichte, süße Duft ihres Körpers stieg mir in die Nase. Unsere Blicke begegneten sich. Ich spiegelte mich in ihren dunklen Augen und sie sich in meinen blauen, die sicherlich ein wenig flakkerten. Um ihnen zu folgen, zitterten auch ihre Pupillen ein wenig. Der Alptraum hatte mir jeden Rest von Gelassenheit geraubt. Das Entsetzen angesichts meines Todes durch den Hitzestrahl saß mir noch im Leib. Die Wärme ihrer kleinen Hand an meinem Ellbogen war das einzige, was mir meine Existenz bestätigte. Wo sie ihre Hand hatte, pochte eine Ader, und ich überlegte, ob sie mit meinem Herzen in Verbindung stand.

Im nächsten Augenblick konnte ich meine angestauten Gefühle nicht mehr zurückhalten und riß Reiko in meine

Arme. Heftig und mit einer Verzweiflung, als klammerte ich mich so an die reale Welt.

Nach einem Moment der Verwirrung wehrte Reiko sich heftig und schlug mir die Fingernägel ins Gesicht. Durch den Schmerz kam ich wieder zu mir, aber meine Angst verging damit nicht. Ich hielt Reiko nur noch fester und brach mit dem Gefühl, alles verloren zu haben, in Tränen aus. Sie wehrte sich so sehr, daß ich sie schließlich losließ. Sie flüchtete zur Tür. In ihrem Gesicht spiegelte sich mit Verwunderung gemischter Vorwurf. Sie konnte nicht verstehen, was plötzlich in mich gefahren war. Ich weiß nicht, ob sie meine Tränen gesehen hat. Jedenfalls musterte sie noch einmal mein von der Erschütterung gezeichnetes Gesicht und ging hinaus.

Ich konnte meines Zitterns nicht Herr werden, und mein Weinen verging ebensowenig wie meine Furcht. Vermutlich hatte ich einen Nervenzusammenbruch erlitten. Ich kauerte mich auf dem Boden zusammen, legte die Arme um meinen krampfhaft zitternden Körper und sagte immer wieder ihren Namen: Reiko, Reiko, Reiko.

Meine seelische Erschöpfung dauerte den ganzen Vormittag an. Ich blieb auf dem Boden hocken und vermochte mich nicht zu bewegen. Seltsamerweise kam niemand, um mich zu bestrafen. Reiko mußte Stillschweigen über mein absonderliches Verhalten bewahrt haben. Das begriff ich, als die andere Krankenschwester mir das Mittagessen brachte. Als sie mich auf dem Boden kauern sah, stellte sie eine Frage und machte ein besorgtes Gesicht. Ich sah ihr an, daß sie von dem Vorfall am Morgen nichts wußte. Reiko hatte niemandem etwas verraten. Als die Krankenschwester sah, daß ich mein Frühstück nicht angerührt hatte, rief sie einen Arzt, der mich kurz untersuchte. Eine besondere Behandlung wandte er nicht an. Dann wurde Yasuba herbeizitiert, um mich über meinen Zustand zu befragen. Aber ich wollte mit Reiko sprechen. Ich sagte, ich wolle mich bei der Krankenschwester entschuldigen, die das von mir noch immer unberührte Frühstück gebracht hatte, und ihr gern persönlich danken. Yasuba übersetzte der älteren Krankenschwester, was ich gesagt hatte. Reiko sei schon nach Hause gegangen, weil es ihr nicht gut gewesen sei, erwiderte diese.

Auch heute abend brachte mir die andere Schwester das Essen. Unentwegt bereue ich meine Tat, durch die es zu diesem Mißverständnis gekommen ist. Ob sie mir je wieder ihr Lächeln schenkt? Oder sehe ich sie wegen meines Fehlers nie wieder? Ich verfluche das Schicksal, das mich für die Zeit, die mir noch bleibt, in solche Verzweiflung gestürzt hat.

20. Juli

Natürlich ist Reiko auch heute morgen nicht erschienen. Aus der Miene der anderen Krankenschwester war nichts abzulesen. Achtlos und unwirsch stellte sie mir das Essen aufs Bett. Ich habe sowieso keinen Appetit mehr. Der Tod ist nah. Es hat keinen Sinn zu essen, und mein Körper verweigert es, Nahrung aufzunehmen. Jetzt, da ich Reiko verloren habe, kann ich nicht mehr lachen. Reden auch nicht, es sei denn, ich werde durch das Verhör dazu gezwungen. Ich grüße auch niemanden mehr. Und erwidere keine Blicke. Ich atme nur noch, weil es ohne mein Zutun erfolgt. Auch das Schlagen meines Herzens unterliegt nicht meinem Befehl.

Auf diese Weise die letzten Gedanken meines Daseins zu Papier zu bringen gibt mir das Gefühl, diesen Tag oder den jetzigen Augenblick festhalten zu können. Meine Tränen trocknen nie. Sie sind der einzige Ausdruck meines Empfindens und fließen unaufhörlich.

Während ich das Licht beobachte, das durch die Gitterstäbe strömt, hänge ich meinen Erinnerungen nach. Sie lassen meine Tränen weiterfließen. Ich weine nicht nur aus Kummer, sondern auch aus Sehnsucht nach der Vergangenheit. Ich sehne mich jetzt nach so vielen Dingen. So ist das wohl, wenn das Leben zu Ende geht.

Mein Onkel war bei der New Yorker Stadtverwaltung angestellt. Er starb im Sommer, als ich dreizehn wurde. Als er noch gesund war, habe ich oft mit ihm gespielt. Er hatte in seiner Jugend geboxt und joggte auch im Winter, um sich körperlich fit zu halten. Nachdem man ihm eröffnet hatte, er habe Krebs im letzten Stadium, hatte er ständig den Tod vor Augen. Er war kinderlos, und sein Frau war vor ihm gestorben, daher pflegten ihn meine Mutter und seine jüngere Schwester.

Ich habe oft gesehen, wie er bei schönem Wetter auf sein Rad stieg und davonfuhr, rasch und so weit, er konnte. Tränen glitzerten in seinen Augen, während er im Morgenlicht in die Pedale trat. Er genoß die letzte Zeit seines Lebens sehr. Ich weiß jetzt, daß er von der Welt Abschied nahm. Als ich einmal Schreie aus dem Garten hörte und hinauseilte, sah ich, daß mein Onkel auf eine alte Ulme gestiegen war und die sinkende Sonne anschrie. Es sei ihm unerträglich geworden, die Sonne sinken zu sehen, erklärte er mir. Ein anderes Mal küßte er mitten auf der Straße den Boden. Dann einen Briefkasten, einen Elektromast, den Pfosten eines Straßenschilds und das Tor der Schule, auf die er gegangen war. Er war ein großer, kräftiger Mann, aber zum Schluß magerte er furchtbar ab. Der Krebs schritt sehr schnell voran. Als die Ärzte ihm nur noch ein oder zwei Wochen gaben, sagte er meinem Vater, er wolle nach Frankreich reisen. Alle rieten ihm ab. Vielleicht wollte mein Onkel im Land seiner Vorfahren sterben. Aber ich finde, er hatte trotz allem Glück. Zumindest war er in der Nähe seiner Familie und wurde von ihr gepflegt. Es ist wohl das größte Glück, im Kreise seiner Familie zu sterben.

Als Kind ging ich mit meinen Freunden oft über die Queensboro-Brücke, um auf der Roosevelt-Insel zu angeln. Es passierte dort nie etwas Außergewöhnliches, aber ich werde nie das Licht auf den unschuldigen Gesichtern meiner Freunde vergessen, die noch von keinem Leid gezeichnet waren, oder die elegante Silhouette von Manhattan. Die hinter den Wolkenkratzern versinkende Sonne gehört zu meinen kostbarsten Erinnerungen. Seltsam, daß gerade jetzt, da das Ende nah ist, die untergehende Sonne eine so besondere Stellung in meinen Gefühlen einnimmt. Von unserem Haus aus kann man das Empire State Building sehen, auf dem ich mit meiner Familie öfter war. Es ist der schönste Anblick, den ich kenne, wenn die Sonne dahinter versinkt. Nie vergessen werde ich auch, wie die Morgensonne auf den Blitzableitern der Wolkenkratzer funkelt.

Kaum waren wir alt genug, besuchte mein Vater mit meiner Schwester und mir die Freiheitsstatue. Es war an einem Sonntag, und an der Anlegestelle der Fähre hatte sich eine lange Schlange gebildet. Nachdem wir eine Weile gewartet hatten, bestiegen wir die Fähre, und ich sah, wie die Göttin aus Bronze sich aus dem Meer erhob. Ich saß auf den Schultern meines Vaters, und sie erschien mir wunderschön und zugleich voll ehrfurchtgebietender Würde.

»Die Statue wurde von deinen Vorfahren zum hundertsten Jahrestag der amerikanischen Unabhängigkeit gestiftet«, erklärte mein Vater stolz. Meine Mutter, die deutscher Abstammung ist, hörte nur lächelnd zu. Mein Vater liebte Frankreich und wollte, daß ich unsere französische Herkunft nie vergäße. Bis wir erwachsen waren, nahm er uns noch viele Male mit nach Bedloe Island, wo die Freiheitsstatue steht. Meine Mutter schaute mit anderen Empfindungen zu ihr auf. Wegen des Ersten Weltkriegs und auch angesichts der jetzigen Situation quält sie sich mit Schuldgefühlen. Damit hängt auch zusammen, daß sie ständig Bach spielt. Manchmal ärgerte ich mich über Vaters Unsensibilität, der diesem Problem so gleichgültig gegenüberstand, obwohl er wußte, daß Mutter unter ihrer deutschen Herkunft litt.

Als Kind wollte ich Baseballspieler werden und hatte großen Spaß an den Jugend-Baseballturnieren, die im Rainy Park in Queens stattfanden. Ich war Werfer, aber gleichzeitig auch vierter Schläger. In der Junior Highschool war ich ein guter Spieler, der seinem Team zu vielen Homeruns verhalf. Die Begeisterung, die ich dabei empfand, ist auch eine der wichtigen Erinnerungen meines Lebens, ebenso wie die aufregenden Besuche im Yankee-Stadion mit meinem Vater. Ich stellte mir vor, daß die Anfeuerungsrufe der Menschen eines Tages mir gelten würden. Doch als ich dann auf die Highschool kam und mit begabteren Spielern konkurrieren mußte, wurde mir schnell klar, daß ich nicht das Zeug zum Baseballprofi hatte, und meine Baseballhandschuhe verschwanden in der hintersten Schrankecke. Das war die erste größere Enttäuschung in meinem Leben, eine schmerzliche, aber auch eine wichtige und gute Erfahrung, die ich zu akzeptieren lernte. Gleichzeitig erlebte ich meinen ersten Liebeskummer, und das Leben war mir damals so zuwider, daß ich am liebsten gestorben wäre. Inzwischen ist mir auch diese Erinnerung ans Herz gewachsen.

Das Leben kann doch nicht sinnlos sein. Selbst jetzt, da ich dieses wahnwitzige Ende vor Augen habe, kann ich Gott nicht verfluchen. Ich möchte weiter an das glauben, was der Pfarrer unserer Kirche gesagt hat, nämlich daß das Leben eines jeden Menschen einen Sinn hat. Aber was hat es für einen Sinn, daß ich durch eine Atombombe sterbe? Was kann ich daraus lernen, wo führt es mich hin?

Was will Gott vermitteln, wenn er die einen sinnlos im Krieg sterben läßt, während andere ihr Leben glücklich und reich beenden dürfen? Wo liegt der Unterschied zwischen den hungernden Menschen aus armen Ländern und denen, die im Überfluß zu essen haben, gut genährt sind und ein stets fröhliches Leben führen? Welches Verbrechen haben die Menschen dieser Stadt begangen, daß sie so plötzlich ihres Lebens beraubt werden? Reiko, ihre Familie, ihre Freunde? Ist es eine Lehre Gottes, wenn ein bedeutendes Land wie Amerika alle Humanität vergißt? Welche Erkenntnis will Gott uns zuteil werden lassen?

Ich verstehe nichts mehr. Ich will alles verfluchen, sogar die kostbare kurze Zeit des Lebens, das Gott mir gegeben hat. Mir ist alles gleichgültig. Bald wird mir alles genommen, ich verschmelze mit den Partikeln des Lichts und löse mich auf. Je nachdem, wie man es sieht, ist es vielleicht sogar ein schöner Tod, auf diese Weise ausgelöscht zu werden. Zu nichts zu werden. Im Nichts gibt es kein Leid. Das Nichts ist ewiger Tod.

Darüber weiß ich nichts. Aber ich habe gehört, daß in der buddhistischen Lehre der Japaner das Nichts durch einen besonderen Verzicht erreicht wird und man durch einen plötzlichen Tod eine Art Erkenntnis erlangt. Vielleicht verfügen die Ameisen über diese Erkenntnis, da sie vierundzwanzig Stunden am Tag damit rechnen müssen, von Tieren und Menschen zertreten zu werden. Tod ist Erkenntnis. Das heißt, Erkenntnis kann man nicht erlangen, ohne dem Tod zu begegnen. Aber ich sehe noch nicht, was man von dieser Erkenntnis hat. Das ist einer der Hauptgründe für meine Unsicherheit. Warum kann ich mich nicht mit meinem Schicksal abfinden?

Als Pilot war ich bereits mehrmals mit dem Tod konfrontiert. Wenn eine Übungsmaschine in Turbulenzen gerät und im Sturzflug plötzlich mehrere hundert Fuß fällt, ist das keine Kleinigkeit. Beim Fliegen gibt es immer Situationen der Unsicherheit und der Angst. Es ist die Angst vor dem Tod. Doch das ist ein Tod, den man verstehen kann. Natürlich sind Kampfpiloten vom Augenblick des Starts an darauf vorbereitet. Aber auf diesen Atomtod kann sich niemand vorbereiten. Er wird ganz plötzlich kommen.

Ich drehe mich im Kreis. Meine Gedanken führen zu keinem Ende. Ich verstehe nicht einmal mehr, was ich schreibe. Weiß nicht, was ich schreiben soll. Ich bewege meinen Stift nur aus Verzweiflung und notiere alles, was mir durch den Kopf geht. So versuche ich meine Angst irgendwie zu verringern. Dem sicheren Tod habe ich nichts entgegenzusetzen. Ich habe nichts in der Hand. Mein einziges Vergnügen besteht darin, meine Erinnerungen hervorzuholen und mich der Nostalgie zu überlassen.

Dabei wurde mir dieses Schicksal sogar vorausgesagt. Ich hatte es vergessen, aber jetzt – erst jetzt – ist es mir wieder eingefallen. Es war im Winter meines letzten Highschooljahres, in der Bahnhofsfalle der Grand Central Station. Ich betrachtete gerade die fast vierzig Meter hohe gewölbte Decke, die mit Sternenkonstellationen und Tierkreiszeichen bemalt ist, als ein einäugiger alter Mann mich ansprach. Seine Miene drückte weder Kummer noch Freude aus. »Du wirst ein unerwartetes Schicksal erleiden«, sagte der Alte zu mir. An seiner seit Monaten nicht gewaschenen Kleidung war er sofort als Obdachloser zu erkennen. Nur der Finger, den er beim Sprechen anmutig schwenkte, war so sauber, daß er meinen Blick auf sich zog.

»Ist es ein glückliches oder ein unglückliches Schicksal?« fragte ich.

»Leider unglücklich«, murmelte der Alte. »Es ist zu grausam und schwer, um es als gewöhnliches Schicksal zu bezeichnen.«

Ich hatte es eilig, denn es war kurz vor Weihnachten, und meine Mutter hatte mich gebeten, einen Truthahn zu kaufen. Außerdem war ich jung und interessierte mich nicht besonders für solche Warnungen. Ein bißchen unheimlich war es mir auch. Im Gehen hörte ich noch, wie der Alte mir nachrief: »Wenn die Zeit kommt, darfst du die Welt nicht hassen. Und Gott nicht hassen. Danke Gott auch für diese Augenblicke. Dann wird sich deine Angst in Vertrauen verwandeln, die Finsternis in Licht, dein Leid in wertvolle Erinnerungen. Vergiß nicht, daß am Ende alle Geschöpfe zu Gott zurückkehren.«

Bis jetzt hatte ich nicht mehr daran gedacht. Wieso nicht? Wahrscheinlich, weil keine Veranlassung dazu bestand. Das Gedächtnis ist etwas Erstaunliches. Mein Gehirn holt die Erinnerung an ein weit zurückliegendes nebensächliches Ereignis hervor, wie um mir einen Trick an die Hand zu geben, mich mit meinem Schicksal zu versöhnen. Vielleicht hat dieses Ereignis in Wirklichkeit gar nicht stattgefunden, und meine Gehirnzellen haben als Folge meiner Angst die Erinnerung daran selbst produziert. Du darfst Gott nicht verfluchen. Sei ihm auch für diesen Augenblick dankbar. Dann verwandelt sich Furcht in Vertrauen. Sind das gute Ratschläge zur rechten Zeit? Ich schätze sie. Man darf Gott nicht hassen. Soll ihm bis zuletzt dankbar sein. Ich darf vielleicht nicht so viel über die Bedeutung des mir zugedachten Schicksals nachdenken. Ich sollte einfach leben und von Herzen hoffen, daß ich, wenn der Tod kommt, zu Gott geführt werde. Vielleicht ist das die Erleuchtung.

Ja, das ist sie. Gott ruft mich zu sich. Es ist traurig, daß mein Leben sozusagen auf halbem Weg abbricht, ohne daß ich etwas vollenden konnte. Aber indem ich meinen von Gott beschlossenen vorzeitigen Tod akzeptiere, kann ich mich ihm dankbar erweisen. Gott dankbar zu sein gibt meinem Leben einen Sinn. Dieser Gedanke befreit mich aus meiner Erstarrung. Es ist irrational, aber diesen Gedanken zu akzeptieren macht mich glücklich.

Reiko hat mir weder das Mittag- noch das Abendessen gebracht. Ich weiß noch, wie ihr Körper sich anfühlte, als ich mich so panisch an sie klammerte. Immer wieder rufe ich mir ihre zarten weiblichen Rundungen in meinen Armen, an meinem Bauch und meiner Brust ins Gedächtnis. Das weiche, warme Gefühl. Es ist eine süße, jedoch ferne Erinnerung. Und sie zerreißt mir fast das Herz.

Reiko, Reiko, Reiko. Ihre zierlichen blassen Lippen. Ihre großen dunklen Augen, diese Perlen des Orients. Ihre zarte asiatische Gestalt, die an ein feines Porzellanfigürchen erinnert. Ihr festes Kinn, ihre Nase, ihre Ohren. Einmal noch möchte ich sie vor meinem Tod in die Arme schließen und ihr sagen, was ich fühle. Das ist alles, was ich mir noch wünsche.

21. Juli

Wieder brachte die andere Krankenschwester mir das Frühstück. Als die Tür aufging und eine Frau erschien, die nicht Reiko war, schienen sich meine Nerven unter der Haut zu sträuben. Ich bin völlig niedergeschlagen. Ich habe keine Kraft mehr, Tagebuch zu schreiben.

Mittag- und Abendessen auch nicht von Reiko gebracht.

22. Juli

In etwa zwei Wochen werde ich Asche sein. Reiko, zeig dich doch bitte! Wenn nicht, verliere ich den Verstand. Was soll ich tun? Warum habe ich mich nicht an meinen ursprünglichen Plan gehalten? Warum wollte ich etwas erzwingen? Obwohl unsere Herzen sich einander zuwandten. Ich habe mein einziges Licht mit eigener Hand gelöscht.

Abends zwitscherten die Vögel. Und die rote Sonne ergoß sich in mein Zimmer. Soweit ich aus dem Fenster sehen konnte, war der Himmel rot. Angelockt von den Vogelstimmen, preßte ich das Gesicht an die Stäbe und sah nach draußen. Der Himmel über Hiroshima war blutrot. Ich habe in meinem ganzen Leben noch nie einen so schönen Sonnenuntergang gesehen. Selbst die Sonnenuntergänge von Manhattan haben nicht diese tiefe Röte. Der japanische Himmel hat etwas Besonderes. Oder gaukelt mein geistiger Zustand mir dies vor? Jetzt kann ich meinen krebskranken Onkel verstehen. Ich mußte das Bedürfnis unterdrücken, beim Anblick der Sonne zu schreien. Andernfalls wäre vielleicht auch der Wachsoldat hereingekommen, um mich zur Räson zu bringen. Seine Schläge hätten mir nichts ausgemacht, aber wenn sie mich für geisteskrank halten, kommt Reiko vielleicht überhaupt nicht mehr.

Also blieb ich reglos am Fenster stehen, bis es dunkel war. Als das Blau des Himmels, das Rot der Sonne und das Schwarz der Atmosphäre ineinanderzufließen begannen, zerrissen mir wieder wehmütige Erinnerungen das Herz.

Ich lasse eine Liebe in Amerika zurück. Aus bestimmten Gründen habe ich sie in diesem Tagebuch noch nicht erwähnt. Natürlich habe ich ein schlechtes Gewissen, weil ich mich, als ich herkam, auf den ersten Blick in Reiko verliebte und weil ich von Anfang an den Krieg als Vorwand nutzen wollte, um mich von Gertrud zu trennen. Gertrud und ich waren drei Jahre zusammen, aber sie dachte die ganze Zeit über an einen anderen Mann. Sie konnte den Freund vor mir nicht vergessen. Wir haben uns immer wieder deshalb gestritten. Der andere Mann ist Ire und zwölf Jahre älter als ich. Er arbeitet bei einer Zeitung und hat auch schon eine Menge Gedichte veröffentlicht. Als ich Gertrud kennenlernte, hatte sie seinetwegen furchtbaren Liebeskummer. Das heißt, zunächst war ich ihr Seelentröster. Mit der Zeit entwickelte sich dann so etwas wie Liebe zwischen uns, was sie nicht davon abhielt, ständig weiter diesem Iren nachzutrauern. Erinnerungen können sich als sehr lästig erweisen. Sie sprach unaufhörlich von diesem Mann und weinte um ihn. Eigentlich war ich derjenige, der Grund zum Weinen gehabt hätte. Einmal traf ich sie zufällig auf der 5th Avenue, Arm in Arm mit einem Mann. Ich wußte sofort, daß es der irische Dichter war. Allerdings war er viel kleiner und zierlicher, als ich ihn mir vorgestellt hatte. Er sah nicht einmal gut aus. Er war einfach ein etwas deprimiert aussehender Mann in mittleren Jahren. Ich konnte nicht begreifen, warum sie einem solchen Mann so sehr nachtrauerte. Als ich ihr dies am Abend sagte, zeigte Gertrud mir eines seiner Gedichte.

»Schnitte man mir die Ohren ab
und nähte man mir die Lippen zu,
erlangten wir ewige Stille.
Risse man mir die Augen
und dir das Herz heraus,
lebten wir von kostbaren Erinnerungen.«

23. Juli

Reiko. Ich will dich sehen.

24. Juli

Kurz nach meiner Ausbildung zum Piloten unternahm ich einen Übungsflug in die Rocky Mountains. Nie werde ich die großartige Landschaft vergessen, die ich damals sah. Die steilen Berggipfel und die Gletscher sind von den Menschen unberührte Kunstwerke Gottes. Als ich das erste Mal flog, war ich Gott wahrhaft dankbar. Daran hat sich bis heute nichts geändert. Ohne den Krieg wäre ich vielleicht nie Pilot geworden. Ich wäre vielleicht Techniker oder Physiker. Doch der Krieg eröffnete mir die Fliegerlaufbahn. Es ist nicht verwunderlich, daß ich, der nur die Wolkenkratzer kannte, mir wünschte, in größere Höhen aufzusteigen und der alltäglichen Enge der Insel Manhattan zu entkommen.

Nur hat das Schicksal mir dabei einen Streich gespielt. Weil ich Pilot wurde, sitze ich jetzt hier in Hiroshima fest und weiß nicht mehr, ob meine Wahl richtig war. Aber ich weiß noch, wie aufgeregt ich bei meinem ersten Flug war. Wie gern würde ich noch ein letztes Mal durch die Weite des Himmels fliegen.

Wenn ich die Augen schließe, kann ich mich an den Moment erinnern, wenn man zum Himmel aufsteigt und in die Wolken eintaucht. Man kann endlos am Himmel fliegen, Tag für Tag war es, als berührte ich die Ewigkeit.

Bevor ich auf der Insel Tinian stationiert wurde, war ich auf einem Luftwaffenstützpunkt auf Hawaii. Von dort flog ich meine ersten Kampfeinsätze. Auf einem dieser Einsätze begegnete ich über dem offenen Meer bei Midway einem Zero Fighter. Er war höchstwahrscheinlich auf dem Rückflug von einem Einsatz und ebenfalls allein. Die Wolken zogen schnell, und ich sah ihn zu spät. Ehe ich mich versah, hatte er die Verfolgung aufgenommen. Nach einem Sturzflug mit meiner Lightning P-38, durch den ich mich in den Wolken verbergen wollte, gewann ich wieder an Höhe. Plötzlich kam ich so nah an den Zero Fighter heran, daß ich das Gesicht des Piloten sehen konnte, dann war er wieder fort. Der Himmel war weit, dennoch bot er keine Zuflucht. Es hieß, der Japaner oder ich. Angst vor dem Tod wie jetzt hatte ich nicht. Außerdem bestand ja durchaus die Möglichkeit, daß ich am Leben blieb. Der Zero Fighter ist ein ausgezeichnetes Kampfflugzeug, aber ich war von der Überlegenheit meiner Lightning überzeugt, zudem vertraute ich auf meine Fähigkeiten als Pilot. Auch wenn ich als Soldat damit rechnen mußte, im Kampf zu sterben. Ich hatte Angst, aber sie war nichts im Vergleich zu der Angst, die ich hier in dieser Zelle empfinde, während ich auf die Atombombe warte und nicht weiß, wann sie fällt. Im Kampf vergißt man die Angst.

Der Zero Fighter und ich kämpften lange. Mehrmals kamen wir uns sehr nah, und zwischen Sieg und Niederlage lagen Sekunden. Erst später wurde mir bewußt, wie seltsam es war, daß sich dort oben in einer Höhe von zehntausend Fuß zwei einander völlig fremde Jagdflieger bekriegten und niemand außer Gott davon wußte.

Wir waren einander ebenbürtig, und immer wieder feuerten wir aufeinander. Kaum glaubte ich, er wäre verschwunden, tauchte er wieder aus den Wolken auf. Auch mir gelang es mehrmals, ihn von hinten anzugreifen. Unsere Taktik war sehr ähnlich. Er war ein schwieriger Gegner und – ich muß es zugeben – ein brillanter Flieger.

Für einen kurzen Moment sah ich sein Gesicht. Nicht deutlich, es war nur ein flüchtiger Blick, aber es vermittelte mir einen seltsamen Eindruck. Vielleicht lag es auch an seiner Flugbrille, denn der Mann erschien mir wie eine Maschine. Sein Körper wirkte starr und wie aus Einzelteilen zusammengeschraubt. Vielleicht zeigte sich darin meine Nervosität oder Angst, und ich wirkte auf ihn genauso.

Wir konnten den Kampf einfach nicht entscheiden. Wie lange sollte das noch gehen? Bis einem von uns das Benzin ausging? Das kann ja ewig dauern, dachte ich. Ich wollte meinen Gegner auf einen Streich erledigen, indem ich die Wolkendecke nutzte, um hinter ihn zu gelangen. Aber nach mehreren Sturzflügen flogen unsere Maschinen wieder mit nur wenigen Metern Abstand auf gleicher Höhe am blauen Himmel nebeneinander her, als tanzten ein amerikanischer und ein japanischer Flieger Walzer miteinander.

Diesmal sah ich das Gesicht des feindlichen Piloten ganz deutlich, sogar seine Bartstoppeln. Seine schmalen Augen glänzten. Ich empfand weder Zorn noch Haß, sondern eher – auch wenn es verlogen klingt – eine Art Achtung vor seinem Mut und seiner Kühnheit. Vielleicht empfand er das gleiche für mich. Er war der erste Japaner, den ich zu Gesicht bekam. Nun wirkte er gar nicht mehr wie eine Maschine. Ich empfand sogar ein eigentümliches Gefühl von Freundschaft für ihn. Sein Gesicht mit den sanft geschwungenen Augen hinter der Flugbrille wirkte erstaunlich weich.

Doch der Krieg war unser Schicksal. Hätten wir uns zu einer anderen Zeit, an einem anderen Ort getroffen, wären wir vielleicht Freunde geworden. Aber einem Soldaten sind solche Gefühle nicht gestattet. Die geringste Schwäche kann den Tod bedeuten. Lange flogen wir so nebeneinander her. Wir wußten beide, sobald einer von uns das Feuer eröffnete, wäre die Schlacht entschieden. Die Ruhe zwischen uns dauerte an. Ich hatte noch genügend Kraftstoff; wie es bei meinem Gegner aussah, weiß ich nicht. Unsere beiden Maschinen tanzten ihren ewigen Walzer am blauen Himmel.

Ich beschloß, als erster die Ewigkeit zu unterbrechen. Fast unbewußt packte ich den Steuerknüppel und riß daran. Ich wurde in den Sitz gepreßt. Der feindliche Pilot nahm sofort die Verfolgung auf. Ich hatte die Absicht, bis in die Stratosphäre hinaufzufliegen und es Gott zu überlassen, wen die Schwerkraft als ersten zerschellen lassen würde. Der Zero Fighter tauchte ein paar hundert Fuß rechts von mir auf. Aus meiner Operation schloß er sicherlich, daß ich bald wieder einen Sturzflug einleiten würde. Aber das hatte ich nicht vor. Statt dessen wollte ich immer höher in diesem steilen Winkel in den Himmel hinauffliegen. Auf der Flugschule habe ich gelernt, daß die Stratosphäre bei fünfzigtausend Fuß beginnt. Die Höhe, die ein Jagdbomber aushält, beträgt etwa vierzigtausend Fuß. Ab dreizehntausend Fuß braucht man eine Sauerstoffmaske. In meiner Maschine gab es eine, ob er eine hatte, weiß ich nicht. In meinem Kopf preßte ein starker Druck mein Gehirn zusammen.

In diesen Momenten hörte ich meine Mutter die Bach-Fuge BWV 1000 auf der Laute spielen. Die zarten Töne riefen mir ihr trauriges Gesicht ins Gedächtnis.

Ab welcher Höhe ein Jagdbomber zerbricht, wissen weder Ingenieure noch Techniker ganz genau. Jemand sagte mir, er halte vielleicht bis vierzigtausend Fuß durch, aber kein Pilot habe das je ausprobiert. Unsere Maschinen durchflogen die Wolkendecke, und die Luft wurde immer dünner. Ich holte meine Sauerstoffmaske hervor und legte sie mir über den Mund. Ich erreichte eine Höhe von über fünfundzwanzigtausend Fuß. Der Zero Fighter war noch da. Hätte er jetzt aufgegeben, hätte ich ihn nicht verfolgt oder angegriffen. Die Musik wurde immer lauter. Das Bild meiner Mutter, wie sie mit sachten Bewegungen die Saiten zupfte, stand mir vor Augen. Ich ermahnte mich zur Konzentration, denn jede Ablenkung konnte meine Niederlage herbeiführen. Doch statt zu verschwinden, wurde die Gestalt meiner Mutter immer deutlicher. Ich sah die Fältchen in ihren Augenwinkeln, ihr Lächeln, ihr entschlossenes spitzes Kinn. Meine Mutter schaute mich ruhig an und spielte. Meine Maschine begann zu vibrieren, dann klapperte sie furchterregend. Der hohe Himmel ist das Reich Gottes, und ich schickte mich an, dort einzudringen.

Ich lauschte den Lautenklängen, die ich als einziger vernehmen konnte. Das Beben meiner Maschine wurde immer heftiger. Der Zero Fighter folgte mir noch. Er schien begriffen zu haben, was ich vorhatte: so hoch zu fliegen, bis einer von uns zerschellte, und damit Gott die Entscheidung über Sieg und Niederlage zu überlassen.

Die Farbe des Himmels veränderte sich. Er war nun nicht mehr nur blau, sondern von einem tiefen, kräftigen Blau. Ein majestätisches fast schwarzes Nachtblau.

Auf einer Höhe von etwa fünfunddreißigtausend Fuß fing der Zero Fighter Feuer. Auch einer der Propeller meiner Lightning begann zu qualmen. Der Zero Fighter schien reglos mitten am Himmel zu stehen. Aus seinem Motor schossen Flammen, und er sah auf einmal aus wie ein brennendes Kreuz am blauen Himmel.

Im nächsten Augenblick kamen noch mehr Flammen aus dem Motor, und ich hörte einen Knall. Obwohl nach der Explosion Wrackteile und Splitter durch die Luft flogen, stand die feindliche Maschine noch immer von riesigen Flammen umlodert am Himmel. Die Hand am Steuerknüppel, starrte ich auf das feurige Spektakel. Lautenklänge ertönten in mir – das Requiem für den Piloten des Zero Fighter.

Seine Maschine hatte die rechte Tragfläche verloren, senkte die Nase langsam nach unten und trudelte dann in Richtung Erde. Ich weiß nicht, ob der Pilot es geschafft hatte, mit dem Fallschirm abzuspringen. Die brennenden Überreste des Flugzeugs zogen eine schwarze Rauchfahne hinter sich her. Ich salutierte, um meinem mutigen Feind die letzte Ehre zu erweisen.

Ich hätte damals leicht auch ums Leben kommen können. Dieser Gedanke entzündet sogar unter den gegenwärtigen Umständen einen Funken Hoffnung in mir. Doch auch wenn ich sterben muß, würde ich gern noch einmal zur Stratosphäre hinauffliegen, das Reich Gottes herausfordern und dem Tod ebenso mutig ins Auge sehen wie jener japanische Pilot.

Lose my memory 7

Das ist es, was ich noch tun muß«, sagte Tomoko wie zu sich selbst und zielte mit der Tokarew auf Fujisawa. »Als Jiro mir die Pistole gab, waren fünf Kugeln darin. Jetzt sind es nur noch zwei«, fügte sie hinzu. »Wißt ihr, warum?«

Sie schien weniger mit Fujisawa zu sprechen, als sich selbst überzeugen zu wollen. Daß es ihr ernst war, sah ich an ihren zitternden Knien. Obwohl selbst unbewaffnet, zeigte Fujisawa sich nicht im geringsten beunruhigt und machte keinerlei Anstalten zu flüchten, sondern blickte ungerührt auf die auf ihn gerichtete geladene Waffe.

»Weil ich irgendwo auf einem freien Gelände dreimal geschossen habe. Zur Übung. Aus dieser Entfernung kann ich Sie nicht verfehlen. Ich mache jetzt das gleiche mit Ihnen, was Sie mit Jiro gemacht haben.«

»Warte!« rief ich – wohlgemerkt nicht Fujisawa. Ich mußte Tomoko, die den Finger schon am Abzug hatte, irgendwie aufhalten. »Er hat Jiro nicht erschossen. Du rächst ihn nicht, wenn du Fujisawa umbringst. Jemand anders hat ihn getötet.«

»Wer?« rief Tomoko.

»Ich weiß es nicht. Aber nicht er«, erwiderte ich bestimmt, obwohl ich für diese Behauptung keine Beweise hatte. Vielleicht war Fujisawa es ja doch gewesen. Doch irgendwie spürte ich, daß dieser Mann meinem Bruder ein Freund war.

»Der Mann, der Jiro erschossen hat, ist tot«, schaltete Fujisawa sich ein.

Tomoko ließ die Pistole nicht sinken. Sie stand mit gespreizten Beinen da und zielte, die Pistole in Augenhöhe haltend, auf Fujisawas Herz. Sie konnte jeden Moment abdrücken. Und würde es vielleicht auch tun, sobald er sich bewegte.

»Sie lügen! Sie waren es!« Noch nie hatte ich Tomoko so schreien gehört. Ihre Gefühle überwältigten sie. Die Erkenntnis, wie sehr sie Jiro liebte, traf mich wie ein Blitzschlag. Ich hatte geglaubt, wir seien uns nähergekommen, dabei war sie in Wirklichkeit bereit, jede Art von sicherer Zukunft für eine unsichere Vergangenheit wegzuwerfen.

»Alles Lüge! Außerdem macht es sowieso keinen Unterschied. Selbst wenn ein anderer Jiro erschossen hat, waren Sie es doch, der ihn in all das hineingezogen hat. Ich hasse Sie!«

»Ts, du hast wirklich keine Ahnung. Ich war derjenige, der durch Jiro von einer Katastrophe in die andere geraten ist.« Fujisawa lächelte. »Egal. Wenn ich den Ranzen nicht zurückbringe, bin ich sowieso in drei Tagen tot. Und ob ich jetzt oder in drei Tagen ins Gras beiße, spielt eh keine Rolle. Jedenfalls verdanke ich das deinem Jiro. Du bist eine dumme Gans! Sich in einen solchen Kerl zu verlieben!«

»Das geht Sie nichts an!«

Im nächsten Augenblick kehrte Fujisawa Tomoko den Rücken zu. »Ein hübsches Mädchen wie du sollte nicht mit so einem gefährlichen Ding herumspielen. Jetzt kannst du mich erschießen, wenn dir danach ist. Aber es wäre schon ziemlich blöd, wenn du deshalb zur Mörderin würdest. Es sollten nicht noch mehr Menschen wegen Jiro unglücklich sein.«

Fujisawa seufzte leise. »Jiro hat mich betrogen, er hat alle betrogen. Deshalb hat jemand auf ihn geschossen. Nur deshalb. Aber du hast nicht unrecht. Ich habe ihn in dieses Milieu hineingezogen und bin damit für seinen Zustand mitverantwortlich. Im Grunde macht es nichts, wenn ich erschossen werde. Aber daß du deshalb dein Leben versaust, ist unnötig. Denk noch mal nach. Die Chancen stehen gut, daß ich sowieso erschossen werde. Wenn ich den Ranzen nicht in den nächsten drei Tagen zurückgebe, bin ich tot. Und wenn ich es tue, wahrscheinlich auch. Also ist es ein und dasselbe, ob ich jetzt oder später getötet werde. Wie man es auch dreht, es läuft auf das gleiche hinaus.« Fujisawa lachte schnaubend und hob die Hand, um uns zum Abschied zuzuwinken. Tomoko nahm ihn wieder ins Visier.

»Ich komme wieder«, sagte er und ließ uns stehen. Durch die geöffnete Tür hörten wir, wie er die Treppe hinunterlief.

In dieser Nacht schliefen Tomoko und ich miteinander. Nachdem sie stundenlang in meinen Armen geweint hatte, blickte sie mich plötzlich ernst an, als hätte sie einen Entschluß gefaßt, und zog sich aus. Meine aufgestauten Gefühle übermannten mich. Von Tomokos Nacktheit erregt, schlief ich mit ihr, was mein Bruder nie vermocht hatte. Das Erstaunliche war, daß auch ihr Körper bereit war. Ihre Erregung rührte sicherlich daher, daß sie in mir meinen Bruder sah. Das war mir klar. Dennoch beschloß ich, mich darauf einzulassen, um ihr näherzukommen.

Warum nur hatte mein Bruder nicht mit ihr schlafen können? fragte ich mich, sooft ich ihren weichen, geschmeidigen Körper umfing. Ich war aufgeregt, aber zugleich auch gelassen. Das Gefühl, einen Sieg über Jiro davongetragen zu haben, wetteiferte mit der Angst, ihn nie ganz besiegen zu können. Endlos plagte ich mich im Geist mit diesem Widerstreit herum. Doch wurde mein ganzer Körper von einer wilden, animalischen Kraft erfaßt, und immer wieder drang ich in Tomoko ein. Im Gegensatz zu ihrer äußerlichen Unnahbarkeit verbarg sich eine heftige Leidenschaft in ihr. Hin und her geworfen zwischen Vernunft und Instinkt, liebten wir uns immer wieder bis zum Morgen. Ich verlor mich völlig in ihr und gab alle Beherrschung auf. Am Ende umfing sie stets liebevoll meinen Rücken und lag ruhig da. Nach etwa zehn Minuten löste sie sich so zärtlich und langsam von mir, wie eine Mutter, die zur Arbeit geht, sich von ihrem Kind verabschiedet.

Als alles vorbei war und das Licht der Morgendämmerung ins Zimmer fiel, weckte dies Tomokos Unsicherheit. Ich merkte es an ihrem Verhalten. Sie wollte nicht mehr in meinen Armen liegen. Kaum war ich dabei einzuschlafen, zog sie ihren Kopf aus meiner Umarmung. Beinahe unbewußt hielt ich sie fest. Als ich wieder in den Schlaf driftete, versuchte sie erneut, sich mir zu entziehen. Am Ende lag sie mit dem Gesicht zur Wand, und ich schlief ein, das Gesicht zur Decke gewandt.

Im Traum begegnete ich Jiro. Er starrte mich an. Ich wollte ihm von Tomoko und mir erzählen, schluckte es aber hinunter, weil er so traurig aussah. An der Wand, auf die ein dämmriges Licht fiel, schien Tomoko mit dem Rücken zu uns zu schlafen. Mir schien es, als stelle sie sich nur schlafend und beobachte uns, den älteren und den jüngeren Bruder.

Jiros Welt 6

Die Sonne war noch immer hinter den Wolken verborgen. Jiro irrte ohne seinen kleinen Bruder durch unbekannte Straßen. Bleierne Luft lag über der Welt. An den Wänden der Häuser stand mit schwarzer Farbe die Parole »Ein Volk, ein Leben, eine Heimat, ein Krieg«. Jiro verstand die Bedeutung nicht, aber er spürte die Wut, die dahinterstand. Über ihm flatterte eine japanische Flagge. Ihr leuchtendes Weiß-Rot stand in lebhaftem Kontrast zur Düsterkeit der übrigen Umgebung und zog seinen Blick auf sich. Aus den Fenstern eines Hauses schlugen Flammen. Die verkohlten Rahmen kündeten davon, daß das Innere des Hauses bereits zu Asche verbrannt war. Jiro sah sich noch einmal in der Umgebung um. In der Ferne stiegen schwarze Rauchsäulen auf, und vor ihm auf der Straße lagen Dachziegel verstreut, als hätte jemand einen Baukasten ausgeschüttet.

Auf ein Geräusch hin drehte Jiro sich um. Mehrere Männer versteckten sich auf der Treppe zum Souterrain eines schäbigen Gebäudes. Als Jiro sich ihnen näherte und sie ansprach, sprangen sie auf, rannten die Stufen hinauf und stürzten auf die Straße. Sie hatten ausgemergelte, grimmige Gesichter, ihre Blicke waren starr. Einer von ihnen wollte Jiro an der Schulter packen, doch ein anderer hielt ihn am Arm fest und sagte rasch etwas zu ihm. Was, konnte Jiro nicht verstehen. Dann schrie ein dritter den anderen etwas zu. Alle drehten sich um und sahen die Soldaten kommen. Sie machten auf der Stelle kehrt und rannten in entgegengesetzter Richtung davon. Alles ging so schnell, daß sie im Nu verschwunden waren. Gleich darauf blieben die Soldaten vor Jiro stehen.

»Scheiße, sie sind uns entkommen!« schrie einer.

Erfreut, etwas verstanden zu haben, lächelte Jiro. »Sie sind da lang gelaufen«, sagte er.

Der Soldat machte ein entgeistertes Gesicht. »Bist du Japaner?« fragte er.

Erstauntes Raunen erhob sich unter der Truppe.

Ein bärtiger Soldat zu Pferde kam hinzu. »Habt ihr die Soldaten in Zivil gefunden?« fragte er barsch.

»Nein, leider nicht. Sie sind uns entkommen«, erwiderte einer.

»Was ist mit dem Kind?« fragte er, als er Jiro bemerkte.

»Der Junge spricht Japanisch.«

»Ich bin doch Japaner«, wandte Jiro ein.

Der Mann auf dem Pferd starrte einen Moment lang überrascht zu ihm hinunter.

Die Soldaten nahmen Jiro mit ins Hauptquartier des 36. Regiments der 9. Division. Einer von ihnen hob den Jungen auf seine Schultern, da er nicht mit ihnen hätte Schritt halten können. Unterwegs durfte er dann sogar auf dem Pferd sitzen. Es war das erste Mal, daß er ritt, und sehr aufregend für ihn, denn ein lebendiges Pferd war etwas ganz anderes als ein Auto. Es schwankte bei jedem Schritt, und seine großen Augen erschienen Jiro wie gläserne Kugeln. Er klammerte sich an der Mähne fest, um nicht herunterzufallen, zusätzlich hatte der Soldat die Arme um ihn gelegt. Auf seine Frage, woher Jiro denn herkomme, konnte ihm dieser keine zufriedenstellende Antwort geben.

»Von nirgendwoher, ich war immer hier.«

»Bist du vielleicht in Shanghai geboren?« fragte einer der Soldaten, die neben ihm hergingen.

»Wenn er aus Shanghai ist, frage ich mich, wie er hierhergekommen ist«, sagte ein anderer Soldat und lachte.

»Vielleicht gehört er zur Botschaft – ein Diplomatenkind? Gut gekleidet ist er ja«, meinte der Reiter.

Offenbar hatten die Soldaten jedoch Wichtigeres zu tun, denn sie eilten wieder davon, nachdem sie Jiro im Hauptquartier abgegeben hatten.

»Sie sind auf der Jagd nach Soldaten in Zivil«, erklärte ihm jemand, und Jiro wußte gleich, daß es die Männer waren, die sich unter der Treppe versteckt und in dieser unverständlichen Sprache gesprochen hatten.

Alle Soldaten aus dem Hauptquartier waren zur »Jagd auf Soldaten in Zivil« ausgerückt, und niemand hatte Zeit, Jiro nach seiner Herkunft zu befragen. Statt dessen nahm sich ein junger Zivilist seiner an. Überrascht stellten die beiden fest, daß sie sich nicht zum ersten Mal begegneten.

Jiro lächelte. »Du bist es!« rief der junge Mann und machte große Augen.

In einer Ecke des Hauptquartiers hatten die Filmleute ein Zelt aufgestellt, in das der junge Mann Jiro nun führte. Im Inneren herrschte Dämmerlicht, außer an einer Stelle, wo eine junge Frau saß. Sie lächelte Jiro an. Hin und wieder winkte sie ihm zu, sang ein Kinderlied oder sprach liebevoll mit ihm. Ein Strahlen ging von ihr aus, das die düstere Stimmung des Krieges auf besondere Weise erhellte. Es entging Jiro nicht, daß der junge Mann sich ständig um das Mädchen bemühte. Ein anderer junger Mann betrat mit einem Eimer Farbe das Zelt.

»Inoue, was ist los? Hütest du jetzt Kinder?« rief er, als er Jiro entdeckte.

»Das würde zu Hajime passen«, sagte die junge Frau in

etwas gebrochenem Japanisch. Der junge Mann mit der Farbe und sie lachten.

»Inoue ist wahrscheinlich der einzige hier, der Zeit hat, sich um ein Kind zu kümmern.«

»He, Kida, was redest du? Der Kommandeur hat mich beauftragt, die Identität des Jungen festzustellen. Das ist eine Ehre für mich.«

Da alle lachten, lachte Jiro vergnügt mit.

»Dabei frage ich mich wirklich, wie der Kleine hierhergekommen ist. Er scheint nicht zur Botschaft zu gehören, und an der Universität Jinling gibt es auch keine Japaner.«

»Ein Rätsel. Vielleicht arbeitet sein Vater bei einer Handelsfirma. Viele größere Firmen haben Zweigstellen in Shanghai. Aber daß jetzt, mitten im Krieg, noch Leute herkommen, um zu arbeiten?«

Bei Kidas Worten verschwand das Lächeln auf den Gesichtern der anderen beiden. Matakichi Kida ging vor Jiro in die Knie. »Wo bist du geboren?« fragte er den Jungen.

»Hier«, antwortete Jiro.

»Hier? In Nanjing? Das kann ich mir nicht vorstellen«, sagte Kida.

»Nanjing?« fragte Jiro erstaunt.

»Ja, wir sind hier in Nanjing. Bist du sicher, daß du nicht aus einer Stadt namens Shanghai kommst?« Inoue stellte ihm noch mehrmals die gleiche Frage und sah ihm dabei forschend ins Gesicht. Jiro fand, er sehe wie ein freundlicher Mann aus mit seiner runden Brille, aber dem Jungen entging auch der starke Ehrgeiz nicht, der in ihm schlummerte. Hinter seiner Freundlichkeit verbarg sich eine gewisse Kälte.

»Ihr seid alle dumm«, sagte Jiro. »Hier ist hier. Nicht Nanjing oder so was. Ich bin nie hier weggegangen. Ich kenne keine andere Stadt. Man kann hier gar nicht weg. Rundherum ist nur Dunkelheit. Wie seid ihr überhaupt hierhergekommen?«

Die jungen Männer wechselten einen Blick, runzelten die Stirn und stießen beinahe gleichzeitig einen Seufzer aus.

»Anscheinend ist der Junge tatsächlich in Nanjing geboren«, sagte Matakichi Kida.

»Das kann doch gar nicht sein«, erwiderte Inoue.

»Aber er ist hier«, murmelte die junge Frau. Die drei schauten sich an.

Jiro lachte. »Ihr seid vielleicht komisch.«

»Wir sind mit der Armee gekommen, die die große Stadtmauer zerstört hat und hier einmarschiert ist«, erklärte Kida.

»Stadtmauer?«

»Ja, die Stadtmauer von Nanjing ist vorige Woche gefallen. Hunderttausende von Soldaten haben sie erstürmt. Wir gehören zu einem Filmteam, das ihren Einmarsch dokumentiert. Verstehst du das? Wir drehen einen Film. Einen Film!«

Jiro verstand nichts von dem, was Kida ihm erklärte. Nur einige vage Bilder gingen ihm durch den Kopf: die flüchtenden Männer und die Soldaten, die sie verfolgten; die flatternde japanische Fahne; die brennenden Häuser; der schwarze Rauch, der durch die Straßen zog; die verfinsterte Sonne …

»Was heißt ›Jagd auf Soldaten in Zivil‹?« Jiro fielen die Worte der Soldaten ein, die ihn mitgenommen hatten.

»Das heißt, sie suchen chinesische Soldaten in normaler Kleidung.«

Vor Jiros innerem Auge tauchte die Kleidung auf, die die flüchtenden Männer getragen hatten.

»Die Soldaten mischen sich unter die Zivilisten. Kennst du die internationale Sicherheitszone? Nein? Amerikanische und englische Priester und Ärzte haben sie gegründet. Es ist eine Schutzzone für Flüchtlinge nördlich von hier, ganz in der Nähe. Es ist der einzige Ort in Nanjing, zu dem die japanische Armee keinen Zutritt hat. Deshalb ziehen viele chinesische Soldaten, die nicht mehr flüchten konnten, Zivilkleidung an und entkommen dorthin. Und diese Soldaten will die japanische Armee einfangen«, erklärte Kida leicht erregt.

»Komplizierter ausgedrückt, geht es um die Liquidierung dieser Leute. Es ist die Aufgabe der japanischen Armee, die chinesische Armee zu vernichten«, fügte Inoue hinzu.

»Und was machen sie mit ihnen, wenn sie sie finden?«

»Wenn sie Widerstand leisten, wird bis zum Ende gekämpft.«

»Aber wenn sie um Gnade bitten?«

Niemand konnte die Frage des kleinen Jungen beantworten.

»Dann helfen die japanischen Soldaten ihnen, denn Japan hat einen Vertrag unterzeichnet«, sagte Kida schließlich.

»Herr Sakata macht sich Sorgen«, sagte die junge Frau leise. »Wenn man Tausende von Gefangenen hat, werden grauenhafte Dinge geschehen, meint er.«

»Diese Angst ist unnötig, Fei-fan«, sagte Inoue.

»... aber wir beziehen noch immer unsere gesamten Vorräte vom Feind. Wir wollen es nicht sehen, aber unsere Versorgung hängt von Plünderungen ab. Der gesunde Menschenverstand sagt einem doch schon, daß diese Art von Nachschub nicht lange funktioniert. Im Augenblick steht alles auf der Kippe. Niemand weiß, was passieren wird. Vielleicht etwas Furchtbares.« Kida sprach mit gesenkter Stimme.

Jiro merkte sich, daß das Mädchen Fei-fan hieß.

»Was kann denn Furchtbares passieren?« fragte er.

Die Männer schwiegen. Aber die verzweifelte Miene Fei-fans entging Jiro nicht. Mit gerunzelter Stirn fragte er sich, was sie vor ihm zurückhielten. In diesem Moment betrat ein Mann mit entschlossenen Schritten das Zelt und packte Inoue am Kragen.

»Verschone das Kind mit diesem Geschwätz!« schimpfte er.

»Herr Sakata«, rief Fei-fan.

Jiro hatte sofort den Eindruck, daß dieser Mann der Regisseur war.

»Unsere Aufgabe ist es, dem Volk die Wahrheit zu vermitteln. Und nur das! Wir sind nicht das Sprachrohr der Armee. Vergeßt nicht, daß wir Dokumentarfilmer sind! Das ist die einzige Mission, der ihr verpflichtet seid. Damit müßt ihr unter allen Umständen fertig werden.«

Inoue und Kida sahen stumm zu Boden. Togoro Sakata betrachtete Fei-fan. Nachdem der Blick der jungen Frau ein paar Sekunden auf ihm geruht hatte, wandte sie ihn offenbar aus Rücksicht auf Inoue ab. Keiner der Blicke, der sich ineinander verfangenden Blicke, entging Jiro.

Craig Bouchards Tagebuch 6

25. Juli

Auch heute ist Reiko nicht erschienen. Werden wir zu Asche verbrennen, ohne uns ein einziges Mal wiedergesehen zu haben? Ich möchte an eine letzte Wendung des Schicksals glauben, aber das wird wohl ein Traum bleiben.

Nein. Gott existiert. Ich muß an ihn glauben. Gewiß hat Reiko noch die Marienfigur, die ich ihr gegeben habe. Und wenn sie sie mit der Hand umschließt, werden sich ihre Gefühle mir ganz sicher wieder zuwenden. In meinem Herzen rufe ich immer wieder ihren Namen. Vom Aufwachen bis zum Einschlafen. Reiko, dieser Name ist wie ein Gebet für mich. Bis zum Ende meines Endes werde ich ihn beten. Meine Gedanken müssen sie erreichen.

Am Nachmittag wurde ich von Oberstleutnant Mitsui verhört. Wie immer hat Yasuba übersetzt. Ebenfalls wie immer wurde ich zum Angriff auf das Schlachtschiff *Haruna* befragt. Ich sprach erneut über den Atombombenabwurf, aber dann gab ich es auf. Sich mit diesem Mann zu unterhalten ist reine Zeitverschwendung. Inzwischen wäre es auch gar nicht mehr möglich, noch viele Menschen zu retten. Aber wenn Yasuba dazu auch nicht die Macht hat, könnte er zumindest Reiko zur Flucht verhelfen. Er hat genügend Verstand, um einer Niederlage Japans entgegenzusehen, und scheint seine Gedanken bereits auf die Zeit nach dem Krieg zu richten. Er möchte dann seine Studien wiederaufnehmen. Und wieder Melville lesen können.

Während des Verhörs verließ Mitsui den Raum. »Es ist heute zu heiß, also hören wir auf«, sagte er. Da der Protokollführer ebenfalls hinausging, waren Yasuba und ich allein. Er schien zu wissen, daß ich über die Bombe sprechen wollte, denn er wischte sich seufzend mit einem kleinen Handtuch die Schweißperlen vom Gesicht. Über die Vorderseite seines weißen Hemdes mit dem offenen Kragen zogen sich schweißnasse Bahnen. Er nahm einen Fächer hervor und fächelte sich nervös Luft zu.

»Können wir reden?« fragte ich.

Yasuba antwortete nicht. Der Blick seiner schmalen schwarzen Augen huschte ruhelos hin und her. Er schien angestrengt nachzudenken.

»Sie haben die Freiheit, mit sich selbst zu reden«, sagte er schließlich.

Ich ließ ein paar Sekunden verstreichen und sprach dann mit gesenkter Stimme. »Das Monstrum, das man Atombombe nennt, ist unendlich viel stärker als alle herkömmlichen Bomben. Es besitzt die Kraft, die gesamte Stadt Hiroshima auf einen Schlag zu zerstören.«

Yasuba sog hörbar die Luft durch die Nase ein und preßte die Lippen zusammen.

»Mein Auftrag war es, ihren Abwurf über Hiroshima vorzubereiten. Wäre ich nicht abgeschossen worden, wäre ich sicherlich entscheidend an dieser Operation beteiligt. Alles, was ich Ihnen jetzt erzähle, geschieht im Vertrauen.«

Ich sprach leise, während ich immer wieder nach dem Soldaten schaute, der draußen wartete.

»Diese Bombe wurde kürzlich durch beschleunigte Forschungen von Physikern entwickelt. 1932 hat Dr. Chatwick die Neutronen entdeckt. 1938 wurden in Berlin Experimente durchgeführt, bei denen man Neutronen von Uran absorbieren ließ. Auf diese Weise entdeckten einige Wissenschaftler die Kernspaltung, bei der, wie die Atomphysiker herausfanden, eine gewaltige Menge an Energie freigesetzt wird. Mit einem Kilo Uran kann man die gleiche Energie erzeugen wie mit zwanzigtausend Tonnen TNT. Diese Energie reicht aus, um ganz Hiroshima auf einen Schlag dem Erdboden gleichzumachen.«

Yasuba starrte mich mit aufgerissenen Augen an. Schweiß rann ihm langsam über das Gesicht. Zuerst sammelte er sich an seinem Kinn und tropfte dann allmählich auf den Boden. Seine Lippen waren fest zusammengepreßt.

»Jüdische Wissenschaftler im Exil haben die Befürchtung geäußert, daß Deutschland unter Nutzung der Kernspaltung eine mörderische Waffe entwickeln könnte. Daher beschlossen die Vereinigten Staaten, den Deutschen zuvorzukommen. Da Deutschland jedoch zum gegenwärtigen Zeitpunkt keine Bedrohung mehr darstellt, soll der Einsatz der Bombe das Kräftegleichgewicht nach dem Krieg sicherstellen und die Macht Amerikas demonstrieren. Nur dazu dient, offen gesagt, der Abwurf der Bombe auf Japan. Japans Niederlage wäre auch ohne den Einsatz besiegelt. Dennoch wird Amerika die Bombe werfen, um die Aufteilung der Welt nach dem Krieg zu seinen Gunsten zu entscheiden. Dafür werden die Menschen von Hiroshima sinnlos geopfert …«

Yasuba stöhnte. Ich spürte, daß er noch immer angestrengt zu ergründen versuchte, ob er mir vertrauen konnte. Seine schwarzen Augen blickten weiterhin unruhig hin und her.

»Es gibt noch einen grundsätzlichen Unterschied zwischen einer Atombombe und zwanzigtausend Tonnen herkömmlichen Sprengstoffs. Auch wenn beide in etwa die gleiche Menge an Energie freisetzen, sind die Auswirkungen der Atombombe weit teuflischer. Ihre Zerstörungskraft ist zehnmillionenmal größer als die der normalen Bombe, die im

Endeffekt allein in der Detonation besteht. Bei einer Atombombenexplosion hingegen kommen Hitzestrahlung und radioaktive Strahlung hinzu.«

»Radioaktive Strahlung?« Yasuba runzelte die Stirn.

»Ja. Sie wird bei der Explosion freigesetzt. Alle, die ihr ausgesetzt sind, sterben oder leiden lebenslang an den Schäden, die sie verursacht. Es gibt keine Medikamente dagegen …«

»Das ist wahrhaft teuflisch«, sagte Yasuba.

Ich nickte zustimmend.

»Durch die Druckwelle, die auf die Explosion folgt, werden die menschlichen Organe zerstört. Sie ist so stark, daß sogar Betongebäude zu Staub zerfallen. Die Hitze im Zentrum der Atombombenexplosion beträgt mehrere Millionen Grad. Die Temperatur der Erdoberfläche steigt auf fast viertausend Grad und macht die Welt zu einem Feuerball, fast so heiß wie die Oberfläche der Sonne. Die meisten Menschen und ihre Häuser werden zu Asche. Ganz Hiroshima wird sich in ein Flammenmeer verwandeln.«

Ich beugte mich vor und brachte mein Gesicht ganz nah an Yasuba heran.

»Das geplante Abwurfziel ist ganz hier in der Nähe. Genauer gesagt, ist es die Aioi-Brücke.«

»Die Aioi-Brücke«, murmelte Yasuba und starrte mich mit aufgerissenen Augen an. Wir schwiegen. Mehrere Sekunden oder Minuten suchte Yasuba in meinen Augen nach der Wahrheit. Ohne ihm ausweichen, blickte ich ihn an.

»Wahrscheinlich werde ich hier sterben. Einen Tod, der mehr ist als Tod. Denn mein Körper wird schmelzen, nichts wird davon übrigbleiben. Es besteht nicht die geringste Möglichkeit, daß ich überlebe, den wir befinden uns im Zentrum der Explosion. Ich bin hier gefangen. Ich kann nicht fliehen. Aber Sie können es. Selbst wenn Sie meinen Worten keinen Glauben schenken, nehmen Sie Urlaub und bringen Sie Ihre

Familie irgendwohin weit weg. Wenn nichts passiert, um so besser. Aber wenn doch ...«

Yasuba schluckte und wischte sich mit dem Ärmel den Schweiß vom Gesicht. »Mein Bruder unterrichtet Physik an der Universität, aber nicht Kernphysik ...«, sagte er.

»Er weiß sicher von der Existenz der Atombombe.« Ich sah Yasuba an. Jegliches Blut schien aus seinem Gesicht gewichen zu sein und alle Kraft aus seinem Körper. Seine geballten Fäuste, die auf seinen Knien lagen, zitterten leicht.

»Sie haben noch etwas Zeit zum Nachdenken. Die Bombe wird wahrscheinlich in etwa zehn Tagen, also um den 5. August, abgeworfen. Es genügt, wenn Sie kurz davor mit Ihrer Familie die Stadt verlassen.«

»Warum haben Sie mir das alles erzählt, Mr. Bouchard?« fragte Yasuba mich nun.

»Melville«, sagte ich und lächelte.

Yasuba lächelte nicht zurück. Statt dessen seufzte er tief.

»Nur eine Bitte hätte ich an Sie«, sagte ich.

»Ja?«

»Als ich hierherkam, habe ich mich in eine junge Frau verliebt. In das Mädchen, das mir das Essen bringt. Ich möchte, daß Sie sie mitnehmen.«

Yasubas Ausdruck veränderte sich. Ich spürte, wie sein Glaube an das, was ich ihm erzählt hatte, ins Wanken geriet.

»Was bedeutet das?«

»Im Grunde nichts. Ich möchte wenigstens noch ein Leben retten. Wenn Sie sich entschließen, Hiroshima mit Ihrer Familie zu verlassen, habe ich nur diesen einen Wunsch. Ich werde hier sterben, aber ich möchte, daß dieses liebe junge Mädchen, das mich wie einen Menschen behandelt hat, gerettet wird ...«

Das war nur zur Hälfte die Wahrheit. Aber meinen geheimen Plan konnte ich ihm natürlich nicht mitteilen. Auf einmal lachte Yasuba. Dann schnaubte er und schüttelte den

Kopf, als spottete er über sich selbst, weil er so viel Zeit mit mir vergeudet hatte.

»Nein, eine so alberne Geschichte kann ich nicht glauben. Sie binden mir doch einen Bären auf. Was bezwekken Sie damit?« Yasuba sah mich verärgert an. Die Temperatur im Verhörzimmer stieg. Ein Streifen des sommerlichen Lichts fiel durch das winzige Fenster auf eine Stelle zu unseren Füßen. Der Schweiß lief uns in Strömen über den Körper, bis sogar die untere Körperhälfte durchnäßt war.

»Vielleicht wollen Sie das Mädchen dazu überreden, irgendeine geheime Information rauszuschaffen. Vielleicht haben Sie sich absichtlich gefangennehmen lassen. Immerhin besteht die Möglichkeit, daß Sie ein Spion sind.«

Was sollte ich darauf erwidern? Nur nichts übereilen, sagte ich mir, und unterdrückte eine in mir aufsteigende Welle von Panik. Ich holte tief Luft und räusperte mich.

»Es ist noch Zeit. Sie müssen nicht sofort alles glauben«, antwortete ich. »Ich werde ein Mittel finden, um Ihr Vertrauen zu gewinnen. Ich habe nicht erwartet, Sie nur mit dieser Geschichte zu überzeugen. Sie haben noch einige Tage Zeit zum Nachdenken. Es hindert Sie ja nichts daran, schon einmal Vorbereitungen für eine mögliche Abreise zu treffen. Schließlich steht Ihr Schicksal auf dem Spiel, Ihr Leben hängt davon ab. Wenn Sie mir glauben, gehen Sie kein Risiko ein.«

»Genau«, murmelte Yasuba, als wolle er sich selbst überzeugen.

In diesem Moment klopfte es, und wir fuhren auseinander. Verwundert, daß wir nicht herauskamen, steckte der Soldat, der draußen wartete, den Kopf ins Zimmer. Yasuba erklärte ihm, der Kriegsgefangene klage über körperliches Unwohlsein. Er zeigte auf meinen Bauch und auf mein Bein und erzählte ihm irgend etwas. Um ihn zu unterstützen, verzog ich leidend das Gesicht. Der Soldat und Yasuba wechselten das Thema und unterhielten sich. Dann nahm Yasuba meinen Arm und half mir beim Aufstehen.

Vor der Tür gab mir der Soldat von hinten einen Stoß und bedeutete mir voranzugehen. Ich drehte mich noch einmal zu Yasuba um und sagte rasch: »Ich weiß ein Mittel, um Sie zu überzeugen. Wenn Sie mir nicht glauben, sagen Sie es mir. Ich bin jederzeit bereit, es Ihnen zu zeigen.«

Der Soldat stieß mich noch einmal. Diesmal etwas fester. Ich wandte mich nach vorn und setzte mich in Bewegung.

»Einverstanden«, hörte ich Yasuba mit rauher Stimme hinter mir sagen.

Lose my memory 8

Ich fiel in einen tiefen Schlaf. Als ich aufwachte, wußte ich nicht gleich, wo ich war. Ein mildes Licht erfüllte den Raum, und die sanften Klänge eines Saiteninstruments kamen aus dem CD-Spieler in der Ecke. Tomoko saß am Fenster, den Rücken gegen die Wand gelehnt. Sie hatte das Kinn leicht auf die angezogenen Knie gestützt und schien mit offenen Augen zu schlafen. Ihr Blick war geistesabwesend in die Ferne gerichtet.

Ohne zu erkennen zu geben, daß ich aufgewacht war, beobachtete ich sie. Hatte ich nur geträumt, daß wir in der letzten Nacht miteinander geschlafen hatten? Ich wußte noch, wie ihre Haut sich angefühlt hatte, dennoch erschien mir die Erinnerung unwirklich. Sie war erregt, aber zugleich hatte sie auch etwas Schmerzliches ausgestrahlt. Ihr wollüstiger Ausdruck tauchte am Rande meines Bewußtseins auf. Ihr Körper hatte mich aufgenommen, daran bestand kein Zweifel. Je wacher ich wurde, desto klarer sah ich jene Augenblicke vor mir. Ich war in eine feuchte Höhle eingedrungen, um etwas Kostbares zu finden. Um einen Schatz zu berühren, der auf dem tiefen Meeresgrund schlummerte. Nach und nach kehrte die Erinnerung an ihre betörenden Seufzer und ihre süße Stimme zurück und brachte mein Blut in Wallung.

In gemeinsamer Ekstase hatten wir uns leidenschaftlich umschlungen. Lange war ich in ihr geblieben, sehr lange.

Inzwischen hatte sie bemerkt, daß ich aufgewacht war, und ihre schwarzen Augen ohne Hast ganz langsam auf mich gerichtet. Als unsere Blicke sich begegneten, änderte sich ihre Miene nicht gleich. Ich wußte nicht, ob ich lächeln sollte oder etwas sagen. Diese Sekunden kamen mir ewig vor. Mein vergessener Bruder Jiro verdüsterte plötzlich wieder den bis dahin klaren Himmel. Schwarze, regenschwere Wolken tauchten das friedliche Meer in Dunkelheit. Wieder drohten sie, die Sonne zu verfinstern. Wieder mußte ich wachsam sein …

»Wie geht es dir?« beeilte ich mich zu fragen, damit mein Schweigen sich nicht in eine Niederlage verwandelte. Hatte sie die Freude, eins zu sein, nicht empfunden? Oder hatte es ihr weh getan, mit mir zu schlafen? Vielleicht bereute sie es schon? All das wollte ich mit meiner Frage herausfinden.

»Gut«, sagte sie, ohne den Blick abzuwenden. Dann schwiegen wir wieder. Um mir Mut zu machen, versuchte ich erneut, die Erinnerung an die vergangene Nacht zurückzuholen. Sie hatte in meinen Armen gelegen. Und ich hatte sie immer wieder geküßt. Ihre widerstrebenden Lippen hatten schließlich nachgegeben, und sie hatte mich aufgenommen. Ihre Zungenspitze hatte meine Zähne berührt. Jeden einzelnen Zahn. Ich hatte nicht gewußt, wie empfindsam Zähne sind, aber ich hatte die Wärme ihrer weichen Zunge darauf gespürt. Meine Anspannung brach zusammen und wich einer wilden Kraft, die irgendwo verborgen gewesen war, und ich umarmte sie mit einer Gewalt, als ob all die Energie meines Bruders von mir Besitz ergriffen hätte. Ich sah Tomokos Ausdruck in diesem Moment deutlich vor mir. Ich hörte auch ihre Stimme, fühlte wieder das Innere ihres Körpers. Das sanfte Wogen darin. Das Magma in ihr, das mir abwechselnd entgegenströmte und sich zurückzog …

Als ich mich fragte, ob auch sie sich an die vergangene Nacht erinnern wollte, machte mein Herz einen Satz. Der

Gedanke, daß Tomoko in der Nacht meinen nackten Körper angesehen hatte, ließ mein Blut schneller fließen. Wie erlebte sie diese Erinnerungen? Empfand sie sie als süß, zärtlich, liebevoll? Nicht sehr zuversichtlich, versuchte ich, so gut es ging, ihrem Blick standzuhalten.

Tomoko brach unser Schweigen.

»Als du geschlafen hast, habe ich die ganze Zeit nachgedacht«, sagte sie.

»Worüber?« fragte ich.

»Über dich.«

Eine sekundenlange Pause entstand. »Und?« fragte ich. Meine Stimme zitterte unwillkürlich.

»Dein Körper ist viel schöner, als ich gedacht habe. Als du mich so fest an dich gedrückt hast, fühlte ich mich so geborgen und beschützt wie in einem Daunenbett. Es war so angenehm.«

»Dann darf ich mich für dieses Kompliment bedanken?«

»Natürlich. Deshalb habe ich die ganze Zeit an dich gedacht. Mich bemüht, an dich zu denken.«

Bemüht. Mich überkam das untrügliche Gefühl, daß hier etwas nicht stimmte.

»Du hast dich bemüht, an mich zu denken?«

Tomoko wandte plötzlich den Blick ab und sah aus dem Fenster auf die grüne Straße von Setagaya. Das Licht hob die Umrisse ihres Gesichts hervor.

»Ich dachte, wenn ich dich lieben könnte, würde ich vielleicht aus dieser schweren Lage herausfinden.«

»Was für einer schweren Lage?«

»Daß ich Jiro nicht vergessen kann.«

Ich unterdrückte einen Seufzer. Tomoko wandte sich mir zu. Ihre Augen waren gerötet.

»Am liebsten wäre mir, ich verlöre das Gedächtnis.«

Alles um mich begann sich zu drehen. Ich preßte meine Wange auf das Bett und schloß die Augen. Für mich war es schwer zu verstehen, daß sie auch jetzt, nachdem wir miteinander geschlafen hatten, an meinen Bruder dachte. Ihre Erinnerungen an ihn konnte ich nicht besiegen.

Tomoko drehte die Lautstärke des CD-Spielers etwas höher, und die sanften Töne hüllten das Zimmer ein. Sie waren nicht so hart wie die einer E-Gitarre und auch anders als die vollen Töne einer klassischen Gitarre, aber eine Sitar war es auch nicht. Die Musik klang zärtlich, als wäre sie Ausdruck ihrer Sorge um mich. Konnten das die Klänge einer Laute sein? Ich hatte noch nie eine Laute gehört, aber diese Klänge erschienen mir wie eine wehmütige Melodie aus dem alten Europa.

Wir hielten Distanz und lauschten der Musik. Ich wollte sie danach fragen, aber mir fehlte die Kraft. Ich konnte sie kaum ansehen, so erschöpft und niedergeschlagen war ich. Wenn sie meinen Bruder liebte, was konnte ich dagegen tun? Er lag im Koma. Ich konnte nicht mit ihm reden, mit ihm wetteifern oder gegen ihn kämpfen, denn Jiro schwebte irgendwo zwischen Leben und Tod.

Das kurze Stück ging zu Ende, und ein neues begann. Ich konnte den Unterschied zwischen den Melodien nicht richtig ausmachen. Für mich hörten sie sich in etwa gleich an. Es klang wie religiöse Musik.

Plötzlich spürte ich Tomokos Finger an meinem Ohr. Sie fühlten sich kalt an, und ich erschrak ein bißchen, aber ich wandte mich nicht zu ihr um. Die Finger wanderten über meinen Nacken, zu meinen Schultern, bewegten sich über meine Schulterblätter und wieder zurück zu meinem Nakken. Dann sagte sie mir etwas ins Ohr. Es war nicht mehr als ein Flüstern.

»Darf ich über Jiro sprechen?«

Unbewußt hielt ich den Atem an. Was sollte ich sagen? Ja oder nein? Ich wußte es nicht und wartete einfach ab, was Tomoko als nächstes sagen würde.

»Was weißt du über deinen Bruder?«

Auf diese Frage hätte ich ebensogut »nichts« oder »alles« antworten können. Als jüngerer Bruder wußte ich natürlich viel. Andererseits gibt es sicher einiges, was ein jüngerer von seinem älteren Bruder nicht weiß. Wir waren von Kindheit an zusammengewesen, und ich hatte ihn lange bewundert. Wahrscheinlich war es nicht gelogen, wenn ich sagte, daß ich ihn von allen Menschen am besten kannte.

»Welches Insekt hat er am liebsten?« Es klang, als wollte sie ein Quiz veranstalten.

»Insekt?« wiederholte ich unwillkürlich.

»Genau. Es gibt ein Insekt, das er sehr gern hat. Weißt du nicht, welches?«

Ich grub in meinen Erinnerungen. Als Kind hatte Jiro auf dem leeren Grundstück in unserer Nähe oft Grillen und Raupen zertreten. Außerdem riß er Schmetterlingen und Zikaden mit Vorliebe die Flügel aus. Welches Insekt sollte er da gern haben?

»Kakerlaken«, murmelte Tomoko.

»Kakerlaken?«

»Ja. Er verspürte eine besondere Zuneigung für Kakerlaken. Weil sie die verachtetsten Insekten der Welt sind. Es machte ihn wütend, wenn die Leute Kakerlaken nicht wie andere Insekten sahen, sondern als häßliche, schmutzige Kreaturen, die es nicht wert sind zu leben.«

Ich lachte. »Damit hat er dich auf den Arm genommen.«

»Bestimmt nicht.«

»Doch. In der Grundschule nannten wir ihn immer den berühmten Kakerlakenjäger. Wenn er eine erwischte, hat er sie gnadenlos mit der Zeitung erledigt.«

»Vielleicht als Kind. Als Erwachsener hat er seine Ansicht geändert.«

Warum darüber streiten? Es war sowieso egal. Ich hatte keine Lust, über solche Dummheiten zu reden. Ich drückte mein Gesicht wieder auf das Laken und schloß die Augen. Tomoko nahm ihre Hand nicht von meinem Nacken.

»Und wußtest du, daß Jiro einmal versucht hat, sich umzubringen?«

»Ein Selbstmordversuch?«

Ich richtete mich auf und sah sie forschend an. Sie schaute ernst zurück.

»Wie? Warum? Wann?«

»Etwa ein halbes Jahr bevor auf ihn geschossen wurde.«

»Warum nur? Weil er nicht mit dir schlafen konnte?«

»Ich bekam einen Anruf von ihm. Er fragte mich in einem sonderbaren Ton, ob ich traurig wäre, wenn er nicht mehr da wäre. Ja, natürlich, sagte ich. Und würdest du weinen, wenn ich tot wäre? fragte er weiter. Natürlich, antwortete ich wieder. Na dann, sagte er und legte auf.«

Ich wartete, daß sie weitersprach. Sie starrte mit einem abwesenden Blick die Wand an, als erinnere sie sich an etwas. Dann lächelte sie versunken.

»Ich machte mir Sorgen und ging auf die Suche nach ihm. Ich suchte überall. Am Ende fand ich ihn in Shinjuku-Süd an einem Übergang der Odakyu-Bahnlinie. Als ich auf ihn zuging, um ihn anzusprechen, bemerkte ich, daß er nur einen Schuh anhatte. Ich folgte seinem Blick und sah, daß der zweite Turnschuh unten auf den Schienen lag. Er war völlig zerfetzt. Bestimmt hatte eine Bahn ihn überrollt. Als ich Jiro fragte, warum er das getan habe, sagte er, es gebe keinen Grund dafür und daß er manchmal einfach nur sterben wolle.«

»Ja, das weiß ich. Er hat immer mal wieder gesagt, er wolle Selbstmord begehen. Das überrascht mich nicht. Ich habe ihn selbst öfter zufällig dort getroffen. Aber er hatte nicht wirklich die Absicht, sich umzubringen. Nur theoretisch. An der Praxis ist er immer gescheitert.«

Ich ärgerte mich über mich selbst, weil ich mich auf diesen kindischen Wettstreit mit Tomoko eingelassen hatte.

»Er wollte, daß man ihn davon abhielt. Daß du ihn davon abbringen würdest. Das ist alles.«

»Aber die Sache mit der Tokarew ...«, sagte sie und schwieg dann.

»Was war mit der Tokarew?« fragte ich.

Tomoko seufzte.

»Er wollte Wilhelm Tell spielen«, sagte sie. »Wir fuhren mit dem Auto zu einem verlassenen Gelände, und er nahm die Waffe aus dem Handschuhfach. Dann legte er sich einen Apfel auf den Kopf, und ich sollte ihn herunterschießen. Ich fragte, warum ich so etwas Blödes machen sollte. ›Damit du siehst, wie sehr ich dich liebe‹, sagte er. ›Das ist doch albern, ich verstehe dich nicht‹, antwortete ich. Ich hatte vorher noch nie eine Pistole gesehen. Scheußlich, oder?«

Tomokos Stimme klang etwas schrill und leicht verzerrt.

»Es falle ihm schwer, anderen Menschen zu vertrauen, sagte er. ›Ich weiß nie, ob ich jemandem vertrauen kann. Die Menschen sind dazu geboren, einander zu betrügen. Selbst Heilige lügen. Die Welt besteht aus einem Haufen Lügen. Um den schönen Schein zu wahren, verzichtet man lieber auf die Wahrheit. Ich liebe dich. Aber der Gedanke, daß du mich hintergehen könntest, bringt mich um. Deshalb will ich zwischen uns ein starkes Band knüpfen. Etwas tun, das niemand nachahmen kann. Wenn du diesen Apfel herunterschießt, wird mein Vertrauen zu dir unerschütterlich sein. Und ich könnte anderen vertrauen. Aber wenn du vorhast, mich zu hintergehen, will ich lieber hier erschossen werden‹, erklärte er. Ich konnte seiner Logik nicht folgen. Ich fand ihn verrückt und hatte Angst. Dennoch war ich fasziniert.«

Hin und wieder erinnerten mich die Lautenklänge daran, daß ich in Tomokos Wohnung war. Sobald die Musik aufhörte, geriet ich in den Bann der Erinnerungen an meinen Bruder.

»Die Entfernung betrug nur einen Meter. Aber meine Hand zitterte so stark, daß ich nicht schießen konnte.« Tomoko sah mir in die Augen. Ich erwiderte ihren Blick.

»›Wenn du mich triffst‹, sagte er, ›ist das nicht deine Schuld. Dann ist es Selbstmord. Schieß!‹ schrie er. ›Du bist verrückt!‹ rief ich. Er schrie wieder: ›Los, schieß doch, ohne zu denken!‹ Ich heulte beinahe: ›Ich treffe nicht.‹ ›Egal‹, schrie er wieder. ›Drück ab. Versuch, den Apfel zu treffen. Du schaffst es. Du mußt es versuchen! Du überlegst zu lange. Mach jetzt! Du kannst es! Los! Danach wirst du die Welt anders sehen. Du schießt doch nur auf einen Apfel! Aus nicht mal einem Meter Entfernung. Wenn du willst, schieß eben aus dreißig Zentimetern!‹ Aber ob es nun dreißig oder zehn Zentimeter waren – mir fehlte das Selbstvertrauen abzudrücken. Meine Hände zitterten wie verrückt, und ich hatte solche Angst, daß ich ihn nicht einmal richtig anschauen konnte.«

Tomokos Stimme brach. Die Erinnerung hatte sie überwältigt.

»Wann war das?«

»Kurz nachdem wir uns kennengelernt hatten. Am Tag nach unserer ersten Nacht.«

»Vielleicht weil er nicht mit dir schlafen konnte?«

»Das wußte er da noch nicht.«

Tomokos Hand streichelte meine Brust. Dann fuhr sie über meinen Rücken und umarmte mich. Ihre Wange lag an meiner.

»›Wenn du es nicht kannst, mache ich es‹, sagte Jiro am Ende.«

»Wie denn das?«

»Er nahm den Apfel und legte ihn auf meinen Kopf. Dann

schrie er, ich solle mich nicht rühren, nahm mir die Pistole ab und zielte aus ungefähr einem Meter Entfernung.«

Tomoko klammerte sich an mich. Ich hielt sie fest.

»Dann lachte er und sagte: ›Stimmt, so kann man nicht schießen.‹ Er kam näher und richtete die Pistole aus dreißig Zentimetern auf den Apfel. Ich schrie auf, weil ich sah, daß seine Hände zitterten. Ich dachte, er würde wirklich schießen. Seine Augen waren blutunterlaufen. ›Wenn ich dich erschieße, ist es meine Schuld. Ich werde mich als Mörder der Polizei stellen. Wahrscheinlich werde ich nicht zum Tode verurteilt. Man könnte es einen Unfall nennen, der bei einem Spiel im gegenseitigen Einvernehmen passiert ist. Ein psychiatrisches Gutachten wird erstellt, und ich komme vielleicht nach fünfzehn, zwanzig Jahren wieder raus. Und du bist sinnlos gestorben.‹ Ich weinte vor Angst und Kummer. Die Tränen strömten mir nur so übers Gesicht.«

Auch jetzt weinte Tomoko. Ihre Tränen liefen mir über den Nacken und sagten mir, daß sie lebte. Sie lebte.

»Er schrie mich an, ich solle mir die Ohren zuhalten. Dann kam er ganz nah heran und legte die Pistole direkt an den Apfel. Auf diese Weise konnte er ihn nicht verfehlen. Ich hielt mir die Ohren zu. Dann schrie er: ›Wenn du mich liebst, mach, was ich dir sage. Zum ersten Mal in meinem Leben vertraue ich einem Menschen. Ich bitte dich, erlaube mir abzudrücken.‹ Ich hatte solche Angst, daß ich fast ohnmächtig wurde, und konnte weder vor noch zurück.«

Tomoko preßte ihre Lippen auf meinen Mund. Ein noch heftigerer Dammbruch als letzte Nacht schien bevorzustehen. Wir fielen aufs Bett, und ich hielt Tomoko mit aller Kraft fest. Sie klammerte sich an mich wie eine Ertrinkende. In dem in Licht getauchten Raum suchten wir beide mit verschlossenen Augen und Ohren nach den Spuren der vergangenen Nacht. Unter dem Ansturm ihrer Erinnerungen an die Angst und Aufregung schien Tomoko sich endlich vollkommen zu verlieren. Ich hielt sie fest, wollte die Ertrinkende retten. Lange hielten wir uns umschlungen, um die Angst zu vergessen. Unsere Vereinigung schien ihr Halt zu geben.

Auch als alles vorbei, blieb Tomoko in meinen Armen liegen. Ich wußte nicht, ob es mir gelungen war, sie dem Geist meines Bruders zu entreißen. Wir schauten zur Decke und hörten der Laute zu. Die Vorhänge blähten sich, und eine Brise wehte ins Zimmer. Wir fühlten uns leer, wie ausgehöhlt.

Ich schlief für etwa zwanzig Minuten ein. Als ich aufwachte, lag Tomoko noch in meinem Arm. Sie merkte, daß ich wach war, und drückte ihre Nasenspitze an meine Brust. Ich zog sie unwillkürlich an mich.

»Ich glaube nicht an Geister«, sagte ich.

Ich weiß nicht, wieviel Zeit danach verging.

»Das einzig Wirkliche für mich bist du«, murmelte ich.

Tomoko schwieg.

»Du und ich, wir sind am Leben. Wir dürfen uns nicht von Geistern beherrschen lassen.« Ich zog sie noch näher an mich, aber sie erwiderte meine Umarmung nicht. Woran sie wohl dachte? In ihren Kopf konnte ich nicht hineinsehen.

Mein Handy klingelte. Dreist brach die elektronische Melodie in das zarte Spiel der Laute ein. Mit ihrer penetranten Wiederholung rief sie uns an einen anderen Schauplatz.

Es war Tokito, der Produzent. Der Zustand Hajime Inoues habe sich stabilisiert, beruhigte er uns. Der Regisseur wolle Tomoko sehen, sollte ich ihr ausrichten. Erleichtert über die Unterbrechung, brachen wir sofort auf.

Den Ranzen nahm ich mit. Tomoko wehrte sich lange dagegen, aber schließlich konnte ich sie damit überzeugen, daß Fujisawa ihn sich holen würde, wenn wir ihn in der Wohnung ließen.

Inoues Zimmer befand sich in einem neueren Trakt des Krankenhauses, in dem auch Jiro lag. Es war die alte und große Universitätsklinik. Tomoko und ich erschraken, als wir davon erfuhren, wechselten aber kein Wort darüber. Als wir Inoues Zimmer betraten, war Matakichi Kida gerade im Aufbruch und winkte Inoue zu.

»Hallo, ihr beiden«, sagte Kida.

Ich erkundigte mich nach Inoues Befinden, und Kida antwortete an seiner Stelle. »Es geht ihm prima. Wir können jederzeit weiterdrehen, aber die Leute von Weißer Phönix wollen ihn nicht rauslassen.«

Nach »jederzeit weiterdrehen« sah es allerdings nicht aus. Der Blick, mit dem Inoue uns oder, besser gesagt, Tomoko anstarrte, wirkte noch immer verschwommen und entrückt.

»Außerdem sind das eiskalte Hunde. Der Direktor war zwar mal hier, um nach ihm zu sehen, aber seither hat sich niemand mehr blicken lassen. Wie wollen sie die Situation beurteilen, ohne sich mit eigenen Augen zu überzeugen ...? Was denken sich diese Leute bloß?«

»Kida, es reicht«, ließ Hajime Inoue sich vernehmen. »Es reicht. Ich würde gern weiterdrehen, aber irgend etwas in meinem Kopf hindert mich daran.«

Langsam wandte Kida sich ihm zu.

»Wenn ich mich davon nicht lösen kann, wird der Film nicht fertig.«

»Was ist es, was dich daran hindert?«

»Die Sonne.«

Kida lächelte.

»Die Sonne? Weil du keinen richtigen Anschluß hinkriegst?«

»Ja.« Inoue nickte. Seine Augen schauten ins Leere, aber als sie Kida fanden, wurde seine Miene ernst.

»Es tut mir leid, daß es mir so schlecht geht. Danke, daß du eigens den weiten Weg gemacht hast, um mich zu besuchen.«

»Was habe ich denn sonst zu tun? Laß dich nicht hängen. Du mußt bis zum Schluß weiterkämpfen, wie es sich für Hajime Inoue gehört. Wenn ich könnte, würde ich dir zur Seite stehen. Das tut mir leid. Aber der Junge wird mich vertreten. Er ist, was ich früher war. Vertrau ihm.« Matakichi Kida legte mir die Hand auf die Schulter.

Inoue nickte. »Er ist wie du früher.«

»Ja, wie ich.«

Inoue schwieg. Kida musterte ihn einen Moment.

»Gut, dann überlasse ich dich mal den beiden«, sagte er und ging.

Tomoko und ich bemühten uns um den Kranken. Wir wechselten das heiße Wasser in der Thermoskanne, befeuchteten Handtücher zum Abwischen von Gesicht und Händen und besorgten ein paar Kleinigkeiten aus dem Kiosk im Krankenhaus. Da er den Wunsch nach einem warmen Essen äußerte, holten wir, nachdem wir seinen Arzt um Erlaubnis gefragt hatten, drei Menüs mit gegrilltem Fisch aus der Kantine und aßen mit ihm. Inoue sah keineswegs mehr so krank aus wie an dem Tag seines Zusammenbruchs.

»Ich lasse mich doch nicht von so einer kleinen Schauspielerin herumkommandieren«, schimpfte er beim Essen vor sich hin. »Aber sie hat Mut, das muß ich ihr lassen.« Er brachte sogar ein leichtes Lächeln zustande. »In der Nacht hier habe ich mich richtig erholt. Es geht mir viel besser. Ich möchte die Dreharbeiten möglichst schnell wiederaufnehmen. Tomoko, könntest du nicht für mich mit Tokito reden?«

Wahrscheinlich zwang er sich dazu, so zu tun, als ginge es ihm besser. Denn schon im nächsten Moment verlor sein Blick sich wieder im Dunkel der Vergangenheit. Tomoko und ich wußten nicht, wie wir diese abrupten Wechsel einschätzen sollten.

Nach dem Essen gingen wir mit ihm im Garten des Krankenhauses spazieren und brachten ihn anschließend in sein Zimmer zurück. Aber er wollte nicht ins Bett.

»Nein, es geht schon. Wenn ich ewig hier liegenbleibe, wird der Film nie fertig«, rief er aufgebracht und warf sich in den Sessel, der im Krankenzimmer stand. Das Fenster wies zu dem Gebäude, in dem Jiro lag. »Ihr beide versteht euch gut, nicht wahr«, murmelte er und starrte hinaus. »Tomoko hält sich ja sonst meistens von den Kollegen fern.«

In seinen Worten schwang keinerlei Mißbilligung mit. Seine Stimme klang fern, als sei er in Erinnerungen versunken. Hin und wieder kniff er die Augen zusammen. Vielleicht blendete ihn die Sonne, die sich in den Scheiben des Gebäudes gegenüber spiegelte.

»Dort drüben liegt mein älterer Bruder«, sagte ich spontan und fragte mich sofort, warum ich etwas ausplauderte, was niemand hören wollte. Aber es hatte mir wie ein Kloß im Hals gesteckt. Ich hätte ihn hinunterschlucken müssen. Aber jetzt war es zu spät.

»Dein Bruder?«

»Anfang des Jahres wurde er niedergeschossen, seither liegt er im Koma. Eigentlich müßten wir ihn allmählich nach Hause holen, aber es ist niemand da, der ihn pflegen könnte.«

»Mit einer Pistole?«

Wieso erzählst du ihm das? sagte mir Tomokos Blick.

»Ja, die Kugel ging sauber durch seinen Kopf hindurch und trat auf der anderen Seite wieder aus, ohne ihn zu töten. Der medizinische Fortschritt ist eine grausame Sache. Obwohl es nicht traurig wäre, wenn er stürbe, erhalten sie ihn am Leben.«

Inoue verzog das Gesicht. Vielleicht stellte er sich vor, wie die Kugel den Kopf meines Bruders durchschlug.

»Mein Bruder war Drogendealer.«

»Shiro!« Tomoko versuchte mich zu unterbrechen. Aber ich konnte mich nicht zurückhalten.

»Mein Bruder hat irgendwelchen Yakuza eine neue Droge gestohlen und wollte sie verkaufen. Warum er ein solches Risiko auf sich genommen hat, weiß ich nicht. Mein Bruder war schon immer unberechenbar. Etwas stimmte mit ihm nicht. Er sprach zum Beispiel allen Ernstes davon, ein Königreich zu errichten. Und mit Hilfe dieser Droge alle Menschen zu retten. Doch vorher haben sie ihn fertiggemacht.«

»Shiro, das interessiert doch Herrn Inoue nicht.«

»Mein Bruder hat Tomoko geliebt. Oder genauer gesagt ...«

»Shiro, hör jetzt auf!«

»Oder genauer gesagt, sie haben einander geliebt. Sie hatten sich getrennt, bevor auf meinen Bruder geschossen wurde. Mein Bruder konnte nicht mit Tomoko schlafen. Verstehen Sie? Er war impotent. Er hat als Mann versagt.«

Tomoko gab mir eine Ohrfeige, die durch den ganzen Raum schallte.

»Was redest du da!« Sie schlug mich noch einmal heftiger, als wollte sie mich zu Boden strecken. Sie war außer sich, ihr Haar war zerzaust. Ich nahm sie ruhig in die Arme und schaute in ihr wutverzerrtes Gesicht.

»Aber ich, ich konnte sie lieben.«

Tomoko riß die Augen auf. Ihre erstarrten Züge begannen zu zittern, und sie brach in Tränen aus.

»Tomoko kann meinen Bruder nicht vergessen. Und deshalb kann sie den letzten Schritt nicht machen. Was ich mir wünsche, ist ihr Herz. Ich möchte, daß sie mich liebt, mich, der am Leben ist.«

Inoue hatte seinen Blick von uns abgewandt und schaute zu dem Gebäude hinüber, in dem mein Bruder lag. Er schien etwas sagen zu wollen, schwieg aber.

»So ist das also«, sagte er dann nur langsam.

Ich umarmte Tomoko mit all meiner Zärtlichkeit. Sie zitterte noch immer und keuchte, als bekäme sie keine Luft.

»Auch ich habe schmerzhafte Erinnerungen«, sagte Inoue, ohne den Blick von dem Gebäude abzuwenden.

»Die tragische Geschichte von Fei-fan und mir …«

Bei dem Namen Fei-fan erstarrte Tomoko. Mit offenem Mund atmend, wandte sie sich Inoue zu. Ich hielt sie weiter im Arm und beobachtete ihn von der Seite.

»Fei-fan war meine Sonne«, begann er leise zu erzählen.

Fei-fans Tragödie 3

Leidvolle und schmerzhafte Erinnerungen auszulöschen ist nicht leicht, auch wenn man es sich noch so sehr wünscht. Sie sind wie Blutflecken, die sich nicht auswaschen lassen. Seit sechzig Jahren ringe ich Nacht für Nacht mit den Alpträumen aus meiner Vergangenheit. Meine Gefühle von damals sind gestaltlos, aber äußerst lebendig. Die Erinnerung an sie ist real, wenn auch nicht greifbar. Manchmal ist mir, als hätten sie sich in ihrer Düsterkeit in ein Lebewesen verwandelt, das mich nicht aus den Fängen läßt. Furchtbar schmerzhaft sind diese Erinnerungen.

Entrinnen konnte ich ihnen nie. Ich habe in meinen Filmen und ihren Geschichten Zuflucht gesucht, mir ein Schicksal, nein, viele Schicksale geschaffen. Der Film war wie eine Droge für mich, durch ihn verriet ich die Gegenwart, verriet das wirkliche Leben. Ein halbes Jahrhundert lang …

Doch nun, da mein Leben zu Ende geht, will ich endlich frei werden von diesem Schmerz. Ich will mich der Qual meiner Erinnerungen stellen. Je weniger Zeit mir bleibt, desto mehr möchte ich den Ereignissen, vor denen ich immer geflohen bin, noch einmal ins Auge sehen, mich zu ihnen bekennen. Auch wenn ich meine Schuld unmöglich wiedergutmachen kann, verspüre ich nun das Bedürfnis, sie laut hinauszuschreien.

Fei-fan ist noch in mir lebendig. Seit einem halben Jahrhundert lebe ich mit der Erinnerung an sie. Sie ist nie abgerissen, im Gegenteil, mit der Zeit ist sie immer klarer geworden.

Fei-fan kam mit ihrer Mutter und ein paar Leuten von Weißer Phönix mit einem Kriegsschiff aus Lushun (Port Arthur). Ich glaube, ich war überrascht, daß es in der brutalen Welt von damals eine solche Schönheit gab. Als ich Fei-fan im Hafen von Shanghai zum ersten Mal sah, wirkte sie für mich wie eine makellose Blume, die am Ende eines Astes der abgestorbenen Welt blühte, oder wie eine Magnolienblüte, die man zufällig auf einem grausamen Schlachtfeld entdeckt. »Da wird ein Star geboren«, dachte ich, als sie langsam mit ihrer Mutter die Gangway hinunterkam. Alle waren sofort von ihr geblendet, aber ihre Schönheit war nicht von der frivolen Art, die gleich zweifelhafte Anträge hervorruft. Vielmehr ging etwas Heiliges, Unnahbares von ihr aus, das sie vor leichtfertigen Annäherungsversuchen schützte. Alle starrten sie erst einmal an, wenn sie ihr begegneten, als hätte man sie jäh in eine andere Welt versetzt. Sogar Togoro Sakata, der mit ihrer Anwesenheit nicht einverstanden war, musterte sie im ersten Augenblick bewundernd.

Unter den Blicken der Leute senkte Fei-fan verlegen den Kopf, da sie spürte, in welch schwieriger Lage sie sich befand. Zugleich sprach aus ihren Augen ein feinfühliger Geist, der allen zu Herzen ging. Sie hatte etwas Betörendes, das ihr angeboren war.

Ihre Mutter, die sie seit Lushun begleitet hatte, war das glatte Gegenteil. Diese Frau, die nur hinter dem Geld her war und ihre Tochter an Weißer-Phönix-Film verkauft hatte, war eine echte Kupplerin. Fei-fan diskutierte heftig auf chinesisch mit ihr. Ich konnte den Inhalt des Gesprächs nicht verstehen, aber ich glaube, sie beschwerte sich über die Grausamkeit, die ihr angetan wurde. Anscheinend konnte sie ihrer eigennützigen Mutter nicht im geringsten vertrauen und tat mir deshalb sehr leid.

Nachdem diese Person uns Fei-fan übergeben hatte, kehrte sie eilig mit den Leuten von Weißer Phönix in die Mandschurei zurück. Sie hatte die noch nicht einmal zwanzigjährige Fei-fan, diese liebliche Magnolienblüte, achtlos in die Arme des japanischen Militärs geworfen. Ich war damals auch erst neunzehn, also im gleichen Alter wie sie, und übernahm die Rolle ihres Vertrauten, eines Menschen, mit dem sie reden konnte. Als Regieassistent versuchte ich ihr die Arbeit zu erleichtern. Da im Team keine anderen Frauen waren, fungierte ich auch als eine Art Kammerdiener und ging ihr bei persönlicheren Dingen zur Hand.

Togoro Sakata zeigte großen Widerwillen, eine Schauspielerin, noch dazu eine Anfängerin, in seinem Dokumentarfilm einzusetzen. Weißer Phönix hatte ihm Fei-fan unaufgefordert geschickt, und er wußte nicht, was er mit ihr anfangen sollte. Man bemühte sich, den chinesischen Markt zu erschließen, aber die mandschurische Filmgesellschaft war gerade erst gegründet worden, und die angeblich chinesische Schauspielerin Koran Li, die, wie gesagt, eigentlich Yoshiko Yamaguchi hieß, feierte ihre ersten Erfolge. Dabei zweifelte niemand daran, daß Fei-fan ebenso populär werden würde wie sie. In dem Jahr, als Koran Li in *Flitterwochenexpreß* zum ersten Mal auf der Leinwand erschien, wurde *Die Sonne von Nanjing* mit Fei-fan vollendet. Es sollte ihr letzter Film sein …

Als die mandschurische Filmgesellschaft erfuhr, daß Weißer Phönix eine junge chinesische Schauspielerin entdeckt hatte, wurde der erste Auftritt von Koran Li vorgezogen, die ja keine echte Chinesin wie Fei-fan war. Dies hatte mit dem Chinaboom zu tun, der damals in Japan herrschte. Es ist unbekannt, daß die chinesische Schauspielerin Fei-fan einen solchen Einfluß auf Koran Lis Debüt hatte. Hätte Fei-fan überlebt, wäre sie sicherlich zu einer bedrohlichen Konkurrenz für Koran Li geworden.

Allerdings war Sakatas Film kein Spiel-, sondern ein Dokumentarfilm. Er stand vor der schwierigen Aufgabe, einen Propagandafilm drehen und in diesem Rahmen möglichst seine eigene Strategie durchsetzen zu müssen. Und in dieser Situation schickten ihm die Behörden eine blutjunge Anfängerin, die kaum Japanisch konnte. Es versteht sich von selbst, daß er Fei-fan nicht freudig mit offenen Armen aufnahm.

Wir bewegten uns im Schlepptau der auf Nanjing vorrükkenden Armee, die damit weniger einem Plan der japanischen Regierung folgte als den eigenmächtigen Beschlüssen der Militärs, die sich wie herrenlose streunende Hunde gebärdeten. Gestützt wurde dieses Vorgehen vor allem von der Heimatfront, die von einem regelrechten Festlandfieber erfaßt war.

Sakata erhielt von Weißer Phönix den dringenden Auftrag, den Augenblick, in dem die Mauer von Nanjing fiel, und das mutige Vorrücken der japanischen Armee im Film darzustellen.

Die Truppen in Zentralchina, die sich aus dem Shanghai-Expeditionskorps und der 10. Armee zusammensetzten, rückten über das fruchtbare, aber inzwischen verwüstete Gebiet südlich des Yangzi vor. Die militärischen Befehlshaber folgten keiner eindeutigen Strategie, und die 10. Armee marschierte, das von den Kämpfen um Shanghai ausgelaugte Expeditionskorps zurücklassend, von Anfang an unter großen Entbehrungen auf Nanjing zu. Sakatas Team war für die Aufgabe vorgesehen, den glorreichen Einmarsch der 10. Armee in Nanjing festzuhalten.

Die damalige Devise lautete »Proviant vom Feind«, das heißt, die auf Nanjing zumarschierende Armee mußte ihren Nachschub unterwegs organisieren. Am Anfang zahlte sie der Bevölkerung noch etwas für die Nahrungsmittel, aber natürlich erwies es sich nach und nach als unmöglich, zehn- oder zwanzigtausend Soldaten auf diese Weise zu versorgen. Aber es war eben Krieg. Selbst die Militärs, die auf einer gewissen Menschlichkeit bestanden, schafften es bald nicht mehr, sich dem allgemeinen Wahnsinn zu entziehen. Wir verfolgten die ganze Tragödie genau von Anfang bis Ende, wir drehten sogar, aber die Aufnahmen durften nie verwendet werden. Durch die grauenhaften Zustände verloren viele Soldaten den Verstand, und die, die ihn nicht verloren, litten fürchterlich. Obwohl Sakata wußte, daß er diese Bilder nicht verwenden durfte, sammelte er weiter Zeugnisse eines Wahnsinns, der jeder Menschlichkeit widersprach. Sakata wirkte damals wie besessen, als ob er sich selbst zum unparteiischen Zeugen des Grauens ernannt hätte. Kida und ich waren noch jung und verspürten sogar eine gewisse Erregung über die vorgebliche Unbesiegbarkeit der japanischen Armee. Sakata hingegen erkannte den Widerspruch zwischen den plündernden Soldaten und den normalen ordentlichen jungen Männern, in die sich diese nach ihrer Rückkehr nach Japan wieder verwandeln würden. Er wollte das Hintergründige der Grausamkeit und des Leids für die Nachwelt festhalten.

Überdies hieß man uns, wenn wir uns einer Truppe anschlossen, stets freudig willkommen, denn alle wünschten sich, daß wir festhielten, wie tapfer sie Chiang Kai-sheks Armee vor sich hertrieben, damit alle in der Heimat davon erfuhren. Sobald wir bei einer Einheit auftauchten, eilte sogleich der Kommandeur heran und bestand darauf, gefilmt zu werden. Natürlich gehorchten wir – ohne jedoch unser kostbares Filmmaterial in die Kamera einzulegen. Der Kommandeur durfte sich in Pose werfen und mit seinen Heldentaten angeben. Auf diese Weise war er günstig gestimmt, was die Dreharbeiten bei seiner Einheit enorm vereinfachte. Das war Sakatas übliche Taktik, durch die er uns stets eine gute Behandlung sicherte. So rückten wir immer weiter auf Nanjing zu.

Unterwegs entwickelten Fei-fan und ich ein eigenes Zusammengehörigkeitsgefühl. Ich war damals ein großer, ungeschickter junger Mann, der von Sakata ständig als Trottel beschimpft wurde. Auch Fei-fan wurde bis zu einem gewissen Zeitpunkt von ihm drangsaliert. Eigentlich schikanierte er sie sogar noch unerbittlicher als mich. Er überhäufte sie mit Beschimpfungen und ging sogar so weit, sie zu schlagen. Mit der Zeit wurde Fei-fan immer deutlicher bewußt, daß sie von ihrer Mutter an die feindliche Armee verkauft worden war und ihre Arbeit darin bestand, die Siege dieser Armee dem japanischen Volk anzupreisen. In der jungen Frau, die über einen starken Gerechtigkeitssinn verfügte, rief dieser ungeheure Widerspruch große Verzweiflung hervor, und sie stellte den Sinn ihres Daseins heftig in Frage. Zu dieser Zeit haßte sie Sakata noch mehr als ihre Mutter. Ich habe oft gesehen, wie sie die Zähne zusammenbiß und mit ihren schönen Augen vor sich hinstarrte. Ihr Schicksal schien sie sowohl körperlich als auch geistig immer mehr mitzunehmen.

Für das neunzehnjährige Mädchen barg Sakata offenbar noch größere Schrecken als der Krieg. Unsere gemeinsame Feindschaft für Sakata brachte uns einander näher.

Fei-fan und ich verliebten uns ineinander, kurz nachdem die 10. Armee vor Nanjing angekommen war. Es ist schwer zu sagen, wann genau es passierte. Außerdem verliebte ich mich nicht plötzlich in sie. Die Liebe wuchs ganz allmählich in mir, wie ein Keimling. Die schöne Fei-fan schien unerreichbar für mich, noch dazu, da sie ein zukünftiger Star bei Weißer Phönix war. Ein Schwächling wie ich war nicht direkt der Mann, in den sich jemand wie sie verlieben würde. Also verbot ich mir meine Liebe. Oder nein, lieben durfte ich sie, nur sagen durfte ich es ihr niemals.

Doch je härter die Wirklichkeit um uns herum wurde, desto enger wurde auch unsere Freundschaft. Fei-fan war meine erste große Liebe. Ohne die besonderen Umstände hätte sie sich bestimmt nicht für einen grünen Jungen wie mich interessiert. Aber dort war ich eben der einzige. Natürlich gab es auch noch Kida und viele andere junge Männer, aber ich war es, der nicht von ihrer Seite wich und sich um alles kümmerte. Ich war ihr Japanischlehrer und ihr Hofnarr, ich vertrieb ihr die einsamen Stunden. Ich wandte meine ganze Energie auf, um sie zum Lachen zu bringen. Und auch sie schien ungeduldig auf die angenehmsten Momente des Tages zu warten, wenn wir nach der Arbeit allein waren.

Als die Einheit, der wir uns angeschlossen hatten, den Berg Mo-pan überschritt, waren Fei-fan und ich ein Herz und eine Seele. Beim Hinaufsteigen alberten und tollten wir herum, und unsere Körper berührten sich zufällig. Ich wußte, in diesem Moment traten alle meine verborgenen Gefühle offen in meinem Gesicht zutage. Ich zuckte sofort zurück, aber die Stelle meines Körpers, an der ich sie gespürt hatte, brannte wie ein Bienenstich. Am nächsten und übernächsten Tag konnten wir uns nicht in die Augen schauen, so daß Kida sich schon erkundigte, ob wir uns gestritten hätten. Wir beide reagierten überempfindlich, wie es typisch für junge Leute in dem Alter ist, aber unsere Leidenschaft wurde nur größer. Nach einigen düsteren Nächten begannen wir von Liebe zu sprechen. Als ich ihr unter dem Vorwand, ihr die korrekte Aussprache von »ich liebe dich« auf japanisch beizubringen, meine Liebe gestand, kamen wir endlich zusammen.

Eines Tages nach dem Drehen, noch ehe Fei-fan sich umgezogen hatte, warf sie sich mir unvermittelt in die Arme. An diesem Tag hatte Sakata ihr besonders zugesetzt. Von ihrer Kleidung ging ein leichter und süßer Duft nach Schweiß aus. Als sie mich plötzlich umarmte, entbrannte ich in heftiger Leidenschaft.

Ich weiß noch ganz genau, wie heiß ihr Körper war, als brenne sie lichterloh. Vielleicht ist das etwas übertrieben ausgedrückt, aber mir war, als würde ich eine Flamme umarmen …

Es war frivol, ja unpatriotisch, sich mitten im Krieg zu verlieben, umgeben von Schlachtfeldern, auf denen zahllose Menschen ihr Leben opferten. Anfangs quälte mich das. Nachdem wir die Soldatengräber gefilmt hatten, konnte ich Fei-fan nicht in die Augen sehen. Andererseits trug gerade die außergewöhnliche Situation dazu bei, daß Fei-fan und ich eine so starke Bindung entwickelten. Unsere Gefühle wurden immer stärker, eben weil wir uns im Widerspruch zu unserer Umgebung befanden.

Zu unserer ersten körperlichen Begegnung kam es in der Woche vor dem Einmarsch der japanischen Truppen in Nanjing. Wir hatten unser Lager in einem verhältnismäßig sicheren Dorf im größeren Umkreis der Stadt aufgeschlagen, wo sich auch das Hauptquartier der Presse befand und sich eine Menge japanische Reporter versammelt hatten.

Es war eine ruhige Nacht. Nachdem alle schlafen gegangen waren, trafen wir uns bei Fei-fan. Sie hatte das einzige Einzelzimmer bekommen. Aber wir konnten uns nicht so einfach vereinigen. Ich war zu unerfahren, und ungeachtet meiner heftigen Leidenschaft war ich körperlich und geistig nicht auf etwas Derartiges vorbereitet. Meine nervösen Versuche zeigten nicht die gewünschte Wirkung, im Gegenteil, mein Körper verweigerte den nötigen Erregungszustand. Das Bild der Leichen der im Krieg Getöteten, das sich mir ständig vor die Augen schob, vereitelte alle meine Versuche.

Als nach mehreren Fehlschlägen die Morgendämmerung nicht mehr fern war, flüsterte Fei-fan: »Überlaß es mir.«

Sie war keine Jungfrau mehr. Später habe ich erfahren, daß sie einen Liebhaber in der Mandschurei hatte. Um die beiden zu trennen, hatte ihre Mutter ihn beim japanischen

Militär als Mitglied der Widerstandsbewegung verleumdet und verhaften lassen.

Als Fei-fan sich in der Dunkelheit an mich preßte, durchströmte ein Fieber meinen Unterleib. Dann fühlte sich mein ganzer Körper an wie in warmes Wasser getaucht. Als ich begriff, was geschah, wuchs in mir eine gewaltige Erregung, die mich in den Raum zu schleudern schien, und der Bann war endlich gebrochen.

Es wurde Tag. Die Sonne schien durch das kleine Fenster in ihr Zimmer. Fei-fans Seufzer drangen an mein Ohr. Wenn ich jetzt daran denke, muß ich lachen, aber damals war ich im siebten Himmel. Außer mir vor Glück, verlor ich den letzten Rest von Verstand. Mein ganzes Ich wurde von einer rasenden Euphorie ergriffen.

Nachdem wir uns geliebt hatten, erfaßte mich plötzlich große Eifersucht, und ich zitterte vor Furcht, jemand könnte mir Fei-fan rauben, was sicher auch daran lag, daß ich als Mann nicht viel hermachte. Weder der Krieg noch sonst etwas hatte mehr eine Bedeutung für mich. Für mich gab es nur noch Fei-fan. Niemals würde ich sie einem anderen überlassen. Allein bei dem Gedanken rauschte das Blut in meinem Kopf. Sie darf nur mir gehören, schrie es unablässig in mir. Fei-fan war meine Sonne.

»Wirst du mich heiraten, wenn der Krieg aus ist?« fragte ich sie in meinem Liebesrausch.

»Ja«, erwiderte sie sofort.

»Ohne Vorbehalte?« drängte ich sicherheitshalber.

»Ja.« Sie nickte lächelnd.

Sie antwortete geradeheraus, ohne zu zögern. Könnt ihr euch vorstellen, wie unglaublich glücklich ich war? Ich konnte mein Glück kaum fassen. Wie war das nur möglich, noch dazu unter solch außergewöhnlichen Umständen …?

Es erscheint mir sogar heute noch unglaublich, wenn ich daran denke. Obwohl wir mit einer Einheit unterwegs waren, die Nanjing einnehmen sollte, hatten ich und die Chinesin Fei-fan einander die Ehe versprochen. Nein, wahrscheinlich war es sogar unsere ungewöhnliche Lage, die uns zu diesem Versprechen brachte. Für Fei-fan, die glaubte, ihr Land zu verraten, bedeutete dieses Eheversprechen vielleicht einen Moment der Sicherheit. Es war kein leeres Versprechen. Ich nahm meine junge Liebe sehr ernst. So ernst, daß sie zur Quelle eines Unglücks wurde, das mein ganzes Leben andauern sollte.

»Fei, bald ist der Krieg vorbei. Dann leben wir in Japan, ja?«

»Ja«, antwortete sie.

»Ich möchte dich glücklich machen. Ich werde auf jeden Fall der beste, genialste Regisseur in ganz Japan, und ich werde deine Schönheit auf der Leinwand erstrahlen lassen.«

Fei-fan stimmte allem lächelnd zu. Hinter diesem Lächeln verbarg sich eine Einsamkeit, die ich besser zu verstehen glaubte als jeder andere. Doch in Wirklichkeit stimmte das nicht. Ich wollte ihr zwar helfen, dennoch stampfte ich ungefragt in die kleine Kammer ihres verwundeten Herzens und wütete eigenmächtig darin herum. Daß ich nichts davon merkte, brachte mir lebenslangen Kummer. In dem Augenblick, in dem sie »ja« gesagt hatte, hatte sie nicht gelogen. Nur konnte ich nicht verstehen, daß dies keine Wahrheit war, die für die Ewigkeit galt. Ich war noch zu unreif, um die Tiefe und Größe ihrer Einsamkeit begreifen zu können. Bei mir suchte sie eine momentane Zuflucht vor ihrer Unsicherheit, mehr nicht. Ihr Ja linderte ihren Schmerz, es ermöglichte ihr zu träumen. Fei-fan traf keine Schuld. Es war nur eine Frage der Zeit, bis Togoro Sakata mich aus dem Rennen schlagen würde. Mir kam es nicht einmal in den Sinn, daß Fei-fan mich verlassen könnte. Schon gar nicht hätte ich mir vorstellen können, daß sie zu dem verhaßten Togoro Sakata gehen könnte. Sakata ging viel zielbewußter vor als ich. Er drang durch einen Spalt in ihr verwirrtes Herz vor – einen Spalt, den ich in meiner Selbstüberschätzung übersehen hatte –, er überwand die hohe Mauer und öffnete ganz leicht das eiserne Tor zu ihrem Herzen, wie die japanische Armee die Stadtmauer von Nanjing zu Fall brachte.

Doch angesichts des großen Krieges war unser Schicksal nur von geringer Bedeutung. An dem Tag, als Teile der 9. Division die Stadtmauer von Nanjing einnahmen, veränderte sich die Welt.

Der Mond, der über der Stadt hinter den Wolken hervorbrach, war nicht weiß, sondern gelb. Einen so gelben Mond hatte ich noch nie gesehen. In seinem Licht schimmerte Feifans Gesicht wie chinesisches Porzellan. Es war von einer mir bis dahin unbekannten Kälte und Härte, daß ich meine Hand, mit der ich ihr Gesicht berühren wollte, unwillkürlich zurückzog.

Die 16. Division war durch das südliche Stadttor eingedrungen und hißte die japanische Flagge auf dem Dach des Rathauses. Oberbefehlshaber Matsui ordnete unverzüglich Siegesfeierlichkeiten an, und die Regimenter wetteiferten um die Aushebung der letzten Widerstandsnester innerhalb der Stadt. Die japanische Armee habe Nanjing völlig unter Kontrolle, telegrafierten die Zeitungsreporter in jener Nacht nach Japan. Ganz Nanjing war vom Geruch des Todes erfüllt. Überall stapelten sich die Leichen chinesischer Soldaten.

Dieses grausige Spektakel, das sich vor ihren Augen abspielte, konnte Fei-fan nicht unberührt lassen. In dieser Nacht wurde sie ein anderer Mensch. Die Veränderung war so drastisch, daß ich mich fragte, ob vielleicht der Mond sie mit einem Bann belegt habe. Ich werde ihn nie vergessen – den gelben Mond über Nanjing. Das gelbe Licht, das auch mich fast in den Wahnsinn trieb …

Jiros Welt 7

Jiro blickte zu dem gelben Mond auf. Das leise, angenehme Gemurmel, das er gehört hatte, war plötzlich verstummt. Nach einer kurzen Stille hörte er ein Geräusch, als schlüge jemand heftig auf einen Tisch. Jiro wandte sich um, aber er sah nur den Rücken des jungen Mannes. Dieser ließ den Kopf hängen und ballte die Fäuste. Die junge Frau war völlig hinter einer Lehmmauer verborgen.

»Was redest du da plötzlich? Was soll das heißen: Komm nicht mehr in mein Zimmer?« verlangte Inoue zu wissen.

»Man kann uns hören. Der Junge ist vielleicht noch wach«, erwiderte sie mit gesenkter Stimme.

»Ist doch egal. Kinder verstehen so was nicht. Warum weichst du mir aus? Erklär mir das.«

»Ich weiche dir nicht aus. Aber ich empfinde nicht mehr das gleiche wie vorher. Begreif das doch endlich!«

Die junge Frau sprach mit einem fremden Akzent und war manchmal schwer zu verstehen. An dem schweren Atmen des jungen Mannes und seinem groben Ton erkannte Jiro sofort, daß die beiden Streit hatten, und beschloß, nicht zu ihnen ins Zimmer zu gehen.

»Seit wir hier sind, bist du so komisch.«

»Das stimmt ja gar nicht.«

»Doch, heute hast du nicht einmal gelächelt.«

»Habe ich wohl.«

»Und wem hast du zugelächelt? Ausgerechnet Sakata. Ich habe es gesehen. Das hast du bisher nie getan.«

»Du bist verrückt, Hajime.«

Sie sprachen leise, aber der Ton ihrer Worte wurde zunehmend schärfer.

Hajime Inoue beleidigte Fei-fan, indem er sie eine Verräterin nannte.

Danach hörte Jiro nur noch, wie Fei-fan weinte.

Am nächsten Tag schaute Jiro zu einer flatternden japanischen Flagge auf.

»Gefällt dir die Fahne, Kleiner?« fragte ihn Ishiken, der Beleuchtungsassistent, laut und ein wenig von oben herab.

»Ich habe nicht die Fahne angeguckt«, sagte Jiro, denn er hatte das Wehen des Windes verfolgt. Eine Fahne kann nicht aus eigener Kraft wehen, und er hatte gemerkt, daß etwas Unsichtbares sie bewegte. So etwas macht kleinen Jungen Spaß.

»Was denn dann? Und weshalb strahlst du so?«

»Den Wind!«

»Aha, den Wind!« Der Mann lachte schnaubend.

»Ja, Onkel, ich habe den Wind beobachtet.«

»Aber den Wind kann man nicht sehen. Also hast du letztendlich doch die Fahne angesehen.«

»Nein, die Fahne ist nur eine Form. Sie ist nur das Zeichen, daß der Wind weht. Sonst hat sie keine besondere Bedeutung.«

»Was redest du da? Natürlich hat sie eine Bedeutung. Das verstehst du nicht, weil du noch ein Kind bist. Wenn du größer bist, wirst du lernen, wie wichtig die Fahne ist.«

»Du hast wohl zuviel Zeit?« ertönte eine Stimme von hinten. »Stehst da und plauderst mit dem Jungen. Achte lieber auf die Sonne. Wenn du sie verpaßt, wirst du erschossen.«

Als Jiro sich umwandte, stand Togoro Sakata breitbeinig

hinter ihnen. Ishiken entschuldigte sich hastig und mit lauter Stimme.

Ein Soldat mit einem langen Gewehr war zum Schutz des Filmteams abgestellt worden. In der Nähe gab es eine Sicherheitszone mit chinesischen Flüchtlingen; der Drehort war zwar verhältnismäßig sicher, aber es war möglich, daß versprengte chinesische Soldaten im Hinterhalt lauerten. Jiro sah, daß Fei-fan sich im Teamzelt aufhielt. Hajime Inoue war bei ihr, doch sie schienen sich nach ihrer Auseinandersetzung am Abend aus dem Weg zu gehen.

Chinesische Kinder aus der Sicherheitszone scharten sich um Jiro. Die Erwachsenen hatten ihnen zwar verboten, sich in der Nähe des japanischen Militärs herumzutreiben, aber ihre Neugier war zu groß. Die Jungen, die grobes Holzspielzeug bei sich hatten, bauten sich vor Jiro auf und sprachen ihn an, aber er konnte nicht verstehen, was sie sagten. Fei-fan kam und gab ihnen ein Zeichen. Ein Windstoß fegte heran, und Jiro verspürte den Schauder einer Vorahnung.

Fei-fan zog ein paar Süßigkeiten aus ihrer Tasche, verteilte sie an die Kinder und sprach chinesisch mit ihnen. Zuerst wichen sie zurück, erschrocken, weil sie die Frau verstehen konnten, aber dann gewöhnten sie sich – wie es für Kinder typisch ist – sofort an die neue Situation, kamen neugierig näher und sprachen mit ihr. Inoue war mit Vorbereitungen für die Dreharbeiten beschäftigt und kehrte Fei-fan, die lächelnd und fröhlich mit den Kindern plauderte, den Rükken zu. Diese drückten ihre Süßigkeiten an sich und zogen spielerisch an der jungen Frau. Auf einmal jedoch tauchten ihre Mütter auf und riefen die Jungen in scharfem Ton zurück, fast als riefen sie nach Hunden. Erschrocken rannten die Kinder davon.

Inoue wandte sich an Fei-fan. »Du solltest ihnen keine Süßigkeiten geben.«

Fei-fan antwortete ärgerlich auf chinesisch, woraufhin Ishiken sich umdrehte und sie anstarrte. Sakata hatte nichts gehört. Auf der Welt wehte wirklich ein sonderbarer Wind.

Da die Sonne hinter den Wolken hervorschaute, wurden die Dreharbeiten wiederaufgenommen. Jemand warf einen Stein und traf Fei-fan an der Stirn. Sie blutete. Jiro sah, daß die Kinder von vorher, mit Steinen bewaffnet, in einem Winkel eines zerstörten Gebäudes standen und zu Fei-fan hinübersahen. Eines von ihnen schrie Beschimpfungen. Dann warfen sie mit den Süßigkeiten nach ihr, die sie ihnen geschenkt hatte. »Wir essen keine Süßigkeiten von Verräterinnen, die sich an den Feind verkaufen!« Selbst Jiro verstand, was sie riefen. Ihre Mütter mußten es ihnen beigebracht haben. Die Gesichter der kleinen Chinesen waren nicht mehr weich wie zuvor, sondern in ihnen spiegelte sich der Widerstand eines entrechteten Volkes.

Fei-fan nahm die Beschimpfungen reglos hin. Ohne eine Miene zu verziehen, sprach sie weiter ihren Text. Wieder warfen die Kinder Steine. Fei-fan wurde mehrmals getroffen. Ohne einen Versuch, ihnen auszuweichen, blickte sie in die Kamera und sagte auf japanisch: »Das ist der Krieg.«

Als der Soldat mit der 38er merkte, was los war, richtete er seine Waffe auf die Kinder. Die Mütter eilten herbei und schlossen sie in die Arme, wobei sie dem Soldaten die Rükken zuwandten und so die Kinder mit ihren eigenen Körpern schützten, ein Anblick, der Fei-fan zutiefst aufwühlte. Diese wehrlos der Gewalt ausgelieferten Kinder und Mütter vor Augen, führte sie ein sicheres bequemes Leben unter dem Schutz ihrer Feinde.

Der Soldat machte einige Schritte auf die Frauen und Kinder zu und legte an. Das ganze Team erstarrte, und erschrocken lief Fei-fan dem Soldaten vor das Gewehr. »Warten Sie!« rief sie.

»Was ist?« schrie er zurück.

»Nein, nicht! Diese Kinder verstehen doch gar nicht, was sie da machen! Ich hätte ihnen die Sachen nicht geben sollen! Es war meine Schuld!«

»Aus dem Weg!«

»Wenn Sie jemanden erschießen wollen, müssen Sie mich erschießen!« rief Fei-fan und hob beide Hände. Dem Soldaten blieb nichts anderes übrig, als die Waffe zu senken. Die kleinen Jungen fingen an zu weinen. Die Mütter schlossen sie noch fester in die Arme.

»Dich kann ich nicht erschießen«, sagte er, während er wieder auf die Mütter zielte. »Denn du mußt erzählen, daß in diesem Krieg die japanische Armee an der Seite des chinesischen Volkes kämpft.«

Verblüfft zog Fei-fan die Augenbrauen hoch, dann wurde ihr Gesicht traurig. Sie begann zu zittern, und ihre schwarzen Augen weiteten sich. Vielleicht hatte sie plötzlich die Wahrheit gesehen. Alle Kraft schien aus ihr zu weichen. Sie wirkte wie eine zum Tode Verurteilte, die zum ersten Mal klar ihre Lage erkennt. Inoue scharrte ratlos mit den Füßen, und auch der Soldat schien unentschlossen.

In diesem Augenblick fiel lautlos ein Schatten zwischen ihn und Fei-fan.

»Entschuldigen Sie. Lassen Sie mich mal etwas erklären«, schaltete sich eine begütigende Stimme ein. Der alte Chefkameramann trat auf den Soldaten zu und hielt ihm lächelnd ein Päckchen Zigaretten hin. »Möchten Sie eine?« Der Soldat lachte kurz auf und bediente sich. Dann lenkte der Kameramann ihn mit einer Unterhaltung über ein anderes Thema ab. Der Soldat rauchte in tiefen Zügen und lachte bald gut gelaunt.

»Du hast dich gut gehalten«, flüsterte Togoro Sakata Feifan ins Ohr, nachdem er ihr das Blut mit seinem Taschentuch von der Stirn gewischt hatte. Anscheinend lösten Sakatas Worte Fei-fans Anspannung. Sie brach in wildes Schluchzen aus, als ob der ganze Kummer über den Verrat an ihren Landsleuten, der sich in ihr angestaut hatte, mit einem Mal hervorbreche. Sakata nahm Fei-fan, ohne zu zögern, fest in die Arme, und auch sie vergrub ihr Gesicht ohne jeden Widerstand an seiner Brust. Fei-fans langes Haar flatterte in dem neuen Wind, der die beiden umgab.

Jiro spürte, daß etwas im Anzug war. Der Wind frischte auf. Er sah zum Himmel, an dem die Sonne sich nicht mehr hinter den Wolken versteckte, sondern blutrot glühte. Mit dem Wind näherte sich ein Geräusch wie das Schlagen unzähliger Flügel. Nach und nach blickten alle Mitglieder des Teams zum Himmel. Ein jähes Brausen erfüllte die Welt, als wolle sie einstürzen. Der leuchtende Himmel war voller Flugzeuge, und ihre Zahl nahm immer mehr zu, bis er fast ganz von ihnen bedeckt war.

»Die Luftwaffe!« rief Kida.

Alle beobachteten mit zusammengekniffenen Augen, wie Hunderte von Jagdbombern mit unheimlichem Getöse über die Stadt hinwegflogen. Ihr Dröhnen ließ die Trommelfelle vibrieren. Jiro hob die Hand, um den eisernen Vögeln zuzuwinken, die fast ihre Köpfe zu streifen schienen. Ihre Metallflügel blitzten in der Sonne auf, und er schloß unwillkürlich die Augen.

Craig Bouchards Tagebuch 7

26. Juli

Motorengeräusche ertönten aus der Ferne wie das Brummen von Insekten. Aufgeregt hastete ich zum Fenster, drückte das Gesicht gegen die Stäbe und hielt angespannt Ausschau nach einem Bomber, aber es schien sich nur um ein Aufklärungsflugzeug zu handeln. Das bedeutet, daß der Abwurf der Bombe nicht mehr fern sein kann. Als die Maschine verschwunden war, spürte ich, wie mich alle Kräfte verließen.

Ich denke nur noch an Reiko. Eigentlich weiß ich ja gar nichts über sie, außer daß sie Asiatin ist. Ich weiß weder, in welcher Umgebung sie aufgewachsen ist, noch etwas über ihre Lebensumstände oder ihre Geschichte. Wäre sie eine Amerikanerin, könnte ich aus ihrem Verhalten etwas über ihr Leben schließen, aber wie ein Mädchen lebt, das auf einer Insel im Fernen Osten geboren und aufgewachsen ist, kann ich mir nicht vorstellen. Welche Schule hat sie besucht, welche Erziehung erhalten, welche Sitten pflegt ihre Familie, welche Kleidung trägt sie, was zieht sie an Feiertagen an, wieviel Liebe hat sie erlebt, wie sieht das Leben aus, von dem sie träumt? Vielleicht werde ich sterben, ohne es je zu erfahren. Doch allein der Gedanke, daß es sie gibt, ihre Anmut und ihr Strahlen geben mir Halt, lassen mich auch unter diesen Umständen das Leben ertragen. Reiko. Dieser Name erhält mich aufrecht.

Wieder ist ein Tag vorbei. Die Sonne ist untergegangen, und es ist Nacht. In meiner Kindheit verstrichen die Tage, ohne daß es mich besonders berührte. Doch jetzt ist es ganz anders. Mir ist jede einzelne Tageszeit bewußt: Nach dem Morgen kommt der Nachmittag, dann die Nacht. Jeden Morgen begrüße ich nun mit neuer Wertschätzung. Die Wahrnehmung des Lebens ist ein seltsames Phänomen, denn sie unterliegt nicht unserem Willen, sondern stellt sich einfach ein. Wahrscheinlich ist es das, was ich im Moment erlebe. Vielleicht gelange ich durch den regelmäßigen Wechsel von Tag und Nacht allmählich zu der Erkenntnis meines herannahenden Todes, durch den ich all das verlieren werde. Auf den Morgen wird nicht mehr der Nachmittag folgen und darauf nicht der Abend. Die Welt bleibt für immer stehen.

27. Juli

Ich denke an meinen Großvater. Als Kind saß ich oft auf seinem Schoß und spielte mit dem Haar, das aus seinem Ohr wuchs. »Das kitzelt«, beschwerte er sich dann und lachte. Aber deshalb verscheuchte er mich nie von seinem Schoß. Wenn ich ihn fragte, warum das eine Haar so lang sei, antwortete er, in einem so langen Leben gehe eben immer mal etwas schief. Das weiße Haar auf seinem Ohr war über einen Zentimeter lang. Als ich es herauszupfen wollte, verzog er das Gesicht. »Aua!« rief er und lachte. »Das tut weh!«

Mein Großvater liegt nicht in Manhattan begraben. Aus Platzgründen begräbt man dort keine Leute mehr. Daher liegt er neben meinem Onkel und meiner Großmutter in Queens. Einmal im Jahr besuchten wir mit meinem Vater den großen Friedhof, und er erzählte uns am Grab der Familie von seinen Erinnerungen.

Meine Schwester und ich vergnügten uns damit, uns die Namen und Lebensdaten auf den Grabsteinen von Menschen vorzulesen, die irgendwann vergessen sein würden.

»Hugh Tetterey. 1875–1902«, las ich laut.

»Der hat keine Sorgen mehr«, antwortete meine Schwester.

Vergnügt las ich vom nächsten Stein ab: »Stuart Bruce. 1850–1910.«

»Der hat keine Sorgen mehr«, sagte meine Schwester wieder.

Fröhlich tollten wir über den Friedhof und lasen die Grabinschriften.

»Was war er wohl für ein Mensch?« fragte sie bei diesem oder jenem Grabstein.

»Eine außerordentliche Persönlichkeit«, erwiderte ich dann, und sie mußte lachen.

Vom Friedhof aus sah man ganz Manhattan, und die Wolkenkratzer erschienen mir wie gigantische Grabsteine.

Ich erinnere mich oft an das Haar im Ohr meines Großvaters, aber der Inhalt unserer Gespräche ist mir nicht im Gedächtnis geblieben. Wahrscheinlich erzählte er mir von dem schweren Dasein in New York nach seiner Ankunft aus Frankreich, aber seine Worte sind verblaßt. Geblieben sind mir statt dessen die französischen Volkslieder, die mein Großvater mir immer vorsang. Da ich die Texte nicht verstand, erinnere ich mich nur an die Melodien und das ernste Gesicht und die geschürzten Lippen meines Großvaters, wenn er sang.

Ich sehe meinen Großvater vor mir wie ein verblichenes altes Foto. Fast ist mir, als würden wir uns wiederbegegnen. Als würde er im Jenseits am Bahnhof auf mich warten. Und ich bin ein Kind, das müde von der langen Reise alles vergessen hat und von seinem Großvater in die Arme genommen wird. Ich suche nach dem langen Haar in seinem Ohr. Abends summt er mir dann all die Lieder vor, die ich noch im Gedächtnis habe. Es sind viel mehr, als ich zuerst dachte. Ich bin sehr bewegt. Die Erinnerungen, die diese Lieder erwecken, bringen mich zum Weinen. Bei einem Lied habe ich jemandes Hand gehalten. Manche habe ich mit anderen im Chor gesungen. Es gab auch dieses Lied, bei dem man die Hand auf das Herz legte. Oder Schlager, die ich mit Freunden um die Wette sang. Wehmütige Liebeslieder, einer Freundin im Park ins Ohr gehaucht. Mit ihnen kehren auch die Erinnerungen an die Gerüche, die Gefühle und das Beben meines Herzens zurück. Während ich dieses Tagebuch schreibe, singe ich immer weiter. Wie ein defekter Plattenspieler wiederhole ich sie immer wieder.

28. Juli

Der Juli geht zu Ende. Nachdem ich die frische Luft des neuen Morgens geatmet habe, verspüre ich eine große Leere in meinem Herzen.

Die Tür zum Krankenzimmer steht jetzt immer offen. Von dem Wachsoldaten ist nichts mehr zu sehen. Das Hospital ist von einer Stille umgeben, als wäre ohne mein Wissen der Krieg zu Ende gegangen. Ob mich alle bereits vergessen haben? Weil sie sich sicher sind, daß ich mit meinem gebrochenen Bein nicht fliehen kann? Oder ob alle von der Atombombe wissen, evakuiert wurden und sie mich als einzigen zurückgelassen haben?

Eine Brise kommt durch das Fenster und weht zur Tür wieder hinaus. Der Schatten einer Krankenschwester streift mein Bewußtsein wie ein Geist, aber als das Geräusch ihrer Schritte verhallt ist, liegt nur wieder die stille Welt jenseits meiner geöffneten Tür.

Das Licht fällt bis zur geöffneten Tür und breitet sich träge dort aus. Die Zeit scheint stillzustehen, und auch meine Angst erlahmt für einen Moment. Der Gedanke, daß kommt, was kommen wird, übernimmt unwillkürlich meinen Körper und meine Seele. Ich verbringe den Tag damit, geistesabwesend das Spiel des Lichts zu beobachten. Ich bin wie ein alter Mann …

Alt zu werden heißt auch, mit dem Leben abzuschließen. Wenn sogar die Erinnerungen anfangen zu verblassen, verbreiten sich Resignation und Zufriedenheit. Leben und Tod sind nichts als zwei Seiten einer Medaille, ebenso wie Freude und Leid.

Heute morgen beim Aufwachen erinnerte ich mich – vielleicht weil ich Durst hatte –, daß ich als Kind einmal in der Wüste war. Es war auf einer Reise mit meinen Eltern nach Arizona. Ich war damals noch sehr klein, und vielleicht war sogar mein Onkel dabei, der bei der New Yorker Stadtverwaltung arbeitete. Hinter meinen geschlossenen Lidern sah ich den endlosen Horizont und die Weite der Wüste vor mir. Mein Vater erklärte mir, daß die Wüste ein Bild vom Tod der Erde sei. Doch aus irgendeinem Grund konnte ich mir nicht vorstellen, daß die Wüste einen Endzustand darstellte, sie erschien mir eher wie ein Anfang, ähnlich wie das Meer.

»Weißt du, Craig, ohne Wasser gibt es kein Leben. Wenn du diese unfruchtbare Erde siehst, kannst du dir sicher vorstellen, daß alles Leben aus dem Wasser kommt. Das Wasser steht am Beginn aller Vorstellungen.«

Während mein Vater sprach, sah ich imaginäre Pilger durch die Wüste wandern, einen Zug von Menschen, die sich lange schweigend voranschleppen, um am Ende ihren Durst stillen zu können. Ich stellte mir vor, daß sie irgendwann eine Oase erreichten, gesäumt von Bäumen, deren grüne Kronen so hoch reichten, daß sie hinaufschauen mußten. Ganz oben hing ein Tropfen von flüchtiger Schönheit, kostbarer als der schönste Diamant. Seine Schönheit konnte sich mit der der Sonne messen. Die Menschen kämpfen um

Diamanten, aber das Funkeln eines Tautropfens in den Bäumen übersehen sie. Dabei liegt darin das Glück, dachte ich.

»Vater, die Wüste ist schön!« Mein Vater dachte so lange über meine Worte nach, daß es mich verunsicherte und ich sie gern zurückgenommen hätte.

»Findest du?« fragte er in einem Ton, der mir bewies, daß er mich ernst nahm.

»Ja, schau nur, die Wellen, die vielen Wellen, die der Wind hinterläßt, alle haben eine andere Form. Die Wüste ist wie das Meer.«

Mein Vater betrachtete die Wüste. Er und ich, das weiß ich nun, hatten nicht den gleichen Blick. Was ich sah, war der Wind. Ich sah die Schönheit der Formen, die der Wind in der ausgedörrten Landschaft hinterließ. Und es erregte mich, daß seine Schöpfungen über meine Phantasie hinausragten. Ich erkannte den Unterschied zwischen Imagination und Kreation.

»Die Wellen?« fragte mein Vater.

»Sie sind das Werk des Windes.«

»Des Windes?«

»Ja. Ich möchte leben wie der Wind. Wie er möchte ich durch alle Länder streifen, mit dem Licht um die Wette laufen und die Welt liebkosen.«

Mein Vater legte mir die Hand auf die Schulter. Die Wüste spricht nicht, wir Menschen müssen ihre stumme Herrlichkeit aus ihrem Schweigen vernehmen. Das empfand ich damals.

Bevor ich erwachsen war, unternahm ich noch mehrere Reisen mit meinem Vater. Wir besuchten Kalifornien und die fünf großen Seen. Ebensosehr wie die Wüste in Arizona beeindruckten mich die Niagarafälle. Schwindel ergriff mich beim Anblick der herabstürzenden Wassermassen. Für mich sah es aus, als strömten sie durch einen Spalt im Himmel, und ich badete im Sprühregen eines Wasserfalls, dessen silbrig glitzernde Tropfen aus der Schwärze des Weltraums kamen. Ich öffnete alle Poren meines Körpers und atmete, so tief ich konnte, um das Gefühl einzufangen, inmitten der fallenden Wasser der Erschaffung des Universums beizuwohnen. Diese ungeheure Vorstellung dehnte sich grenzenlos in mir aus, bis mich das ganze Universum erfüllte, in dessen Mitte silbern die Niagarafälle funkelten.

Wenn mir die Erinnerungen ausgehen, bleiben nur noch die armseligen Lichtflecken auf dem Boden des Krankenhauskorridors. Ich lasse die verbrauchte Luft aus meinen Lungen und wische mir den Schweiß ab.

Den ganzen Nachmittag über habe ich die Sonne beobachtet. Während sie sank und immer röter wurde, zählte ich, die Hand an die Brust gedrückt, meinen Herzschlag. Ich verfolgte den Rhythmus, in dem das Blut durch meinen Körper gepumpt wird, um zu spüren, daß ich noch am Leben bin. Plötzlich fragte ich mich, ob das, was wir die Welt oder das Universum nennen, sich nicht eigentlich in uns selbst befindet. Ein Staunen erfaßte mich, als hätte ich durch einen Spalt hinter die Kulissen der Welt gespäht. Die Welt, zu der auch die Sonnenflecken vor mir auf dem Flur gehören, ist eigentlich in mir, nicht in meinem Gehirn, sondern an irgendeinem ideellen fundamentalen Ort in mir. Sind denn nicht auch das Licht und der Wind »dort« in mir?

Die ganze Zeit glaubte ich, in Hiroshima gefangen zu sein, aber letztendlich bin ich doch nur in mir. Wieso habe ich bisher nicht bemerkt, daß Hiroshima, Japan, die Erde und das Universum sich in den Gedanken dieses Gefangenen befinden, der ich bin? Ich habe nur an Schmerz, Kummer und Leid gedacht, bis diese Vorstellungen sich am Ende verselbständigten und meine Aufregung steigerten. Dabei ist all das nichts anderes als Illusion, nicht mehr als Gedanken und Träume. Besessen von der Vorstellung der Atombombenexplosion, habe ich das Wesentliche aus den Augen verloren.

»Es« befindet sich in mir selbst, alles, was für mich existiert, wohnt mir inne. Aber es stört mich, daß ich im Grunde nur sehe, was sich innerhalb meiner Gedanken abspielt. Ich muß sie sprengen und ein ausgedehnteres Selbst erkennen. Ein unvergängliches Selbst, das bleibt, auch nachdem die Bombe mich ausgelöscht hat. Ein ursprüngliches, ein ultimatives Selbst. Ein Selbst, das ewig ist, das die Welt umfaßt und das Weltall.

Auch wenn ich verschwinde, mein Gehirn, meine Erinnerungen, meine Gefühle ausgelöscht sind, wird mein unsterblicher Wesenskern nicht verlöschen. Der Grund, aus dem niemand in mich hineinsehen kann, liegt letztlich darin, daß die Welt von mir geschaffen wurde und niemand anderes Zutritt zu ihr haben kann und darf. Daß ich meinerseits die anderen nicht verstehen kann, liegt wiederum daran, daß diese anderen nicht mehr sind als eine Landschaft, die ich unbewußt selbst erdacht habe. Wenn die Welt mich nicht versteht, ist es, weil ich sie so gemacht habe. Mein denkendes Selbst kann nicht verschwinden. Im Gegenteil, es wird sich ausdehnen und verfestigen. Meine Gedanken gleichen dem Wasserfall, der dem Universum entspringt. Woher kommt das Wasser? Und wohin fließt es? Der Wasserfall existiert nur, um mitzuteilen, daß es ein Wo und Wohin nicht gibt.

Als ich meine ältere Schwester einmal dabei überraschte, wie sie auf meinem Bett masturbierte, schloß ich sofort die Augen. Dennoch kann ich mir die Szene heute noch ganz deutlich ins Gedächtnis rufen wegen des Geruchs, der in meine Nase drang. Das erschrockene Gesicht meiner Schwester und ihr darauf folgender leerer Blick, der mich an den eines in die Enge getriebenen Tieres erinnerte, einen Augenblick später, überspült vom menschlichen Gefühl der Scham. Ich kann nicht glauben, daß sich dies außerhalb meines eigenen Kosmos abspielte. Es ist nur ein weiterer Beweis für meine Theorie von der sich selbst erschaffenden Welt meines Ichs.

Meine Schwester rief mich zu sich auf das Bett. »Probier es doch auch mal«, forderte sie mich auf. »Fühlt sich gut an.« Auf ihr Geheiß hin zog ich mich aus und geriet in große Erregung, denn ich war ja schon fast erwachsen. Meine Schwester war hübsch, wenn sie auch ein paar Pickel im Gesicht hatte. Die Creme, die sie aufgetragen hatte, verströmte den starken Duft von Puder. Er war sehr real. Auch ihre Schönheit war wirklich und greifbar. Kein Künstler kann so etwas Lebendiges erschaffen.

Sie drängte mich, ihren Körper zu berühren, und es war, als berührte ich mich selbst. Meine Schwester existiert nur in meinen Gedanken. Was sie mich tun ließ, geschah letzten Endes auf meinen eigenen Willen hin. Ich hatte es erdacht. In Wirklichkeit war es nicht mehr als ein Produkt meiner Einbildung, daß meine Schwester meinen heißen Penis umfaßte. Der Geruch des klebrigen Spermas und die leichte Brise, die durch das leere Haus wehte – meine Eltern waren ausgegangen –, all das war meinen Gedanken entsprungen. Noch einige Zeit danach konnte ich meiner Schwester nicht in die Augen sehen, immerhin hatte ich sie begehrt.

29. Juli

Den Vormittag habe ich damit verbracht, die Sonnenflecken zu beobachten. Nach dem Mittagessen tauchte seit längerem wieder der Soldat auf und führte mich hinaus. Den Blick nach rechts gerichtet, humpelte ich den Gang entlang. Aber natürlich war am Waschplatz nichts von Reiko zu sehen.

Die Sonne stand hoch, und der Exerzierplatz lag im prallen Sonnenschein. Er war leer, bis auf einen streunenden Hund, der einen Durchschlupf suchte. Die Flagge war gehißt, da jedoch kein Wind wehte, hing sie schlaff in der sommerlichen Schwüle wie ein erschöpfter Soldat.

Yasuba, der Protokollführer und ich warteten lange in dem schwülheißen Raum, aber Oberstleutnant Mitsui tauchte nicht auf. Die beiden anderen unterhielten sich nicht, wischten sich nur immer wieder den Schweiß ab. Yasuba wirkte unruhig und warf ständig Blicke in meine Richtung. Ohne sie zu erwidern, starrte ich auf die Maserung des Tisches und wartete. Zweifellos hatte Yasuba begonnen, ernsthaft über die Atombombe nachzudenken. Es war eindeutig, daß er reden wollte. Jetzt bot sich die Gelegenheit, aber aus irgendeinem Grund war mein Drang, ihn überzeugen zu wollen, verflogen. Meine Kehle fühlte sich so ausgedörrt an, daß ich ohnehin kein Wort herausgebracht hätte.

Schließlich wurde klar, daß Mitsui nicht kommen würde, und der Protokollführer ging als erster hinaus. Yasuba räusperte sich vielsagend. Ich sah ihn an. Sein offener Hemdkragen war klatschnaß von Schweiß. Große Schweißperlen troffen von seinem Kinn. Seine Augen, die diesen schmalen freundlichen Bogen beschrieben, blickten angespannter als sonst, und seine Lider zuckten. Wieder wischte er sich den Schweiß ab.

»Das, wovon wir das letzte Mal gesprochen haben …«, begann er zögernd.

Ich richtete meinen Blick wieder auf die Maserung.

»Es ist bald soweit, oder?« fragte er hastig, wobei er den vor der Tür patrouillierenden Soldaten nicht aus den Augen ließ. »Es ist fast August. Und Sie haben gesagt, daß diese Bombe Anfang August abgeworfen wird.«

Solange Reiko nicht auftaucht, ist mir alles egal. Ich weiß, daß Yasuba ein anständiger Kerl ist. Ich weiß, daß ich ihn überzeugen muß, auch wenn er der einzige ist, der überlebt. Aber ich habe keine Willenskraft mehr. Ich kann nicht mehr beurteilen, was ich tun soll. Offenbar habe ich mich mit meinem Tod abgefunden. Mein Körper ist schon jetzt wie ein abgestorbener Baum. All meine Lebenskraft ist innerhalb weniger Tage verlorengegangen.

»Ich habe Vorbereitungen für eine Reise getroffen.«

Yasubas Worte tröpfelten einzeln in meinen Kopf. Als würfe jemand Kieselsteine in einen Teich. Nacheinander plumpsten sie hinein und sanken auf den Grund. Direkt danach kämpfte mein Bewußtsein darum, die Stille abzustreifen, die mich einhüllte. Als ich langsam den Kopf hob, sah ich in Yasubas unruhige schwarze Augen.

»Sie haben gesagt, Sie hätten ein Mittel, um mich von der Existenz der Atombombe und ihres möglichen Abwurfs zu überzeugen. Und Sie haben gesagt, ich solle mich sicherheitshalber darauf vorbereiten zu verreisen.«

Ich stieß einen Seufzer aus. Was nun? Ich muß diesen Mann und seine Familie wohl retten. Auch wenn Reiko nicht mehr auftaucht, muß ich zumindest das noch erledigen. Ist es nicht meine letzte Pflicht als Mensch, meinen Übersetzer zu retten, der mir bewußt gemacht hat, daß es im Alptraum meiner Gefangenschaft noch menschliche Regungen gibt?

Ich hatte keine Kraft. Konnte keine Energie aufbringen. Während ich noch zögerte, ging die Tür auf, und der Wachsoldat schaute herein. Yasuba starrte mich an. Wie sollte ich seinen flehenden Blick beantworten? In meinen Ohren rauschte es. Es war ein Ton, als wären meine Trommelfelle bis zum äußersten gespannt.

30. Juli

Der metallischblaue Schmetterling ist zu mir in die Zelle geflogen. Ich habe keine Ahnung, wann. Als ich es bemerkte, durchquerte er schon die Mitte des Raumes. Ich richtete mich im Bett auf und streckte die Hand nach dem Schmetterling aus, der mich zu etwas aufzufordern schien. Und dann? Der Schmetterling bewegte mechanisch die Flügel, flog langsam auf mich zu und landete auf meiner ausgestreckten Hand. Es war eine völlig unglaubliche, unwirkliche Szene.

Der metallischblau schillernde Schmetterling saß anmutig auf meiner Hand, ohne die Flügel zu bewegen. Er saß ganz still, als warte er darauf, daß etwas geschehe. War ich vielleicht wahnsinnig geworden und hatte Halluzinationen? Aber der Schmetterling war so real! Mit seinen anmutigen Schwingen hatte er die Eleganz eines neuen Kampfflugzeugs. Vielleicht war er ein Bote, der mir eine Nachricht überbrachte. Aber wer sollte mir, dem zum Tod durch die Atombombe Verurteilten, eine Botschaft schicken?

Ich brachte mein Gesicht nahe an ihn heran. Seine metallischblauen Flügel waren bestäubt und hatten ein kompliziertes Muster, das mich an eine Landkarte oder eine Maserung, an Wolken oder fließende Energie erinnerte. Als ich noch näher heranging, sah ich seine Augen. Sie starrten mich an. Es war ein so wachsamer, drohender Blick, daß mich ein Schauder überlief, und der Schmetterling hob ab, wie von hinten durch meinen Atem angetrieben. Ich streckte die Hand aus, aber er flog zum Fenster und hinaus durch die Gitterstäbe ins Licht.

Ich stieg aus dem Bett, um ihm nachzusehen. Unten vor dem Fenster stand der Junge mit dem Ranzen auf dem Rükken. Er machte mit beiden Händen eine Geste, als schöpfe er Wasser. Bei genauerem Hinsehen erkannte ich, daß er den Schmetterling in seinen hohlen Händen hielt. Er saß ganz entspannt und ruhig, wie von dem Jungen gezähmt.

Jiros Welt 8

Alle waren so mit den Dreharbeiten beschäftigt, daß niemand mit Jiro spielen konnte. Überall war sehr viel Rauch, und manchmal störte Jiro beim Drehen, so daß sie mit ihm schimpften und ihn wegscheuchten. Es wurde ihm langweilig, und er ging auf Entdeckungsreise in Richtung der Flüchtlingszone jenseits der Straße. Auf halbem Weg tauchte irgendwoher ein leuchtendblauer Schmetterling auf und flatterte um Jiro herum. Als er, ohne sich etwas dabei zu denken, die Hand ausstreckte, ließ sich der Schmetterling darauf nieder. Er hielt seine Flügel jetzt ganz still.

Während Jiro den Schmetterling bewunderte, hörte er ein hohes Pfeifen. Aus dem kleinen Fenster des alten Gebäudes schaute das bekannte Gesicht des blonden Mannes mit den blauen Augen. Er winkte Jiro durch die Gitterstäbe zu sich heran. Der Junge erinnerte sich gleich daran, daß es der Fremde war, der das seltsame Bild gezeichnet und ihm als Papierflieger durch die Stäbe zugeworfen hatte. Das Bild des bärtigen, an ein Kreuz genagelten nackten Mannes hatte Jiro beeindruckt.

Da die Filmleute ihn wegen der Soldaten in Zivil ermahnt hatten, nicht allzu weit wegzugehen, machte er nur vorsichtige kleine Schritte auf das Gebäude zu. Als er direkt unter dem Fenster stand, öffnete er seine Hände und ließ den Schmetterling frei. Der blaue Schmetterling flog mit eigentümlichen Bewegungen zu dem Mann mit den blauen

Augen hinauf, der verzweifelt die Arme ausstreckte, um ihn zu fangen. Doch die Gitterstäbe hinderten ihn daran, den Schmetterling auch nur zu berühren.

»Wenn Sie so herumfuchteln, kriegen Sie ihn nie«, ermahnte Jiro den Fremden.

Das Gesicht an die Stäbe gedrückt, beobachtete der Mann den eleganten Tanz des Insekts.

»Onkel, möchten Sie den Schmetterling haben?« fragte Jiro, aber es kam keine Antwort. Mit traurigen blauen Augen verfolgte der Mann, wie der Schmetterling in den Himmel davonflog. Die Sonne stand hoch, und Jiro kniff die Augen zusammen, weil sie so blendete. Als der Schmetterling im hellen Licht der Sonne verschwunden war, umklammerte der Mann mit den blauen Augen die Gitterstäbe und seufzte. Einen Moment starrte er zu Jiro hinunter, dann sagte er etwas.

»Wie bitte? Ich verstehe Sie nicht«, entgegnete Jiro sofort. Dennoch versuchte der Mann weiter verzweifelt, Jiro etwas mitzuteilen. Er deutete in die Ferne und wiederholte immer wieder eine Geste, als solle der Junge dorthin gehen. Vielleicht riet er ihm, zum Filmteam zurückzukehren, da Gefahr von den chinesischen Soldaten drohte?

»Kein Problem. Machen Sie sich meinetwegen keine Sorgen. Im Notfall öffne ich den hier, und die Welt fliegt in die Luft. Die ganze Welt.«

Jiro zeigte auf den Ranzen. Das erschien ihm nicht genügend anschaulich, also setzte er ihn ab, machte die Geste einer Explosion und rief: »Buum!« Der Mann erstarrte. Erfreut, sich dem Mann mit den blauen Augen verständlich gemacht zu haben, wiederholte Jiro sein Buum! noch einmal lauter, wobei er mit beiden Armen einen großen Kreis beschrieb. Der Mann riß die Augen auf und wich zurück. Sein offensichtliches Erschrecken amüsierte Jiro, und er schrie gleich noch einmal: »Buum!« Vor Begeisterung, daß der Mann die Macht des Ranzens begriff, deutete er lachend immer wieder darauf. Der Fremde steckte die Hände durch die Stäbe und legte sie wie zum Gebet zusammen. Die Geste erinnerte Jiro an die Zeichnung des Mannes, auf der eine Person – vielleicht der Mann mit den blauen Augen selbst – vor dem Kreuz gebetet hatte. Jiro breitete die Arme aus und imitierte den Mann am Kreuz.

Aus der Richtung, in die der blaue Schmetterling verschwunden war, ertönte Motorengebrumm. Als Jiro trotz der blendenden Sonne seinen Blick über den Himmel schweifen ließ, wurde das Licht plötzlich schwächer. Die Sonne verschwand hinter Wolken, und am Himmel tauchte der dunkle Schatten eines Flugzeugs auf.

Der Fremde mit den blauen Augen hob den Blick in die Richtung des Motorengeräuschs und rief etwas. Es war eher ein Schrei der Empörung als Worte. Er zog die gefalteten Hände zurück und verschwand im Gebäude. Jiro beobachtete einen Moment den Bomber, dann kam die Sonne wieder hinter den Wolken hervor. In der grellen, fast betäubenden Helligkeit, die sich über die Welt ergoß, flog er wieder davon. Shiro beschattete seine Augen mit der Hand und hielt nach dem Flugzeug Ausschau, aber am Himmel herrschte nur eine große Leere.

Da Jiro nun keine Geräusche mehr wahrnahm, machte er kehrt und ging zum Drehort zurück, wo hektische Vorbereitungen im Gange waren und allerlei Gerät herumgetragen wurde. Jiro sah Fei-fan, die jede Bewegung des Regisseurs mit ihren schönen großen Augen verfolgte. Hajime Inoue konnte er jedoch nirgends entdecken. Er erinnerte sich an das Geflüster in Fei-fans Zimmer in der Nacht zuvor und an die heftigen Worte, die zwischen den beiden gefallen waren.

Jiro setzte den Ranzen auf und erkundigte sich bei jedem der Anwesenden nach dem jungen Regieassistenten. Niemand wußte, wo er war. Er fragte auch Fei-fan, aber sie wich seinem Blick aus und schüttelte nur wortlos den Kopf. Als er Kida fragte, murmelte dieser erstaunt: »Eben war er noch da. Aber Sakata hat ihn sich mal wieder zur Brust genommen.« Dann wandte er sich sogleich wieder seiner Arbeit zu.

Ob es wegen der Kinder war, die die Steine geworfen hatten? Eine merkwürdige Zentripetalkraft hatte Fei-fan und Sakata in den Mittelpunkt des Teams geschleudert. Ein Strahlen ging von diesen beiden Fixsternen aus, das das ganze Team in seinen Bann schlug. Jiro sah ihnen bei der Arbeit zu, bis Müdigkeit ihn überwältigte. Er gähnte und sackte in sich zusammen. Durch seinen schläfrig-feuchten Blick wirkte die Welt ein wenig verschwommen. Fei-fan leuchtete wie in ein Gewand aus Licht gekleidet und schien noch schöner als sonst.

Fei-fans Tragödie 4

Ich wußte nicht, wie ich mich gegenüber Fei-fan verhalten sollte, die mich so plötzlich verlassen hatte, und zerfleischte mich, ohne ein Ventil für meinen rasenden Zorn finden zu können. Ich war noch jung, und Fei-fan war meine erste Liebe, so war ich außerstande, ihre Gefühle nachzuvollziehen. Daher fühlte ich mich hintergangen und hegte sogar Haß gegen sie.

Fei-fan war wie verwandelt. Vielleicht hatte auch ich mich verändert und konnte Fei-fan deshalb nicht verstehen. Sie hatte versprochen, mich zu heiraten. Vor Glück hatte ich immer wieder, jede Nacht, wenn sie in meinen Armen lag, von unserer Hochzeit gesprochen, und sie hatte stets zugestimmt. Sie hatte gesagt, sie liebe mich. Sie war sogar so weit gegangen zu erklären, sie würde, wenn der Krieg zu Ende sei, nicht mehr arbeiten und zu Hause bleiben, damit ich Japans berühmtester Regisseur werden könne. Ihre Worte waren kaum verklungen, als sich ihre Gefühle bereits geändert hatten. Wie sollte man das anders nennen als Verrat?

Ich hatte Fei-fans Einsamkeit gemildert, sie mit all meiner Kraft unterstützt und mit ihr gelitten. In Sakata, der sie mit abweisender Kälte behandelte, sah sie – so hatte ich geglaubt – einen Feind, unseren Feind, den sie mehr haßte als jeden anderen. Hatten wir uns nicht so eng aneinander angeschlossen, weil es Sakata gab? Wegen seiner überheblichen, nein, tyrannischen Regieführung hatte Fei-fan ihn mehr als einmal ganz deutlich einen kaltherzigen, grausamen Mann genannt. Kein Vergleich sei er zu mir, dem gütigen Hajime Inoue. Gemeinsam waren wir über Sakatas Unmenschlichkeit hergezogen. Dennoch war Fei-fan nun zu ihm übergelaufen. Nur weil er jetzt ihre schauspielerischen Fähigkeiten anerkannt und sie ein bißchen gelobt hatte, schenkte sie ihm auf einmal ihr Vertrauen. Wenn das kein Verrat war, was dann?

Von einer Minute auf die andere ging Fei-fan mir aus dem Weg. Für mich war es, als würde die Sonne sich hinter den Wolken verbergen …

Fei-fan befolgte Sakatas Regieanweisungen nun mit großer Ernsthaftigkeit. Er brauchte kaum ein Wort zu sagen, schon kam ein beflissenes »Jawohl« von ihr. Auch außerhalb der Dreharbeiten ergriff sie stets Sakatas Partei. Wenn ich mich über ihn beschwerte, schalt sie mich voreingenommen. Am meisten erboste mich ihr Lächeln, das einmal mir vorbehalten gewesen war. Das arglose, natürliche Lächeln, das sie mir geschenkt hatte, wenn ich den Narren für sie spielte, zeigte sie jetzt nur noch Sakata.

»Fei, was ist denn nur? Du bist doch nicht Sakatas Marionette!«

»Es ist unmännlich, so zu sprechen«, sagte Fei-fan. Ich war ja tatsächlich nicht besonders männlich, aber ihre Worte verletzten mich, und ich geriet in Rage.

»Und du? Kaum lobt dich einer ein bißchen, verrätst du deine Freunde. Eine Frau, die ihren Verlobten sitzenläßt, verhält sich auch nicht gerade weiblich. Eine Japanerin hätte so etwas nie getan.«

»Hör auf, so zu reden! Verraten, sitzenlassen!«

»Feiglinge, so nennt man Leute wie dich.«

Danach ließ Fei-fan mich nicht mehr in ihr Zimmer. Früher hatte ich sie jeden Abend aufgesucht, und sie hatte immer beim ersten Klopfen geöffnet. Jetzt blieb es still.

Nachdem ich etwa eine halbe Stunde an ihrer Tür ausgeharrt hatte, kam von innen ihre argwöhnische leise Stimme. »Geh weg, ich schlafe schon.« Natürlich kam sie auch nicht in mein Zimmer. Kida machte sich Sorgen und fragte, ob etwas vorgefallen sei, aber ich antwortete ihm nicht.

Fei-fan weigerte sich auch, während der Dreharbeiten mit mir allein zu sein. Dennoch mußten wir miteinander umgehen. Die Atmosphäre zwischen uns war erdrückend. Je weiter sie sich von mir entfernte, desto häufiger war sie mit dem Regisseur zusammen, das war eindeutig. Ich war mit den Nerven am Ende. An manchen Tagen machte mich allein der Gedanke verrückt, daß sie mich womöglich mit Sakata betrog.

Eines Tages faßte ich einen Entschluß. Ich ging nicht zum Abendessen, sondern entwendete heimlich aus dem Büro den Ersatzschlüssel zu ihrem Zimmer, um dort auf sie zu warten. Als sie aus dem Bad kam, die Tür aufschloß und mich in ihrem Zimmer sitzen sah, wollte sie schreien. Aber ich packte sie von hinten und hielt ihr den Mund zu. Sie schlug mir die Zähne mit solcher Kraft ins Fleisch, daß sie eine Bißwunde hinterließen. Sie war feindselig, haßerfüllt und wütend …

Ich unterdrückte einen Schrei. Das rote Blut floß nur so über meine Finger. Wahrscheinlich vor Schreck fing Fei-fan an zu weinen. Ich sah ihre schwarzen Augen und das Weiße darin, ihre straffe jugendliche Haut, spürte die Wärme ihres Speichels, dazu der Geruch von Blut. All das versetzte mich in äußerste Erregung.

Ich drückte sie zu Boden und verriegelte hastig die Tür. Dann sah ich auf die schluchzende Fei-fan hinunter. Es war schwül, und das Atmen fiel mir schwer. Ich merkte nicht, daß ich gar nicht mehr ich selbst war.

»Bist du in ihn verliebt?« schrie ich die weinende Fei-fan an. Sie schüttelte heftig den Kopf. Ich bückte mich zu ihr nieder und brachte mein Gesicht an ihr Ohr.

»Heißt das, daß du mich noch liebst?«

Fei-fan nickte. Ich nahm sie in die Arme und führte sie zum Bett. Sie wehrte sich heftig, aber ich lockerte meinen Griff nicht.

»Du liebst mich doch!« preßte ich mit erstickter Stimme hervor.

Fei-fan drückte mein Gesicht weg. »Ich liebe dich, aber nicht, wenn du so bist.«

»Was heißt ›so‹?«

Sie versuchte, sich mir zu entwinden.

»So eben!«

»Aber bisher waren wir jeden Abend zusammen. Warum meidest du mich plötzlich?«

»Ich meide dich nicht. Aber wenn ich keine Lust habe, kann ich nichts dafür.«

»Das kommt, weil du in Sakata verliebt bist.«

Fei-fan fing wieder an zu weinen, leise, mit erstickter Stimme, damit die anderen nichts hörten. Schluchzend rang sie nach Atem.

»Das ist nicht wahr. Seit ich hier bin, sehe ich, wie meine Landsleute leiden, während ich mit allen Annehmlichkeiten bei unseren Feinden lebe. Ich will damit nur sagen, daß ich dich in all dieser Not nicht lieben kann. Bitte, versteh mich doch!«

»Das ist nicht wahr. Du hast dich in den Regisseur verliebt. Und ich bin dir jetzt im Weg. Also schiebst du es auf deine Landsleute und den Krieg, daß du mich verschmähst. In Wirklichkeit hast du dich Sakata zugewandt.«

Fei-fan riß ihre vom Weinen geröteten Augen auf und sah mich mit einem kalten und haßerfüllten Blick direkt an. Ich wich kurz zurück, dann aber überkam mich der Drang, sie mit Gewalt zu nehmen. Ich riß ihr die Kleider herunter, entblößte mich selbst und warf mich auf sie.

»Hör auf!« rief sie immer wieder schluchzend mit leiser

Stimme, damit niemand uns hörte. Ich spürte ihre Tränen und ihren feuchten Atem auf meinem Gesicht. Haarsträhnen klebten auf ihren schweißnassen Wangen. Ihre Augen waren voll Haß. Ich verfiel in eine solche Raserei, daß ich kaum noch atmen konnte. Nie hätte ich gedacht, daß Haß mich so brutal machen könnte.

»Liebst du mich noch?« fragte ich, während ich ihre beiden Arme auf das Bett drückte. Sie antwortete nicht. »Liebst du mich noch?« wiederholte ich.

»Vorhin habe ich dich noch geliebt«, sagte Fei-fan voller Enttäuschung.

Als ich gewaltsam ihre Beine auseinanderdrückte, wehrte sie sich heftig.

»Hör auf!« flehte sie wieder, und ich schlug sie mit der rechten Hand. Ich wollte sie nur leicht schlagen, aber ich traf sie mit Wucht an der Schläfe, daß es knallte. Fei-fan erstickte ihr Weinen. Ich war so verblendet zu glauben, meine Umarmung könnte die Erinnerung an unsere glücklichen Tage in ihr wecken. Ohne meinen Griff zu lockern, drang ich in sie ein. Erst später, viel später, nach dem Krieg, wurde mir klar, daß ich sie tatsächlich vergewaltigt hatte. Daß meine Tat das genaue Gegenteil der liebevollen Vereinigung war, die wir noch wenige Tage zuvor vollzogen hatten. Aus Dummheit und weil ich glaubte, sie verloren zu haben, verging ich mich mit Gewalt an ihr. Doch war ihr Körper ganz anders als sonst, einsam und wie tot. Nur ein kalter Schmerz zerriß uns beide. Ich entlud mich in ihr. Es war nichts als eine Ausscheidung.

»Jetzt bekommst du ein Kind. Du bekommst mein Kind.«

Fei-fan zitterte am ganzen Körper. Möglicherweise war es ein Nervenzusammenbruch. In diesem Augenblick verwandelte sich Liebe in Haß. Ich würde nie ungeschehen machen können, was ich getan hatte. Damals begriff ich meinen fatalen Irrtum noch nicht, doch nichts würde je wieder so sein wie früher.

»Fei-fan, du wolltest mich doch zum berühmtesten Regisseur Japans machen. Bald ist der Krieg aus, und wir drei können dort leben.«

»Wie sollen wir leben, ohne Liebe?«

»Aber du hast doch gesagt, du liebst mich!« schrie ich. Fei-fan legte mir rasch die Hand auf den Mund, aus Angst, man würde uns hören. Mir wurde bewußt, daß ich sie verloren hatte.

Unsere Körper waren noch einmal eins geworden, aber unsere Gefühle füreinander waren brutal abgerissen. Plötzlich verließ mich alle Kraft. Weinend umarmte ich Fei-fan. Sie weinte nicht mehr und richtete ihren Blick zur Decke. Wir können unsere Tränen und unseren Kummer nicht mehr teilen, schien dies zu sagen.

Ich konnte nicht aufhören, an Fei-fan zu denken. Nein, auch nach allem, was passiert war, und nachdem sie mir deutlich zu verstehen gegeben hatte, daß sie mich nicht mehr liebte, war ich fest davon überzeugt, sie würde irgendwann zu mir zurückkehren. Sakata war es, der uns auseinandergebracht hatte. Ich redete mir ein, daß dieser Mann, ein Familienvater zudem, mir Fei-fan heimtückisch geraubt hatte.

Die Dreharbeiten wurden zu einer einzigen Qual. Ich marterte mich, ohne meine Gefühle jemandem – nicht einmal Kida – anvertrauen zu können. Nach dem Einmarsch der japanischen Truppen in Nanjing nahm das Chaos immer mehr zu. Die Leichen getöteter chinesischer Soldaten füllten die Straßen, und die Japaner waren zu beschäftigt mit der Jagd auf feindliche Soldaten in Zivilkleidung, um die Toten zu beseitigen. Ihre Zahl nahm ständig zu. Der Leichenberg in den Mauern von Nanjing begann zu verwesen, und die Stadt verwandelte sich in ein Abbild der Hölle. Überall wurde Jagd auf Menschen gemacht, und auch die Flüchtlingszone konnte nicht mehr als sicher bezeichnet werden. Eine bleierne, erbarmungslose Sonne brannte auf Nanjing und tauchte die stinkenden Straßen in ein fahles Licht. Ich werde diese Sonne niemals vergessen. Eine blutgetränkte, grausame Sonne …

Fortan behandelte Togoro Sakata mich schlecht. Wahrscheinlich hatte Fei-fan ihm erzählt, was ich getan hatte. Ich weiß nicht, wann oder wo ihre Liebesaffäre begann. Fei-fan leugnete eine solche Beziehung entschieden, aber ich war sicher, daß sie zwischen ihnen bestand. Dazu kam, daß der Regisseur mich wenige Tage nach dem Vorfall zu schikanieren begann.

»Inoue, komm doch mal her«, rief er mich während der Dreharbeiten. Als ich daraufhin zu ihm ging, fiel er plötzlich über mich her.

»Was fällt dir eigentlich ein? Glaubst du, du bist zum Faulenzen hier? Du bist Regieassistent, und Kida und Ishiken müssen deine Arbeit mitmachen. Was glaubst du, wer du bist? He?«

»Entschuldigen Sie.«

Sakata behauptete, Fei-fans Kostüm sei das falsche. Darauf zu achten sei die Aufgabe vom Script, verteidigte ich mich. Sakatas Gesicht verfinsterte sich, und im nächsten Moment schlug er mir mit der Faust ins Gesicht. Vor allen Leuten. Gnadenlos schlug er auf mich, den Wehrlosen, ein. Es geschah so plötzlich, daß niemand einschreiten konnte. Ich ging in die Hocke, und während ich mein Gesicht mit den Händen schützte, beobachtete ich Fei-fan, die mich von der anderen Seite her anstarrte. Als nächstes begann Sakata mir ins Gesicht zu treten.

»Hab' ich dir nicht gesagt, daß du das Kostüm auswählen sollst! Jetzt stimmt der Anschluß nicht! Die Farbe und der Schnitt passen überhaupt nicht zum Krieg. Was soll so ein schickes Kleid! Denkst du, wir drehen hier einen Spielfilm?«

Den Kopf weiter mit den Händen schützend, verteidigte ich mich. »Aber Sie haben es doch für gut befunden.«

»Ich soll das genehmigt haben? Eigenmächtig, nenne ich das.«

»Nein, als ich Ihnen das Kostüm zeigte, waren Sie einverstanden.«

»Willst du jetzt die Schuld auf mich abwälzen?«

Sakata packte mich an den Haaren, zerrte mich herum und fuhr fort, mich zu treten. Dabei wirbelte er Sand und Staub auf, und eine graue Wolke schob sich vor mein Gesichtsfeld. Inmitten meiner buchstäblich auf den Kopf gestellten Welt stand Fei-fan. Sie schaute zur Seite, aber es schien mir, als lachte sie. Deutlich erkennen konnte ich es allerdings nicht. Sie war es, die Sakata antrieb, dachte ich, und das Blut stieg mir zu Kopf. Was hatte sie ihm erzählt, um ihn so weit zu bringen? Vielleicht hatte sie ihren Körper eingesetzt, um den alten Mann zu ihrem Sklaven zu machen? Die Hure! Gegen meinen Wahn hatte der gesunde Menschenverstand keine Chance.

Ich schäumte und zitterte vor Wut, so daß ich Sakatas Tritte nicht einmal spürte. Mordgedanken brodelten in meinem Kopf; ich wollte Fei-fan töten, ein Blutbad anrichten.

Endlich griff Kida ein und zog mich unter einen Baum. Als er meine Verletzungen versorgte, schrie Sakata: »Laß den Kerl doch. Er wird schon nicht sterben!«

»Geht es?« fragte Kida. »Ruf mich, wenn etwas ist. Ich komme dann sofort.« In dem Moment wurde ich ohnmächtig.

Von da an waren mir der Film, meine Arbeit als Regieassistent und der scheinbar endlose Krieg gleichgültig. Ich empfand mein eigenes Schicksal als weit tragischer als den Krieg. Fei-fan war ein Opfer des Krieges, aber mir war nicht genügend Verstand geblieben, um das zu begreifen. In mir kochte ein heftigerer Wahnsinn als in jedem japanischen Soldaten.

Viele Nächte lang konnte ich nicht schlafen. Brennende Wut verzehrte mich bei Tag und bei Nacht. Ich tat mein Bestes, sie zu verbergen, und wartete auf meine Zeit. Das heißt, ich glaubte noch immer daran, daß Fei-fan ihren Irrtum einsehen und eines Tages zu mir zurückkehren würde. Aber dieser Tag kam nicht, im Gegenteil, die Lage verschlimmerte sich zusehends.

»Was ist mit der Sonne?« rief Sakata.

»Sie kommt gleich«, erwiderte ich, meinen Haß verbergend, indem ich in den Himmel schaute. Fei-fan wurde von Tag zu Tag unerreichbarer wie eine große Schauspielerin, und Sakata wich ihr nicht von der Seite. Er umhegte sie auf Schritt und Tritt mit einer Fürsorge und Galanterie, die man ihm niemals zugetraut hätte. Nach und nach ließ er immer mehr Spielfilmelemente in seine Dokumentation einfließen. Er redete sich mit der Erklärung heraus, dies geschehe auf Verlangen von Weißer Phönix. Doch war offensichtlich, daß alle neuen Textstellen auf Fei-fan zugeschnitten waren. Kida, Ishiken und das übrige Team stellten sich ahnungslos, aber allen war klar, daß den Regisseur und die chinesische Schauspielerin ein besonderes Verhältnis verband. Mich hatte man meiner Rolle als Fei-fans Gehilfe enthoben.

Vor mir sprach Sakata – wie mir schien – demonstrativ vertraulich mit Fei-fan. Sie selbst war von einer überschäumenden Heiterkeit, die man sich bei ihrer Ankunft nicht hätte vorstellen können. Ihr argloses Lachen ertönte so oft, daß ich mich fragte, ob sie mir das leidende Opfer des Krieges in Wirklichkeit nicht nur vorgespielt hatte.

Als jener unglückliche Tag kam, dauerte meine mordlüsterne Rachsucht unvermindert an, und in Nanjing schwelten noch überall die Ruinen. An diesem Nachmittag wurden wir, die unbeteiligten und siegesgewissen Zuschauer, plötzlich mit der erbarmungslosen Realität konfrontiert. Wir hätten nicht brutaler daran erinnert werden können, daß wir uns an einem Schauplatz des Krieges befanden.

Bei den Dreharbeiten wurden wir zufällig Zeugen eines Blutbads, bei dem auf einem Platz zahllose Menschen niedergemetzelt wurden. Überall ertönten Schüsse, und man teilte uns mit, daß sich ganz in der Nähe Partisanen versteckt hielten. Zu dem gepflasterten Platz, in dessen Mitte sich ein Blumenbeet befand, führten Treppen, auf denen sich die Leichen von gerade Erschossenen türmten. Das Blut floß in Rinnsalen die Treppen hinunter zu dem Beet, wo sie sich zu einem regelrechten Strom vereinten.

Auf die in den steinernen Gebäuden gegenüber aufpeitschenden Schüsse hin erhob sich eine Woge verzweifelter Schreie. Fei-fan, die den Tod so vieler ihrer Landsleute mitansehen mußte, versuchte ihre Tränen zu unterdrücken.

Die Soldaten, die unser Team begleiteten, befahlen uns, uns nicht von der Stelle zu rühren, bis die Partisanen besiegt seien. Der Leichenberg vor unseren Augen wurde immer höher. Nirgends konnte man diesem Anblick entkommen. Mit gesenktem Kopf, das Gesicht in den Händen verborgen, versuchte Fei-fan verzweifelt, ihrer Gefühle Herr zu werden, bis ihre Nerven versagten. Sie zitterte so sehr, daß sogar ihr bebender Schatten ihren seelischen Zustand wiedergab.

Togoro Sakatas Augen jedoch leuchteten. Anscheinend sah er hier die perfekte Gelegenheit, die Wirklichkeit des Krieges zu dokumentieren. Er rief den Kameramann zu sich und beriet sich leise mit ihm, ob man nicht eine Kamera auf einer der Mauern aufstellen könne, ohne daß die Soldaten etwas davon merkten. Während Kida einen von ihnen in ein Gespräch verwickelte, wurde heimlich und unauffällig eine Kamera installiert. Als diese leise surrend die Leichen der

Erschossenen aufnahm, schlug Fei-fan eine Hand vor den Mund, um ihr Schluchzen zu unterdrücken. Die Schüsse waren nun ganz nah. Der Tonmann stellte ein Mikrophon auf, um sie aufzunehmen. In diesem Moment hörten wir die Stimme eines Kindes.

Ein kleiner Junge rannte die Treppe gegenüber dem Platz hinunter, gefolgt von einem Mann, der sein Vater zu sein schien. Der Mann wurde sofort noch mitten auf der Treppe getroffen und sackte zusammen wie eine Marionette mit durchtrennten Fäden. Der Kleine machte kehrt und lief, ohne zu wissen, wohin, in Panik die blutüberströmte Treppe hinauf. Da sprang Fei-fan plötzlich auf, huschte an dem Soldaten vorbei und lief auf das Kind zu. Spontan erhob ich mich ebenfalls und rannte ihr nach.

»Wohin wollen Sie?« schrie der Soldat. »Kommen Sie sofort zurück! Da drüben sind Partisanen!«

Aber nichts und niemand konnte mich halten. Fei-fan rannte die von Toten übersäte blutige Treppe hinauf. Einmal stürzte sie und fiel auf eine Leiche. Doch sie stand sofort wieder auf und lief weiter dem kleinen Jungen nach. Und was hatte ich vor? Wollte ich sie einholen, um sie in Sicherheit zu bringen? Oder das Durcheinander nutzen, um sie zu töten? Vielleicht wollte ich sie töten und mit ihr sterben. Mein Verstand hatte völlig ausgesetzt, ich war wahnsinnig.

Fei-fan rannte hinter dem Jungen her, und ich folgte den beiden. Wir bogen mehrere Male ab. Wem jagte Fei-fan da nach? Inzwischen glaubte ich, daß es ihre verlorene Heimat war. Die Gestalt des kleinen Jungen erinnerte sie zweifellos an ihre eigene Kindheit und die Freunde, mit denen sie früher hier auf dem Boden ihrer Heimat gespielt hatte. Sie war ja erst neunzehn, noch immer fast ein Kind, und mit allem völlig überfordert. Die Welt verschwamm vor meinen Augen, und Fei-fan, die tränenüberströmt vor mir herlief, muß die Welt wie eine blutige Hölle erschienen sein.

Endlose Ströme von Blut ergossen sich vor ihr und färbten ihr Land rot. Als wir aus einer Gasse auf einer großen Straße herauskamen, gelang es mir, sie von hinten zu packen. Fei-fan war von Sinnen und schrie mit sich überschlagender Stimme auf chinesisch auf mich ein. Das einzige Wort, das ich verstand, war »Japaner«.

»Geh nicht weiter, Fei-fan, da sind chinesische Partisanen!« rief ich. Sie starrte mich an und spuckte mir dann ins Gesicht. Ihr Speichel traf mein Auge. Ihre Züge waren verzerrt wie die Fratze eines Dämons. In ihr kochte die Wut eines Menschen über, der zum Spielball des Krieges geworden war.

»Ich bin Chinesin!« schrie sie weinend.

»Aber sie werden dich für eine Spionin halten und töten.«

»Dann sollen sie mich töten!«

»Ich liebe dich, Fei-fan! Ich liebe dich! Verstehst du das denn nicht? Bitte! Versteh mich doch!« stieß ich schluchzend hervor.

»Aber ich, ich hasse dich, Hajime. Mein ganzes Leben lang werde ich dich hassen. Du verstehst mich nicht, und deshalb hasse ich dich.«

»Fei-fan! Fei!«

Sie war außer sich und schlug mit den Fäusten auf mich ein. Immer wieder schlug sie auf meine Schläfen.

»Was versteht ihr schon? Euch geht's doch gut. Egoisten seid ihr. Niemand versteht, was ich fühle. Du, Hajime, am allerwenigsten!« Sie schleuderte mir die Worte mit einem Ingrimm entgegen, wie ich ihn bei ihr noch nie erlebt hatte. Sie war ihres Lebens müde.

»Ich werde als Chinesin sterben! Laß mich los! Ich bin Chinesin!«

Fei-fan schlug mir ihre Nägel ins Gesicht. Blind vor Tränen, konnte ich sie kaum sehen und keuchte. Hinter mir hörte ich die Stimmen von Kida und seinen Leuten. Konnte ich Fei-fan bis zur Ankunft der Männer aufhalten, wäre sie gerettet!

»Sie sollen mich töten, Hajime! Ich wäre glücklich, so zu sterben. Ich kann nicht länger in euren Propagandafilmen mitwirken. Ich will meinen Stolz als Chinesin zurückgewinnen.«

Ich ließ sie nicht los. Ihr Ton änderte sich. »Wenn du mich liebst, läßt du mich gehen«, sagte sie, als wäre sie wieder ein wenig zur Vernunft gekommen.

Die japanischen Worte »wenn du mich liebst« trafen mich wie ein Blitzschlag. Ich selbst hatte sie ihr beigebracht, jede einzelne Silbe mit all meiner Liebe.

»Fei-fan«, hatte ich ihr erklärt, »wenn du ›ich liebe dich‹ sagst, mußt du mir in die Augen schauen. Man muß diese Worte mit Gefühl sagen. Denn sie sind wunderschön.«

»Ich sage sie nur zu dir, Hajime.«

»Danke. Und ich sage sie nur zu dir. Und sollte der Tod oder ein anderes Schicksal uns trennen, werden sie mein ganzes Leben lang nur dir vorbehalten sein. Nie werde ich diese Worte an eine andere Frau richten.«

»Du lügst, Hajime, das darfst du nicht.«

»Das ist keine Lüge; auch wenn der Tod uns trennt, werde ich niemals eine andere Frau lieben. Ich werde allein bleiben und mit der Erinnerung an uns leben. So stark ist meine Liebe. Darin liegt die Bedeutung der japanischen Worte für ›ich liebe dich‹.«

»*Aishite iru* … ein schöner Klang.«

»Du bist die einzige, zu der ich das je gesagt habe.«

»Danke, Hajime. Ich liebe dich auch. Nur dich, für immer …«

Unter dem Ansturm dieser Erinnerungen brach ich fast zusammen. Im nächsten Augenblick verlor ich die Macht über meinen Willen, und ich ließ Fei-fan los. In diesem Moment war mir nicht klar, was ich tat. Vielleicht wollte ich sogar, daß sie getötet würde. Ich weiß es nicht. Ich kann nicht sagen, daß ich diesen Wunsch nie hatte. Ich liebte sie und wollte dennoch ihren Tod.

Ohne zu zögern, rannte Fei-fan auf die andere Seite der Allee zu.

»Halt sie auf!« vernahm ich hinter mir Sakatas Stimme. Ich stand wie angewurzelt da. Kida, der mir gefolgt war, packte mich an der Schulter.

»Bleiben Sie hier! Das ist gefährlich!« schrie der Soldat Sakata nach, der Fei-fan hinterherstürzte.

Schüsse knallten, als Fei-fan in der Mitte der vier oder fünf Meter breiten Allee angelangt war. Eine Kugel nach der anderen, abgefeuert von japanischen und chinesischen Soldaten, schlug erbarmungslos in ihren jungen Körper ein. Es war, als liefe ein Film in Zeitlupe vor mir ab. Fei-fans Kleidung wallte in der Luft, als erblühe mitten aus dem grauen Asphalt eine duftige Magnolienblüte. Ich schluchzte rückhaltlos. Ihr weißes Kleid war blutgetränkt. Sakata hatte sich hinter einen der Bäume geflüchtet. Die Kollegen, die uns gefolgt waren, warteten, zusammengekauert und die Köpfe mit den Händen schützend, auf das Ende des Kugelhagels. Ich konnte mich nicht rühren, während sich die Szene unauslöschlich in mein Gedächtnis einbrannte. Sterbend drehte sich Fei-fan wie eine Ballerina in der Mitte der Allee.

Als ich sie losließ, habe ich sie getötet. Und selbst weitergelebt. Ganz bequem, bis in ein hohes Alter. Ich habe sie so sehr geliebt. Und dennoch habe ich sie getötet, als ich erkannte, daß ich sie nicht besitzen konnte.

Jiros Welt 9

Als Jiro die Schüsse hörte, drückte er den Ranzen fest an sich. Er konnte zwar das Ende der Welt herbeiführen, wenn er ihn öffnete, aber er tat es nicht. Aus dem obersten Fenster des heruntergekommenen Hauses sah er Feifans Leiche mitten auf der Straße liegen. Ihr Blick war nach oben gerichtet, vielleicht lächelte sie, aber aus seiner Perspektive konnte Jiro das nicht beurteilen.

Ihre Arme waren ausgebreitet wie bei dem Gekreuzigten, aber bei ihr sah es aus, als würde sie fliegen. Ihr weißes Kleid war von roten Flecken übersät. Sie ist schön, dachte Jiro. Die Schüsse hörten nicht auf. Als er sich aus dem Fenster lehnte, entdeckte er hinter den Bäumen die Leute des Filmteams. Anscheinend warteten sie darauf, Fei-fan forttragen zu können. Doch in dem andauernden heftigen Kugelhagel konnte man sie nicht holen. Fei-fan schlief in der Wiege des Krieges, und Jiro hatte das Gefühl, sie würde für immer dort bleiben, bis ihr Körper verwest und verschwunden wäre.

Jiro verschaffte sich einen Überblick über die Ausdehnung seiner Welt. Von oben sah alles etwas anders aus, aber verändert hatte sich nichts. Jiro schaute in die Ferne. Das Ende der Welt lag wie üblich ab der Grenze vom vierten oder fünften Block im Dunkeln. Nachdem er eine Weile die Schwärze betrachtet hatte, schloß er sorgfältig das Fenster und ging ins Innere des Hauses. Er durchquerte den Flur und schaute vom Wohnzimmer gegenüber nach draußen, aber auch hier breitete sich hinter dem neunten oder zehnten Block ein dunkler Abgrund aus.

Die Welt des Grand Canyon war zwar begrenzt, doch wimmelte es dort von unbekannten Phänomenen.

»Jiro!«

Als er sich umwandte, sah er seine Mutter mit einer Bratpfanne in der Hand in der Tür zum Eßzimmer stehen.

»Es ist Zeit zum Abendessen. Kannst du bitte Shiro rufen? Vater wird gleich kommen. Und Ichiko kommt sicher auch aus der Nachhilfeschule. Rasch, hol Shiro!«

»Shiro?«

»Wenn du dich nicht beeilst, verpaßt ihr das Abendessen. Es gibt Hamburger. Die mögt ihr doch so gern. Hol deinen Bruder, sonst ißt Ichiko alles allein auf. Mach schon!«

»Wo soll ich ihn denn suchen?«

»Irgendwo. Er ist doch noch klein und kann nicht weit sein. Vielleicht auf dem leeren Grundstück. Und ein bißchen plötzlich, wenn ich bitten darf.«

Jiro rannte die Treppe hinunter bis zu den Steinstufen ihres Hauses, auf denen er jeden Tag saß. Die Straße war in die milden Strahlen der sinkenden Sonne getaucht. Der Himmel zwischen den Gebäuden war rötlich. Jiro schaute sich um. Keine Veränderungen. Auf der Straße parkten ein paar Autos, von denen eines einen Platten hatte. An den Fenstern des Hauses gegenüber war Wäsche zum Trocknen aufgehängt und flatterte im frischen Wind. Er lauschte. Jemand spielte Gitarre.

Jiro setzte sich auf die Steinstufen, atmete eine Weile die weiche Abendluft ein und wartete, bis er sich an diese Form der Gegenwart gewöhnt hatte. Es war niemand zu sehen. Die Umgebung schien ihm stellenweise künstlich, fast wie ein Landschaftsgemälde. Während er versuchte, gegen diesen Eindruck anzugehen, wurde er schläfrig. Er gähnte laut, atmete tief ein und vergaß alles um sich herum.

Ein wohliges Gefühl überkam ihn. Er döste ein. In regelmäßigen Abständen plätscherten kleine Wellen ans Ufer seines Bewußtseins und fluteten wieder zurück. Als eine größere heranbrandete, war es, als blinzelte die Welt. Jiro zuckte zusammen. Er schlug die Augen auf und sah einen Schatten vor sich auf der Straße. Als er aufschaute, erkannte er den Mann mit dem Cowboyhut, der, die Hände in den Taschen vergraben, auf ihn hinuntersah. Die Hutkrempe verdeckte seine Augen, so daß Jiro seinen Gesichtsausdruck nicht sehen konnte.

»Hallo, Kleiner, danke, daß du so gut auf meine Sachen aufgepaßt hast.«

Jiro fiel der Ranzen auf seinem Rücken ein. Jäh wurde ihm klar, daß er ihn jetzt zurückgeben sollte. Aber er wollte ihn nicht hergeben. Der Ranzen war zu seinem Trumpf geworden. Nein, man konnte sogar sagen, zu seinem Lebensinhalt. Die Macht, zu jedem beliebigen Zeitpunkt die Welt zerstören zu können, war inzwischen das Fundament seines Daseins.

»Also, dann gib ihn mal her.« Der Mann zog eine Hand aus der Tasche und streckte sie Jiro entgegen. Alles in Jiro sträubte sich. Der Ranzen war sein Leben. Durch ihn besaß er den Schlüssel zur Ewigkeit. Mit dem Ranzen auf dem Rücken konnte Jiro in seiner Welt umherstreifen und dabei das aufregende Gefühl haben, sie jederzeit vernichten zu können.

»Was ist los? Warum zögerst du, Kleiner?«

Jiro starrte die Hand des Mannes an. Allein der Gedanke an ein Dasein ohne den Ranzen machte ihn unglücklich. Wie sollte er weiterleben ohne die erfreuliche Gewißheit, die Existenz der Welt in der Hand zu haben?

»Ich kann Ihnen den Ranzen nicht geben.«

Langsam zog der Mann die Hand zurück und nahm nun auch die andere aus der Tasche. Jiro bekam Angst, der Mann würde ihm den Ranzen mit Gewalt entreißen. Der Junge nahm ihn ab und preßte ihn an sich.

»Machst du Witze? Los, her damit, wird's bald! Sonst geht's dir schlecht, du Gartenzwerg.« Die Augen des Mannes schienen unter dem großen Hut hervorzufunkeln. Als er näher kam, umklammerte Jiro den Ranzen noch fester.

»Bleiben Sie stehen! Einen Schritt weiter, und ich mache ihn auf.«

Der Mann blieb wie angewurzelt stehen und hob in einer Einhalt gebietenden Geste die Hand.

»Warte«, sagte er. Die Abendsonne fiel auf die unwirklich glänzenden Spitzen seiner Lackschuhe. Jiro war erleichtert und aufgeregt, weil das Blatt sich zu seinen Gunsten gewendet hatte. Mit einem Schlag erkannte er die Wahrheit. Wer den Ranzen besaß, beherrschte die Welt. Und die Unruhe des Mannes war der Beweis dafür.

»Hör jetzt auf mit dem Quatsch!«

»Das ist kein Quatsch. Ich weiß, was da drin ist. Wenn ich ihn aufmache, verschwindet die Welt. Eine große, böse Macht ist darin, die Sie und mich in einem Augenblick auslöscht.«

Amüsiert registrierte Jiro, daß der Mann zurückwich. Jiro konnte sein Gesicht noch immer nicht sehen, aber man merkte ihm seine Unruhe an.

»Komm schon, Kleiner, was hättest du denn davon?«

»Weiß ich nicht, aber es ist lustig. Sie sind ja richtig nervös. Sie wären bestimmt nicht so aufgeregt, wenn der Ranzen leer wäre, oder? Was? Er ist doch leer? Soll ich mal aufmachen?«

Jiro legte die Hand an den Verschluß.

»Laß das!« rief der Mann. »Deine Vermutung ist interessant, aber sie stimmt nicht.«

»Wieso?«

»Die Welt wird nicht verschwinden, wenn du ihn aufmachst.«

»Sie lügen! Sie haben nur Angst, daß Sie dann hinüber sind.«

»Nein, nicht die Welt wird verschwinden.«

»Und was verschwindet dann?«

»Nur die Ewigkeit.«

»Die Ewigkeit?«

»Ja, wir verlieren die Ewigkeit.« Der Mann trat noch einen halben Schritt zurück und steckte die Hände wieder in die Taschen. Noch immer konnte Jiro seine Miene nicht deuten. An der Stimme des Mannes merkte er, daß er ernsthaft beunruhigt war.

»Die Ewigkeit ...« Und er hielt den Ranzen in seinen Händen. Jederzeit konnte er ihn öffnen und die Welt vernichten. Wann immer er wollte. Ihm wurde klar, daß diese Macht ihn davon abhielt, es zu tun. Das war nämlich die Ewigkeit. Aus der Sicherheit, etwas jederzeit tun zu können, entsteht Ewigkeit.

»Einmal geöffnet, besitzt dieser Ranzen die Macht, die Ewigkeit aus der Welt zu tilgen. Auch wenn er danach wieder geschlossen wird, ist sie verloren. Wenn du das willst, kann ich nichts dagegen tun. Tu, was du willst.«

Der Mann sprach in geschäftsmäßigem, fast überlegenem Ton. Reglos wie eine Statue stand er vor Jiro. Er hatte jetzt nichts Menschliches mehr, sondern glich eher einer Maschine, deren Funktion beendet war. Er schien nur noch eine leere Hülle. Das Licht wurde schwächer wie zum Ende einer Bühnenszene.

Jiro überlegte. Den Ranzen zu besitzen bedeutete also, Ewigkeit zu besitzen. Ihn zu öffnen hieß, sie aufzugeben, was wiederum einen langsamen Tod bedeutete. In dem Augenblick, in dem Jiro, der Hüter der Ewigkeit, es so entschied, würde sie aus der Welt verschwinden. Diesen Mechanismus konnte Jiro verstehen. Der Mann war glaubwürdig.

»Aber warum wollten Sie mich vorhin davon abhalten, den Ranzen zu öffnen? Weshalb haben Sie Angst davor, die Ewigkeit zu verlieren?« fragte Jiro ihn.

Der Mann gab keine Antwort. Er war wie versteinert. Seine Aufgabe war beendet.

»Warum haben Sie solche Angst, die Ewigkeit zu verlieren?«

Ängstlich stand Jiro auf. Er bewegte sich ein Stück von seiner Stufe fort, aber der Mann rührte sich nicht. Etwas hatte sich verändert. Ob allein schon der Gedanke, den Ranzen zu öffnen, die Welt veränderte? Jiro schaute sich um. Die Abendsonne war da, die Bäume, die trocknende Wäsche am Haus gegenüber, Licht und Schatten auf den Mauern und auf der Straße, alles war noch da. Aber es gab keine Anzeichen von Leben, die Blätter rauschten nicht, das Licht bewegte sich nicht, nichts wehte oder flatterte im Wind. Es ist die Sonne, dachte Jiro und schaute in den Himmel. Wie er es geahnt hatte, war sie nicht dort, wo sie sein sollte.

Jiro setzte sich den Ranzen auf, rannte um den Mann herum und davon. Er überquerte die Straße und lief in Richtung des freien Geländes, das sich hinter den Häusern ausbreitete. Er bog um die Ecke und rannte durch das Gras. Wieder schaute er nach oben. Keine Sonne. Der Himmel war blau, aber nirgends die Sonne. Wenn sie verschwunden war, würde der Ablauf der Welt nicht mehr funktionieren.

Er vernahm einen hohen Ton und verspürte einen starken Druck auf den Ohren, als wäre die Luft darin verschwunden. Dann hörte er jemanden schreien. Er wandte sich um und sah, daß der Mann mit den blauen Augen in dem Gebäude hinter ihm wild fuchtelnd die Hände aus dem Fenster streckte. Er sah zum Himmel hinauf und rief etwas, aber Jiro konnte ihn nicht verstehen und schaute ebenfalls nach oben. Ein dunkles Flugzeug schwebte direkt über ihnen. Es stand still und wirkte wie an den Himmel gepinnt. Das Geschrei des Mannes bezog sich eindeutig darauf. Seine ungewöhnliche Angst übertrug sich auf Jiro. Er spürte die Gefahr.

Er hatte keine Zeit zu verlieren. Ehe die Erde sich auflöste, mußte er den Ranzen öffnen. Er mußte die Welt aus eigener Kraft der Ewigkeit berauben. Jiro legte die Hand auf den Ranzen.

Craig Bouchards Tagebuch 8

31. Juli

Heute ist der letzte Tag im Juli. Das Wetter ist gut. Alles ist unverändert. Die Tür zu meinem Zimmer steht offen, und die vertrauten Sonnenflecken sprenkeln den Boden vor der Tür. Der Wind streicht durch das Fenster und weht, nachdem er meinen verschwitzten Körper ein wenig abgekühlt hat, in den Flur hinaus. Um sieben Uhr wird mir das Frühstück gebracht, Punkt zwölf das Mittagessen, und danach mache ich ein Schläfchen. Die Verhöre sind eingestellt, da Oberstleutnant Mitsui nicht mehr zur Verfügung steht. Statt dessen besuchte mich Yasuba am frühen Abend und verkündete mir, ich dürfe einen Spaziergang auf dem Exerzierplatz machen. Das ist das erste Mal seit einem Monat.

Ich humpelte mit meinem grob eingegipsten Bein herum. Yasuba saß auf dem Steinbecken am Waschplatz und beobachtete mich mit vorgeblich mürrischer Miene. Er erwähnte die Atombombe nicht.

Der Boden war weich. Viel weicher, als ich es mir vorgestellt hatte. Aus dem Anblick der exerzierenden Soldaten hatte ich auf einen betonharten Untergrund geschlossen. Es war eine angenehme Überraschung. Immer wieder stampfte ich mit meinem gesunden Bein auf. Wahrscheinlich lächelte ich sogar dabei. Ich weiß, daß Yasuba mich beobachtete.

Vielleicht hält er mich für verrückt. Ist mir egal. Ich habe keine Zeit, mich damit zu beschäftigen.

Ich badete im Licht und nahm es mit meinem ganzen Körper auf, breitete die Arme so weit wie möglich aus, um die sinkende Sonne zu umarmen, und stieß aus tiefstem Inneren einen stummen Schrei aus. Dabei dachte ich an meinen krebskranken Onkel auf dem Baum. Wie er genoß ich in diesem Augenblick die Wirklichkeit und freute mich, am Leben zu sein. Ich war dankbar für mein Leben auf dieser Welt. Ich konnte diese letzten Momente meines Lebens nicht so verbringen, wie ich es mir wünschte, aber ich verfluchte sie auch nicht. Unvernunft regiert die Welt. Ich versuche mir die Schönheit der Erde einzuprägen. Nehme die Herrlichkeit der Sonne und des blauen Himmels in mir auf. Ich danke Gott, daß er mich zumindest so lange am Leben gelassen hat.

Das Licht fiel auf ein benachbartes Gebäude, an dessen Mauern sich eine wunderschöne Ranke Blatt für Blatt abzeichnet. Auf einmal mußte ich an den jungen schwarzen Soldaten denken, der seine Tage einsam in seinem Bett verbringt und nicht einmal aufstehen kann. Ich wollte ihn noch einmal sehen und meine Hoffnung mit ihm teilen. Hoffnung – ich glaube, ich habe tatsächlich Hoffnung.

Da wir nicht von dem üblichen lästigen Bewacher begleitet wurden, trug ich Yasuba meine Bitte vor. Er nickte und führte mich ins Nachbargebäude. Der junge Schwarze war völlig abgemagert, und bei meinem Anblick füllten sich seine Augen mit Tränen.

»Herr Leutnant …«, sagte er leise.

»Sie halten sich gut«, sagte ich. Yasuba stand neben uns und hörte unserem Gespräch zu. »Der Krieg ist bald aus, dann können Sie nach Hause.«

»Wirklich?« fragte der junge Mann. »Wann denn? Wann ist der Krieg zu Ende?«

»In ein paar Tagen. Ich vermute, noch fünf oder sechs. Während Sie hier liegen, ist die Welt dabei, Frieden zu schließen.«

Yasuba schaute mich an. Ich sah ihm an, daß er sich fragte, wovon ich eigentlich redete. Doch er mischte sich nicht ein.

»Aber Herr Leutnant, woher wissen Sie das?«

»Das darf ich Ihnen nicht sagen, aber ich habe es aus sicherer Quelle. Machen Sie sich keine Sorgen. Sie werden bald frei sein und haben nichts zu befürchten. Verbringen Sie Ihre letzten Tage hier in aller Ruhe.«

»Ich kann also bald nach Hause?« Tränen liefen ihm über das dunkle Gesicht, das fast nur noch aus Augen bestand. Wochenlang hatte er die Einsamkeit in diesem Zimmer erdulden müssen.

»Wenn der Krieg zu Ende ist, darf ich nach Hause«, murmelte er, wie um sich aufzumuntern, und sah dabei an die Decke. »Ich komme aus Wisconsin. Bevor ich eingezogen wurde, habe ich als Tellerwäscher in einem Restaurant gearbeitet. Eigentlich will ich Schauspieler werden und habe auch schon eine Schauspielschule besucht. Es macht mir Freude, Menschen zum Lachen zu bringen … Wenn der Krieg vorbei ist, werde ich mich einer großen Schauspieltruppe anschließen.«

»Aha«, sagte ich und lächelte.

Auch er lächelte bei diesen Gedanken, und sein Gesicht entspannte sich. Er dachte an seine Heimatstadt, die Tausende von Kilometern entfernt lag. Ich konnte ihm ansehen, wie nacheinander Erinnerungen in ihm aufstiegen. Er hätte gern davon erzählt, aber sie kamen in so rascher Folge, daß sie am Ende nur in einen glücklichen Seufzer mündeten. Immer wieder runzelte er die Stirn und blinzelte auf der Suche nach den Spuren seiner heimatlichen Landschaft. Ich war nicht ganz sicher, ob ich das Richtige getan hatte. Doch was sollte falsch daran sein, einen Mann, der bald sterben würde, ein bißchen träumen zu lassen?

Als wir sein Zimmer verlassen hatten, fragte Yasuba mich, warum ich gelogen hätte.

»Der Krieg ist ja wirklich bald zu Ende«, erwiderte ich.

»Aber wenn eine Atombombe auf unsere Stadt fällt, wie Sie es behaupten, wird der Mann niemals mehr nach Hause zurückkehren. Es war grausam, falsche Hoffnungen in ihm zu wecken.«

»Das finde ich nicht. Wenn die Bombe abgeworfen wird, hat er keine Zeit mehr nachzudenken. Er wird sofort tot sein. Bestenfalls habe ich ihm die Angst vor dem Tod erspart, die mich selbst quält. Darin kann ich kein Verbrechen sehen. Ich finde es sogar menschlicher, ihm Hoffnung zu geben. Ich weiß das, weil ich den Zustand der Hoffnungslosigkeit oft selbst empfinde.«

Eine Gruppe Krankenschwestern ging an uns vorbei. Reiko war nicht unter ihnen. Ich wandte mich um und schaute ihnen nach. Ein Schwindelgefühl überwältigte mich, und meine Knie zitterten. Ich stützte mich an der Wand ab, und ihre Kühle erreichte über meine Handfläche mein Gehirn. Erschöpft schloß ich die Augen. Als ich meine Lider langsam wieder öffnete, nahm vor mir ein runder, friedlicher Lichtstrahl Gestalt an. Eine laue Brise wehte durch den Gang. Ich hörte das arglose Lachen der Schwestern. Erneut umfaßte ich meinen Stock.

»Wird diese Bombe wirklich abgeworfen?« warf mir Yasuba entgegen, als ich mich in Bewegung setzte. Seine Worte klangen ärgerlich. Er sprach englisch, aber seine Stimme war so laut, daß man sie mehrere Meter weit hörte.

»Ich kann einfach nicht glauben, was Sie mir erzählt haben. Aber wenn ich Sie so höre, habe ich das Gefühl, daß schon morgen eine Atombombe auf Hiroshima fallen wird. Der Tag, an dem Sie den Abwurf vermuten, ist nicht mehr fern. Was soll ich nur machen? Sagen Sie es mir.«

Ich blieb stehen. Die Gedanken stagnierten in meinem trägen und trüben Verstand. Seine Worte zogen an mir vorbei wie der Wind.

»Ich wäre nicht überrascht, wenn die Bombe heute abgeworfen würde«, hätte ich fast gesagt, aber ich hielt lieber den Mund.

1. August

Nun ist der August da. Es gibt nichts zu berichten. Nichts, das wert wäre, es aufzuschreiben. Das Schreiben hilft mir in diesen Tagen der Ungewißheit, aber mir ist, als hätte ich nun alle Erinnerungen aufgebraucht. Wenn ich mir die Zeilen in diesem Heft anschaue, kann ich nur seufzen. Ist das Leben eines Menschen nicht trivial? Mein Stift ist schwer. Ich bin müde … Ich möchte sterben. Warum eigentlich nicht? Vielleicht sollte ich lieber auf der Stelle Selbstmord begehen und durch eigene Hand sterben als durch die Atombombe? Ich glaube nicht, daß ich als Amerikaner mit den ahnungslosen Menschen dieser Stadt in den Himmel komme. Ja, ich sollte mich hier und jetzt umbringen.

Ich hatte zu schreiben aufgehört, um mich zu töten. Ich habe mein Gesicht aufs Bett gedrückt und wollte mich ersticken, aber ich habe es nicht geschafft. Irgendwo in einem Winkel meines Bewußtseins glimmt wohl noch ein Funke Hoffnung. Ich sehe ein schwaches Licht, einen Hoffnungsschimmer nennt man das wohl. Wenn … denke ich. Wenn was? Wenn gar nichts passieren würde … Wie erbärmlich.

Ich werde nicht mehr schreiben. Ich werde hier aufhören. An wen schreibe ich überhaupt? Diese Aufzeichnungen werden ohnehin zu Asche verbrennen. An Gott? Vielleicht. An mich selbst? Vielleicht. An uns beide. Um uns zu verbinden … Amen.

Etwas Unglaubliches ist geschehen. Ich kann es selbst kaum fassen. Meine Hände zittern jetzt noch. Ich weiß nicht genau, wie spät es ist, aber der Morgen kann nicht mehr fern sein, denn der Himmel vor dem Gitter wird schon hell. Aber als Reiko hier war, war es noch stockdunkel draußen. Vielleicht zwei oder drei Uhr.

Es war alles still, und ich schlief. Ob sie Dienst hatte? Oder hatte sie geplant, um diese Uhrzeit zu mir kommen? Sie trug ihre Uniform, hatte aber die Haare nicht aufgesteckt, so daß sie ihr über die Schultern fielen. Ich habe sie nicht einmal sofort erkannt. Sie war so anders als am Tag, viel näher.

Alles kam so plötzlich, daß ich kaum wußte, wie mir geschah. Beim Schreiben will ich versuchen, mir vor Augen zu führen, was passiert ist. Rückblickend verstehen, was in dieser entscheidenden Nacht meines Leben geschah.

Ich weiß nicht mehr, was ich gerade träumte, bestimmt war es einer meiner üblichen Alpträume. Zwischen Traum und Wirklichkeit spürte ich auf einmal die Gegenwart eines Menschen, und da dieses Gefühl sehr lebhaft war, wachte ich auf. Natürlich wußte ich nicht gleich, ob ich wachte oder träumte. Ich sah das Gesicht einer Frau, ein vertrautes Gesicht. Im Halbschlaf nahm ich an, daß sie zu einem Traum gehörte. Zuerst war es ein wehmütiges Gefühl, als würde ich einen Menschen aus meiner Kindheit wiedersehen. Doch als mein Bewußtsein die Realität erfaßte, verwandelte sich diese Wehmut in ungläubiges Staunen. Reiko stand wirklich vor mir und betrachtete mein schlafendes Gesicht. Ihre Augen leuchteten liebevoll und lebendig.

Ich konnte noch immer nicht begreifen, was geschah. Reiko legte den Finger auf ihre Lippen und bedeutete mir damit, mich ruhig zu verhalten. Ich blinzelte verwirrt. Sie zog ihre Schuhe aus und stieg zu mir auf das Bett. Erst als es quietschte, war ich wirklich überzeugt, daß es kein Traum war.

Reiko legte sich dicht neben mich und sah mich an. Das Mondlicht, das durch das Fenster fiel, beleuchtete die eine Seite ihres Gesichts, und bei jeder Bewegung spiegelte es sich in ihren Augen und erfüllte sie mit einem Eigenleben.

Lange schauten wir uns an. Wir brauchten beide Zeit. Reiko, um zu rechtfertigen, was sie tat; ich, um die Wirklichkeit des Ganzen zu begreifen. Wir beide, um einen Weg zu finden, uns ohne Worte zu verständigen.

Diese Zeit weichte allmählich die Erstarrung unserer Herzen auf, und Reiko lächelte als erste. Ich spürte ihre Knie an meinen Beinen. Die Wärme eines anderen Menschen erfüllte mich mit Sehnsucht und einer glücklichen Geborgenheit. Ich fühlte mich wie in einem Meer aus Federn.

Reiko nahm meine Hand. Auch dort war Wärme. Ihre schlanke, zarte Hand hielt meine rauhe fest umschlossen. Ich spürte, wie mein stockendes Blut in Bewegung geriet und etwas in meinem Körper einen Satz machte. Meine Instinkte erwachten, wurden lebendig, gerieten in heftigen Aufruhr. Mein Blut raste, und Energie ballte sich in der Mitte meines Körpers zusammen. Ein wildes Verlangen, wie ich es, seit ich hier bin, nicht empfunden hatte, ergriff mich. Ich zog Reiko in meine Arme, und wie durch einen Elektroschock erinnerte sich mein Gehirn an Gefühle aus einer Zeit voller Lebenskraft.

Sie sträubte sich nicht. Sicherlich hatte sie die letzten Tage in großer Aufregung verbracht. Bestimmt war meine Umarmung überzeugender als alle Worte. Reikos große schwarze Augen glänzten. Bald küßten wir uns und preßten uns aneinander. Immer wieder saugte ich an ihren zarten, weichen Lippen. Ich biß in die transparente Haut ihres Nackens, leckte das Salz ihrer Haut. Schauer durchliefen sie, als ich sie in meinen Armen hielt. Überfließende Liebe umgab uns. Ich hatte sie vollkommen aufgegeben – die Liebe, die wichtigste Quelle des Lebens. Und Reiko war der Inbegriff der Liebe.

Ich spürte ihre Haut auf meiner Haut, und schließlich ergoß ich mich in sie, überschäumend vor Erregung und heißem Gefühl. Danach hielten wir einander fest umschlungen. Nur ich weiß, daß wir uns nie wiedersehen werden, aber diese eine körperliche Vereinigung hat uns Ewigkeit geschenkt. Daran glaube ich. Warum, weiß ich nicht, aber ich habe keinen Zweifel.

Leb wohl, Reiko. Danke. Nie hätte ich geglaubt, daß am Ende meines Lebens ein solches Glück auf mich wartet. Wenn das nicht Glück ist, gibt es keins. Ein Licht in der Verzweiflung. Inmitten dieses heftigen Tumults existiert die unendliche Liebe. Ich weinte. Weinte, ohne mich zurückhalten zu können.

Ich danke Gott.

Danke.

Geliebte Reiko.

Meine zärtlichste Erinnerung.

Ich habe dich so geliebt.

2. August

In diesem Zimmer, in dem Reiko nicht ist, durchlebe ich das Geschehene immer wieder, und ich habe einen neuen Entschluß gefaßt.

Heute ist der 2. August. Aller Wahrscheinlichkeit nach wird die Bombe im Laufe dieser Woche abgeworfen. Vielleicht schon morgen oder übermorgen. Es könnte sogar heute passieren.

Ich darf nicht zögern. Ich werde Yasuba das Tagebuch übergeben, um ihn davon zu überzeugen, daß er sich möglichst weit von Hiroshima entfernen muß. Er muß Reiko mitnehmen. Ich bin in ihr. Herr Yasuba, ich flehe Sie an, bringen Sie sie fort von hier!

Ich kann mich nicht vergewissern, ob er es wirklich tut, ich kann ihm nur vertrauen. Ich weiß auch nicht, ob und wie er Reiko überzeugen kann, mit ihm fortzugehen. All das liegt in den Händen des Schicksals. Deshalb muß ich ihm das Tagebuch geben.

Wenn die Schwester mir das Frühstück bringt, werde ich behaupten, es ginge mir nicht gut, damit sie Yasuba holt. Sobald wir allein sind, werde ich ihm das Notizbuch geben. Wir haben keine Zeit mehr, werde ich ihm sagen und ihn anflehen, Reiko fortzubringen. Das ist meine letzte Aufgabe. Bis zum Frühstück dauert es noch eine Stunde. Ich werde die Zeit nutzen, um zwei Briefe zu schreiben.

Einen an meine geliebte Reiko, den anderen an das Kind, das sie letzte Nacht ganz zweifellos von mir empfangen hat. Herr Yasuba, ich bitte Sie, die Briefe zu übersetzen und an die beiden weiterzugeben.

Und Ihnen muß ich auch danken. Ich hätte gern noch viel mehr mit Ihnen über Melville gesprochen. In anderen Zeiten wären wir gewiß Freunde geworden. Ich danke Ihnen.

Reiko.

Das Schicksal ist wahrhaftig eine seltsame und unbegreifliche Sache. Und es hält wunderbare Begegnungen für uns bereit. Für mich und mein Leben hat die kurze, aber innige Begegnung mit Dir große Bedeutung, denn sie hat mir Hoffnung gegeben. Es gibt nichts, für das ich in dieser Zeit meiner grausamen Prüfung dankbarer bin. Meine Dankbarkeit ist so groß, daß ich sie nicht in Worte fassen kann. Danke. Ich danke Dir von ganzem Herzen.

Ich bin so glücklich, daß ich Dir begegnet bin. Nun kann ich doch noch sterben wie ein Mensch. Die kostbaren Augenblicke, in denen wir uns geliebt haben, sind die strahlendsten und schönsten meines Lebens. Mit Dir eins zu werden hat mich mit meinem Schicksal versöhnt und prägt mein ganzes Dasein. Bald werde ich mit Hiroshima vergehen, doch seltsamerweise bin ich jetzt dazu bereit. Auch wenn mein Körper verschwindet, meine Gefühle werden bleiben. Sie werden für immer über diesem Land schweben. Meine Seele wird zu Dir hinabsehen, für immer bei Dir bleiben. Vergiß das bitte nicht.

Ich hätte so gern mit Dir geredet und mein Leben mit Dir verbracht. Da dieser Traum unerfüllbar ist, lasse ich Dir stattdessen einen Teil von mir zurück. Ich weiß nicht, welchen Einfluß das Kind in Dir auf Deine Zukunft haben wird, aber es wird Deinem Leben einen wunderbaren Sinn geben. Eines Tages wird es Dich an meiner Stelle beschützen.

Der Krieg wird sehr bald zu Ende sein, und die Welt wird eine neue Ordnung erhalten. Sicher werden auch in Japan neue Werte entstehen. Ich bete, daß unser Kind in Dir sich in dieser neuen Welt wohl fühlen und ein schönes Leben haben wird. Verfluche unser Schicksal nicht. Sei nicht traurig, daß ich nicht bei Dir bin. Ich werde immer an Deiner Seite sein. Und an Dich denken.

Meine einzige Sorge gilt nun Deiner Rettung. Du mußt Hiroshima verlassen. Ich wünsche mir, daß Du für die Menschen von Hiroshima und für mich stark bist und lange lebst. Vertrau Herrn Yasuba, geh mit ihm, und such Zuflucht außerhalb der Stadt. Kämpf um ein neues Leben, überlebe, auch nachdem alles im Dunkel versunken ist. Ich vertraue Dir unser Kind an. Verzeih mir, daß ich all meine Hoffnungen in Deine Hände lege, obwohl wir uns kaum kannten. Mein größter Wunsch ist, daß wenigstens Du überlebst.

Meine Seele wird immer in Deiner Nähe sein. Ich habe Dich so sehr geliebt. Ich bin so glücklich, daß ich Dich ken-

nenlernen durfte. Wahrhaft glücklich. Mach's gut. Ich gehe nur ein wenig früher als Du in den Himmel. Dort warte ich auf den Tag, an dem Du kommst. Ich habe Dich geliebt. Nein, ich werde Dich immer lieben.

Craig Bouchard

An mein Kind, dem ich nie begegnet bin.

Mein Kind,

das Schicksal hat verhindert, daß wir uns kennenlernen, denn ich bin, bald nachdem Du empfangen wurdest, ins Jenseits gegangen. Aber ich will nicht, daß Du traurig bist. Ich werde immer an Deiner Seite sein. Wenn Du Dich einsam fühlst, schau zur Sonne hinauf, dann siehst Du mich in den Partikeln ihres Lichts für Dich leuchten. Von dort oben schaue ich zu, wie Du heranwächst. Beschütze Deine Mutter, hilf ihr, unterstütze sie. Ich wünsche mir, daß Ihr beide Euch gut versteht und Du glücklich bist. Ich kann nichts für Dich tun, aber eins möchte ich Dir noch sagen: Das wichtigste für einen Menschen ist es, bis zu seinem Lebensende nie aufzugeben. Sein kurzes Leben zu leben, als wäre es endlos, die Gegenwart zu schätzen und darin aufzugehen. Ein großer Baum mit vielen Jahresringen zu werden, der in jedem Frühling prächtige grüne Blätter treibt. Vor Deinem Tod, der irgendwann kommt, wirst Du verstehen, was ich meine.

Noch eine Bitte habe ich an Dich. Wenn es Dir möglich ist, überquere den Ozean und besuch meine Eltern. Solltest Du sie nicht mehr antreffen, such andere Verwandte auf, die sich noch an mich erinnern können. Du mußt wissen, daß Du nicht allein bist. Geh hinaus in die Welt. Irgendwo wartet jemand auf Dich. Das Schicksal wird Dich leiten. Auch wenn es grausam ist, leb zielstrebig, ohne aufzugeben, dann wird Dir am Ende das Licht des Glücks leuchten.

LIFE IS A JOURNEY TOWARDS THE GUIDING LIGHT.

Glaube an Gott. An welchen, spielt keine Rolle. Schau auf ein heiliges Wesen. Die Sonne ist da, um Dir zu zeigen, daß es stets über Dich wacht.

Das Licht ist die Liebe. Unaufhörlich betet für Dein Glück

Dein Vater

Jiros Welt 10

Jiro betrachtete die Welt mit ungewöhnlicher Ruhe. Er wußte nicht, wie viele Monate und Jahre vergangen waren. Irgendwann hatte die Zeit ihre Bedeutung verloren. In seiner Welt der Erinnerungen stagnierte alles, herrschte Stillstand. Es gab weder Hoffnung noch Hoffnungslosigkeit.

Wie immer saß er auf den Steinstufen. Unkraut sproß aus dem rissigen Beton zu seinen Füßen. Ein Zug von Ameisen kam daraus hervor. Eine, die sich mit einem Fetzen von einem Schmetterlingsflügel abschleppte, war im Weg, aber die anderen Ameisen marschierten einfach über sie hinweg. Der bläuliche Schimmer des Flügels war nur ein nostalgischer Abglanz seiner einstigen Schönheit. Jiro lächelte angesichts dieses Details.

Er hob den Blick. Die Sonne war wieder hervorgekommen und strahlte am blauen Himmel. Einige Wolken schwebten in einer idealen Anordnung um sie. Rasch schaute Jiro wieder zu Boden. Die Ameise, die den Flügel trug, war in einem der Risse hängengeblieben und strampelte wie verrückt, um sich zu befreien. Er blickte wieder nach oben. Obwohl seine Welt so klein war, hatte sich an der Weite des Himmels nichts geändert. Ganz gleich, wie arm oder wie reich ein Land war, dieselbe blaue Weite wölbte sich darüber. Jiro richtete seinen Blick nach unten. Die Ameise hatte sich freigekämpft, sich den Flügel wieder aufgeladen und ihren Weg fortgesetzt. Wohin sie ihn wohl brachte? Und wie lange sie ihre Bemühungen fortsetzen würde? Die Anstrengungen der Ameise erschienen ihm plötzlich komisch, und er mußte lachen. Aber er durfte Gott nicht stören. Jiro schloß die Augen. Weich fiel das Licht auf seine Lider.

Jiro wurde der Ranzen zuviel. Er wußte nicht mehr, was er mit ihm anfangen sollte. Er verspürte weder Überdruß noch Vergeblichkeit und kam mit der Welt, die ihm zuteil geworden war, gut aus. Wenn er genug hatte, brauchte er nur auszusteigen. Das war einer der Schlüsse, zu denen Jiro gelangt war. Allerdings wußte er nicht, wie.

Er setzte den Ranzen auf und beschloß, seine übliche Runde zu drehen und die Grenzen der Welt zu überprüfen. Vielleicht trat er beim Aufstehen auf die Ameisen, aber er achtete nicht mehr darauf, was auf dem Boden vor sich ging. Gleichgültigkeit war ein wichtiger Aspekt des Überlebens. Ebenso wie manchmal nur zum eigenen Vorteil zu handeln. Die Szenerie vor ihm lud ihn ein, etwas Neues in Angriff zu nehmen.

An der Kreuzung machte Jiro halt und schaute in alle vier Himmelsrichtungen. Er überlegte und wandte sich nach Norden. Schon nach einer kurzen Strecke gelangte er an den Rand der Welt, wo der Beton sauber abbrach. Er spähte in den Abgrund, um dessen Tiefe zu ermessen. Sie war bodenlos und schien alles zu verschlingen. Vielleicht schwebte seine Welt ja irgendwo im All. Bisher hatte er angenommen, sie befände sich auf der Erde über einer Schlucht wie dem Grand Canyon, aber sie konnte doch auch eine im Weltraum treibende Insel sein. Ohne jede Verbindung zur Erde. Das würde erklären, warum er nicht auf den Grund der Schlucht sehen konnte. Sie war wie ein umgedrehter Kegel. Und schwebte schwerelos im Raum.

Jiro machte kehrt und schlug nun die südliche Richtung ein. Auch hier nichts Ungewöhnliches. Er kam auch hier an den üblichen Abgrund, in dem ewige Dunkelheit herrschte. »Nichts Ungewöhnliches«, sagte Jiro laut, aber seine Worte wurden von der Dunkelheit verschluckt. Er starrte hinunter. Wieso konnte man nicht auf die andere Seite der Dunkelheit springen? Als er sich umdrehte, sah er einige Menschen mit Reisetaschen auf sich zukommen. Er blieb stehen und erkannte unter ihnen die junge Krankenschwester, die auf dem leeren Bauplatz Wäsche gewaschen hatte. Die Farben des Mädchens waren verblaßt, als wäre sie eine Person aus einer fernen Erinnerung. Neben ihr ging ein kleiner, dikker Mann. Er schwitzte und wischte sich ständig mit einem Taschentuch die Stirn. Seine Familie, zu der neben Frau und Kindern offensichtlich auch ein altes Ehepaar gehörte, folgte ihm. Am Abgrund machten sie halt, und die junge Frau drehte sich um. Ihr Blick war unsicher. Der rundliche Mann schaute sie einen Moment an. »Gehen wir!« sagte er und schob sie voran. Zögernd setzte die junge Frau einen Fuß in die Dunkelheit. Der Mann und seine Familie folgten ihr. Sie stürzten nicht in den Abgrund. Statt dessen wurden sie sofort von ihm absorbiert und verschwanden. Jiro war versucht, ihnen zu folgen, aber er zögerte. Es fehlte ihm an Selbstvertrauen, sich in das Dunkel zu stürzen.

Er ging zurück. Unterwegs begegnete er den Leuten vom Film, die Fei-fans Leichnam vorbeitrugen. Als Bahre benutzten sie eine Tür. Sie war mit einem weißen, nun jedoch blutgetränkten Tuch bedeckt. Als der Wind das Tuch kurz anhob, sah er, daß Fei-fans Augen nicht geschlossen waren. Es war ein würdiger Leichenzug, wie auf einem Gemälde, das der Maler mit besonderer Detailgetreue ausgeführt hatte. Mit traurigen Mienen hielten alle den Blick von dem Leichnam abgewandt. Nur Togoro Sakata konnte die Tränen nicht zurückhalten und umklammerte schluchzend Fei-fans Hand. Sie zogen direkt an Jiro vorbei und traten ebenfalls ins Dunkel. Er blickte ihnen nach, bis der letzte in der Dunkelheit verschwunden war. Hajime Inoue war nicht bei ihnen gewesen.

Inoue stand allein am Rand des Abgrunds und starrte hinein. Von hinten sah er aus wie ein Selbstmörder, und tatsächlich zitterten ihm die Knie. Jiro wollte sich zuerst leise nähern und ihn erst dann ansprechen, aber Inoue spürte etwas und wandte sich um. Seine Augen waren vom Weinen gerötet, die Wangen eingefallen, und sein Gesicht war leichenblaß. Er wollte etwas zu Jiro sagen, brachte aber kein Wort heraus. Immer wieder rang er nach Worten und Luft, bis er sich schließlich halb erstickt und zitternd erbrach.

Als er nicht mehr weinen konnte, wandte er sich wieder der Dunkelheit zu. Seine verzweifelte Miene war einer starken Entschlossenheit gewichen. Er holte tief Luft und biß die Zähne zusammen. Wie Jiro es vorausgeahnt hatte, machte er nach einigen Sekunden einen Schritt in die Dunkelheit. Doch er wurde nicht wie die anderen von dem Abgrund aufgenommen, sondern er fiel. Es war nur ein Moment, aber Jiro sah ganz deutlich, wie der junge Mann hinunter in die lichtlose Dunkelheit stürzte wie ein verirrter Meteorit. Er fiel in die Ewigkeit, wurde zu einem ruhelosen Totengeist im All.

Jiro konnte ihn nicht retten und starrte ihm nur in den Abgrund nach. Er hörte keinen Laut, der auf einen Aufprall auf dem Boden hinwies. Es herrschte Stille dort, als ob Inoue ewig weiterfiel.

Jenseits dieser Stille vernahm Jiro ein schwaches Geräusch. Es war ein leichtes Rauschen, das plötzlich anschwoll und sich in den Flügelschlag eines riesigen Vogels verwandelte. Am Ende war es so gewaltig, daß sogar der Himmel erbebte. Jiro erkannte es in dem Moment, als er den schwarzen Punkt am blauen Himmel sah.

Jiro fing an zu rennen. Der schwarze Punkt kam allmählich näher und wurde zu einem Flugzeug, das Kreise am Himmel zog, wie ein Bote, der das Ende der Welt verkündete. Jiro überquerte die Kreuzung und rannte auf das leere Gelände hinter den Häusern zu. Der Mann mit den blauen Augen schaute durch sein vergittertes Fenster, aber er schaute nicht auf das Flugzeug. Sein ruhiger Blick war schicksalsergeben.

Jiro lief unter das Fenster. »Es ist da!« rief er und zeigte auf das Flugzeug. Der Mann mit den blauen Augen schüttelte nur kraftlos den Kopf, als wolle er sagen: »Wir können nichts tun.« Wind kam auf. Ein heftiger Wind.

»Endlich ist es da. Ich habe darauf gewartet«, rief Jiro und rannte in die Mitte des leeren Platzes. Dort nahm er den Ranzen ab und richtete das Gesicht nach oben. Der Bomber kreiste langsam und unheilverkündend über Jiros Welt, als warte er darauf, daß der Wind sich legte.

»Jetzt halte ich die Welt in den Händen«, schrie Jiro in Richtung des Bombers. Er hielt den Ranzen mit einer Hand hoch und rief wieder, diesmal mit aus tiefstem Innern kommender lauter Stimme: »Darauf habe ich gewartet!« Der Bomber stand am Himmel wie ein Falke, und einen Augenblick später blitzte unter ihm etwas auf. Der Mann mit den blauen Augen stieß einen Schrei aus. Jiro packte hastig den Ranzen und strengte seine Augen an. Der Bomber hatte ein Ei aus Metall gelegt, das, die Sonnenstrahlen reflektierend, langsam zur Erde fiel. Mit klopfendem Herzen legte Jiro die Hand auf den Deckel des Ranzens.

»Leb wohl!« murmelte er. »Leb wohl, Welt.«

Als das Metallei zu einem Lichtblitz wurde, öffnete Jiro den Ranzen, der sofort all das Licht absorbierte. Licht, Sinne, Existenz, alles wurde geschluckt. Alle Energiequellen, die den Kosmos ausmachten, wurden in den geöffneten Ranzen gesaugt. Die Erde warf sich auf. Der Himmel stürzte ein. Das ganze Universum verzerrte sich. In Jiros Gesichtsfeld, seinem Gehirn, seinem Gedächtnis, seinen Gefühlen verkehrte sich alles, als die Atome, die Materie und selbst die Schatten sich aufbäumten. Alles verschwand von der Welt, nirgends mehr konnte sich das Licht brechen. Alles verlosch.

Lose my memory 9

Hajime Inoue weinte, weil seine Erinnerungen ihn nicht losließen. Große schöne Tränen – wie sein gebrechlicher Leib sie wohl hervorbrachte? – rannen eine nach der anderen aus seinen eingefallenen Augen und durch die tiefen Falten seiner welken Wangen. Tomoko streichelte ihm den Rücken, aber ihre Zuneigung schien Inoues Schmerz nicht lindern zu können. Die Patina der Erinnerung, die sein Bewußtsein überzog, ließ sich nicht entfernen.

»Mein ganzes Leben lang habe ich die Schuld an Fei-fans Tod mit mir herumgetragen.«

Inoue rang nach Luft.

»Ich habe sie getötet …«, schluchzte er erstickt.

»Das stimmt doch nicht«, versuchte Tomoko ihn zu trösten und legte den Arm um seine Schultern. Doch der alte Mann stammelte nur immer wieder, daß er schuld sei.

»Es war niemandes Schuld«, sagte ich. »Der Krieg war schuld.«

Inoue schüttelte kraftlos den Kopf. »Nein, ich wollte sie töten«, stöhnte er und wälzte seinen schweren Körper langsam auf dem Bett herum. Er preßte das Gesicht in die Kissen, die schon ganz naß von seinen Tränen waren. Vielleicht würde er vor Erschöpfung einschlafen. Tomoko strich ihm immer wieder liebevoll über das weiße Haar. Auch in ihren Augen standen Tränen.

Ich ging ans Fenster und schaute in den Hof hinunter.

Die Bäume verfärbten sich allmählich herbstlich, und ein mildes Licht brachte ihre Blätter zum Leuchten. Bald würde das zwanzigste Jahrhundert enden und ein neues Jahrtausend anbrechen. Doch die Welt schien sich nicht zu verändern.

Die Vorhänge vor dem Fenster meines Bruders waren zugezogen, so daß ich nicht hineinschauen konnte. Auch dorthin fiel das milde herbstliche Licht.

»Eine traurige Geschichte«, sagte Tomoko leise. »Zu traurig ...«

»Inoue wollte ein genaues Bild dieses Fluchs, der das zwanzigste Jahrhundert geprägt hat, hinterlassen, um es an das nächste weiterzugeben.«

»Aber wir sind ja noch nicht fertig.«

»Tja ...«, murmelte ich. Wenn ich mir den geschwächten alten Mann so anschaute, konnte ich mir den Fortgang der Dreharbeiten nicht recht vorstellen.

»Ich würde ihm so gern dabei helfen ...« Sie seufzte und strich Inoue wieder über das Haar.

Ich starrte auf den Ranzen, der auf einem Stuhl am Fenster lag und sich behaglich zu sonnen schien.

»Sollen wir ihm etwas davon geben?«

Tomoko folgte meinem Blick.

»Von ›Lose my memory‹.«

»Was redest du da?« rief sie.

»Angeblich besitzt es doch die Kraft, alle bösen Erinnerungen auszulöschen.«

»Hat das schon jemand ausprobiert? Meinst du, es ist ungefährlich? Immerhin ist es eine Droge.«

»Natürlich ist es das, aber sollen wir ihn denn so zurücklassen?«

Tomoko sah zu Inoue hinunter. Er war nicht mehr der brillante Regisseur, den wir kannten, sondern nur noch ein alter Mann, der auf den Tod wartete. Tomoko fuhr mit der Fingerspitze über Inoues feuchte Lider.

»Und wenn wir sie ihm geben, und er stirbt daran?« fragte Tomoko. »Das könnte doch passieren«, fügte sie hinzu.

Einen Augenblick lang sah ich die ekstatisch tanzenden Chinesinnen mit ihren wirren Haaren vor mir.

»Das Yaotou, die Vorläuferdroge, ließ die Leute für nur drei Stunden wie die Wahnsinnigen tanzen. Vielleicht hat das neue Yaotou eine ähnliche Wirkung. Allerdings würde er das in seinem jetzigen Zustand nicht durchstehen. Ausgeschlossen.«

»Nein, eine Droge kann ihm nicht helfen.«

»Aber wie sollen wir ihm helfen? So muß er den Rest seines Lebens mit einem Schuldgefühl verbringen, das ihn nie losläßt.«

»Ich finde nicht, daß es gut ist zu vergessen.«

»Manchmal ist es besser.«

»Aber manche Menschen sind trotz schrecklicher Erinnerungen glücklich.«

»Aber bei Hajime Inoue ist es anders als bei dir. Du willst mit deinen Erinnerungen an Jiro leben.«

»Das kann man nicht vergleichen ... Inoue hat sein ganzes Leben mit Fei-fan verbracht, und mit diesen Erinnerungen sollte er auch sterben.«

»Klar. Es sollen ja auch nicht alle Erinnerungen an Feifan gelöscht werden. Nur das, an was er sich nicht erinnern will. Die Droge läßt nur die schmerzhaften Erinnerungen verschwinden. Vielleicht sind sie ja auch gar nicht weg, sondern nur verborgen.«

»Verborgen?«

»Sie können doch nicht vollkommen verschwinden. Es ist so ähnlich, wie wenn du sagst, du könntest nicht schlafen ...«

Tomoko runzelte die Stirn. Ich schaute sie direkt an.

»Du flüchtest vor der Realität. In Wirklichkeit schläfst du doch und denkst nur, du schläfst nicht. Genauso kann man sich einbilden, sich an nichts zu erinnern, während man natürlich doch Erinnerungen bewahrt. Ich glaube, daß viele, die unter Gedächtnisverlust leiden, sich nicht erinnern können, weil sie sich nicht erinnern wollen. Das Bewußtsein ist nur wie mit einem Deckel verschlossen. Deshalb können Erinnerungen nicht wirklich verschwinden. Aber verbergen kann man sie bestimmt. Und dazu verhilft diese Droge.«

Tomoko senkte den Kopf. »Aber ich, ich schlafe wirklich nicht«, widersprach sie leise. Ihre Stimme hatte einen schelmischen Unterton.

Eine Brise wehte ins Zimmer und streichelte unsere Wangen. Der Vorhang blähte sich, und die metallene Gardinenstange klapperte ein bißchen. Ich verspürte ein Vibrieren an meiner Brust und legte die Hand darauf. Mein Handy klingelte. Auf dem Display erschient die Aufschrift »unbekannt«.

»Bestimmt Fujisawa!«

Tomoko hob den Kopf. Ich hielt mir das Handy ans Ohr.

»Jiro hört auf zu atmen«, verkündete völlig unerwartet Fujisawas Stimme. Aufgeregt lief ich zum Fenster und versuchte durch den Store in das Zimmer meines Bruders zu sehen. Hinter der flatternden Gardine stand ein schwarzgekleideter Mann mit Cowboyhut. Der Wind wehte sie beiseite, und ich sah einen Augenblick sein Gesicht. Er sah nicht herüber und schien mich nicht zu bemerken. Das Handy am Ohr, schaute ich in den Himmel über dem Krankenhaus.

»Jiro?« fragte ich, und Tomoko erhob sich. Sie runzelte heftig die Brauen.

»Dadurch ist er erlöst.«

»Dadurch? Wodurch? Haben Sie ihn getötet?«

Fujisawa stieß ein Lachen aus. »Getötet? Sag so was nicht. Jiro hat sich ganz allein den Hahn abgedreht. Hat er mir selbst gesagt.«

»Gesagt? Im Koma? Sie spinnen wohl? Sie haben ihn umgebracht!«

»Denk, was du willst. Auch jetzt noch habe ich wie sein älterer Bruder gehandelt. Ich weiß, was gut für ihn ist. Ich werde nun verreisen. Den Ranzen kannst du haben, es ist mir egal. Ich bin fertig mit den Typen von der Organisation. Noch einmal mußte ich Gewalt anwenden. Morgen steht es bestimmt groß in der Zeitung. Hoffentlich nicht mit einem Foto von meiner Leiche in der Bucht von Tokio, aber das weiß nur Gott. Auf alle Fälle brauche ich jetzt nichts mehr. Leb wohl, Jiro. Ruhe in Frieden.«

Fujisawa winkte, aber nicht in meine Richtung, wie es aussah, sondern in den Himmel. Vielleicht winkte er Jiros Seele zum Abschied zu.

»... wir werden uns wohl nicht mehr sehen. Ich habe beschlossen, Japan zu verlassen und mich in Amerika auf die Suche nach meinen Verwandten zu machen. In seinem Tagebuch hat mein Vater mir ein Vermächtnis hinterlassen. Wenn es das Schicksal will, sehen wir uns wieder. Adios!«

Die Verbindung wurde abrupt unterbrochen. Ich nahm Tomoko an der Hand und rannte mit ihr zum Zimmer meines Bruders.

Seine Augen waren offen. Tomoko eilte zu ihm und hielt ihr Ohr an seine Nase. Ihr Blick sagte mir, daß Jiros Atmung ausgesetzt hatte. Fujisawa war nicht mehr da. Der Vorhang bewegte sich. Ich hatte den Eindruck, als wäre Fujisawa durch das Fenster davongeflogen. Vielleicht konnte ich ihn noch einholen. Anscheinend wußte er nicht, daß wir auch im Krankenhaus waren. Aber ich beschloß, ihm nicht zu folgen. Das Gesicht meines toten Bruders hatte einen so glücklichen Ausdruck, wie ich es noch nie bei ihm gesehen hatte. Tomoko blickte die ganze Zeit in Jiros offene Augen. Sie weinte nicht. Wir standen in der Nachmittagssonne des

Zimmers, durch das die nachmittägliche Brise strich, und schauten Jiro an. Auf diese Weise nahmen wir Abschied von ihm. Es war auch der Entschluß, auf eine neue Reise zu gehen.

Jiro hatte die Ewigkeit in seine Hände genommen.

»Er sieht aus wie ein Kind ...«, sagte Tomoko leise und drückte Jiros Hand. Ich saß am Fenster und betrachtete die beiden, die einander so nah gewesen waren, wie eine ferne sonnige Landschaft. Unwillkürlich stiegen Erinnerungen an meinen Bruder in mir auf. Wie wir zusammen auf dem verlassenen Baugelände gespielt hatten. Die enge asphaltierte Straße. Unser altes Viertel in Shinjuku-Süd.

»Ich werde von nun an mit Jiro leben. Ist das in Ordnung?«

Ihren Erinnerungen an Jiro stehe ich machtlos gegenüber. Sie können nicht verschwinden. So ist das mit Erinnerungen.

»Tu das, es ist die Rolle derjenigen, die zurückbleiben«, sagte ich.

Tomoko wandte sich um. Ihre feuchten Augen fingen das Licht ein, das durch das Fenster kam. Ich stand auf, ging zur Tür und legte die Hand auf den Knauf.

»Ich lasse euch allein. Verabschiede dich in aller Ruhe von ihm.« Als ich die Tür öffnete, umfing mich ein starker Luftzug, und der Geruch von Desinfektionsmitteln drang mir in die Nase. Vom Ende des Korridors waren Stimmen zu hören.

»Nur die Zeit kann gegen die Zeit antreten«, fügte ich hinzu, als ich schon mit einem Fuß im Korridor war. Tomoko drehte sich um und sah mich direkt an. Mir war, als bliebe die Zeit stehen.

»Auch wenn deine Erinnerungen an Jiro stark sind, werde ich versuchen, neue Erinnerungen in dir zu schaffen.«

Ich ging in den Flur und machte die Tür hinter mir zu. Das harte Geräusch, mit dem sie sich schloß, klang wie ein Abschied von der Vergangenheit. Leb wohl, Jiro! Einsamen Herzens machte ich mich auf den Weg durch den zugigen Korridor. An dessen Ende lag eine Terrasse zum Hof, auf der die Patienten in der Sonne saßen und sich erholten. Ich gesellte mich zu ihnen, gab mich meinen Erinnerungen an meinen Bruder hin. Das flirrende Licht in den Bäumen erschien mir wie seine unschuldige entschwindende Seele. Der Wind rauschte leise und bewegte hier und da die Welt.

Ich schaute zum gegenüberliegenden Trakt. In Inoues Zimmer schien jemand zu sein. Zuerst dachte ich, es wäre ein Arzt oder eine Schwester, aber dann fing mein Herz an zu klopfen. Zwischen den wehenden Gardinen erkannte ich eine Gestalt mit einem schwarzen Hut. Fujisawa!

Mit angehaltenem Atem drängte ich mich durch die Ruhenden und rannte in Richtung von Inoues Zimmer.

Eine Krankenschwester rief mir nach, im Gang sei Rennen verboten. Vor der Cafeteria stieß ich mit einem Patienten zusammen, einem alten Mann mit Stock. Er taumelte rückwärts. Geschrei erhob sich, aber da der alte Mann sich aus eigener Kraft wieder fing, hastete ich mit unvermindertem Tempo weiter.

Woher Fujisawa wohl wußte, daß wir hier waren? Im Laufen schossen mir alle möglichen Fragen durch den Kopf.

Vielleicht war er uns von Tomokos Wohnung aus gefolgt? Mist! Und ich hatte nichts davon bemerkt.

Ich rannte die Treppe hinauf und stürmte vorbei an einer schimpfenden Schwester in Inoues Zimmer. Von Fujisawa war nichts mehr zu sehen. Auch hier blähten sich die Vorhänge im Wind. Der Ranzen war weg. Ich durchsuchte das Zimmer, aber er war nicht zu finden. Auf seinen Ellbogen gestützt, versuchte Hajime Inoue sich aus dem Bett zu hieven. Er erinnerte mich an ein neugeborenes Fohlen. Seine Arme zitterten vor Anstrengung.

»Herr Inoue, ist alles in Ordnung?«

»Ja, ja«, stöhnte er leise.

»Wo ist der Mann mit dem schwarzen Hut?«

Inoue schüttelte kraftlos den Kopf. Ohne mich um ihn zu kümmern, sah ich mich noch einmal im Zimmer um. Der Ranzen war von dem Stuhl, auf dem er gelegen hatte, verschwunden. Der Kerl hatte ihn tatsächlich mitgenommen. Gerade wollte ich die Verfolgung wiederaufnehmen, als ein paar Krankenschwestern mit einem Mann vom Sicherheitsdienst ins Zimmer stürzten.

»Was soll das? Was glauben Sie, wo Sie hier sind?« fuhr mich eine ältere Schwester, augenscheinlich die Oberschwester, mit strenger Miene an.

»Haben Sie einen Mann mit einem schwarzen Cowboyhut gesehen?«

»Wovon reden Sie? Sie haben gerade im anderen Trakt einen Patienten umgerannt.«

»Ich erkläre es Ihnen später.«

»Einen Moment mal«, sagte der Wachmann und legte mir die Hand auf die Schulter.

»Ich habe jetzt keine Zeit, es Ihnen zu erklären. Bitte, lassen Sie mich gehen. Wenn nicht, entkommt der Kerl mit dem Ranzen.«

Der Wachmann packte stärker zu und krallte seine Finger in mein Hemd. Bevor es zu Handgreiflichkeiten kam, ertönte ein Schrei.

»Der Patient!« rief eine Schwester.

Erschrocken sahen die Schwestern zu Inoue hinüber, der auf eigenartige Weise mit Armen und Beinen strampelte wie ein mechanisches Spielzeug. Er fing langsam an zu tanzen, wobei seine Bewegungen eher krampfartig waren. Mir wurde klar, daß Fujisawa ihm eine Dosis »Lose my memory« verabreicht hatte.

»Rufen Sie einen Arzt! Und bereiten Sie ein Beruhigungsmittel vor!« rief die Oberschwester.

Ungeachtet aller Versuche, ihn festzuhalten, warf Inoue den Kopf hin und her und tanzte wie von Sinnen. In diesen Momenten überstiegen seine Kräfte bei weitem die eines achtzigjährigen Mannes. Vier Erwachsene hielten ihn fest, aber er hörte nicht auf zu tanzen und schaute mit einem vergnügten Lächeln zur Decke.

Leb wohl, zwanzigstes Jahrhundert

Nachdem Tomoko und ich aus dem Wagen gestiegen waren, wanderten wir ungefähr eine Stunde lang durch ein unwegsames Sumpfgelände. Als der Sumpf hinter uns lag, durchquerten wir einen düsteren Wald, in dem abgestorbene Äste gen Himmel ragten, bis wir an einen See kamen, dessen Oberfläche silbern in der Sonne glänzte. Tomoko setzte sich auf die Wurzel eines großen Baumes, den ein Blitz gefällt haben mußte. Ich nahm die Tokarew aus meinem Rucksack und richtete die Waffe ohne Umschweife auf den See. Nachdem ich alle Munition verschossen hatte, warf ich sie, so weit ich konnte, hinaus ins Wasser, auf das sie mit einem Platschen aufschlug.

»Das war's«, sagte ich, und Tomoko nickte.

»Gehen wir.«

Wir ließen unseren Blick noch einmal über den See schweifen, als könnten wir uns nicht von ihm trennen, dann machten wir uns auf den Rückweg.

Im Auto hörten wir Musik. Eine neue CD von Soul Wax, die Tomoko mitgebracht hatte. Es war ein tolles Stück, und die trockenen Gitarrenklänge fühlten sich gut an. Außerdem war die Musik bestens geeignet, die Gesprächspausen zu füllen. Sie nahm uns den Druck, etwas sagen zu müssen. Die schnurgerade Straße war ermüdend. Die Sonne ging unter, und allmählich senkte sich Dunkelheit über uns. Als ich die Scheinwerfer eingeschaltet hatte, war außer der geraden Straße vor uns nichts mehr zu sehen. Ich wurde schläfrig und drehte die Lautstärke auf. Dann bewegte ich den Kopf im Rhythmus und versuchte die Stimme des Sängers zu imitieren. Tomoko lachte. Ich schaute sie an, und wir küßten uns rasch.

»Darf ich mal wieder etwas Belangloses sagen?«

»Über Ohrstöpsel für Handys?«

»Über was?«

»Weißt du nicht mehr? Du hast doch gesagt, daß die Handys so schlecht auf die Ohren passen.«

»Ach das, nein. Diesmal geht es um Friedhöfe.«

Ich warf einen Blick zu ihr hinüber, aber sie starrte geradeaus auf die Straße in Hokkaido.

»Vor kurzem habe ich das Grab meines Vaters auf dem Friedhof von Zoshigaya besucht. Ich hatte ein bißchen Zeit, also bin ich noch rumgelaufen und habe mir die Gräber von berühmten Schriftstellern und Künstlern angeschaut. Von Natsume Soseki, Onoe Kikugoro und Takehisa Yumeji. Ihre Verehrer hatten frische Blumen auf die Gräber gestellt. Sie scheinen heute noch beliebt zu sein. Doch direkt daneben auf den Gräbern von Nagai Kafu, Izumi Kyoka und Togo Seiji waren keine Blumen. Sie sahen richtig verlassen aus. Vielleicht war das nur an dem Tag so, an dem ich da war, aber so hatte man den Eindruck, daß sie wirklich tot sind.«

»Aha.« Ich nickte.

Sie sprach nicht gleich weiter. Doch nach etwa zehn Minuten fragte sie stockend: »Wie machen wir es mit Jiros Grab?«

»Ich weiß nicht. Was sollen wir machen?«

»Sollen wir beide uns nicht darum kümmern? Ein Verwandter von mir leitet einen Tempel, ich könnte ihn fragen.«

»Hm. Danke, aber ich weiß noch nicht.«

»Was weißt du nicht?«

»Ich finde, so ein offizielles Grab paßt nicht richtig zu Jiro ...«

Ich hätte gern das Thema gewechselt, aber sie ließ mir keine Gelegenheit.

»Wo ist sie?« fragte sie.

»Was?«

»Die Asche.«

»Hinten.«

»Wie?«

»Direkt hinter dir.«

Tomoko drehte sich um. Auch ich warf einen kurzen Blick nach hinten. Statt der Rückbank war dort ein Gestell voll mit Farbtöpfen und Pinseln. Ich hatte Jiros Asche in einen leeren Farbeimer gefüllt und ihn auf das oberste Brett gestellt. Tomoko hatte ich nichts davon gesagt, da ich fürchtete, sie könnte verärgert darauf reagieren.

»Warum ...?«

»Meine Mutter sagt auch jedesmal, wenn sie mich sieht, ich solle eine Grabstelle einrichten, aber ich glaube, Jiro fühlt sich hier wohler.«

Tomoko sah schweigend geradeaus. Es war ein langes Schweigen. Vor uns tauchte ein Schild auf: *Obihiro 70 km.*

Es war jetzt stockdunkel. Von der Straße aus sah man nicht einmal Lichter von Häusern. Im Schein der Armaturen versuchte ich, Tomokos Miene zu deuten. Ich hatte das Gefühl, in einem Raumschiff am Ende der Milchstraße dahinzufliegen. Die Lichtkegel der Scheinwerfer huschten über ein Straßenschild. Eine halbe Stunde lang kam uns kein anderer Wagen entgegen. In diesem Moment erschütterte ein seltsames Gefühl von Realität den Wagen.

»In Ordnung«, sagte Tomoko wie zu sich selbst.

»Wie bitte?«

»Es ist in Ordnung, wenn er eine Weile hier im Auto bleibt. Aber irgendwann mußt du dich entscheiden. Nicht sofort, aber ein richtiges Grab muß er haben.«

»Na gut«, sagte ich, obwohl ich nicht die Absicht hatte. Aber ich wollte vermeiden, daß sich dieses Gespräch noch weiter in die Länge zog.

Ich drehte die Lautstärke wieder auf, um unser Schweigen zu überbrücken. Die Musik von Soul Wax erfüllte den Wagen. Sie war zu nüchtern, um unsere Traurigkeit zu vertreiben …

Rote Polizeilichter wiesen schon aus einiger Entfernung auf einen Unfall kurz vor Obihiro hin.

»Einmal haben wir, als mein Vater noch bei uns lebte, einen Familienausflug aufs Land gemacht«, erzählte ich.

Der Unfall schien gerade erst passiert zu sein, denn die Verletzten lagen noch am Straßenrand.

»Mein Vater fuhr, meine Mutter saß auf dem Beifahrersitz, und meine beiden Schwestern, Jiro und ich quetschten uns auf der Rückbank zusammen. Weil wir zu sechst in einem Wagen für fünf Personen waren, hatten wir von meinem Vater die Anweisung erhalten, uns zu ducken, sobald ein Polizist in Sicht kam. Das machte uns unglaublichen Spaß.«

Draußen waren die Polizisten geschäftig dabei, den Unfall aufzunehmen.

»Wir fuhren im Dunkeln wie jetzt. Ich wußte nicht einmal, wohin, aber es war aufregend für mich, zwischen meinen Geschwistern zu sitzen. Ich war froh, bei meiner Familie zu sein. Obwohl es draußen stockdunkel war, saß ich geborgen zwischen Jiro und Ichiko und spürte ihre Wärme. Das ganze Gerangel und Geschubse machte mich richtig glücklich.«

Wir fuhren nun direkt am Unfallort vorbei. Tomoko warf einen Blick nach draußen und schaute dann mich an.

»Je dunkler es draußen wurde, desto mehr fühlte ich mich wie in einem Raumschiff. Mit der ganzen Familie in einem Fahrzeug auf ein unbekanntes Ziel zuzusteuern vermittelte mir ein starkes Gefühl von Zusammengehörigkeit. Wahrscheinlich war es das, was mich so glücklich machte.«

Der Unfallort lag hinter uns, und wir fuhren wieder geradeaus durch die Dunkelheit. Mir war, als höben die Reifen ab, und ich gab Gas.

»Mein Vater pfiff einen alten Schlager. Damals gab es noch keine CD-Spieler im Auto, und oft war sogar der Radioempfang gestört … Er könne gut pfeifen, lobte meine Mutter ihn. Mir gefiel es, wenn sie so entspannt miteinander umgingen. Jiro wollte meinen Vater imitieren, aber er pfiff sehr falsch. Was mein großer Bruder tat, war für mich das Größte, und so fing auch ich an, mißtönend zu pfeifen. Unsere Schwestern lachten und kreischten: ›Gnade! Hört auf!‹ Ich platzte fast vor Vergnügen.«

Der Tacho zeigte hundertzwanzig Stundenkilometer an. Die Soul-Wax-CD war zu Ende, und das Sirren der Reifen und das Drehen des Motors waren die einzigen Geräusche im Wagen.

»Jiro verstaute mich zwischen Rückbank und -fenster: ›Du bist der Kleinste und brauchst nicht so viel Platz‹, sagte er. Das machte mir Spaß, es war, wie sich in einem Schrank zu verstecken. ›Hört auf‹, schimpfte mein Vater. ›Sonst kann ich im Rückspiegel nichts sehen.‹ Meine Schwestern gackerten, und meine Mutter stellte sich schlafend. Ich legte das Gesicht an die Heckscheibe und beobachtete, wie die Welt hinter uns verschwand, während ich dem Gelächter und dem Gesang meiner Familie lauschte. Es war stockdunkel. Ich sah nicht einmal die Rücklichter. Es war, als wären wir von der Welt abgeschnitten, und ich hatte wirklich das Gefühl, durchs All zu fliegen. Wie die Familie Robinson in *Lost in Space*.«

»*Lost in Space?*« Tomoko lachte.

»Kennst du das noch?«

»Ja. Ich habe die Serie immer wieder gesehen.«

Tomoko drehte sich um. Zu Jiros Asche. Es machte mich glücklich, mit ihr und Jiro zu reisen ... Es war wie früher.

»Es ist schön, mit der Familie zu verreisen, auch im finsteren, einsamen All.«

»Hm«, machte Tomoko.

»Bist du gern mit der Familie zusammen?«

»Klar.«

»Würdest du dann nicht gern eine gründen?«

»Schon.«

Ich verringerte die Geschwindigkeit ein bißchen. Von mir aus brauchten wir nie in Obihiro anzukommen.

»Übermorgen geht es los«, sagte Tomoko, als wir die Tankstelle verließen. Die Anzahl an beleuchteten Häusern nahm zu. Das hieß, wir näherten uns Obihiro. Tomoko öffnete eine Dose Saft und ließ mich zuerst davon trinken. Ein Tropfen davon rann mir aus dem Mundwinkel, und sie wischte ihn mit ihrem schlanken Finger fort.

»Wir sind bald da.«

Mit meiner Linken nahm ich Tomokos Hand. Sie erwiderte den Druck.

»Es ist die letzte Szene. Die Sonne muß nur einmal richtig scheinen, und wir sind fertig.«

»Ich kann es kaum erwarten. Hoffentlich klappt es diesmal mit dem Anschluß.«

»Wird schon schiefgehen.«

Ich drückte noch einmal Tomokos Hand. Wir fuhren über den Tokachifluß und waren im guten alten Obihiro, das wir vor zehn Monaten verlassen hatten.

Sonnenaufgang im neuen Jahrhundert

Am Horizont ging die Sonne auf. Sie ergoß sich in seiner Mitte, als würde ein Ei aufgeschlagen. Lichtpfeile schossen über die Ebene und verteilten sich, wie vom Wind getrieben, in spitzen Winkeln darüber.

Ruhig floß die Zeit auf der Tokachi-Ebene dahin. Ohne zu frühstücken, sog ich die klare Morgenluft ein und machte mich rasch an die Arbeit.

Die Sonne stieg stetig höher und wurde immer stärker. Geblendet kniff ich die Augen zusammen. Bald würde der Regisseur eintreffen, und ich mußte mich beeilen. Tanei zitierte die durcheinanderlaufenden Leute von der Requisite einzeln zu sich. Hastig beendete ich nach seinen Anweisungen die letzten Arbeiten. Die Kameraleute und Techniker, die eine Stunde nach uns angekommen waren, trafen ihre Vorbereitungen. Der Eifer des versammelten Teams beflügelte auch mich und ließ mich den Pinsel noch schneller schwingen.

Nachdem ich den Anstrich der zerstörten Panzer, Militärfahrzeuge und der Datsche beendet hatte, saß ich auf einer Kiste und rauchte eine Zigarette. Tomoko brachte mir einen Kaffee.

»Schönes Wetter.« Sie reichte mir den Becher und warf einen Blick zum Himmel. Dann nahm sie, etwas geblendet, die Sonne über der Ebene in Augenschein. Da Windstille herrschte, würde es heute wohl klar bleiben. Das Licht war perfekt. Neben dem Bauzelt verliefen etwa zweihundert Meter Schienen, an deren Verlegung sich alle unter den Anweisungen von Chefkameramann Tsutaya beteiligt hatten. Die Bühnenarbeiter, die vor einigen Tagen eingetroffen waren, hatten unter Taneis Leitung die Fahrzeuge und die Datsche genauso aufgebaut wie beim letzten Mal. Gestern und heute hatte ich allem den letzten Schliff verpaßt.

»Was ist mit Inoue?«

Tomoko schaute auf die Uhr. »Er kommt in etwa einer halben Stunde mit Tokito und den anderen.«

»Hoffentlich klappt alles.«

Tomoko lächelte. »Wird schon«, sagte sie. »Da wir einmal so weit gekommen sind, läßt Gott uns sicher nicht im Stich.«

»Da hast du recht.« Ich lächelte und trank meinen Kaffee. In meiner Brusttasche regte sich etwas, und ich zog rasch mein Handy hervor, aber es hatte schon aufgehört zu klingeln. »Anruf kann nicht lokalisiert werden« erschien auf dem Display.

»Was heißt das?« fragte Tomoko mit zusammengezogenen Brauen.

»Keine Ahnung. Ich kenne nur ›unbekannt‹. Vielleicht liegt es daran, daß wir mitten in Hokkaido sind?«

»Glaube ich nicht.« Tomoko schüttelte den Kopf.

Jemand hatte mich von einem Ort angerufen, der nicht lokalisiert werden konnte. Zuerst dachte ich, es wäre vielleicht Jiro im Himmel, der mir einen Streich spielen wollte. Doch gleich darauf dachte ich an Fujisawa.

»Vielleicht ein Anruf aus dem Ausland?« überlegte Tomoko. »Vielleicht Ichiko?«

»Nein, Ichiko ist zu Hause. Sie ist gerade aus Cannes zurückgekommen und bleibt erst mal in Japan.«

»Wer könnte es dann gewesen sein?«

Fujisawas weiteres Schicksal war für mich das letzte Mysterium des zwanzigsten Jahrhunderts. Er war mit dem Ranzen voll von dem neuen Yaotou verschwunden und blieb wie vom Erdboden verschluckt. Eine Weile hatte ich noch täglich die Nachrichten in den Zeitungen verfolgt. Aber auf einen Artikel über einen Mann mit Cowboyhut, der in der Bucht von Tokio trieb, war ich nicht gestoßen.

Ich hatte das sichere Gefühl, daß er irgendwann Verbindung mit mir aufnehmen würde. Eigentlich hoffte ich sogar darauf.

»Meinst du, Inoue kommt bald?«

Nachdem ich das Handy wieder verstaut hatte, schaute ich zur Nationalstraße hinüber, auf der unsere Wagen parkten. Mehrere Elftonner und eine Menge großer Busse standen dort. In der Nähe warteten die tausend Komparsen in Uniform auf den Drehbeginn.

»Möchten Sie Kaffee?« Ein junger Produktionsassistent machte mit einem Tablett die Runde. Hände streckten sich ihm entgegen, und hier und da hörte man ein Dankeschön.

Alle lächelten. Eine junge Kostümbildnerin hastete mit einem Arm voller Kleider zum Zelt der Schauspieler. Sie war so beladen, daß sie kaum nach vorn schauen konnte und unsichere Schritte machte.

»Fallen Sie nicht!« rief einer von den Kameraleuten. Gelächter erhob sich bei den Handwerkern und der Requisite. Das ganze Team war heiterer Stimmung. Als Wind aufkam, wandten sich alle augenblicklich wieder schweigend ihrer Arbeit zu. Ende Februar waren die Dreharbeiten wiederaufgenommen worden und bis jetzt reibungslos weitergelaufen.

Bis auf die einmalige Unterbrechung hatte Inoue gut durchgehalten. Im Frühjahr hatten wir die Dreharbeiten im Studio vollendet, und jetzt fehlte nur noch die zweite Einstellung der Szene achtzehn mit dem richtigen Sonnenanschluß. Damit fiel der Vorhang.

»Inoue ist motiviert. Es geht ihm gar nicht so schlecht«, sagte Tomoko wie zu sich selbst. Während der Unterbrechung der Drehzeit hatte sie sich aufopferungsvoll um den alten Mann gekümmert. Sie hatte ihn, ohne je auf die Uhr zu sehen, wie eine Krankenschwester gepflegt. Währenddessen hatte das Team die Arbeit fortgesetzt und damit den allmählich genesenden Regisseur unterstützt. Gleichzeitig hatte Tokito die Filmfirma dazu überredet, einen neuen Zeit- und Budgetplan zu erstellen. Ein Großteil des Teams hielt sich zur Verfügung und nahm während dieser Zeit nur kürzere Aufträge mit guter Bezahlung an, denn alle wußten, daß es Inoues letzter Film sein würde.

Beim Wiederbeginn der Dreharbeiten im Februar machten alle noch besorgte Gesichter, da zu befürchten war, daß der Regisseur nach ein paar Tagen nochmals abbrechen müßte. Eine gewisse Spannung dauerte an. Aber als wir Anfang Mai mit den Außenaufnahmen anfingen, strahlten alle. Die Hoffnung, den Film doch noch fertigzustellen, wuchs, und ein beispielloses Gemeinschaftsgefühl verband die Kollegen. Sooft es sein Zustand zuließ, besuchte Matakichi Kida seinen alten Freund Inoue, um ihn zu ermutigen.

»Meister Kida hat mir gesagt, Inoue komme ihm fast vor wie früher«, prahlte Tomoko wie eine stolze Tochter.

Ich nickte.

»Wir brauchen Hilfe!« rief jemand.

Die Manager der Schauspieler und wer sonst noch Zeit hatte meldeten sich freiwillig. Auch ich stand auf und gesellte mich zu den Technikern, die den Kran versetzen wollten.

»Etwas langsamer«, schrie der technische Leiter, als sich etwa fünfzig Personen gegen das eiserne Ungetüm stemmten.

»Wir stellen ihn auf die Schienen!« rief jemand.

»Langsamer!«

Diese Art der Zusammenarbeit machte mir Spaß. Schweiß rann mir den Nacken hinunter.

»Auf die Plätze, fertig – los!«

Bühnenmeister Tsubono gab das Signal, und alle schoben mit vereinten Kräften an.

»He, ihr da, trödelt nicht rum, helft uns lieber!« zitierte er Leute herbei. Noch mehr Leute kamen, sogar Schauspieler. Obwohl Tsubono schrie und alle schwitzten, blieben die Gesichter fröhlich. Es war deutlich zu sehen, daß jeder einzelne seine Arbeit liebte. Als der Kran auf den Schienen stand, wurde applaudiert.

»Noch haben wir den Dreh nicht in der Tasche«, brummte Tsubono, aber auch er konnte seine Freude nicht verbergen.

Wieder meldete sich mein Handy. Hastig nahm ich es aus der Tasche, erneut die Anzeige: »Anruf nicht lokalisierbar«.

»Hallo!« Ich zog die Antenne heraus und preßte mir das Gerät ans Ohr. Es kam keine Antwort, aber ich hörte ein schwaches Rasseln.

»Fujisawa? Wo sind Sie?«

Tomoko schaute mich an. Unsere Blicke begegneten sich einen Moment, dann sah sie weg. Offenbar haßte sie Fujisawa noch immer. Ich nahm den Apparat in die andere Hand und richtete den Blick auf die Sonne.

»Ich bin in New York«, sagte Fujisawa nach argwöhnischem Zögern.

Ich weiß nicht, warum ich so erleichtert war, seine Stimme zu hören. Ich verspürte eine seltsame Wehmut, als spräche ich mit meinem toten Bruder.

»Bei euch ist jetzt Morgen, oder?«

»Ja, genau.«

»Hier ist es Abend. Die Sonne geht gleich hinter den Wolkenkratzern unter.«

Seine Stimme klang sehr nah, und ich hatte das Gefühl, er befände sich ganz in der Nähe und beobachtete mich. Er räusperte sich ein paarmal.

»Die Sonne ist auf beiden Seiten der Welt dieselbe«, fuhr er fort. »Aus einem anderen Blickwinkel natürlich.« Er lachte, bekam dann aber einen Hustenanfall.

»Gerade verschwindet sie hinter dem Empire State Building. Genauso hat mein Vater sie gesehen. Und ich stehe in der Stadt, in der er früher gelebt hat.«

Es kam mir unwirklich vor, daß Fujisawa in New York war, während sich vor mir im strahlenden Sonnenschein die Ebene von Tokachi erstreckte.

»Das wollte ich dir nur mitteilen«, sagte Fujisawa und wollte die Verbindung beenden.

»Warten Sie!« rief ich. »Was haben Sie vor? Kommen Sie nicht mehr nach Japan zurück?«

»Nein. Solange sie mich nicht ausweisen, bleibe ich hier. Wenn sie mich nicht erwischen, werde ich hier ein stilles, bescheidenes Leben führen. Ach ja, gestern habe ich die Grabstätte meiner Familie besucht. Auf einem Friedhof in Queens. Als letzte ist die Schwester meines Vaters gestorben. Ich hätte sie gern kennengelernt, aber ich bin zu spät gekommen. Aber ein Sohn von ihr scheint auf Coney Island zu leben. Ich war noch nicht dort, aber es soll hübsch sein. Eine Art Sommerfrische. Mit einer Achterbahn aus Holz. Eines Tages werde ich ihn besuchen. Immerhin habe ich seine Adresse. Sobald ich mich hier eingelebt und Fuß gefaßt habe, fahre ich hin. Jetzt habe ich dir alles erzählt. War nett, mit dir zu plaudern«, sagte Fujisawa abschließend. »Der Sonnenuntergang war so schön, daß ich mit jemandem in Japan sprechen wollte. Aber ich wußte nicht, mit wem, ich habe ja keine Freunde. Früher war Jiro mein Freund … Ich hatte deine Nummer, also habe ich dich angerufen. Du bist genau der Richtige für so was.«

Vielleicht sah Fujisawa meinen Bruder in mir. In diesem Moment kam jenseits der Schienen Hajime Inoue auf uns zu. Alles geriet in Aufregung. Inoue wurde von Tokito begleitet, und die beiden schritten kräftig aus. Inoue zeigte auf die Morgensonne und sagte lachend ein paar Worte zu Tokito. Was er sagte, konnte ich nicht verstehen. »Guten Morgen«, schallte es von allen Seiten.

»Entschuldige die frühe Störung und … grüß Jiro von mir.« Kaum hatte ich ja gesagt, war die Verbindung unterbrochen.

Grüß Jiro … Fujisawas Worte prägten sich mir ein. Ich steckte mein Handy ein und ging auf Inoue zu. »Guten Morgen«, begrüßte ich ihn lächelnd. Er winkte mir leicht mit der rechten Hand zu. »Morgen«, sagte er. Dann wandte er sich der Sonne zu.

»Ein neues Jahrhundert«, murmelte er.

Tomoko schaute ebenso wie die anderen zur Sonne hinauf. Der Beginn des letzten Drehtags versetzte alle in Hochstimmung.

Die Sonne stand hell am Himmel, und ihre unzähligen Strahlen umfingen liebevoll die Welt. Gleich würde die Verbindung zu ihr zustande kommen. Bei diesem Gedanken erfüllte mich eine natürliche leichte Wärme.

»Auf geht's!« rief der Regisseur.

Beim Klang seiner Stimme wurde mein Geist klar.

Personen

Akama, Taro – Chefrequisiteur
Bouchard, Craig – amerikanischer Pilot, Fujisawas Vater
Fei-fan – chinesische Schauspielerin, verlorene Liebe von Hajime Inoue
Fujisawa – Jiros Freund, Sohn von Craig Bouchard und der japanischen Krankenschwester Reiko
Fujisawa, Reiko – japanische Krankenschwester in Hiroshima, Fujisawas Mutter
Inoue, Hajime – der alte Regisseur
Ichiko (Tachihara) – »Kind 1«, Shiros und Jiros Schwester
Ishiken, Tokuji – Oberbeleuchter
Jiro (Tachihara) – »Kind 2«, Shiros Bruder, der im Koma liegt
Kida, Matakichi – Theatermaler, Shiros Lehrmeister
Kuroda – Chefkameramann
Maruyama, Tomoko – Script und Continuity, Jiros frühere Freundin
Mitsuko (Tachihara) – »Kind 3«, Shiros und Jiros Schwester
Sakata, Togoro – genialer Dokumentarfilmer der Kriegszeit
Shiro (Tachihara) – »Kind 4«, Ich-Erzähler, Patinierer
Takeda, Ai – junge Hauptdarstellerin in Inoues Film
Tanei, Yokichi – Chef der künstlerischen Abteilung, Bühnenbildner, Filmarchitekt
Tsubono, Iichi – Bühnenmeister, Schreinerei
Tsutaya, Kyoichi – Kameramann
Yasuba, Yukio – Craig Bouchards Dolmetscher

PIPER

François Cheng

Die allzu kurze Ewigkeit

Roman. Aus dem Französischen von Carina von Enzenberg. 224 Seiten. Gebunden

Es ist Mitte des dritten Monats. Noch immer umhüllt dichter Nebel den Gipfel. Langsam schreitet Dao-sheng durch die wilden Gräser, die den Weg überwuchern. Viele Jahre hat er im Kloster verbracht, ohne Mönch geworden zu sein. Ein dreißig Jahre altes Geheimnis hielt ihn all die Zeit über davon ab, das Gelübde abzulegen: seine Liebe zu einem Mädchen, das er nur einmal sah; ein Mädchen in einem roten Kleid, schön wie eine Orchidee, dessen Blick ihn einst beinah das Leben kostete. Um dieser Obsession endlich Herr zu werden, steigt er nun in die Ebene hinab, denn einmal noch möchte er der begegnen, die er nicht vergessen kann. Ein bezauberndes Buch von tiefster Wahrheit; die Geschichte einer verbotenen Liebe, die nicht nur das Gefühl und die Sinne berührt, sondern das Geheimnis des Universums zu erschließen vermag.

01/1488/01/R